Wilderwil
Grinlortal
Imlak See
LD
Kataur
Magische Insel
Sean Ferll
Thel Gan
Lemrik
Grest
Riff
Stantels Versteck
Sanforan
Bucht von Sanforan
Fath

Das Erbe der Runen

Osanna Vaughn

Das Vermächtnis des Falken

»Das Vermächtnis des Falken« zählt zu den Veröffentlichungen von DAS ERBE DER RUNEN – einem internationalen multimedialen Projekt, das Buch und Musik verbindet. Der Stoff greift die Welt »Nymath« auf, kreiert von der erfolgreichen Fantasy-Autorin Monika Felten (PIPER).

Weitere Bücher von Osanna Vaughn im Arena Verlag:
Das Erbe der Runen: Der Schrei des Falken
Das Erbe der Runen: Im Auge des Falken

Das Erbe der Runen

Osanna Vaughn

Das Vermächtnis des Falken

Aus dem Englischen
von Monika Cherkaoui

Arena

In neuer Rechtschreibung

1. Auflage 2008

Aus dem Englischen von Monika Cherkaoui
Karte von Nymath: Osanna Vaughn/Torsten Reinecke
Runenberatung und -ornamentik: Caroline Fischer
Amulettentwicklung: Torsten Reinecke/Caroline Fischer
Covergestaltung: Torsten Reinecke
Gesamtherstellung: Westermann Druck Zwickau GmbH
ISBN 978-3-401-06268-6

www.arena-verlag.de

Prolog

Seit Generationen lag die Siedlung verlassen, tief im Wald nordöstlich von Sanforan. Auch heute wirkten die hölzernen Gebäude auf den ersten Blick noch immer unbewohnt. Dort, wo einst die Dachziegel in Reih und Glied lagen, klafften jetzt riesige Löcher. Aus den Fugen der Holzwände wucherte das Unkraut und die Gartenzäune waren an vielen Stellen in sich zusammengefallen. Nebelschleier stiegen leise vom Boden auf, wie ein zartes Gespinst, das heimtückisch alles umhüllte. Es schien, als wollten die Nebel den Ort ersticken. Doch die, denen die geheime Einladung zugegangen war, wussten es besser.

In der dunkelsten Nacht des Monats schlichen acht Männer in langen Umhängen vermummt durch den Wald von Nymath. Sie folgten den Trampelpfaden zwischen den Bäumen, und als das erste Licht der anbrechenden Morgendämmerung den Himmel schwach erhellte, erreichten sie ihr Ziel – die geheimnisvolle Siedlung. Innerhalb weniger Momente huschten sie nun einer nach dem anderen verstohlen über die Lichtung, ein jeder von ihnen mit einem Falken auf der behandschuhten Faust. Kurz bevor sie geduckt durch die Eingangstür des Haupthauses schlüpften, ließen sie die Vögel fliegen, die sich selbst ihren Ruheplatz suchen konnten.

Stantel, ein groß gewachsener, hochmütiger Raide, traf als Letzter ein. Seine fein gezeichneten Gesichtszüge waren durch eine hässliche, noch ganz frische Narbe unter dem linken Auge entstellt. Blitzschnell durchmaßen seine Augen den düsteren Hauptraum, der mit den wenigen Talgkerzen auf dem Kaminsims nur spärlich beleuchtet war. Er vergewisserte sich der vollständigen Zahl der Anwesenden und nickte.

»Gut, soweit ich sehe, sind wir jetzt vollzählig.«

Er verbeugte sich vor einem der Männer, der in einer Ecke des Raumes kauerte, und legte dabei die Hand nachlässig auf die Brust. Es war offensichtlich, wie wenig Respekt in dieser eigentlich so ehrerbietigen Geste lag.

»Danke, Lotan, dass wir deine bescheidene Unterkunft nutzen dürfen«, sagte er.

Lotan murmelte etwas vor sich hin und musterte dabei nervös die Gesichter der Männer, die um den Tisch herum saßen. Alle waren erfahrene Raiden-Falkner. Sie um sich zu haben, löste in ihm ein unangenehmes Gefühl aus. Drei Mal hatte er gehofft, sich mit einem Falken verbinden zu können, und drei Mal blieb es ihm versagt. Stattdessen wurde er zu einem hochgeachteten Lehrer im Fach des Bogenschießens in der Falkenhalle. Viele Jahre hatte er das Beste aus seiner trostlosen Situation gemacht. Bis zu dem Tag, als dieser Emporkömmling mit dem wilden Falken seine Wege kreuzte: Alduin.

Seither hatte sich alles geändert und das Gefühl bitterer Enttäuschung kehrte erneut und mit ganzer Kraft zurück. Er schmiedete einen Racheplan nach dem anderen, doch keiner davon wollte so recht zum Ziel führen. Und ausgerechnet dann, als sich endlich eine gute Gelegenheit bot, Alduin zu schaden, erkrankte Lotan ernsthaft. Sein Handlanger Carto, dieser Schwachkopf von Fath, hatte dann eigenmächtig das Unvorstellbare getan und Alduins Falken mit einem Pfeil lebensgefährlich verletzt. Unglaublich! Nur ein Fath konnte so dumm sein! Lotan hatte niemals vorgehabt, dem Falken ein Leid zuzufügen. Nur dem Jungen galt sein Hass.

Carto wurde geschnappt und Lotan konnte nicht davon ausgehen, dass dieser den Namen seines Auftraggebers verschweigen würde. So sah er sich gezwungen, aus der Stadt zu flüchten.

Bis zum heutigen Tag wusste er nicht, ob man ihn mit diesem Fall in Verbindung bringen würde, und so wagte er auch nicht zurückzukehren, um es herauszufinden: Denn einem Falken von Nymath Schaden zuzufügen, selbst einem wilden, galt als ein schweres Verbrechen. Trotzdem ließ ihn der Gedanke nicht los: Auf irgendeine Weise würde er Alduin – der inzwischen zu einem jungen Mann herangewachsen war – doch noch Steine in den Weg werfen, eines Tages . . .

»Ich hoffe, du wirst uns hier nicht mit trockener Kehle sitzen lassen«, sagte Stantel, warf seinen Umhang auf den Holzhocker, zog einen Trinkbecher aus seinem Rucksack und setzte sich.

Lotan, der abrupt aus seinen düsteren Gedanken herausgerissen wurde, erhob sich. Seine Haut war fahl und sein dunkles Haar fiel ihm in fettigen Strähnen ins Gesicht. Mit schlurfenden Schritten holte er zwei verstaubte Flaschen Met und bediente seine Gäste. Dann griff er nach einer zerschlissenen Decke und hüllte sich darin ein, bevor er sich wieder in seine Ecke verzog.

Die Falkner tranken schweigend und warteten gespannt darauf, dass ihr selbst ernannter Anführer nun das Wort ergreifen würde. Stantel genoss die knisternde Atmosphäre im Raum, die ihm das Gefühl einer gewissen Bedeutsamkeit verlieh, und so erhob er gewichtig seine Stimme.

»Meine Falknergefährten«, begann er und nahm sich einen Moment Zeit, jeden in der Runde mit eindringlichem Blick zu mustern. Lotan sparte er bewusst aus. »Ihr alle kennt den Grund unseres Zusammentreffens. Das Kind ist . . . ist . . . ist abartig. Es gibt kein anderes Wort dafür. Und uns bleibt nur eines: Nymath ein für alle Mal von dieser Missgeburt zu befreien!«

1

Nur noch zwei Tage . . .

Allein der Gedanke daran ließ Triels Herz so heftig pochen, dass Moreya es hätte hören müssen.

Triels Elternhaus lag am Stadtrand von Sanforan, Nymaths Hauptstadt, und die beiden saßen einträchtig nebeneinander auf der Bank in dem kleinen Vorgarten.

Höchstens drei, wahrscheinlich eher zwei . . . Es fiel ihm schwer, seine Gedanken wieder auf das zu lenken, womit er sich gerade beschäftigt hatte: eine Krone aus Zweigen und Falkenfedern für das kleine Mädchen zu flechten, das ihn mit riesigen, ernsten Augen bewundernd ansah. Den größten Teil des Tages hatte er mit seinen Lektionen und Aufgaben verbracht und nun blieb ihm noch etwas Zeit bis zum Abendessen. Normalerweise wäre er jetzt nicht zu Hause. Doch Moreya und ihre Eltern – Falkner Alduin und seine Gefährtin Erilea – waren gerade in Sanforan angekommen, um . . .

»Nur noch zwei Tage bis zu meinem Geburtstag«, kündigte Moreya mit sanfter Stimme an und riss den jungen Falkner-Schüler aus seinen Träumen. Triel war sehr erstaunt, dass Moreya seine Gedanken aussprach und einen Augenblick später überraschte sie ihn mit einer weiteren Bemerkung:

». . . und noch zwei Tage, bis die Falken schlüpfen.«

»Zwei . . . oder vielleicht drei«, flüsterte er versonnen.

In diesem Frühling würde sie fünf werden und sie war sehr viel reifer als andere Mädchen in ihrem Alter. Doch sonderlich gesprächig war sie noch nie gewesen und jetzt schüttelte sie nur den Kopf.

»Zwei Tage«, sagte sie bestimmt.

»Wenn du meinst«, antwortete er.

Es gab für ihn keinen Grund, ihr zu widersprechen. Die Falkenküken würden dann schlüpfen, wenn es Fürst Gilian gefiel, so viel wusste er. Doch er war sich nicht sicher, ob er zu den Auserwählten zählen würde: Nur wer von einem frisch geschlüpften Falkenjungen auserwählt wurde, konnte zu einem Falkner von Nymath werden und den Bund mit dem Falken eingehen.

Sein Stiefvater Rael, der seit vielen Jahren mit dem Falken Sivella flog, hatte ihm einst versprochen, alles Erdenkliche zu tun, damit er als Schüler in die Falkenhalle aufgenommen werden würde. Er hatte sein Versprechen gehalten. Doch obwohl schon Triels Großvater Falkner gewesen war, bedeutete das noch längst nicht, dass auch er die Tradition fortsetzen würde. Sein Onkel Lotan zum Beispiel hatte sich dem geheimnisvollen Ritual der Wahl drei Mal gestellt und wurde nie von einem Falken auserwählt. So musste er sich damit zufriedengeben, als Lehrer der Falkenhalle die jungen Falkner in die Kunst des Bogenschießens einzuführen. Doch noch bevor Triel in die Stadt kam, um dort zu leben, war der Onkel von einem Tag auf den anderen spurlos verschwunden.

Was hatte den respektierten Meister wohl dazu bewogen, Sanforan so unverhofft zu verlassen und einfach unterzutauchen? Triel malte sich aus, wie er dieses Geheimnis eines Tages lüften würde.

Wenn ich Falkner bin und durch die Augen meines Falken sehen kann, dann gehe ich auf die Suche nach ... Er unterbrach sich in seinem Gedankenfluss.

Du hast eine blühende Fantasie! Warte erst einmal ab und sieh dann weiter, ermahnte er sich selbst. *Noch ist nichts sicher.*

»Keine Sorge«, sagte Moreya, »da wartet schon ein Küken, das sich mit dir verbinden will.«

Triel lief es eiskalt über den Rücken und er starrte das Mädchen überrascht an.

»Woher ... woher weißt du das?«, fragte er fassungslos.

Die Kleine zuckte mit den Schultern. »Weiß ich eben.«

»Triel, Moreya, reinkommen, essen«, erklang Brettas Stimme aus der Küche. Triel schaute seine kleine Freundin ein letztes Mal nachdenklich an und setzte ihr die geflochtene Krone aus Zweigen und Falkenfedern auf das Haar.

Hand in Hand gingen sie ins Haus.

Die Stube, in der die beiden Familien zum Essen am Tisch saßen, wurde durch ein knisterndes Feuer aus dem offenen Kamin erwärmt. Es war endlich Frühling, aber die Abende erinnerten doch noch sehr an die klirrende Kälte des Winters. Zwei Falken hockten auf der Anrichte und hatten die Köpfe zusammengesteckt, als würden sie über alte Zeiten tuscheln. Der eine, ein majestätischer Marven, war Alduins Wildfalke Rihscha. Der andere, ein weiblicher Ithil mit seltsam aufgestellten Kammfedern und Silberstreifen auf den Flügeln war Raels Sivella. Obwohl sie unterschiedlichen Falkenarten angehörten, waren sie zu Gefährten geworden – ein ungewöhnliches, aber in Nymath nicht unbekanntes Paar.

Als das Essen serviert war und jeder sich aufgetan hatte, machte sich am Tisch eine gemütliche Stimmung breit, gerade so, wie es oft geschieht, wenn sich gute Freunde lange Zeit nicht gesehen haben und jetzt vieles auf einmal erzählen wollen.

»Es ist so schön, euch alle hier wieder unter unserem Dach zu haben«, begann Rael und sah dabei erst Alduin, dann Erilea und Moreya an.

»Ja, es tut gut, hier zu sein«, antwortete Alduin. »Ihr seht alle gesund aus und unser junger Anwärter hier«, er nickte in Triels Richtung, »ist . . .«

»Ich kann nicht fassen, wie groß er geworden ist«, warf Erilea ein und lächelte zu dem jungen Mann hinüber. »Du überragst deine Mutter schon um eine ganze Kopflänge, dabei hätte ich schwören können . . .«

»Aber Moreya ist auch gewachsen«, wurde sie von Bretta unterbrochen.

»Es ist so lang her, seit . . .«, versuchte Erilea noch einmal, zu Wort zu kommen. »Ich weiß, es ist einfach *zu* lang her.«

Bretta unterbrach sie erneut.

»Ihr beide seid wirklich zu Einsiedlern geworden. Wäre da nicht eure jährliche Pilgerreise nach Sanforan zur Falkenhalle, so frage ich mich, ob wir euch überhaupt noch zu Gesicht bekämen.«

»Wir lieben nun einmal die Ruhe des Waldes«, sagte Alduin kleinlaut. »Es ist irgendwie einfacher, dort zu leben, als hier in der Stadt. Und diejenigen, die den Weg zu uns auf sich nehmen – sei es aus Interesse oder weil sie ein bestimmtes Anliegen haben –, kommen gern.«

Es herrschte einen Moment Schweigen und nachdenkliche Blicke ruhten auf ihm. Alduin war kein gewöhnlicher Falkner. In Nymath kursierten die wildesten Gerüchte über seine mysteriösen Talente. Je weiter sie sich im Land verbreiteten, desto übertriebener wurden sie. Manch einer vermutete sogar, Alduin sei ein Magier mit fragwürdigen Motiven und üblen Absichten. Aber auch in seiner näheren Umgebung sprach man von Visionen, die ihn überkamen, wenn er mit Rihscha flog: Visionen aus der Zukunft, aus der Gegenwart oder aus der Vergangenheit. Es wurde sogar gemunkelt, er sei in der Lage, sich nicht nur mit seinem Marven zu verbinden, sondern auch mit anderen Falken.

Das traf zwar zu, war aber dennoch nur ein kleiner Teil seiner Fähigkeiten, die sich entwickelt hatten, während er heranwuchs und seine Bindung zu Rihscha tiefer und reifer wurde. Gerüchte interessierten stets mehr als die Wahrheit, damit hatte er leben gelernt.

Und doch gab es einige, zumeist junge Falkner, die den weiten Weg zu ihm auf sich nahmen. Sie wollten wissen, wie sie den Bund zu ihren Falken vertiefen könnten, oder suchten Rat, um das Geheimnis des Lebens besser zu verstehen. Sie nahmen an, dass Alduin weit mehr darüber wisse, und er teilte seine Erfahrungen gerne mit ihnen. Doch er wusste nicht, bei wem dieses Wissen eines Tages einmal Wurzeln schlagen würde.

»Wie sieht es mit den neuen Schülern aus?«, fragte Alduin seinen Freund Rael und lenkte so die Aufmerksamkeit von sich ab.

»Sehr vielversprechend«, antwortete Rael. »Wenn ich in der Stadt bin, gehe ich jeden Tag in die Falkenhalle und sehe mir an, wie sie klarkommen. Es ist zutiefst bedauerlich, dass doch etliche von ihnen leer ausgehen werden.«

»Wie viele werden es denn sein?«, fragte Alduin.

Rael drehte sich zu Triel. »Wie groß ist die Gruppe? Dreizehn? Vierzehn?«

»Sechzehn«, antwortete Triel und seine Stimme klang besorgt. »Sechzehn Schüler für neun Eier.«

Rael wiegte nachdenklich den Kopf. »Das heißt sieben . . .«

»Triel wird sich verbinden«, Moreya sah von ihrem Teller hoch.

Die anderen waren überrascht von der Bestimmtheit ihrer Worte und Triel bekam Gänsehaut.

Das Ganze wurde ihm langsam unheimlich.

»Leider können wir da nicht sicher sein«, versuchte Rael, die überschwängliche Hoffnung zu dämpfen. »Die Wahl liegt allein bei den Falkenküken. Das ganze Training, die Sehnsüchte, die guten Wünsche von Freunden und der Familie – all das hat keinen Einfluss auf ihre Entscheidung. Es liegt also nicht in unserer Hand.«

Moreya schüttelte ihren Kopf.

»Ihr denkt zu viel. Wartet ab, ihr werdet schon sehen.«

Erilea streifte ihre Tochter mit einem verwirrten, fast sorgenvollen Blick. »Wahrscheinlich hast du recht«, sagte sie versöhnlich. »Wir werden es bald wissen.«

»Ihr werdet schon sehen«, wiederholte Moreya, bevor sie ihre volle Aufmerksamkeit wieder auf das Essen richtete.

Bretta legte eine Hand auf Triels Arm und ließ ihre Gedanken wandern.

Aufgewachsen war sie als die Tochter eines leidenschaftlichen, überheblichen Falkners und als Schwester eines Mannes, der vom Wunsch, Falkner zu werden, besessen war. Sie hatte die Verbitterung des Vaters und Bruders kennengelernt und schmerzvoll erfahren, dass diese Besessenheit auch Konsequenzen für ihr eigenes Leben hatte: So wurde sie an einen ungeliebten Mann verkauft und zahlte einen sehr hohen Preis für den Ehrgeiz der beiden. Als sie mit ihrem Mann die Stadt verließ, hatte sie geglaubt, nie mehr zurückzukehren. Während dieser freudlosen, von Angst geprägten Ehejahre war ihr Sohn Triel der einzige Lichtblick. Als sich dann zeigte, dass auch er leidenschaftliches Interesse an der Falknerei entwickelte, gab sie seinem sehnlichsten Wunsch jedoch nicht nach. Erst als Rael in ihr Leben trat und nachdem ihr Mann bei einem tragischen Minenunfall tödlich verunglückte, änderte sie ihre Einstellung. Sie kehrte nach Sanforan zurück und ihr Sohn wurde Schüler der Falkenhalle. Doch nun rückte der Moment der Wahrheit immer näher und die Angst, Triel könnte enttäuscht werden, bereitete ihr viele schlaflose Nächte.

»Hast du deine Mutter und Bardelph schon gesehen?«, fragte Rael und versuchte, die leichte Stimmung wiederherzustellen, die zu Beginn der Unterhaltung entstanden war.

»Nein, wir sind gleich hierher gekommen«, sagte Alduin. »Aranthia wollen wir morgen früh besuchen und Bardelph sehen wir bestimmt nach seinem Unterricht in der Falkenhalle. Wie geht es Meister Calborth?«

»Ganz gut, abgesehen davon, dass sein Augenlicht immer stärker nachlässt«, antwortete Rael. »Er ist sehr auf Bardelph angewiesen.«

»Wie schade, dass Bardelph kein zweites Mal versucht hat, den Bund mit einem Falken einzugehen«, sagte Erilea und in ihrer Stimme klang Bedauern mit. »Sonst wäre er vielleicht eines Tages Falkenmeister geworden.«

»Du hast recht«, stimmte Rael zu. »Er hat beinahe alle notwendigen Fähigkeiten, das Falkenhaus zu leiten – bis auf die Erfahrung der Verbindung mit einem eigenen Falken. Ein Jammer! Insbesondere, weil es niemanden sonst zu geben scheint, der die Nachfolge übernehmen könnte, wenn sich Calborth eines Tages zur Ruhe setzt.«

»Nun, lass uns hoffen, dass bis dahin noch viel Zeit ins Land geht«, meinte Bretta.

»Möge Gilian deine Worte erhören«, murmelte Alduin vor sich hin.

»Und was ist mit deinem Vater?«, wollte Rael von Alduin wissen.

»Cal lebt noch immer in der Gegend um Thel Gan an der Grenze des Waldes«, erzählte Alduin. »Ob ihr es glaubt oder nicht, er übt das Handwerk eines Zimmermanns aus. Marla ist glücklich, dass er endlich etwas gefunden hat, was ihm wirklich Freude bereitet. Es hat lang genug gedauert, aber so wie es aussieht, hat er sich wieder ganz erholt. Und wir haben Marla vieles zu verdanken«, fügte er hinzu.

Erilea nickte bestätigend. »Sie hat sich nicht nur um ihn gekümmert, als wir ihn damals bewusstlos in die Falkenhalle brachten, sondern weicht bis heute nicht von seiner Seite.«

»Ja, wenn wir so zurückblicken, hat sich doch alles zum Guten gewendet«, sagte Rael und ließ seinen Blick liebevoll über seine Familie und die Freunde schweifen. »Keine Wolken am Horizont. Die Zukunft sieht gut aus.«

»Emo!«, stieß Erilea aus und warf einen schnellen Blick auf ihre Tochter. Sie fühlte eine innere Unruhe in sich, konnte sich aber nicht erklären, warum.

»Wir haben einige sehr talentierte Schüler«, fuhr Rael fort, ohne Erileas Stoßseufzer zu bemerken. »Alle scheinen den Unterricht sehr ernst zu nehmen.«

»Ich habe eine Idee, die ich Meister Calborth vorstellen möchte«, meinte Alduin. »Ich denke, es könnte den jungen Falknern guttun, ein bisschen mehr Zeit gemeinsam mit erfahrenen Falknern zu verbringen, bevor sie sich das erste Mal mit ihren Falken verbinden. In unserer Ausbildung gab es diese Möglichkeit ja leider nicht.«

»Klingt interessant. Bisher blieb sich tatsächlich jeder selbst überlassen, aber vielleicht ist der Moment gekommen, unseren Horizont zu erweitern«, überlegte Rael.

»Nicht alle werden damit einverstanden sein«, warf Bretta ein. »Einige klammern sich sehr an die Traditionen und sind stolz auf ihre Eigenständigkeit. An einem derartigen Gedankenaustausch sind sie gewiss nicht interessiert. Kann sein, dass sie diese gut gemeinte Unterstützung als eine Einmischung in den Bund zwischen Falkner und Falken empfinden würden.«

»Das ist mir schon klar«, stimmte Alduin nachdenklich zu. »Deshalb müssen wir es vorsichtig angehen. Wir sollten die gewinnen, die einer solchen Idee gegenüber aufgeschlossen sind.«

»Egal, wir müssen sowieso zuerst mit Calborth sprechen«, warf Rael ein. »Ich würde mich freuen, dir helfen zu dürfen – wenn du glaubst, dass ich taktvoll genug sein kann!«

»Aber natürlich! Erinnerst du dich noch an das Überlebenstraining mit Bardelph?«, fragte ihn sein Freund. »Ich dachte da an etwas Ähnliches. Lass uns die Schüler zu meinem Haus bringen – *mit* ihren Falken, sobald diese sich auf der Faust halten können. Du und Sivella, ihr beide wärt auch dabei und natürlich Rihscha.«

Rael erwärmte sich immer mehr für die Idee, Erfahrungen mit den jungen Falknern auszutauschen.

»Das wäre auch ein guter Weg, die Schüler kennenzulernen«, meinte Alduin. »Wir könnten sehen, wer sich für zukünftige Aufgaben besonders eignet. Lass uns morgen mit Calborth und Bardelph darüber sprechen. Mal sehn, was die beiden von der Idee halten.«

Nachdem sie ihre Entscheidung gefällt hatten, lenkten die jungen Männer ihre Aufmerksamkeit wieder zurück aufs Essen. Der Rest der Speisen wurde in aller Stille eingenommen und nur gelegentlich von genießerischen Kommentaren und einem Trinkspruch auf das bevorstehende Ereignis in der Falkenhalle unterbrochen.

Schließlich stand Triel auf und entschuldigte sich. »Es war schön, euch zu sehen, aber ich muss mich jetzt auf den Rückweg machen. Ich treffe euch morgen, stimmt's?«

»Ich bin mir sicher, dass Jungfer Calborth uns erlauben wird, am Mittagstisch teilzunehmen«, schmunzelte Alduin. »So gesehen könntest du sie vielleicht schon einmal vorwarnen. Wir werden auch Moreya mitbringen.«

Beim Gedanken an ein gemeinsames Essen mit solch illustren Gästen und in der Öffentlichkeit der Falkenhalle riss Triel die Augen weit auf.

»Das werde ich Jungfer Calborth ganz gewiss sagen!«

Er legte seine Faust auf die Brust und verbeugte sich vor jedem von ihnen ehrerbietig. Dann wuschelte er durch Moreyas schwarze Locken.

»Warte mal ab, bis du die Jungen siehst, die Jungfer Calborths Katze gerade geworfen hat«, sagte er zu ihr. »Sie sind einfach süß.«

»Ich will aber die Falkenküken sehen«, maulte das Mädchen.

»Ja, aber das wird wohl noch ein paar Tage dauern. Und bis dahin wirst du mit den Kätzchen viel Spaß haben.«

»Na gut«, sagte sie, aber wirklich überzeugt klang es nicht.

Am nächsten Morgen bahnten sich Alduin, Erilea und Moreya den Weg durch die abgelegenen und verwinkelten Straßen Sanforans, bis sie durch eine enge, steil ansteigende Gasse zu Aranthias und Bardelphs Haus gelangten. Die beiden bewohnten es, seit sie in die Stadt gezogen waren. Ursprünglich war es das Haus von Madi Tarai, einer Onur-Seherin, die damals die junge Aranthia unterrichtet hatte. Nach Madi Tarais Tod bewohnte es zunächst Malnar, ihr damaliger Lehrling, doch dann hatte er seinen Verstand verloren und war in die Obhut der Elben gekommen, sodass das Haus einige Jahre leer gestanden hatte.

Alduin betrachtete das Zeichen über der Tür – eine runde hölzerne blau gestrichene Scheibe mit drei goldenen Runen verziert: *Ansuz, Raiðo* und *Perpro,* was so viel bedeutete wie »Inspiration ist der Weg zu verborgener Weisheit«.

An der Scheibe hingen Kristalle, die die Klarheit des Denkens symbolisieren sollten, Federn, die den Flug der Gedanken darstellten, und Tierknochen, um an den Ursprung aller Dinge zu erinnern.

Erinnerungen an seine Jugend kamen in ihm auf, an Madi Tarai, die ihn hier lehrte, seine Fähigkeiten gezielt einzusetzen. Lächelnd klopfte er an die Tür.

»Alduin! Erilea!«, Aranthias Stimme überschlug sich vor Freude, als sie öffnete und die beiden umarmte. »Moreya, wie groß du doch geworden bist!«

Sie beugte sich hinunter, küsste das kleine Mädchen auf die Stirn und schloss es in die Arme.

»Wann seid ihr angekommen? Ich habe mich schon gewundert, wo ihr bleibt.«

»Hast du unsere Ankunft in einer Vision gesehen?«, neckte Alduin seine Mutter.

»Dazu brauche ich keine Vision! Ich weiß, dass du in der Nähe sein möchtest, wenn das Schlüpfen so unmittelbar bevorsteht.«

Sie ging zur Seite und bat alle hinein. »Wir haben hier einiges verändert. Die Stube ist jetzt unten.«

Kurze Zeit darauf saßen alle in Malnars ehemaligem Zimmer. Die Vorhänge waren geöffnet und gaben einen weiten Blick auf das Meer frei. Gerade lief eine Flotte von Fischerbooten in den Hafen ein, die in der Nacht auf dem offenen Wasser geblieben waren. Man konnte beobachten, wie die rostroten Segel eingeholt und vertäut wurden. »Ich habe Calba gekocht«, sagte Aranthia. »Wollt ihr welchen?«

»Danke, gerne. Und Bactisaft für Moreya, wenn du welchen hast.«

»Aber sicher. Ich hole ihn eben.«

»Mir gefällt es hier«, sagte Moreya, als Aranthia den Raum verlassen hatte. »Darf ich bei Mimi bleiben?«

Ihre Eltern sahen sie überrascht an. »Würde dir das gefallen?«

Moreya nickte.

»Nun, wir fragen sie.«

Als Aranthia mit dem Tablett voll Calba, Saft und Süßigkeiten zurückkam, verlor Moreya keinen Augenblick. »Mimi, kann ich bei dir bleiben?«

Aranthia sah Erilea an, konnte in ihrem Blick aber nichts Ablehnendes erkennen.

»Aber sicher«, meinte sie dann, »ich würde mich freuen.«

»Bado auch?«

»Bado wird entzückt sein«, erwiderte Aranthia. Sie wusste genau, dass Bardelphs Zuneigung zu dem kleinen Mädchen genauso groß war wie die ihre. »Und stell dir vor, morgen feiern wir hier alle zusammen deinen Geburtstag.«

Zufrieden mit der Antwort griff Moreya nach dem Saft und ging zum Fenster. Innerhalb eines Augenblickes war sie ganz und gar in die Aussicht versunken, schlürfte ihr Getränk und beobachtete die Möwen. Die Vögel ließen sich ungeduldig kreischend vom Wind tragen und warteten darauf, dass die Fischer endlich ihren Fang ausnehmen würden.

»Wir gehen hoch zur Falkenhalle und dann werde ich ihre Siebensachen noch packen. Zur fünften Glocke bringe ich sie vorbei. Ist dir das recht?«, fragte Erilea.

»Aber sicher. Wann immer es euch passt. Ich werde hier sein.«

»Überhaupt wäre es schön, wenn sie die nächsten Tage bei euch verbringen könnte«, begann Erilea. »Irgendetwas stimmt nicht . . .«

»Mit Moreya?«, fragte Aranthia. »Na ja, sie sagt einige ungewöhnliche Dinge, so, als ob sie etwas wüsste, was sie eigentlich gar nicht wissen kann. Aber sie ist absolut überzeugt davon.«

»Hat sie Visionen?«

»Nein, das scheint es nicht zu sein. Doch das, was sie sagt, hat immer mit Falken zu tun.«

»Nun, sie hat die helle Haut und das Raiden-Blut ihres Großvaters, doch sie hat sicherlich auch etwas von deinen Talenten geerbt«, wandte sich Alduin direkt an seine Mutter. »Was Erilea sagt, trifft sicher zu. Aber für ihr Alter spricht Moreya mit einer unglaublichen Selbstsicherheit. Gerade gestern Nacht hat sie steif und fest behauptet, dass Triel sich mit einem Küken verbinden wird. Sie sagte es mit einer solchen Bestimmtheit, als gäbe es keinen Zweifel daran.«

»Die Götter mögen verhindern, dass sie sich jemals mit einem Falken verbindet«, rutschte es Aranthia heraus. »Nymath ist nicht bereit für irgendetwas dieser Art.«

»Kannst du dir vorstellen, dass so etwas möglich sein könnte?«, fragte Erilea schockiert.

»Alles ist möglich«, erwiderte Alduin, »sieh nur mich an. Aber keine Sorge, es wird keine Gelegenheit für sie geben, es je zu versuchen. Jedenfalls nicht hier in der Falkenhalle. Obwohl Meister Calborth sehr aufgeschlossen ist, bezweifle ich, dass er so etwas unterstützen würde!«

»Dann müsste es in der Wildnis sein . . .«, sinnierte Erilea.

»Schluss mit dem Unsinn«, entgegnete Alduin schnell, »es wird nicht passieren. Es wäre gegen jede Tradition und würde verhindert werden. Lasst mich erst einmal ausprobieren, ob meine kleinen Veränderungsvorschläge angenommen werden.«

»Ich brauche keinen eigenen Falken«, sagte Moreya, die unbemerkt aus ihrer Versunkenheit am Fenster aufgetaucht war.

»Wie meinst du das, Liebling?«, fragte Aranthia, nahm die Hand des kleinen Mädchens in ihre eigene und schaute ihr in die Augen.

Ein rätselhaftes Lächeln war Moreyas Antwort.

»Wir sollten gehen«, unterbrach Alduin das Schweigen, das sich plötzlich über den Raum gelegt hatte. »Ich möchte vor dem Mittagessen noch für eine Weile die Schüler beobachten.«

»Ich komme mit. Es ist ein wundervoller Tag und ich kann vielleicht auch dort zu Mittag essen. Mal sehn, was es heute gibt«, meinte Aranthia.

Gemeinsam brachen sie auf.

Auf der Hauptstraße vom Westtor der Stadt her kommend liefen die Erwachsenen auf den hinteren Eingang der Zitadelle zu, während Moreya weit vor ihnen herhüpfte. Überall erfreuten sich die Menschen an dem Frühlingsmorgen, ob sie nun ihren Geschäften nachgingen, vom Markt zurückkehrten oder ein Schwätzchen mit dem Nachbarn hielten. Das milde Wetter war nach dem ungewöhnlich harten Winter eine Erlösung. Als sie auf dem Platz vor der Falkenhalle ankamen, blieb Moreya unvermittelt stehen und betrachtete fasziniert die Statue in der Mitte des Platzes. Es war ein aus Bronze gegossener Falkner, auf dessen erhobenem Arm ein Falke mit weit ausgebreiteten Schwingen saß. Unverhofft reckte sich die Kleine hoch, legte ihre Faust auf die Brust und verneigte sich ehrfürchtig vor dem Denkmal, sehr zum Vergnügen ihrer Eltern und der Großmutter.

»Immerhin zeigt sie Respekt«, witzelte Alduin. Im gleichen Augenblick trat Meister Calborth aus der Haupthalle und sah die kleine Gruppe. Mit zusammengekniffenen Augen ging er ihnen entgegen.

»Bist du das, Alduin? Erilea? Und . . . wie ist noch der Name?«

»Ja, Meister, wir sind es. Mit Moreya und Aranthia.«

Meister Calborths blaue Augen blitzten noch immer, aber es war offensichtlich, dass sein Sehvermögen stark nachgelassen hatte.

»Es tut gut, euch zu sehen«, sagte er. »Kommt ihr zum Schlüpfen der Küken?«

»Ja. Ich möchte in der Nähe sein, wenn es so weit ist, auch wenn ich nicht in der Brutkammer sein kann«, entgegnete Alduin.

»Nun, das bleibt abzuwarten. Könnte sein, dass ich Hilfe brauche.«

»Aber sicher kann Bardelph . . .«, warf Alduin ein.

»Bardelph ist ein guter Mann, ein ausgezeichneter Mann. Aber Bardelph ist kein Falkner.«

»Das ist richtig«, mischte sich Aranthia ein und zupfte ihren Sohn am Arm. Damit wollte sie ihm zu verstehen geben, dass Bardelph die Situation durchaus verstand und hinnahm.

»Wenn ihr alle leise seid, können wir den Schülern bei ihrem Unterricht im Bogenschießen zusehen«, wechselte Calborth das Thema und führte sie zu dem langen geschützten Innenhof auf der Rückseite der Falkenhalle.

Kurz darauf waren sie umgeben vom sirrenden Geräusch der Pfeile, die durch die Luft schossen und von Strohballen abgebremst

wurden. Die Schüler waren in drei Gruppen aufgeteilt und jeder wartete gespannt darauf, der Nächste zu sein. Aufmerksam lauschten sie Bardelphs ruhigen Anleitungen und Ermutigungen. »Bardelph ist ein außergewöhnlicher Lehrer«, flüsterte Calborth, »wie ich schon sagte: wirklich ein guter Mann.«
Plötzlich wurde Alduin von seinen Erinnerungen eingeholt. Als Schüler im Bogenschießen hatte er in demselben Innenhof einen Lehrer ganz anderen Stils gehabt: Lotan, Brettas Bruder, der ihn von der ersten Begegnung an verachtete. Seine verletzende Art machte Alduin den täglichen Unterricht damals unerträglich. Den Göttern sei Dank, dass er es nicht allzu lange hatte aushalten müssen, denn sowie die Falken fliegen konnten, stand Bogenschießen nicht mehr auf dem Unterrichtsplan.

Vom überdachten Weg aus, der um den Innenhof herumführte, beobachtete die kleine Gruppe schweigend die Übungen, bis Bardelph die Stunde schließlich beendete.

»Das war's für heute. Und morgen . . . ich denke, da habt ihr andere Sorgen. Viel Glück euch allen. Möge Gilian den Bund geleiten und denkt daran, es gibt Hoffnung, selbst wenn ihr nicht . . .«

Er ließ seinen Satz unvollendet.

In gedämpfter, nachdenklicher Stimmung verließen die Schüler den Übungsplatz und warfen Meister Calborth und den anderen verstohlene Blicke zu. Triel war letzter und grinste kurz zu ihnen hinüber.

»Ich sehe euch im Speisesaal«, murmelte er leise.

Bardelphs Freude, die junge Familie wiederzusehen, war ebenso groß wie vorher schon Aranthias. Der kräftige Mann schwang Moreya hoch in die Luft, bis sie kicherte und quietschte, hob sie auf seine Schultern und rannte mit ihr quer über den Vorhof. Die Kleine fuchtelte dabei wild mit ihren Armen wie ein Falkenküken.

»Bado, ich fliege, ich fliege!«, jauchzte sie.

»Machst du, machst du«, brummte er und lief zu den anderen zurück.

Wie üblich war der Speisesaal bevölkert von Raiden-, Onur- und Wunand-Schülern. Doch Jungfer Calborth, die Zwillingsschwester des Falkenmeisters, hatte vorsorglich einen Tisch für die Besucher freigehalten. Triel sprang hoch, als er die Gruppe hereinkommen sah, und wandte sich mit wichtiger Miene an seine Mitschüler.

»Tut mir leid, aber ich muss euch jetzt verlassen«, sagte er und konnte nur mit Mühe seinen Stolz verbergen, als er eine Kopfbewegung zu den Neuankömmlingen hin machte. »Da sind Falkner Alduin und seine Familie. Sie sind hier zu Besuch. Ich treffe euch später.«

Er quetschte sich hinter seinem Platz hervor und kurvte um die Tische, bis er seine Freunde erreichte. Einen Augenblick später kam auch Rael hinzu. Bardelph servierte den Erwachsenen Met und Triel schenkte Moreya und sich selbst ein Glas Wasser ein. Bald darauf wurden ihnen die dampfenden Speisen vorgesetzt: ein Gericht aus zarten Frühlingswurzeln und Peeri-Braten, garniert mit einer köstlichen Kräutersoße. Es schmeckte allen so gut, dass kaum ein Wort gesprochen wurde, bis der letzte Rest auf den Tellern mit Brocken frischen Brotes sauber abgewischt war. Triel schleckte sich die Finger ab und wandte sich Moreya zu.

»Jetzt lass uns mal die jungen Katzen angucken. Du wirst sie mögen.«

Als die beiden gegangen waren, lehnte sich Alduin zurück und rieb zufrieden seinen Bauch. »Jungfer Calborth hat sich selbst übertroffen. Das Essen ist ihr wirklich gelungen!«

»Gewiss soll keiner denken, sie wäre zu alt für diesen Job«, sagte ihr Bruder. »Aber die Wahrheit ist . . . wir werden alt.«

»Ach, ihr beide wollt nur eine Extra-Portion Aufmerksamkeit«, versuchte Bardelph zu scherzen. »Ich denke eher, ihr mit eurer Energie werdet uns alle überleben.«

»Energie, ja. Aber es sind meine Augen, die Probleme machen, und das weißt du genau.«

»Es würde dir sicher helfen, wenn du sie ab und zu mal ausruhst«, meinte Aranthia. »Du verbringst zu viel Zeit in dieser schummrigen

Brutkammer, reparierst Handschuhe und nur die Götter wissen, woran du noch alles herumbastelst. Ich werde dir etwas geben, was deine Probleme erleichtern wird. Es ist eine sanfte Kräutermischung, die du in heißes Wasser einrührst. Sobald der Sud abgekühlt ist, feuchtest du ein Tuch damit an und legst es dir über die Augen. Ich werde gleich gehen und die Kräuter holen, dann kannst du sofort damit anfangen.«

Mit einer flüchtigen Abschiedsgeste verließ sie die Halle, als wollte sie keine Zeit verlieren.

»Sie hat recht«, meinte auch Bardelph. »Du solltest deine Augen schonen. Und du musst dir helfen lassen, solltest nicht immer alles selber machen wollen.«

Meister Calborth grummelte und Bardelph sah zu den jungen Männern hinüber, bevor er weitersprach. »Ich denke, Alduin und Rael sollten morgen beim Schlüpfen dabei sein. Da sind sechzehn Jungs. Zwei erfahrene Falkner in ihrer Nähe – das wird sie sicherlich unter Kontrolle halten.«

Calborth sah zu den beiden hinüber, die bemüht waren, sich ihren Eifer nicht anmerken zu lassen. Alduin hatte sich zu Hause am Fluss mit einem wilden Marvenküken verbunden und daher niemals an dem feierlichen Ritual teilgenommen, das alljährlich im Frühjahr in der Falkenhalle stattfand. Rael wiederum erinnerte sich so intensiv an seine erste Begegnung mit dem Falkenküken, dass ihn allein der Gedanke daran, noch einmal an einem solchen Ereignis teilhaben zu dürfen, überglücklich machte.

»Ich habe auch schon daran gedacht. Es ist eine gute Idee«, meinte Calborth schließlich. »Es ist zwar nicht Tradition, aber es wird eine sinnvolle Neuerung sein.«

Alduin lächelte Rael kurz an und hob fragend seine Augenbrauen. Rael schüttelte ganz leicht mit dem Kopf und Alduin verstand den Wink. Meister Calborth mochte dazu bereit sein, einige kleine Änderungen vorzunehmen, aber es wäre besser, noch ein paar Tage abzuwarten, bevor sie ihm ihren eher ungewöhnlichen Plan vorstellten.

Triel und Moreya kauerten vor einem Korb auf der Erde neben dem Feuerplatz und beobachteten die Katze mit ihren sechs Jungen. Die Mutter hatte schildpattfarbenes Fell und drei ihrer Kleinen glichen ihr aufs Haar. Zwei andere waren tiefschwarz und eines hatte eine ungewöhnliche goldene Farbe. Die Katze lag auf der Seite und leckte sich eine Pfote, während sich die Kleinen an ihren Bauch kuschelten. Vier von ihnen maunzten, wanden sich hin und her und kämpften darum, an ihre Milch zu kommen. Die beiden anderen waren ineinander verknäult und schliefen fest. Obwohl Moreyas Gedanken bisher ständig um die Falkenküken gekreist waren, fand sie die Katzenjungen jetzt doch faszinierend.

»Hab ich dir nicht gesagt, dass sie niedlich sind?«, flüsterte Triel. »Erst zehn Tage alt. Sie haben gerade die Augen geöffnet – siehst du, dunkelblau! Damit können sie aber noch nicht viel sehen.«

»Darf ich sie streicheln?«, fragte Moreya.

»Nur die beiden, die schlafen – sei aber ganz vorsichtig.«

Behutsam streckte das kleine Mädchen ihre Hand aus. Mit ihren pummeligen Fingern strich sie sanft über das Fell des goldfarbenen Kätzchens, das halb über seinem schwarzen Geschwisterchen lag. Es reagierte auf die Berührung und rollte sich herum. Mit einem großen Gähnen und Strecken zeigte es seine kleinen scharfen Zähne und Klauen. Moreya kraulte jetzt das flauschige Fell auf dem Bauch und das Kätzchen leckte ihre Hand. Sie kicherte entzückt.

»Es ist so weich!«

»Das wird eine Schönheit, dieses da«, sagte Jungfer Calborth und hockte sich neben Moreya. »Irgendwann braucht es auch ein neues Zuhause.«

Das kleine Mädchen starrte sie an. »Kann ich es mitnehmen?«

»Wir müssen erst einmal deine Mutter fragen und außerdem ist es noch zu jung. Aber ich halte es für eine ausgezeichnete Idee – wenn das Kätzchen alt genug ist.«

»Oh, bitte . . . ja«, hauchte Moreya. »Ich werde morgen fragen. Da ist mein Geburtstag!«

Triel hörte dem Gespräch mit einem wehmütigen Lächeln zu. Wie schön wäre es doch, wenn man den Bund mit einem Falken ebenso leicht schließen könnte. Einfach seine Eltern darum bitten! Er seufzte. »Ich muss gehen, Moreya. Ich habe Unterricht.«

»Kann ich denn noch ein bisschen bleiben? Ich werde bestimmt keinen stören.«

»Sag Erilea, dass sie hier ist«, bat Jungfer Calborth Triel. »Sie kann Moreya abholen, sobald sie mit ihren Angelegenheiten fertig ist.«

2

In der Nacht fegte ein wilder Sturm durch Sanforans Gassen, der bis zur Dämmerung jedoch an Kraft verlor. Nur ein paar launische Böen zerrten noch an den kurzen Umhängen der jungen Falknerschüler, die mit schnellen Schritten zur Haupthalle eilten.

Dort erfüllte eine magische Atmosphäre den Raum, welche die äußere Welt vergessen ließ. Ein kurzer Moment der Überraschung sorgte bei den Jungen für Ablenkung, als gemeinsam mit dem Falkenmeister auch Alduin und Rael eintraten. Doch die Aufregung der Schüler gewann schnell wieder die Oberhand.

Das Ritual begann. Um den großen runden Steintisch in der Mitte des Raumes wurde ein Halbkreis gebildet. Schweigend legte jeder der Anwärter seine Faust auf die Brust, verbeugte sich ehrerbietig vor den Erwachsenen und nahm seinen Platz in der Runde ein.

»Ihr seid so gut vorbereitet, wie es nur möglich ist«, begann Meister Calborth. »Ihr alle seid hervorragend trainiert und aufrichtig mit Leib und Seele dabei. Doch wir alle wissen, dass dies heute nicht zählt: Die Falkenküken entscheiden, ob es zu einem Bund kommt.«

Triel stand Schulter an Schulter zwischen seinen Gefährten und versuchte, langsam und gleichmäßig zu atmen. Aus einem unerklärlichen Grund schlüpften die Falken üblicherweise morgens. Aber die jungen Männer wären auch bereit, den ganzen Tag und die darauf folgende Nacht auszuharren, wenn es nötig sein sollte. Triel kam es vor, als würde jeder im Raum seinen trommelnden Herzschlag hören, und warf einen verwirrten Blick zu Rael, der ermutigend zurücklächelte.

Erinnerungen an ihre erste Begegnung wurden in Triel wach. Es war vor vielen Sommern, als Rael ihm beschrieb, was für ein aufregendes Gefühl es war, zum Kreis der hoffnungsvollen jungen Männer zu zählen, die den Bund mit einem Falken eingehen wollten. Weder Gebete noch Aufregung würden helfen, sagte er damals. Was sein wird, wird sein. Triel versuchte, in diesem Gedanken Halt zu finden, doch es fiel ihm schwer. Er befürchtete schon, dass er mit seiner Aufregung jedes Küken verschrecken würde, und diese Angst machte ihn nur noch nervöser. Dicke Schweißperlen liefen ihm die Stirn herunter und sein Mund war völlig ausgetrocknet.

»Wenn ihr euch verbunden habt, wird euch einer der Falkner hier helfen, eure Falken zu füttern.« Calborth deutete auf Alduin und Rael. »Überstürzt nichts, auch wenn das Küken gierig sein sollte. Sprecht mit ihm und verstärkt das Band mit Gedanken der Zuneigung und mit Willkommensgrüßen«, fuhr er fort.

Alle nickten und die Spannung, die in der Luft hing, ließ nach. Jetzt war es nur noch eine Frage der Geduld.

Die Zeit verging und keiner wusste, wie lange es noch dauern würde. Plötzlich lugte die Sonne über den Sims eines der hohen Fenster in der Kammer und warf einen scharfen Lichtstrahl quer durch den Raum zur gegenüberliegenden Wand. Während der Strahl langsam nach unten kroch, schien es, als würde er den Staub in die goldene Luft wirbeln. Aber nur wenige bemerkten es, denn alle Augen waren gebannt auf den Tisch vor ihnen gerichtet. Die Falkenweibchen auf der Stange saßen still und beobachteten, was vor sich ging.

Plötzlich schien das Gelege vor Triels Augen zu schwanken. Er wollte einen Schritt nach vorn machen, sich an der Tischkante festhalten, um das Gleichgewicht wiederzufinden. Meister Calborth zerrte ihn zurück.

»Bleib stehn. Es sind nur die Eier, die sich bewegen.«

Na klar! Das Schwanken vor Triels Augen war nichts anderes als das Schaukeln der Eier! Eine Welle von Seufzern wogte durch den Raum, als die jungen Männer nach Luft schnappten. Endlich, endlich, der entscheidende Moment hatte begonnen!

»Bleibt ruhig und atmet gut durch. Jetzt geht es los.«

Zahllose Jahre der Erfahrung lagen in Meister Calborths besänftigender Stimme. Ein Gefühl der Gelassenheit durchströmte Triel, als er wie hypnotisiert seine ganze Aufmerksamkeit auf die Szene vor sich lenkte. Alle Ängste und Befürchtungen waren plötzlich vergessen. Feine Risse zeigten sich auf den Schalen: erst einer, dann mehrere. Einige der Eier tanzten wild hin und her. Plötzlich brachen zwei davon gleichzeitig auf und ließen in ihrem Inneren strubbelige, feuchte Küken erkennen.

»Bratho«, flüsterte einer der Schüler, machte einen Schritt vorwärts und hob behutsam einen der winzigen Falken auf.

Schon war Rael zur Stelle und führte den frisch gebackenen Falkner mit seinem neuen Gefährten zu einer Platte mit fein geschnittenen Hühnerinnereien.

»Calvar«, jubelte ein anderer Junge und sein Gesicht strahlte eine unbeschreibliche Freude aus. Diesmal war es Alduin, der ihm zu Hilfe kam.

Es schien unendlich lang zu dauern, bevor wieder etwas geschah: Doch mit einem Mal befreiten sich drei weitere Küken kurz nacheinander aus ihrem Ei. Fünf Falkenküken hatten jetzt bereits ihren Gefährten gefunden, zwei weitere folgten schon bald darauf.

Nur zwei Eier waren jetzt noch übrig.

Tiefer Friede erfüllte Triel und er verstand den Sinn, der in Raels Worten lag: Was sein wird, wird sein. Da gab es nichts, was er tun konnte. Aufregung war hier sinnlos. Er schloss seine Augen und vergaß alle Erwartungen. Ein Gefühl des Schwebens breitete sich in seinem Körper aus und schien die Grenzen zwischen innen und außen aufzulösen: Es war ein Zustand ohne Empfindung oder Verlangen. Triel fühlte sich befreit.

Falstar

Triel hörte den Namen, der wie aus weiter Ferne erklang. Gleichzeitig kam es ihm vor, als würde sein Körper mit jeder Faser diesen Namen singen.

Er riss die Augen auf.

»Falstar«, wiederholte er staunend, machte einen Schritt auf den Tisch zu und blieb verdutzt stehen. Sein Blick fiel auf die letzten beiden Eier, die noch hin- und herschaukelten.

Kein Küken zu sehen!

Hatte er sich das nur eingebildet? War sein sehnlichster Wunsch so stark, dass er nun schon Stimmen hörte? Er warf Meister Calborth einen betretenen Blick zu und reihte sich schuldbewusst wieder in den Halbkreis der anderen noch hoffnungsvoll wartenden Jungen ein. Ein weiteres Ei brach auf und Triels Herz setzte für einen Moment aus.

»Magner«, jauchzte ein Junge und taumelte auf das feuchte Knäuel Federn zu.

Das letzte Ei schaukelte von einer Seite zur anderen, aber kein einziger Riss war in der Schale zu erkennen.

Falstar!

Noch einmal hörte Triel den Namen und diesmal klang es wie eine Kinderstimme, die jemanden ermutigend anfeuerte. Das Gefühl ruhigen Friedens kehrte zurück und plötzlich wusste er genau, was zu tun war.

»Falstar hat Schwierigkeiten«, sagte er und war überrascht, wie ruhig er blieb. »Er braucht Hilfe.«

Meister Calborth nickte nur.

Auf dem Tisch lagen etliche Steine. Sie waren kreisförmig um die Eier angeordnet und bildeten einen Falkenhorst in der freien Natur nach. Triel ging darauf zu und nahm einen der Steine in die Hand. Er lehnte sich vor, zögerte einen Moment und klopfte damit dann vorsichtig, aber gezielt auf das Ei.

Es schwankte – doch noch immer zeigte sich kein Riss.

Triel wiederholte den Schlag und dieses Mal wurde das Vertrauen in seine Eingebung belohnt. Für einen kurzen Moment sah er drei feine Linien an der Schale hinunterlaufen, gleich darauf brach sie wie in Zeitlupe auseinander. Trotzdem blieb die sonst so zarte innere Hülle unversehrt.

»Etwas Scharfes, bitte!«, rief Triel und sah sich um.

Im gleichen Augenblick stand schon Alduin neben ihm und reichte ein Messer mit fein geschliffener Klinge hinüber. Als würde seine Hand dadurch ruhiger bleiben, hörte Triel auf zu atmen, hielt das Ei fest und ritzte die Haut mit einem kleinen Schlitz ein. Mehr war nicht nötig und einen Herzschlag später kämpfte sich Falstar aus seinem Gefängnis, um Triel und die Welt mit einem triumphierenden Piepsen zu begrüßen.

Als Triel seinen neuen Freund auf die Hand nahm, hatte er den Eindruck, vom Glück gleich überwältigt zu werden, und es fiel ihm schwer, nicht in der Kammer herumzutanzen und lauthals zu lachen.

Falstar! Falstar!, sang er in Gedanken. *Es ist passiert! Ich bin Falkner. Trotz Mams Widerstand. Obwohl mein Onkel nicht erwählt wurde. Ich stelle die Familientradition wieder her. Jetzt bin ich ein Falkner von Nymath!*

Moreya summte vor sich hin und tanzte langsam durch Aranthias Stube, während ihre Großmutter hin und her lief, um alles für die Geburtstagsfeier vorzubereiten.

»Willkommen Bratho«, sang das Mädchen. »Willkommen Calvar. Willkommen Gistel und Peeka.«

Sie summte weiter, schloss dabei die Augen und drehte sich langsam mit ausgebreiteten Armen um sich selbst. Aranthia brachte das Geschirr in den Raum und hielt einen Augenblick inne, um ihrer Enkelin zuzuschauen, bevor sie das Tablett abstellte. »Was hast du da gesungen?«, fragte sie.

»Ich begrüße die Falken«, antwortete Moreya, ohne ihre Augen zu öffnen. »Da ist ja Sirath. Willkommen!«

Sie tanzte zum Fenster und weiter an der Anrichte vorbei.

Aranthia schüttelte lachend den Kopf. Wie wundervoll, noch so jung und voll überschäumender Fantasie zu sein. Sogar auf dem Weg zurück in die Küche hörte sie gedämpft Moreyas Stimme, die weitersang. »Willkommen Voron, willkommen Preshar, willkommen Magner. Herzlich willkommen ihr alle . . .«

Plötzlich verstummte Moreya. Aranthia war neugierig, was das Lied ihrer Enkelin so plötzlich zum Schweigen gebracht hatte, und eilte zurück in die Stube. Dort sah sie das Mädchen mit einem Ausdruck erwartungsvoller Spannung völlig still im Raum stehen.

Aranthia merkte, dass sie unwillkürlich die Luft anhielt. Sie wusste nicht, was das zu bedeuten hatte, fühlte aber, dass es etwas Wichtiges sein musste.

Es war wohl besser, das Kind jetzt nicht zu stören.

Sie setzte sich leise auf einen Stuhl und beobachtete mit zunehmender Verwunderung das Bild, das sich ihr bot. Wenn sich Aranthia später diesen Moment in Erinnerung rief, würde sie sagen, dass Moreya zu strahlen begann, mit einem Ausdruck überwältigender Freude und Zufriedenheit in ihrem kleinen Gesicht.

Endlich seufzte das Mädchen tief und öffnete ihre Augen.

»Falstar«, sagte sie. »Triel hat sich mit Falstar verbunden.«

Die Küken waren gefüttert und schliefen, aber Triel konnte sich nicht aufraffen, die Schlupfkammer zu verlassen, obwohl sein Magen laut und vernehmlich knurrte. Die meisten seiner Mitschüler waren bereits gegangen – einige als Falkner, ganz außer sich vor Freude, andere als enttäuschte ehemalige Anwärter, die nun vor der Frage standen, was sie mit ihrem Leben anfangen sollten.

»Ich vermute, Falstar ist ein ganz zäher Bursche«, meinte Meister

Calborth mit einem Lachen in der Stimme und legte seine Hand auf Triels Schulter. »Es gibt keinen Grund, sich um ihn Sorgen zu machen. Geh jetzt erst einmal essen.«

»Es ist Moreyas Geburtstag. Alle hoffen, dass ich kurz vorbeikommen kann.«

»Zuerst isst du! Wenn du Falstar dann noch einmal gefüttert hast, kannst du zu dem Fest gehen«, meinte der Meister streng.

Triel warf noch einen kurzen Blick auf seinen Falken, für den er schon große Liebe verspürte, nickte und verließ den Raum. Obwohl er hungrig war, fehlte ihm der Appetit. Eigentlich sollte er beim Festmahl doch dabei sein, aber ihm behagte der Gedanke nicht, jetzt in den überfüllten Speisesaal gehen zu müssen. Stattdessen zog es ihn zum Bogenhof und er war überrascht, dass er dort nicht allein war. Seine Mitschüler, Cantel und Taro, waren in der Mitte des Hofes in ein Gespräch vertieft.

Als er im Schatten des Arkadenwegs stehen blieb, drangen ihre Worte deutlich zu ihm herüber.

»Sei nicht so blöd, Cantel. Dein Vater kann dir keinen Vorwurf machen. Er weiß, dass die Küken sich ihren Falkner aussuchen«, sagte Taro.

»Du kennst meinen Vater nicht. Er wird eine Möglichkeit finden, mir die Schuld zuzuschieben«, erwiderte Cantel. »Ich komme aus einer ununterbrochenen Linie von Falknern. Es gibt keine Entschuldigung dafür, dass ich versagt habe.«

»Aber du hast nicht versagt! Hör auf, so zu denken. Du hast alles richtig gemacht. Du warst einer der Besten von uns. Die Verbindung selbst liegt nicht in unseren Händen.«

»Aber du verstehst das nicht«, sagte Cantel. »Ich war es. Ich wusste es. Tief in meinem Inneren wollte ich mich gar nicht verbinden!«

»Du wolltest . . . was????«, stieß Taro ungläubig aus. »Wie kannst du dich nicht verbinden wollen? Jeder will das. Es ist der Traum von allen . . . selbst von denen, die keine Raiden sind.«

»Ich weiß nicht«, Cantel zuckte niedergeschlagen mit den Schultern. »Ich kann es nicht erklären. Bis heute früh war es doch mir selbst nicht klar.«

»Ach, komm, das waren nur die Nerven.«

»Das ist es ja gerade. Ich war überhaupt nicht nervös. Es war mir völlig gleichgültig. Als wir alle um den Tisch herumstanden, fühlte ich mich ganz und gar fehl am Platz . . . und . . . und . . .«

Plötzlich nahm das Gesicht des jungen Mannes einen überraschten Ausdruck an. ». . . und ich habe mich dabei erwischt, vom Meer zu träumen. Als hätte der Ozean mich gerufen.«

Cantels Geständnis verschlug Taro die Sprache. Er war der Erste, der sich mit einem der Falkenküken verbunden hatte, und jetzt der von Bratho akzeptierte Partner. Einzig die Traurigkeit darüber, dass sein guter Freund keine Verbindung eingegangen war, warf einen Schatten auf diesen sonst so perfekten Vormittag.

»Siehst du«, fuhr Cantel fort. »Mein Vater wird verärgert sein und das ist berechtigt. Ich war es, der versagt hat. Ich traue mich nicht nach Hause. Inzwischen hat er es bestimmt schon herausgefunden und erwartet mich. Es ist nur sein Stolz, der ihn noch zurückhält, sonst wäre er längst schon hier und würde mich vor allen anderen fertigmachen.«

»Du übertreibst!«

Cantel schüttelte den Kopf. »Ich habe keine Ahnung, wo ich hingehen kann, aber ich bleibe keinen Augenblick länger in Sanforan. Ich gehe sofort und packe meine Sachen . . .«, sagte er und lief zum Tor.

»Aber du kannst nicht einfach . . . einfach so verschwinden . . .«, stotterte Taro und folgte ihm mit schnellen Schritten. Triel nutzte den Moment, um sich bemerkbar zu machen. Er konnte die beiden gut leiden und war traurig darüber, dass Cantel davonlaufen wollte. Doch er konnte es ihm nachfühlen. Die wenigen Male, die er Gelegenheit hatte, Cantels Vater zu erleben, hatten ihm gezeigt, dass dieser nicht gerade ein angenehmer Zeitgenosse war – trotz seiner Stellung als Falkner.

»Tut mir leid«, sagte er, »es ließ sich nicht vermeiden mitzuhören . . .«

»Dann sag ihm, dass ich recht habe«, verlangte Taro. »Er übertreibt . . . und einfach davonzulaufen, löst nicht das Problem!«

Triel antwortete nicht gleich. Er suchte nach einem Ausweg aus dieser Sackgasse. Schließlich zuckte er resigniert mit den Schultern. »Leider kann ich dir nicht zustimmen«, sagte er. »Ich habe Stantel nur einige Male gesehen, aber mein Eindruck war . . . nun, ich bin glücklich, dass er nicht mein Vater ist.«

Für Cantel war Triels plötzlicher Auftritt wie ein Rettungsseil, das ihm unvermittelt zugeworfen wurde. Er griff nach seinem Arm.

»Deine Mutter, sie wird es verstehen«, meinte er. »Ihr Vater war doch der gleiche Typ. Vielleicht beherbergt sie mich für einige Tage. Dann kann ich aus der Stadt verschwinden, sobald die Lage sich etwas beruhigt hat.«

Triel war seinem Großvater niemals begegnet, hatte jedoch während seiner Zeit in der Falkenhalle viel von ihm gehört. Er wollte den Gerüchten keinen Glauben schenken und so war dieser in seiner Vorstellung ein nobler Falkner. Aber in diesem entscheidenden Moment wurde ihm klar, dass es sinnlos war, jetzt darüber zu streiten. Er ging davon aus, dass seine Mutter eine Schwäche für jemanden wie Cantel haben und ihm in seiner misslichen Situation sicherlich helfen würde. So traf er eine schnelle Entscheidung.

»Sobald Falstar gefüttert ist, werde ich mit meiner Mutter reden«, erklärte er. »Ich lass dich wissen, was sie dazu sagt.«

Cantels Augen leuchteten hoffnungsvoll auf, aber Taro schüttelte den Kopf.

»Das wird ein böses Ende nehmen. Denkt an meine Worte!«

»Mein Vater wird mich sowieso in Schande davonjagen«, meinte Cantel und seine Stimme klang nun etwas mutiger. »Ich beschleunige die Sache nur etwas und bereite ihm nicht das Vergnügen, mir eine Tracht Prügel zu verpassen. Ihr werdet sehen, ich mache was aus meinem Leben. Dann kann ich ihm beweisen, dass Falkner zu sein, nicht die einzige wertvolle Sache in der Welt ist!«

»Oh Triel, ich freu mich so«, jauchzte Moreya, als er in die Stube kam, und warf sich im gleichen Augenblick in seine Arme. Familie und Freunde waren zusammengekommen, um den Geburtstag des kleinen Mädchen zu feiern: Alduin, Erilea, Rael, Bretta, Aranthia und Bardelph.

»Danke«, sagte er und drückte sie fest an sich. »Und dir auch einen herzlichen Glückwunsch!«

»Es ist wundervoll!«, sprudelte Moreya heraus. »Es ist der schönste Tag meines Lebens!«

»Schön, das zu hören. Fünf ist ja auch etwas Besonderes. Fünf wie die Finger an deiner Hand, wie die Zehen an deinen Füßen, wie die Blütenblätter der Bactiblume«, erwiderte Triel grinsend.

Moreya sah ihn an, als würde sie an seinem Verstand zweifeln.

»Aber es waren neun! Neun Falken sind geschlüpft«, belehrte sie ihn. »Das kannst du doch noch nicht vergessen haben. Falstar war der neunte.«

Für einen Moment war Triel überrascht und wunderte sich, woher sie das wusste. Dann fiel ihm ein, dass auch Alduin und Rael da waren. »He, wer hat dir die Geschichte erzählt?«, fragte er, »das ist unfair – es ist meine Geschichte.«

Ohne auf eine Antwort zu warten, drückte Triel Moreya schnell die Hand und wandte sich dann den Erwachsenen zu.

»Hört sich an, als sei bereits jedes Detail bekannt«, beschwerte er sich, als alle auf ihn zukamen, um ihn zu umarmen und zu beglückwünschen.

»Tja«, entgegnete Aranthia und ihr nachdenklicher Ton machte ihn stutzig. »Aber wir wissen es nicht von Alduin oder Rael.«

Triel warf den Falknern einen fragenden Blick zu, den sie mit Schulterzucken und Kopfschütteln beantworteten. Dabei ruhten ihre Augen auf Moreya, die wieder durch den Raum tanzte, dabei vor sich hin summte und im Singsang die Namen der Falkenküken aufsagte. »Bratho, Calvar, Gistel, Peeka, Sirath, Voron, Preshar, Magner, Falstar!«

»Was, in Nymaths Namen geht hier vor?«, flüsterte Triel und

wandte sich den Älteren zu. Es war Aranthia, die wieder das Wort ergriff. »Moreya ist seit gestern hier. Heute Vormittag, ungefähr zur Zeit des Schlüpfens, begann sie zu singen und zu tanzen. Ich habe zunächst nicht darauf geachtet, weil ich mit den Vorbereitungen für die Geburtstagsfeier beschäftigt war. Aber dann habe ich gesehen, wie Moreya . . .«, sie machte eine kleine Pause. »Nun, es war, als wäre sie in Trance gefallen . . . oder irgendwo weit weg. Und sie sah . . . so wunderschön aus.«

Aranthia unterbrach sich lange genug, um Triel einen fragenden Blick zuzuwerfen. »Hast du irgendetwas gemerkt?«

Triel verneinte. »Ich . . . ich habe nur gespürt, dass Falstar Schwierigkeiten hatte, aus dem Ei zu schlüpfen«, begann er.

Dann ging ein Anflug von Erstaunen über sein Gesicht. »Warte mal! Jetzt, wenn ich so darüber nachdenke . . . das zweite Mal, als ich seinen Namen hörte, klang es, als hätte ihn eine Kinderstimme gerufen.«

»Moreya«, sagte Alduin und es war mehr eine Feststellung als eine Frage.

»Ja, Moreya«, pflichtete Aranthia ihm bei. »Als sie schließlich wieder wach wurde, sozusagen, verkündete sie schlicht, Triel habe sich mit Falstar verbunden.«

»Was sagst du da?«, fragte Triel. »Dass sie irgendwie meinen Bund mit Falstar teilt?«

Seine Mutter ging einen Schritt auf ihn zu und legte beruhigend eine Hand auf seinen Arm, aber es war Aranthia, die weitersprach.

»Ich kann nicht sagen, ob es nur eine vorübergehende Verbindung war oder ob es länger anhalten wird. Moreya scheint telaesthetisch veranlagt zu sein.«

»Tela. . . was?«, fragte Erilea.

»Telaesthetisch«, wiederholte Aranthia. »Das heißt, sie kann Empfindungen oder Eindrücke von Dingen empfangen, die weit entfernt sind, ohne dass sie ihre üblichen fünf Sinne gebraucht.«

Alle verfielen in Schweigen, wogen Aranthias Worte ab und wussten nicht, was sie davon halten sollten.

»Das ist jedoch noch nicht alles«, fuhr Aranthia nach einem Moment fort. »Sie hat nicht nur Falstar gefühlt. Sie kannte die Namen aller neun Küken, die geschlüpft sind.«

Bretta ließ sich schwer in den Stuhl fallen und streckte ihre Hand nach Rael aus. Erilea ging auf Alduin zu, der seinen Arm um sie legte, Bardelph zog Aranthia ebenfalls an sich. Sie alle wurden von einer bösen Vorahnung überfallen und die feierliche Stimmung schien auf einmal getrübt.

»Das kommt nicht gut an«, meinte Bretta überflüssigerweise. »Wenn auch nur ein Teil davon nach außen dringt, wird es reichlich Gerüchte geben. Gerade die traditionsbewussten Raiden-Familien werden sehr aufgebracht sein.«

»Warum sollten sie?«, fragte Bardelph mit gesenkter Stimme, sodass Moreya ihn nicht hören konnte. »Man kann ja wohl nicht das Kind dafür verantwortlich machen.«

»Aber du kennst doch die Gerüchte, die schon über Alduin verbreitet werden«, warf Erilea ein. »Die Verbindung mit einem wilden Falken und die Visionen sind schlimm genug. Ganz zu schweigen von seinen Besuchen auf der Insel . . .«

Erilea spielte auf die magische Insel an, auf der sie, Alduin und Rael dem Gott der Raiden und der Göttin der Wunand, Gilian und Emo, begegnet waren. Alduin hatte dort mit seinem Falken Rihscha eine mystische Reise zum Zentrum der Schöpfung unternommen. Im Laufe der Zeit waren sie ab und zu an diesen Ort zurückgekehrt und erlangten ein so tiefes Wissen, wie es nur wenigen zuteil wurde. Unglücklicherweise wurde das Geheimnisvolle um Alduins Person nicht immer mit Wohlwollen betrachtet.

»Wir müssen nicht noch betonen, dass er zur Hälfte Wunand ist. Und dass er in mir eine Mutter hat, die nicht den traditionellen Weg ihres Stammes einschlagen wollte«, sagte Aranthia.

»Ja, glaubst du wirklich, die Leute wären bereit, seine Tochter zu verurteilen?«, fragte Bardelph.

»Verurteilen ist vielleicht ein zu hartes Wort . . .«, begann Erilea mit einem Hauch von Angst in ihrer Stimme.

»Oh, einige Familien würden nicht zögern, das zu tun«, unterbrach Bretta. »Sie wären sogar besessen von dem Gedanken. Stellt euch vor, was mein Vater dazu gesagt hätte. Sein eigener Sohn konnte sich nicht mit einem Falken verbinden, aber ein kleines Mädchen verbindet sich gleich mit neun. Ich meine: Mädchen ist schon schlimm genug, aber zu allem Überfluss dann auch noch neun Falken!«

Als Brettas Stimme immer höher und verängstigter klang, erinnerte sich Triel an die Diskussion zwischen Taro und Cantel. Für einen kurzen Moment tauchte Stantels arrogantes Gesicht in seinen Gedanken auf.

Rael beugte sich vor, umarmte seine Frau und versuchte, sie zu beruhigen. »Still, Bretta. Du jagst Moreya nur Angst ein.«

»Ja«, mischte sich Aranthia ein, »lasst uns dieses Gespräch auf später verschieben. Wir haben hier einen Geburtstag und einen Bund zu feiern. Solange Moreya das alles als ganz normal empfindet, sollten wir so tun, als würden wir das auch so sehen.«

Später am Abend, als Triel schon längst zur Falkenhalle zurückgekehrt war und Moreya zusammengerollt schlafend in ihrem Bett lag, saßen sie wieder am Esstisch beisammen und führten ihr Gespräch an der Stelle fort, an der sie es abgebrochen hatten.

»Denkst du, Moreya könnte vielleicht fähig sein, mit den Augen dieser Falken zu sehen?«, fragte Erilea Alduin und Verblüffung schwang in ihrer Frage mit.

Er schaute zu seiner Mutter hinüber und erwartete eine Antwort.

»Wer weiß das schon. Ein telaesthetischer Mensch hat Sinne und Empfindungen, die außerhalb der Norm sind. Das kann alles und gar nichts bedeuten oder irgendetwas, das dazwischen liegt. Genauer gesagt, es kann auch sein, dass sich das nicht wiederholen wird. Moreya ist im Moment sehr jung und offen, aber das kann sich ändern«, erklärte Aranthia, doch in ihrer Stimme lagen Zweifel.

»Ja, wahrscheinlich machen wir zu viel Aufhebens darum«, warf Bardelph ein. »Bestimmt war es nur vorübergehend . . . ich weiß nicht . . . irgendetwas, was nicht wieder vorkommt.«

In all den Jahren mit Aranthia und trotz seiner engen Beziehung zu Alduin war Bardelph ein bodenständiger Mann geblieben. Er lehnte es ab, sich mit Dingen aufzuhalten, die er mit dem Verstand nicht erklären konnte. Diese Eigenschaft empfand Aranthia als liebenswert und in schwierigen Momenten sogar als beruhigend. Genau dies konnte aber auch der Grund gewesen sein, weswegen er in seiner Jugend keinen Bund mit einem Falken eingehen konnte. Sie entschied, sich nun ganz und gar auf seinen praktischen Verstand zu verlassen.

»Du könntest recht haben. Die Zeit wird es zeigen, deshalb sollten wir uns jetzt nicht in etwas hineinsteigern, was vielleicht niemals geschehen wird.«

»Moreya will die Küken noch sehen, bevor wir Sanforan verlassen«, sagte Erilea. »Das haben wir ihr im vergangenen Jahr schon versprochen. Weshalb sollten wir das Versprechen auch nicht halten? Insbesondere, wenn wir berücksichtigen, was vorgefallen ist. Wenn die Stadt hinter uns liegt, wird sie weniger Gelegenheit zu . . . solchen Ausrutschern haben.«

»Rael und ich werden morgen Meister Calborth treffen, um ihm von unserer Idee zu erzählen«, sagte Alduin. »Ich werde ihm auch schildern, was geschehen ist, und herausfinden, ob sie die Falken sehen darf – am besten über Mittag, wenn sonst keiner da ist.«

»Aber vielleicht sollten wir . . .«, fuhr er mit einem Blick auf Bardelph fort, »dir die Idee zuerst erklären.«

»Lasst mich hören«, meinte dieser erleichtert, weil sich die Unterhaltung jetzt auf soliderem Boden bewegte – zumindest hoffte er das.

»Nun«, Alduin schaute Rael an, um ihn ins Gespräch mit einzubeziehen, »du nimmst doch die jungen Falkner immer zu Ausflügen mit, damit sie jagen lernen und sich an das Leben in der Wildnis gewöhnen . . . und du weißt, dass sie ihre Falken solange bei Meister Calborth lassen.«

Bardelph nickte und Rael übernahm das Wort.

»Wie wäre es, wenn du die Jungs diesmal *mit* ihren Falken zu Alduins Haus bringst? Ich werde auch da sein. So können sie sich mit erfahrenen Falknern austauschen – und das, *bevor* sie das erste Mal mit den Falken fliegen. Es sieht so aus, als sei da bisher eine Lücke im Trainingsprogramm. Dabei könnte Alduin ihnen vieles vermitteln, insbesondere über die Art der Verbindung. Sie geht weit über das hinaus, was seit so vielen Generationen als normal gilt.«

Bardelph kratzte seinen zerzausten Bart, während er sich den Vorschlag durch den Kopf gehen ließ.

»Ich bin wirklich nicht derjenige, der darüber zu befinden hat, aber für mich hört es sich so an, als hätte diese Idee etwas für sich. Dennoch, das würde einen weiteren Bruch mit der Tradition bedeuten. Verglichen damit war eure Anwesenheit beim Schlüpfen der Küken heute eine Kleinigkeit. Keiner kann jedoch vorhersagen, wie die Familien wirklich reagieren werden, wenn sie das herausfinden. Erilea sagte ja schon, dass Alduins Ruf nicht der beste sei – insbesondere nicht in den reinblütigen Raiden-Kreisen!«

»Gut! Wir müssen ja nicht sagen, wohin die Reise gehen soll. Bekannt wird allenfalls der Umstand, dass die jungen Männer diesmal ihre Falken mitnehmen«, warf Alduin ein.

»Der Ausflug wird länger dauern«, gab Bardelph zu bedenken.

»Das stimmt«, erwiderte Alduin. »Aber solange eine Familie nicht gerade zwei Söhne nacheinander in der Ausbildung hatte, wird sich wahrscheinlich kaum einer von ihnen daran erinnern, wie lange die Ausflüge normalerweise dauern.«

Bardelph gingen die Argumente aus und er nickte. »Ich spiele mit, vorausgesetzt Meister Calborth ist einverstanden. Aber baut dort einige stabile Käfige!«

Anstelle einer Antwort grinsten Alduin und Rael nur zufrieden und besiegelten mit einem festen Händedruck den ersten Schritt der Vereinbarung.

Die nächste Hürde würde der Falkenmeister sein.

Als Triel die Falkenhalle erreichte, konnte er Cantel nirgends finden. Das kam ihm ganz gelegen, denn er hatte vergessen, seine

Mutter zu fragen, ob sie ihn bei sich beherbergen würde. Trotzdem machte er sich Sorgen um seinen Freund.

»Wo ist Cantel?«, fragte er Taro, als sie Falstar und Bratho nach einer weiteren Fütterung zum Schlafen in ihre Käfige setzten.

»Großer Gott! Natürlich, du warst ja gar nicht da!«, rief Taro.

»Warum? Was war los?«

»Es war etwa zur fünften Glocke, als Stantel hier auftauchte. Er lieferte bühnenreifes Theater, spielte den verständnisvollen und tröstenden Vater. Einfach lächerlich – er hätte nicht einmal ein Kind damit täuschen können!«

»Du hast deinen Ton geändert, kann das sein?«, fragte Triel. »Du warst doch so sehr davon überzeugt, dass er Cantel nicht bloßstellen würde.«

»Ich weiß«, stimmte Taro zu. »Aber Stantels Ton war so zuckersüß, dass es jedem den Magen umgedreht hat.«

»Und was hat er gesagt?«

»Ach, nur so Zeug wie ›Cantel ist zu Hause willkommen, Cantel wird im kommenden Jahr eine neue Chance bekommen, wenn er das will, es sei schließlich nicht das Ende der Welt . . .‹ so in dieser Art.«

»Und wo war Cantel während der ganzen Zeit? Das muss doch unglaublich demütigend für ihn gewesen sein.«

»Wir waren im Schlafsaal. Er hatte gerade seine Tasche fertig gepackt, als er die Stimme seines Vaters hörte, der in diesem Moment über den Hof kam«, erzählte Taro. »Kaum zu glauben, dass jemand allein vom Hören einer Stimme so bleich werden kann. Seine ganze Entschlossenheit, wegzulaufen und ein anderes Leben zu führen, löste sich in null Komma nichts in Luft auf. Er hat sich nur noch die Tasche gegriffen und ist nach unten gelaufen.«

»Und als sie sich begegnet sind? Was war dann?«, fragte Triel.

»Ich . . . ich konnte einfach nicht runtergehen. Ich habe es nur vom Fenster aus beobachtet. Der Blick von Cantel, als er mich ansah, war so herzzerreißend, ich war völlig verunsichert . . . tut . . . tut mir leid.«

Taro sagte diese Worte zu Triel, aber es war offensichtlich, dass sie an Cantel gerichtet waren. »Es kommt mir so vor, als hätte ich ihn einfach verraten!«

3

Mitten in der Nacht erwachte Triel. Er konnte sich nicht erklären, warum, doch blitzartig flogen seine Gedanken zu Falstar. Sein Herz setzte einen Schlag lang aus. Könnte es sein, dass irgendetwas nicht in Ordnung war? Leise stieg er aus seinem Bett, schlich zum Fenster und warf einen Blick zur Halle. Er hoffte, dass sein Gefährte friedlich schlief, denn draußen schien alles still zu sein. Triels Augen schweiften über den Platz zum Rathaus hin und weiter zur engen Gasse, die zum Hintereingang der Festung führte. Nichts rührte sich, nicht einmal ein leiser Windhauch.

Er kratzte sich ratlos am Kopf und gerade, als er seinen Blick abwenden wollte, nahm er einen Schatten wahr, der an einem der gegenüberliegenden Wohngebäude vorbeihuschte. Regungslos, um sich nicht zu verraten, verfolgte Triel wie gebannt, was da unten vor sich ging. Einen Atemzug später konnte er die Umrisse einer Person erkennen, deren Körper in einen langen Umhang gehüllt war. Nymaths sichelförmige Monde warfen ihr sanftes Licht auf das Gesicht und Triel sah, wie die Gestalt ihren Blick unsicher umherschweifen ließ. Sie war zu weit entfernt, als dass er sie trotz seiner guten Augen hätte erkennen können. Triels Herz begann zu hämmern.

Jetzt verschwand der Schatten aus seinem Blickfeld. Sicherlich war die geheimnisvolle Person auf dem Weg zum Haupteingang der Falkenhalle. Als sie jedoch auch nach geraumer Zeit nicht wieder auftauchte, entschied sich Triel zu handeln.

Der junge Falkner schlüpfte hastig in seine Kleidung, schlich die Treppen hinunter und lief hinaus in die sanfte Nachtluft. Um nicht entdeckt zu werden, rannte er geduckt hinüber zu den Mauern der Falkenhalle und bewegte sich lautlos, aber schnell vorwärts, bis er einen Blick auf die Haupttür werfen konnte. Sie war verschlossen. Natürlich! Er fluchte leise vor sich hin, weil ihm erst jetzt wieder einfiel, dass Meister Calborth sie doch jeden Abend höchstpersönlich abschloss. Seit Alduins Falke Rihscha angeschossen worden war, waren die Sicherheitsmaßnahmen in der Falkenhalle wesentlich schärfer – eine unglückliche, aber notwendige Folge der Ereignisse.

Falstar und die anderen Küken waren also in Sicherheit. Triel seufzte vor Erleichterung. Wo auch immer der Fremde sein mochte, hier war er jedenfalls nicht. Der junge Falkner entspannte sich und überlegte, was er jetzt tun sollte.

Seine Gedanken wurden jäh unterbrochen, als sich die schwere Holztür langsam bewegte. Der Schreck fuhr ihm in die Glieder und sofort war er wieder hellwach.

Als die Gestalt hinter der Tür auftauchte, war er überzeugt, dass die jungen Falken doch in Gefahr seien. Mit einem Satz sprang er auf den vermummten Körper zu, der von der Kraft des Sprungs zu Boden gerissen wurde. Dabei verlor auch Triel das Gleichgewicht und fiel direkt auf den Vermummten drauf.

Die Götter mögen verhüten, dass es Meister Calborth ist!

Doch Triel verdrängte den Gedanken ebenso schnell, wie er gekommen war. Höchst unwahrscheinlich, dass Meister Calborth um diese Zeit wie ein Dieb hier herumschlich. Keinem war es erlaubt, sich nachts in der Falkenhalle aufzuhalten. Es musste zweifellos ein fremder Eindringling sein. Der Körper unter ihm, mit dem Gesicht im Dreck, bewegte sich nicht. War es ein Täuschungsmanöver oder hatte der Fremde das Bewusstsein verloren, als er auf den harten Boden aufgeschlagen war?

Triel richtete seinen Oberkörper auf. Als er neugierig die Kapuze des Umhangs zurückzog, fiel sein Blick auf den Nacken und die von zerzausten Haaren umrahmten Wangen, die von einem schlimmen Bluterguss gezeichnet waren. Der konnte doch nicht durch den Sturz verursacht worden sein! Das Profil und das dichte dunkle Haar kamen ihm doch irgendwie bekannt vor . . .

»Mensch, Cantel!«, rief Triel plötzlich mit unterdrückter Stimme. »Was um aller Welt machst du hier?«

Sein Freund rührte sich und stöhnte. »Falls du deine harten Knochen von mir runternimmst, will ich es dir gerne sagen.«

»Natürlich. Entschuldige!«, Triel rückte zur Seite und Cantel konnte sich aufsetzen. In diesem Augenblick gab das spärliche Licht das ganze Ausmaß der Verletzungen in seinem Gesicht preis. »Heiliger Gilian, Cantel! Dein Vater hat doch nicht . . .?«

Der harte Ausdruck auf Cantels Gesicht bestätigte jedoch schnell Triels Verdacht. »Als ich ihm sagte, dass ich nicht wirklich Falkner werden wollte, hat er völlig die Kontrolle verloren. Wenn mein Onkel nicht dazwischengegangen wäre, hätte er mich wahrscheinlich totgeschlagen.«

»Aber er ist ein Raiden-Falkner. Da gibt es doch ganz klare Verhaltensregeln. Um jemanden anzugreifen, muss man sehr gute Gründe haben. Falkner dürfen nicht . . .«

»Sei nicht so naiv«, unterbrach ihn Cantel. »Du hältst dich immer noch an dieser noblen Idee fest. Frag einmal deine Mutter – sie kennt die Wahrheit!«

»Aber sieh dir Rael an. Oder den Falkner Alduin. Und, ganz nebenbei, was ist mit Meister Calborth? Ganz zu schweigen von den anderen Mitschülern.«

»Ja, sicher, da gibt es Falkner, die nach dem Ehrenkodex leben, und wahrscheinlich sind die meisten in Ordnung. Aber es gibt immer noch genug, die sich für etwas Besseres halten – dabei ist doch schon der Bund mit einem Falken etwas Besonderes. Sie legen übertriebenen Wert auf ihre Abstammung und übertreffen sich gegenseitig bei ihren Versuchen, die größten unter allen Raiden-Familien zu sein . . . nehmen nur Aufträge an, die vom Hohen Rat vergeben werden . . . und so was alles.«

»Wie dein Vater«, meinte Triel unnötigerweise. »Mein Vater ist der Inbegriff dieser Raiden! Er versäumt bei keiner Gelegenheit zu erwähnen, dass jede Generation unserer Familie einen Falkner hervorgebracht hat . . . seit die Stämme nach Nymath gekommen sind.«

»Also, du willst jetzt doch aus Sanforan verschwinden«, stellte Triel fest. »Aber sag, was hast du in der Falkenhalle gesucht und wie bist du überhaupt hier reingekommen?«

». . . habe mir den Ersatzschlüssel heute Nachmittag ausgeliehen . . .«, gestand Cantel, öffnete seinen Umhang und zeigte Triel Pfeile, Bogen und ein Jagdmesser, ». . . um noch meine Ausrüstung zu holen. Der Schlüssel liegt wieder da, wo er hingehört.«

»Du hast die Tür unverschlossen gelassen?«

Cantel zuckte nur mit den Schultern, bevor er antwortete.

»Ich hatte gehofft, Meister Calborth denkt vielleicht, er hätte vergessen abzuschließen.«

»Das ist aber ziemlich unfair. Meister Calborth hat schon genug Sorgen mit seinen Augen. Wenn er jetzt noch an seinem Gedächtnis zweifelt . . .«, meinte Triel. Er sprang auf, schlüpfte in die Halle und holte den Schlüssel heraus. Dann zog er die Tür hinter sich zu und schloss sie energisch ab.

»Ich werde den Schlüssel morgen früh zurücklegen. Mit etwas Glück merkt keiner was davon.«

»Danke dir, Triel. Du bist ein guter Freund!«

Cantel stand auf und klopfte sich den Staub vom Umhang. »Jetzt hole ich den Rest meiner Sachen und sehe zu, dass ich verschwinde.«

»Wohin?«, fragte Triel. »Die Stadttore sind bis zum Morgengrauen geschlossen.«

»Ich hatte mir überlegt, am Osttor auf das erste Tageslicht zu warten und von dort aus aufzubrechen. Es ist sehr unwahrscheinlich, dass mich in diesem Stadtviertel jemand erkennt.«

»Und dann? Wohin willst du dann?«

»Immer weiter ostwärts, bis ins Fath-Territorium.«

»Aber das ist ein Tagesmarsch über offenes Land. Der Falke deines Vaters wird dich aufspüren, bevor du dich irgendwo verstecken kannst!«

»Das Risiko muss ich eingehen«, meinte Cantel dickköpfig.

»Wie wäre es, wenn du erst einmal innerhalb der Stadt bleibst? Meine Mutter würde sicherlich . . .«

»Hast du sie gefragt?«

»Ehm, nein, noch nicht«, gab Triel betroffen zu. »Es ist so viel passiert. Darüber hab ich es völlig vergessen. Aber sie nimmt dich ganz bestimmt bei sich auf! Weißt du, was, wir gehen sofort zu ihr. Ihre Tür ist nie verschlossen. Eine Angewohnheit von ihr, die sie nicht einmal hier in der Stadt abgelegt hat.«

Beide Jungen nahmen allen Mut zusammen und machten sich auf den Weg hinunter in die Stadt. Die Häuser vieler Raiden-Familien säumten die Straße und im fahlen Mondlicht wirkten die Fassaden gespenstisch bleich. In tiefem Schlaf versunken wie ihre Bewohner schienen sie auf den neuen Morgen zu warten, um wieder ihre Farben anzunehmen – mit einer Ausnahme: Cantels Zuhause. Der Weg daran vorbei war unvermeidlich und zu ihrer Überraschung sahen die beiden hinter den Vorhängen der unteren Etage noch Licht. Stimmen drangen nach draußen, die einen hitzigen Streit vermuten ließen. Überrascht über die Heftigkeit der Auseinandersetzung konnten Triel und Cantel ihre Neugierde nicht zügeln und schlichen sich näher heran, um zu lauschen.

»Also, hier kann er nicht bleiben.«

Sie konnten Stantels Stimme erkennen, die immer durchdringender wurde.

»Er ist eine Schande. Besser, er wäre niemals geboren worden. Er soll mir bloß nicht mehr vor die Augen kommen.«

»Jetzt hör mir mal zu«, vernahmen sie eine andere Stimme. »Das ist nicht der richtige Zeitpunkt, den Kopf zu verlieren. Falls du jemals Falkenmeister werden willst, musst du sehr vorsichtig sein. Dein Verhalten sollte untadelig sein.«

»Willst du etwa behaupten, das sei nicht der Fall? Die Ehre der Raiden war für mich schon immer von größter Bedeutung.«

»Ich weiß, ich weiß. Aber da ist noch der Kodex.«

»Pah! Wer kümmert sich denn heute noch darum? Selbst die Anwärter kennen ihn kaum noch. Es ist nur ein weiteres Beispiel dafür, wie sehr die Sitten verfallen sind.«

»Genau. Wenn du also die Tradition verteidigen willst und dabei erwartest, dass der Ehrenkodex respektiert wird . . . dann solltest du ihm zumindest mit deinem eigenen Verhalten entsprechen und Vorbild sein.«

Einen Moment lang herrschte Schweigen. Triel und Cantel sahen sich erschrocken an, rührten sich aber nicht von der Stelle. Gespannt warteten sie darauf, was sie wohl als Nächstes zu hören bekommen würden.

»Du hast recht«, sagte Stantel schließlich und in seiner Stimme lag die Entschlossenheit, sich nicht noch einmal von seinen Gefühlen überwältigen zu lassen. »Morgen früh werde ich mit Cantel sprechen. Ich muss mich nur angemessen reumütig zeigen.«

»Das hört sich schon besser an«, gab die zweite Stimme zur Antwort. »Wir müssen die Dinge wieder ins Lot bringen und das erfordert sorgfältige Planung. Wer Falkenmeister wird, entscheiden die Raiden-Familien. Das ist mir klar und allenfalls die Ältesten können da ein Wort mitreden. Für Alduin war es ein Geschenk des Himmels, dass er die Nebelsängerin retten konnte. Doch das ist schon lange her. Die Leute haben ein kurzes Gedächtnis und das Gerede von heute ist nicht gerade zu seinen Gunsten. Es sollte ein Leichtes sein, diese Gerüchte noch weiterzuschüren und die Aufmerksamkeit darauf zu lenken.«

»Du hast recht«, wiederholte Stantel. »Seit Alduin damals in Sanforan aufgetaucht ist, geht es mit der ehrwürdigen Falknerei bergab. Wilde Falken, Halbblut, zwielichtige Fantastereien über Visionen und Mysterien. Es ist alles so . . . ich weiß nicht . . . irgendwie verzwickt.«

»Ich pflichte dir bei. Und Meister Calborth lässt dies alles zu. Ich habe gehört, dass Alduin heute früh sogar beim Schlüpfen dabei gewesen sein soll . . . der andere übrigens auch, sein Freund Rael, der mit dem weiblichen Falken.«

»Was – hast – du – gehört?«

Stantels Schrei gellte durch die Nacht.

»Schschsch . . . willst du alle aufwecken? Bleib ruhig. Vielleicht habe ich mich ja nur verhört.«

»Das könnte aber doch den ganzen Bindungsprozess beeinflusst haben. Die Götter allein wissen, wozu Alduin mit seinen ganzen verrückten Tricks in der Lage ist. Das erklärt natürlich auch, weshalb Cantel nicht ausgewählt wurde . . .«

». . . und stattdessen Raels Stiefsohn? Kann sein. Wer weiß das schon.«

Beide Jungen standen immer noch unter dem Fenster und schnappten laut nach Luft, als sie begriffen, welchen Verlauf das Streitgespräch nahm.

»Was war das?«, fragte Stantel mit leiser, aber deutlich vernehmbarer Stimme. Als die Jungen schnelle Schritte auf das Fenster zukommen hörten, huschten sie blitzschnell in den Schatten der Eingangstür und drückten sich flach gegen die Hauswand.

In diesem Moment wurden die Vorhänge mit einem Ruck beiseitegezogen. Sie wagten nicht zu atmen und das Herz schlug ihnen bis zum Hals. In Gedanken beteten beide zu Gilian, dass sie nicht entdeckt werden würden.

»Bei allen Göttern, Mann!«, hörten sie Stantels Besucher sagen. »Du bist viel zu nervös. Ich schlage vor, du schläfst erst einmal eine Runde. Morgen ist ein neuer Tag. Kläre zunächst das mit deinem Sohn und schmiede dann einen Plan. Ich meinerseits werde tun, was in meinen Kräften liegt.«

Stantel drehte sich vom Fenster weg, ließ die Vorhänge jedoch geöffnet. »In Ordnung. Es war ein langer Tag . . . und ein aufregender dazu, das gebe ich zu. Ich bringe dich noch zur Tür.«

Ohne länger zu zögern, liefen Cantel und Triel die Hauptstraße hinunter und in die Seitengasse hinein, direkt auf Brettas Haus zu. Erst in diesem Moment wurde Triel klar, welche Chance sie verpasst hatten.

»Jetzt werden wir niemals wissen, wer bei deinem Vater war«, keuchte er. »Wir hätten noch einen Augenblick warten sollen.«

»Wie! Um vielleicht noch erwischt zu werden? Nein danke. So oder so, wir wissen genug. Es war offensichtlich ein Raiden-Ältester, wenn nicht sogar ein Ratsmitglied!«

»Meinst du? Was interessiert es den Stadtrat, wer Falkenmeister ist?«, zweifelte Triel. »Innerhalb des Raiden-Stammes sind die Falkner eine eigene Gemeinschaft. Die kümmern sich selbst um ihre Angelegenheiten.«

»Wer weiß . . . einige Raiden definieren sich über den Ruhm der Falkner, selbst wenn sie nie den Bund eingegangen sind. Egal, ich bin froh, dass ich nichts mit ihnen zu tun habe. Dieses ganze Gerede über Traditionen dreht mir den Magen um. Ich . . .«

Cantel unterbrach sich selbst, als ihm plötzlich ein Gedanke durch den Kopf schoss. Und so entwischte ihm die Frage »Denkst du, es ist wahr? Glaubst du, dass der Falkner Alduin das Ritual beeinflusst hat?«

»Das meinst du doch nicht im Ernst«, fragte Triel schockiert. »Alduin würde so etwas niemals machen. Er ist . . . er ist . . .«

»Was bin ich? Ich hoffe, etwas Gutes!«, erklang Alduins Stimme von der Stubentür.

Die Jungen wirbelten herum, gleichzeitig bestürzt und erleichtert.

Alduin sah die beiden nachdenklich an. »Vielleicht solltet ihr mir mal erzählen, was hier vorgeht«, ermunterte er sie. »Ich war gerade am Feuer etwas eingedöst. Kommt, leistet mir Gesellschaft.«

Cantels Gesicht war rot vor Verlegenheit, als sie dem Falkner ins Nebenzimmer folgten. Er war sich nicht sicher, wie viel Alduin gehört hatte, und wusste nicht, was er sagen sollte. Deshalb überließ er es Triel zu schildern, was sie erlebt hatten. Anschließend schwiegen alle drei für eine Weile. Alduin starrte in die schwelende Glut und ergriff dann das Wort.

»Ich versichere euch, dass ich nichts mit den Entscheidungen der Küken zu tun hatte. Schon der Gedanke ist lächerlich. Einzig die Falken wählen, mit wem sie sich verbinden. Das ist so und das war immer so. Gilian würde es nicht zulassen, dass irgendjemand in dieses geheiligte Ritual eingreift oder es gar manipuliert.«

Die beiden Jungen blieben still, während Alduin versonnen auf der Suche nach der Wahrheit in die Ferne schaute. Nach einigen Augenblicken schüttelte er den Kopf und sprach leise weiter, mehr zu sich selbst als zu den anderen.

»Es war mir nie bewusst, welche Bedrohung ich für einige Raiden darstelle. Veränderung und Weiterentwicklung können das stärkste Herz verängstigen und aus Angst machen die Menschen furchtbare Dinge. Dennoch, ich kann nicht ändern, wer ich bin oder welche Aufgabe mir von Gilian auferlegt wurde.«

Er betrachtete die beiden Jungen. »Triel, du solltest zurück zur Falkenhalle gehen. Aber es war nur gut, dass du Cantel hergebracht hast. Bretta wird ihn aufnehmen. Du musst jedoch vergessen, was du heute Nacht erlebt hast. Wenn du nach Cantel gefragt wirst, weißt du von nichts. Und was Stantels Intrigen betrifft: Denke nicht einmal daran nachzuforschen. Deine größte Sorge sollte Falstar sein. Stärke den Bund mit ihm. Öffne deine Sinne, soweit du kannst, und entwickle deine Intuition. Ich verspreche dir, der Bund mit deinem Falken kann sehr viel mehr sein, als du dir im Augenblick vorstellst.«

Alduins leidenschaftliche Worte ließen keinen Zweifel daran, dass er keinen Widerspruch duldete. So stand Triel auf, verbeugte sich formell mit der Faust auf der Brust vor Alduin und verabschiedete sich von Cantel mit einem Handschlag.

»Pass auf dich auf. Meine Mutter wird dir helfen, ebenso wie Rael und . . .«, er warf einen schnellen Blick zu Alduin, der ihm beruhigend zunickte, ». . . und dem Falkner Alduin.«

»Danke . . . für alles«, rief Cantel seinem Freund hinterher, der schon die Tür hinter sich zuzog.

In den folgenden Siebentagen war Triel mit Falstars Pflege vollauf beschäftigt und so fiel es ihm leicht, die Erinnerung an die seltsame Nacht zu verdrängen. Wie alle jungen Falkner war er erfüllt von der Freude über das Wachsen und Gedeihen seines Falken und schon jetzt sehnte er aufgeregt den Tag herbei, an dem sie beide miteinander fliegen würden. Triel nahm sich Alduins Mahnung zu Herzen, für Falstar alle seine Sinne zu öffnen und seine Intuition zu schärfen. Oft saß er schweigend in Falstars Nähe, selbst wenn der Falke schlief, und fühlte sich in die Einheit ihrer beider Wesen ein. Sobald der Falke sich sicher auf der Faust halten konnte, machten sie gemeinsam weite Spaziergänge, manchmal um die Stadtmauern herum, manchmal auf den Klippen. Ab und zu murmelte er Falstar Worte zu, um ihm auf diese Weise seine Eindrücke und Wahrnehmungen mitzuteilen. Häufig sprach er aber nur in Gedanken mit ihm und Triel war überzeugt davon, dass Falstar auch dann verstand.

In der Zeit vor Alduins Abreise aus Sanforan bemerkte Triel, dass sich der Falkner häufiger gemeinsam mit seinem Stiefvater Rael, Bardelph und Meister Calborth unterhielt.

Als sich seine Freunde schließlich von ihm verabschiedeten, wusste er nicht, wann sie sich das nächste Mal begegnen würden. Seine Mutter sagte ihm, dass auch Cantel die Stadt verlassen hatte und in Sicherheit sei. Sie verriet jedoch nicht, wohin er gegangen war.

Über Stantels Reaktion auf das plötzliche Verschwinden seines Sohnes hörte Triel auch nichts Genaues. Man munkelte nur, dass der Falkner über den Verlust seines Sohnes zutiefst betroffen sei und überall verlauten ließ, dass nicht alles mit rechten Dingen zugegangen wäre. Immer wenn Stantel nun in die Nähe der Falkenhalle kam, benahm er sich ernst und sehr würdevoll. Seine Fragen schienen jedoch stets zu unterstellen, dass es an der Art der Ausbildung vieles zu bemängeln gab. Und so machte sich ein gewisses Unwohlsein breit – wie bei einer schleichenden Krankheit, für die es, da sie noch nicht ausgebrochen war, zunächst noch keinen Grund zum Handeln zu geben schien.

Durch das nächtlich belauschte Gespräch erkannte Triel sehr schnell, dass all das Teil einer Strategie war. Stantel wollte sich als möglicher Kandidat für die Position des Falkenmeisters anbieten.

Der Junge war aber auch davon überzeugt, dass niemand eine solch abwegige Idee tatsächlich ernst nehmen würde, und verlor deshalb auch keinen weiteren Gedanken mehr daran.

Bevor Moreya mit ihren Eltern die Stadt verließ, besuchte sie die Jungfalken, während alle Schüler im Speisesaal waren. Alduin und Erilea konnten sich nur schwer vorstellen, was im Kopf ihrer Tochter vorging, ganz davon zu schweigen, was tief in ihrer Seele verborgen lag. Aber sie wussten, dass Moreyas lebhafte Fantasie keine ausreichende Erklärung für die Verbindung mit den Falken zum Zeitpunkt des Schlüpfens war. Dagegen sprach auch, dass sie die Namen der Küken schon kannte, noch bevor sie ihre Eierschale durchbrochen hatten.

Für Außenstehende gab es bisher kein Anzeichen für eine ungewöhnliche Beziehung zu den neun jungen Falken. Zugegeben, Moreya sprach direkt mit jedem von ihnen, aber das kindliche Geplapper wirkte viel eher wie ein Spiel. Doch während all dies auf Alduin faszinierend und geheimnisvoll wirkte und eine tiefe Sehnsucht in seinem Herzen hinterließ, war Erilea eher beunruhigt.

»Es ist Zeit für das Überlebenstraining in der Wildnis«, kündigte Bardelph an einem späten Frühlingstag an. »Wir werden einige Tage unterwegs sein und diesmal könnt ihr eure Falken mitnehmen.«

Das Getuschel und die Freudenrufe der frisch gebackenen jungen Falkner machten deutlich, dass viele von diesem ungewöhnlichen Plan überrascht waren. Schon wieder war etwas Neues in die praktische Ausbildung der Falkenhalle eingeflossen.

»In diesem Jahr verläuft das Training einmal ganz anders. In der Vergangenheit waren wir ohne Falken unterwegs und blieben in der Nähe der Stadt. Diesmal wollen wir es ein wenig schwieriger für euch gestalten. Das kommt euch und eurer Ausbildung sicher entgegen!«

Bardelphs Worte weckten die Begeisterung der Jungen und sie spürten, dass eine ganz besondere Herausforderung auf sie zukommen würde.

»Ich weiß, die Ankündigung kommt sehr kurzfristig, aber mein Plan ist es, morgen früh mit dem ersten Licht aufzubrechen. Packt heute Abend und vergesst eure Waffen nicht. Wir fahren eine kurze Strecke mit den Karren nordwärts, bevor wir uns dann in die Wälder schlagen. Meister Calborth wird eure Familien informieren.«

Die Vorfreude auf das erste echte Abenteuer außerhalb der Stadt war groß und wurde dadurch, dass die Jungen ihre Falken mitnehmen durften, noch gesteigert. Nicht einmal das frühe Aufstehen konnte ihre Stimmung beeinträchtigen.

»Ich frage mich, wie weit nördlich wir wohl reisen«, überlegte Marshalt. »Ich wollte immer schon mal den Mangipohr sehen.«

»Und das Pandarasgebirge«, schwärmte Taro. »Das letzte Mal war ich dort, als ich noch ein kleiner Junge war. Bis heute erinnere ich mich noch an den Sonnenaufgang über diesen zerklüfteten Gipfeln. Dunkelrosa gegen einen eisblauen Himmel. Das werde ich nie vergessen!«

»Also ich würde lieber in die Stadt gehen, nach der sie mich benannt haben: Sean Ferll. Ich habe mir sagen lassen, dass sie dort den besten Met brauen!«, rief Sean eifrig.

»Vergiss es«, kicherte Taro, »wir reden von der Wildnis, nicht von Tavernen, Met und gemütlichen Betten.«

»Man kann niemals wissen. Wenn wir unsere Arbeit gut machen, bietet sich vielleicht auf dem Rückweg die Gelegenheit . . .«, aber Sean kämpfte auf verlorenem Posten.

»Sean Ferll liegt viel zu weit abseits«, warf jetzt Broon ein, »so weit kommen wir gar nicht.«

»Vielleicht gehen wir zur . . .«, Triel unterbrach sich gerade noch rechtzeitig – beinahe hätte er die Insel der Götter erwähnt.

»Was meinst du, wohin die Reise geht? Hat dein Vater etwas von Bardelph erfahren?«

Seine Freunde löcherten ihn sofort mit Fragen. Triel schüttelte den Kopf. »Nein, ich habe nichts gehört. Ich bin genauso überrascht wie ihr.«

Auf dem Weg zum Speisesaal ging das Geplänkel zwischen den Jungfalknern fröhlich weiter. Erst als sie über die köstlichen Speisen herfielen, die Jungfer Calborth zubereitet hatte, kamen sie endlich zur Ruhe.

»Langt nur kräftig zu«, meinte sie amüsiert. »Wer weiß, wann ihr das nächste Mal wieder etwas Anständiges zwischen die Zähne bekommt!«

Im Morgengrauen versammelten sich die Schüler mit Bardelph vor der Falkenhalle. Meister Calboth war auch gekommen, um sie zu verabschieden, und seine Schwester rannte im letzten Moment noch über den Hof: schwer bepackt mit Reiseproviant für jeden von ihnen. Die größte Überraschung für alle war jedoch, dass Rael mit seinem Falken Sivella an der Expedition teilnehmen würde.

»Neun junge Männer und neun junge Falken – das schien mir etwas zu viel für Bardelph allein, denkt ihr nicht auch?«, meinte er gut gelaunt. »Immerhin kann euch Sivella bei der Jagd unterstützen, wenn es nötig ist. Das Risiko, dass die Falken hungern, dürfen wir nicht eingehen!«

Die neun Jungfalken saßen friedlich auf den Lederhandschuhen ihrer Verbündeten, hielten ihr Gleichgewicht und blickten aufmerksam umher. Sie schienen zu spüren, dass dies ein besonderer Tag war.

»Die Karren warten am Nordtor. Macht unserer Schule alle Ehre und benehmt euch wie echte Falkner«, ermutigte der Meister die Jungen. Feierlich die Hand auf die Brust gelegt, verbeugten sie sich vor ihm und marschierten dann aufgeregt hinter Bardelph und Rael zum Haupteingang der Zitadelle. Ihr Weg führte vorbei an den Tempeln, den großen Gebäuden, der von Bäumen gesäumten Allee bis hin zum Haupttor der Stadt. Drei voll gepackte Karren mit ausreichend Sitzgelegenheiten für alle warteten bereits auf die Truppe, die es sich auf den Holzbänken hinter dem Kutschbock bequem machte. Als sie durch die Torbögen der Stadt rumpelten, blitzten die ersten Sonnenstrahlen über den Horizont und die Wagen warfen lang gestreckte Schatten. Die Aufregung der Jungen übertrug sich auf die Falken. Neugierig drehten sie ihre Köpfe hin und her, breiteten noch etwas linkisch ihre Schwingen aus und begrüßten den Morgen mit ihren Rufen. Der junge Emmer überzog das Land wie ein Teppich mit frischem Grün. Staubige Pfade führten in alle Himmelsrichtungen und in der Ferne erkannte man die dunstigen Gipfel des Pandarasgebirges.

»Sie kommen!«, jauchzte Moreya und rannte über die Lichtung vor dem Haus hinunter zum Bootsanleger. Erilea war nur wenige Schritte hinter ihr und holte sie ein. Als sie kurz vor dem Ufer angelangt waren, machten sie halt. Seit Alduin in den gefährlichen Strudel geraten war, hatte Erilea einen gesunden Respekt vor dem Mangipohr und seinen trügerischen Strömungen.

»Vor Sonnenuntergang werden sie nicht hier sein«, meinte Alduin, der hinzukam. »Rihscha ist bei ihnen, ich habe mit ihm Verbindung aufgenommen. Aber du . . .«, er nahm seine Tochter hoch und sie klammerte sich mit ihren Beinen um seinen Bauch. Jetzt konnte er ihr direkt in die Augen sehen und vollendete seinen Satz. ». . . du wusstest es einfach so? Stimmt das??«

Sie nickte und begann in fröhlichem Singsang, die Namen der Falken zu rufen. »Bratho, Calvar, Gistel . . .«, sie zählte alle neun auf und endete mit einem lauten »FALSTAR!«.

Alduin betrachtete sie nachdenklich und blickte zu Erilea hinüber. Sie zuckte mit den Achseln. Ihr war klar, dass er sich Gedanken machte, wie die Reaktion der Jungen sein würde, falls sie die Wahrheit herausfänden.

»Hör zu, Moreya«, sagte Alduin nach einem kurzen Moment. »Die Falken sind noch jung und es ist das erste Mal, dass sie den Schutz der Falkenhalle verlassen. Möglich, dass sie noch etwas unsicher sind. Vielleicht kannst du ganz vorsichtig zu ihnen sprechen? Weißt du, so leise, dass es keiner außer ihnen hört.«

Moreya warf ihm einen geringschätzigen Blick zu, der deutlich zeigte, was sie von diesem Vorschlag hielt. »Die sind mutig. Die haben vor gar nichts Angst.«

»Natürlich, du hast recht. Sie haben keine Angst. Aber es kommen viele neue Eindrücke auf sie zu, deshalb können wir ruhig ein bisschen rücksichtsvoll sein, oder?«

»Die kennen mich. Ich bin ihre Freundin.«

»Genau. Und Freunde kümmern sich . . . behutsam«, betonte Alduin. Moreya seufzte so dramatisch, dass ihre Eltern Mühe hatten, nicht in lautes Lachen auszubrechen.

»Ich verspreche, dass ich ganz leise bin, wenn ich etwas zu ihnen sage«, meinte sie schließlich.

Mit diesem Versprechen musste sich Alduin zunächst zufriedengeben. Er umarmte Moreya und setzte sie wieder auf dem Boden ab.

Damals, als Rael und er Meister Calborth ihren Plan geschildert hatten, ließ er bewusst kein Wort über die Gabe seiner Tochter fallen. Aber jetzt, kurz vor der Ankunft der jungen Falkner, wurde er allmählich nachdenklich. Die Wahrheit würde früher oder später doch ans Tageslicht kommen und Probleme aufwerfen. Blieb zu hoffen, dass er vorher das Vertrauen der jungen Schüler gewinnen konnte.

»Erinnere dich, du hattest dir immer gewünscht, die jungen Falkner in ihrer Ausbildung zu unterstützen«, wandte sich Erilea ermutigend an ihn, als Moreya wieder zu ihrem Spielzeug auf die Veranda lief. »Durch Moreyas Talent erweitern sich doch die Möglichkeiten der Bindung.«

»Ich weiß«, entgegnete Alduin, »aber das geht nun doch über meine eigenen Erfahrungen hinaus.«

»So würde ich das nicht sagen«, widersprach Erilea. »Gewiss ist es so anders, ganz anders, aber was du erlebt hast, ist . . .«

Sie fand keine Worte dafür. Es war für sie schwer zu verstehen, was Alduin über seine geheimnisvollen Flüge mit Rihscha ins Innere der Schöpfung erzählte. So einzigartig Moreyas Gabe auch sein mochte: sich mit neun Falken zugleich zu verbinden – das konnte Erilea leichter nachvollziehen.

»Wahrscheinlich sorge ich mich völlig unnötig.« Alduin nahm Erilea in den Arm und ging mit ihr zurück zum Haus. »Es liegt in den Händen der Götter. Mögen sie uns alle schützen.«

Bei diesen Worten überlief es Erilea heiß und kalt und sie wünschte sich von ganzem Herzen, dass die Götter erst gar nicht eingreifen müssten.

Die letzten Schritte zu Moreya lief sie, nahm das Kind schützend in den Arm und verbarg ihr Gesicht in den schwarzen Locken. Alduin beobachtete die beiden schweigend. Der Kontrast zwischen Erileas dunkler und Moreyas heller Haut war vergleichbar mit zwei völlig unterschiedlichen, aber gleich kostbaren Juwelen. Die Liebe, die er für sie empfand, war so überwältigend, dass er manchmal das Gefühl hatte, sie nicht länger ertragen zu können. Weshalb konnte sich trotzdem von Zeit zu Zeit eine so tiefe Traurigkeit in seinem Herzen ausbreiten? War es die Angst vor einer unbestimmten Gefahr, die alle Väter fühlten? Oder war es eine düstere Vorahnung von Ereignissen, die noch kommen würden? Er wagte nicht, genauer darüber nachzudenken. Glücklicherweise schossen in diesem Moment Rihscha und Sivella im Sturzflug vom Himmel, flogen Pirouetten und zeigten krächzend ihre Fertigkeiten, bevor sie auf dem Zaun landeten. Ihre Possen boten Alduin und Erilea eine willkommene Ablenkung.

»Wollt ihr uns so sagen, dass wir das Essen vorbereiten sollen?«, rief Erilea den Falken zu. »Wenn das so ist: Ich war schneller! Der Burakeintopf schmort schon und wartet nur noch auf hungrige Mäuler.«

Rihscha und Sivella steckten ihre Köpfe zusammen, als wollten sie geheime Informationen austauschen. Dann schwangen sie sich wieder in die Luft und flogen davon. Amüsiert verband sich Alduin mit seinem Falken, in der Hoffnung herauszufinden, was die beiden im Schilde führten. Er fühlte Sivella rechts von sich und folgte mit Rihscha der Fährte zu der Gruppe. Augenblicklich ließ er sich von der Schönheit des Fluges gefangen nehmen und der Gegenwind schien seine Sorgen davonzublasen. Allmählich brachen die Ketten, die seine Gedanken fesselten, bis er ganz und gar eins mit seinem Falken war. Darauf kam es letztlich an: diese Einheit zu erleben und gleichzeitig die Kontrolle über die beiden so unterschiedlichen Bewusstseinszustände zu behalten. Das Wunder nahm ihn gefangen und er war versucht, vollständig loszulassen, um mit Rihscha wieder einmal eine seiner mystischen Reisen zu unternehmen.

Die Verantwortung, die sich in seinem Leben inzwischen aufgebaut hatte, drohte, ihn zu erdrücken. Mit Rihscha könnte er alles hinter sich lassen. Jedenfalls für eine Weile . . . Warum auch nicht? Aber nein, jetzt war nicht der geeignete Moment dafür. Alduin rief sich zur Ordnung. Das dichte Laub zu beiden Seiten des Weges tanzte im frischen Wind und für einige Zeit schwebten die Falken gemeinsam durch die Zweige. Nach einer kurzen Strecke drehten sie in den Wald ab und jagten Waldtauben, jeder von ihnen zwei.

Alduin unterbrach die Verbindung und lachte auf.

»Rihscha denkt wohl, dass Eintopf nicht die richtige Nahrung für junge Falken ist«, rief er Erilea zu, die wieder im Haus war.

»Was meinst du damit?«, fragte sie, kam nach draußen und wischte ihre Hände an einem Tuch ab.

Statt einer Antwort tauchten kurz darauf Rihscha und Sivella auf, ließen die vier erbeuteten Vögel vor ihre Füße fallen und flogen wieder davon. Erilea stemmte ihre Hände in die Hüften und zeigte mit einer liebevollen Kopfbewegung auf die Tauben. Alduin verstand den Wink, hob das Wild auf und ging in die Küche, um das Messer zu holen. Damit die Fliegen aus dem Haus blieben, ging er anschließend nach draußen zu einem überdachten Platz, wo er üblicherweise Fleisch zerlegte oder Fische ausnahm.

4

Die fröhlichen Stimmen der Gruppe drangen durch den Wald, und als sie den Mangipohr erblickten, der durch das Licht des Sonnenuntergangs wie Bronze schimmerte, wussten sie, dass sie bald Rast machen würden. Bardelph und Rael hatten sich jedoch noch nicht genau über den Rastplatz geäußert.

Taro, Marshalt und Bryant, die an der Spitze der Gruppe liefen, blieben plötzlich stehen, als sie unerwartet das bescheidene, aber gut instand gehaltene Anwesen vor sich sahen. »Was, um alles in Nymath . . .!«, rief Bryant aus. »Das sieht mir aber nicht wirklich nach Wildnis aus.«

Als die anderen aufrückten, verstummten auch sie vor Überraschung. Ein kleines Mädchen tauchte im Türrahmen des Hauses auf. »Ihr habt es geschafft!«, rief sie und rannte auf die Gruppe zu. Dann blieb sie plötzlich verlegen stehen.

Triel erkannte die Stimme und ging auf das Mädchen zu. »Moreya?«, fragte er ungläubig und drehte sich zu Bardelph und Rael um, die inzwischen auch näher gekommen waren.

Rael nickte bestätigend.

»Falkner von Nymath«, mahnte Bardelph die jungen Raiden, um sie zur Ordnung zu rufen. »Wir haben unser Basislager erreicht. Lasst euch nicht von dem einladenden Äußeren täuschen. Es liegt harte Arbeit vor euch.«

Seine Worte lösten ein allseitiges Stöhnen aus. Im gleichen Moment kam Alduin um die Ecke des Hauses. Er trug ein Tablett, beladen mit fein geschnittenem Fleisch, und stellte es auf dem Geländer der Veranda ab.

Ein hörbarer Seufzer entrang sich Seans Lippen. »Gelobt sei Gilian. Zumindest müssen wir heute nicht mehr jagen.«

»Willkommen, Falkner, in unserer bescheidenen Unterkunft«, begrüßte sie Alduin, als er auf sie zuging und auf dem Weg nach Moreyas Hand griff. »Ich hoffe, ihr hattet eine gute Reise.«

Jetzt erinnerten sich die Jungen an ihre Erziehung. Jeder von ihnen legte die Faust auf die Brust, um mit einer Verbeugung zu grüßen. Ihre Falken saßen jeweils auf der linken Hand und nahmen in majestätischer Haltung an der Zeremonie teil. »Sei gegrüßt, Falkner Alduin«, tönte es kleinlaut, aber einstimmig.

Alduin verbeugte sich nun ebenso, und als auch Moreya noch etwas ungeschickt diese Begrüßungsgeste nachahmte, konnten sich einige der Jungen das Lächeln nur schwer verkneifen. Andere machten einen verstörten Eindruck. Sie waren unsicher, ob es sich für ein Kind und dazu auch noch ein Mädchen ziemte, an der offiziellen Begegnung zwischen Falknern teilzuhaben.

»Bardelph. Rael. Gut, euch zu sehen«, sprach Alduin die beiden Männer nun direkt an. »Ich habe stabile Käfige zwischen den Bäumen angebracht. Dort könnt ihr auch euer Lager aufschlagen.«

Die beiden gingen auf Alduin zu und schüttelten ihm die Hand. Bardelph beugte sich zu Moreya hinunter und schloss sie fest in die Arme.

»Wie geht es meinem liebsten kleinen Mädchen?«, fragte er.

»Ich freu mich, Bado, ich freu mich so«, antwortete sie mit einem strahlenden Lächeln.

»Weil die Falken da sind!«, fügte sie erklärend hinzu.

Der ältere Mann schaute einen Augenblick lang nachdenklich, bevor er weitersprach.

»Jungfer Calborth hat bei uns etwas für dich abgegeben.«

»Oooh!«, jauchzte sie, als sie sich an die kleinen weichen Kätzchen erinnerte. »Ist es das goldene?«

»Stimmt.«

»Wie schön! Ich . . .«, sie unterbrach sich und ihr Gesicht wurde düster. »Aber . . . vielleicht passen Katzen und Falken nicht zusammen . . .«

Bardelph war verwirrt über ihren Gedanken. Er richtete sich auf, strubbelte ihr durch die Haare und versuchte, beruhigend zu lächeln.

»Mach dir keine Sorgen. Das wird schon gehen . . . warte ab, bis du das nächste Mal nach Sanforan kommst.«

Während des Gesprächs gab Rael den jungen Männern bereits Anweisungen.

»Lasst eure Falken noch einen Moment auf dem Zaun sitzen«, mischte sich Bardelph ein und gesellte sich wieder zur Gruppe. »Alduin wird uns zuerst den Platz für unsere Ausrüstung zeigen.«

Moreya beobachtete sie schweigend. Nachdem alle außer Rael ihrem Vater gefolgt waren, ging sie auf die Falken zu und verbeugte sich vor ihnen, beide Fäuste fest auf die Brust gepresst. Dabei erinnerte sie sich an Alduins Bitte und schwieg. Doch Rael, der sie von der Veranda aus beobachtete, hegte keinen Zweifel daran, dass sie sich mit den Falken unterhielt.

»Das wird nicht einfach«, hörte er hinter sich eine sanfte Stimme. Er drehte sich herum und entdeckte Erilea.

»Erilea! Ich habe mich schon gefragt, wo du bist.«

»Ich dachte, es sei besser, wenn euch zunächst nur Alduin begrüßt. Ich war beschäftigt und abgelenkt, sonst hätte ich Moreya davon abgehalten hinauszulaufen.«

»Mach dir keine Sorgen. Es ist eine gute Gruppe. Sie haben einen harten Marsch hinter sich und nicht einer hat sich beklagt – nicht einmal darüber, dass sie zuerst die Falken füttern mussten, bevor sie selbst essen konnten.«

»Ich wünsche mir, dass du recht hast. Vielleicht konnte die Verbindung zwischen Moreya und den Falken entstehen, weil die jungen Männern fähig sind, diese anzunehmen«, meinte Erilea. »Die Götter scheinen zu wissen, was sie tun.«

Die Unterhaltung wurde durch die Rückkehr Bardelphs und der jungen Falkner unterbrochen.

»Rihscha und Sivella haben für euch gejagt«, rief Alduin in die Runde. »Füttert jetzt eure Falken und dann können wir sie über Nacht in die Käfige bringen.«

Er hob das Tablett mit dem Fleisch auf und ließ jeden der Jungen eine Handvoll davon nehmen.

»Aus dem Weg, kleines Mädchen«, fuhr Broon Moreya an, als er auf seinen Falken zugehen wollte.

Sie riss die Augen auf, sah ihn fassungslos an und ging einen Schritt zurück.

»Er fühlt sich nicht gut. Er hat keinen Hunger«, flüsterte sie.

Broon beachtete Moreya nicht und begann, Gistel mit kleinen Stücken der Waldtaube zu locken. Auch Bryant hatte Moreya gehört, achtete aber nicht darauf. Die Kleine ging besorgt zu ihrem Vater hinüber und zupfte ihn am Hosenbein. Er beugte sich zu ihr hinunter, damit sie ihm etwas ins Ohr flüstern konnte. Sein Gesicht verdüsterte sich, umso mehr als Broon gleich darauf ihre Worte bestätigte. »Gistel will nichts fressen«, meinte er beunruhigt.

»Ich sagte . . .«, Moreya unterbrach sich, als sie fühlte, dass ihr Vater ihre Schulter presste.

»Schschsch«, wisperte er und ging hinüber zu dem jungen Falkner. »Lass uns mal seine Augen ansehen.«

Er versuchte, seiner Stimme einen beruhigenden Klang zu geben. »Sie sind ganz trübe!« Seine Angst ließ Broons Stimme immer lauter werden. »Bei Gilian, was hat er?«

Plötzlich erinnerte Bryant sich an Moreyas Worte.

»Sie wusste es«, sagte er und zeigte misstrauisch mit dem Finger auf das Mädchen. »Sie hat gesagt, dass Gistel sich nicht wohlfühlt.«

Er ging drohend auf sie zu. »Hast du die Falken gefüttert, als wir weg waren?«, fragte er ärgerlich. »Hast du?«

Moreya stolperte erschrocken zurück. Tränen stiegen in ihre Augen, sie drehte sich um und rannte ins Haus.

»Sie weiß irgendwas!«, brüllte Bryant, als sei ihre Flucht ein Schuldbekenntnis.

»Falkner!«, ging Bardelph mit leiser, aber klarer Stimme dazwischen. »Du vergisst dich. Hör auf, dich wie ein Tölpel zu benehmen, oder du beunruhigst nicht nur ein unschuldiges Kind, sondern auch noch die Falken!«

Bryant biss sich auf die Zunge, schaute aber trotzdem noch aus den Augenwinkeln zum Haus. Er bemühte sich durchzuatmen.

»Was ist, wenn sie die Falken doch gefüttert hat? Ich will ja nicht behaupten, dass sie ihnen schaden wollte.«

»Ich war die ganze Zeit hier«, ließ sich Rael vernehmen. »Sie hat ihnen nichts gegeben.«

Bryant war noch immer nicht überzeugt. »Dann frage ich mich, woher sie wissen konnte, dass es Gistel nicht gut geht?«

»Vielleicht hat sie geraten, aber das heißt nicht, dass sie schuld daran ist. Wie ich schon sagte, ich war die ganze Zeit hier. Moreya hat die Falken nur . . . angesehen.«

»Können wir uns jetzt dem *eigentlichen* Problem zuwenden?«, fragte Alduin und lenkte die Aufmerksamkeit zurück auf den Falken.

Broon hatte ihn hochgehoben und hielt ihn liebevoll fest. Inzwischen konnten alle sehen, dass es dem Vogel nicht gut ging.

»Wann hat Gistel zuletzt gefressen?«, fragte Alduin den Jungen.

Broon zögerte einen Moment, bevor er antwortete. »Ich hatte noch ein Stück Fleisch in meinem Beutel . . .«, sagte er.

»Wie alt war es?«

»Ich . . . ich dachte, dass es noch ein Rest von der letzten Fütterung war. Ich habe es ihm gegeben, kurz bevor wir hier ankamen.«

»Aber du bist dir nicht sicher, ob es noch gut war, oder?«, drängte Alduin den Jungen.

Broon zögerte wieder. »Ich vermute . . . es könnte . . .«, er war nicht in der Lage, den Satz zu beenden, und sein Gesicht zeigte Schuldbewusstsein und Angst. »Bitte, was können wir tun? Ich will nicht, dass er stirbt!«

Schreckenslaute kamen aus der Gruppe, als ihnen klar wurde, wie leicht jeder von ihnen in die gleiche Situation geraten könnte. Konfrontiert mit dem vorzeitigen Tod seines Falken!

»Bring Gistel ins Haus und warte dort auf mich«, wies Alduin an. »Ich habe einige Kräuter, die ihm vielleicht helfen.«

»Ihr anderen, füttert eure Falken weiter«, griff Bardelph ein und brachte wieder Ordnung in die Gruppe. »Anschließend bringen wir sie über Nacht zur Ruhe.«

Als Broon mit Gistel ins Haus kam, sah er Erilea mit Moreya auf dem Schoß im Schaukelstuhl sitzen. Sie streichelte ihrer tieftraurigen Tochter den Rücken und schaukelte beruhigend mit dem Stuhl langsam vor und zurück. Das kleine Mädchen spürte seine Anwesenheit und sah ihn mit verweinten Augen an.

»Es war nicht deine Schuld«, meinte er hilflos, »es war meine. Bitte weine nicht mehr.«

Moreya wischte sich die letzten Tränen vom Gesicht und kletterte vom Schoß ihrer Mutter. Sie ging auf Broon zu und winkte ihn zu sich auf die Bank neben der Feuerstelle. Brav folgte er ihrer Aufforderung und fühlte sich getröstet, als sie sich mit geschlossenen Augen an ihn lehnte. Kurze Zeit später kam auch Alduin dazu und zerdrückte ein paar Blätter in der Hand. Er ging zum Feuer, über dem ein Wasserkessel hing, ließ die Kräuter in eine Tonschale rieseln und goss ein wenig heißes Wasser darüber.

»Ich hoffe, das Gebräu hilft Gistel, alles wieder hochzuwürgen und das Schlimmste aus seinem Körper herauszubekommen.«

Er rührte die Mischung mit einem kleinen Holzlöffel um und pustete gleichzeitig, um die Brühe abzukühlen. »Du musst ihn dazu bringen, dass er seinen Schnabel öffnet, und ich versuche, ihm die Brühe einzuflößen.«

»Moreya, komm zu mir, damit dein Vater genug Platz hat«, rief Erilea.

Die Kleine lief zu ihrer Mutter, rollte sich auf ihrem Schoß zusammen und schloss wieder die Augen.

Gistel war sehr schwach und wehrte sich nicht, als Broon ihm den Schnabel auseinanderzog. Alduin nahm einen Strohhalm in den Mund, zog eine kleine Menge der Kräuterbrühe hoch und ließ sie langsam in den Hals des Falken tropfen. Dabei massierte er Gistels Kehle, damit ihm das Schlucken leichter fiel. Tropfen für Tropfen fuhr er fort, bis die Schale leer war.

Die Zeit zog sich langsam dahin, ohne dass einer von ihnen sprach. Broon warf Alduin angstvoll flehende Blicke zu.

»Wir können nur warten«, besänftigte ihn Alduin, »sollte die Behandlung wirken, wird es nicht länger als . . .«

Bevor er den Satz beenden konnte, piepste Gistel herzzerreißend und begann zu zittern. Broons Besorgnis stieg, aber der erfahrene Falkner beruhigte ihn:

»Entspanne dich, das ist ein gutes Zeichen. Das Letzte, was er jetzt gebrauchen kann, ist, deine Angst zu spüren.«

Der Junge zwang sich, seine Furcht zu unterdrücken, und schickte seinem Falken liebevolle und ermutigende Gedanken.

Wir schaffen es, Gistel . . . du wirst überleben . . . ich liebe dich . . .

Während Broon diese Worte stumm an seinen gefiederten Freund richtete, hatte er den seltsamen Eindruck, dass eine andere Stimme sie wie ein Echo wiederholte. Es klang wie eine Kinderstimme.

Wir lieben dich . . .

Diesmal gab es keinen Zweifel. Er schaute zu Moreya und fühlte sich von ihrem Blick gefangen genommen. Der Bann dauerte nur kurz, da Gistel diesen Moment wählte, um eine übel riechende Mischung halb verdauten Fleisches auszuspeien. Alduin fing es in einer Tonschale auf und warf es schnell ins Feuer. Es stank erbärmlich. Broon unterdrückte mit Mühe seine eigene Übelkeit, bevor er beruhigende Worte flüstern konnte.

»So ist es gut, Gistel. Alles raus! Ich verspreche dir, nie wieder will ich so unvorsichtig sein.«

Nachdem der Falke noch zwei weitere Male gewürgt hatte, lief ein letztes Zittern durch seinen Körper, bevor er allmählich ruhig wurde. Zu Broons Erleichterung konnte er den Herzschlag des Vogels gegen seine Finger spüren. Er war jetzt wieder gleichmäßig und wurde stärker.

»Es geht ihm besser«, sagte er. »Ich spüre, dass es ihm schon besser geht.«

»Ja, er wird wieder gesund«, stimmte Alduin zu. »Aber heute Nacht lassen wir ihn hier. Du kannst neben ihm auf dem Boden schlafen, dann sieht es nicht so aus, als ob du bevorzugt wirst.«

»Danke«, sagte Broon, »danke für alles.«

»Gern geschehen. Wir haben alle daraus gelernt. Diese Kräuter hat mir früher immer meine Mutter gegeben. Ich glaube nicht, dass man sie jemals an einem Falken ausprobiert hat!«

Broon grinste erleichtert und wandte sich Moreya zu. Instinktiv hob er Gistel ein wenig hoch, sodass das kleine Mädchen ihn von Nahem sehen konnte.

»Dir auch danke«, flüsterte er.

Sie legte ihre kleine Hand auf seinen Arm. »Gute Nacht Gistel, gute Nacht Broon.«

Ohne ein weiteres Wort zu verlieren, ließ sie sich jetzt von ihrer Mutter ins Schlafzimmer bringen. Als Broon ihr nachschaute, lag auf seinem Gesicht ein überraschter Ausdruck.

Alduin, dem Broons Verwunderung nicht entgangen war, bemerkte nur kurz: »Ruh dich jetzt aus, Broon, und denke nicht zu viel nach. Über *das* reden wir morgen.«

Ein vorsichtiges Klopfen an der Haustür weckte Broon aus seinem unruhigen Schlaf. Als er einen schnellen Blick auf das behelfsmäßige Nest warf, in dem Gistel die Nacht verbracht hatte, stellte er fest, dass der Falke weg war.

Erschrocken sprang er hoch, lief zur Tür und riss sie auf.

»Wo ist . . .«, setzte er an und prallte mit Triel zusammen.

»Keine Sorge, Gistel geht es gut«, beschwichtigte ihn sein Freund. »Aldu. . . ich meine Falkner Alduin hat ihn heute früh nach draußen gebracht. Er ist schon gefüttert und sitzt jetzt mit den anderen beim Gemüsegarten.«

Alduin kam dazu und lächelte Broon beruhigend an.

»Stimmt, er ist wieder ganz fit. Ich dachte mir, dass du nach all der Aufregung ein bisschen länger schlafen solltest. Ich habe noch einige Male nach euch geschaut und bemerkt, wie du dich die ganze Nacht hin- und hergeworfen hast.«

»Danke«, antwortete Broon kleinlaut, »ich verspreche, dass ich in Zukunft besser aufpasse . . . entschuldige . . . ich muss jetzt zu Gistel.«

Broon lief zu den neun jungen Falken, die nebeneinander auf dem Zaun saßen. Sie wurden gut bewacht von Rihscha auf der einen und Sivella auf der anderen Seite. Schnell konnte er sich vergewissern, dass es Gistel nach dem Schrecken der letzten Nacht schon viel besser ging. Er rollte seinen Ärmel herunter und hielt ihm die Faust hin, sodass der Vogel hinaufklettern konnte. Zärtlich strich Broon ihm über die Federn und summte ihm etwas vor.

»Es geht ihm gut«, sagte eine kleine Stimme hinter ihm.

Ganz unterschiedliche Gefühle stiegen in ihm auf, ohne dass er sie hätte beschreiben können. Nachdem er seinen Gesichtsausdruck unter Kontrolle hatte, drehte er sich herum und lächelte Moreya ernst an.

»Ja, es geht ihm gut.«

Er stockte einen Moment, bevor er kaum hörbar weitersprach.

»Wie hast du ... ich meine ... war es deine Stimme?«

Obwohl Moreya so jung war, konnte sie seine Verwirrung nachempfinden. Tränen schossen ihr in die Augen.

»Bitte ... hasse mich nicht«, schluchzte sie. »Ich will doch nur ihre Freundin sein. Ich *bin* ihre Freundin. Sie haben es mir gesagt.«

»Ich ... ich hasse dich doch nicht«, antwortete Broon schnell, »es ist nur ... ich weiß nicht ... es ist ...«, ein überraschter Ausdruck flog über sein Gesicht und seine Stimme wurde fester.

»Weine bitte nicht mehr. Gistel will auch nicht, dass du weinst. Er *ist* dein Freund, da hast du recht. Und ich möchte auch dein Freund sein.«

Moreya wischte sich die Tränen weg, die ihr über die Wangen kullerten, und lächelte.

»Gut. Da freue ich mich«, sagte sie.

Sie blickte ihm tief in die Augen, als wolle sie seine Seele erforschen, doch schon im nächsten Augenblick drehte sie sich herum und hüpfte zurück zum Haus, als hätte diese merkwürdige Unterhaltung nie stattgefunden.

Broon atmete langsam aus und schaute ihr nach, bevor er Gistel wieder auf den Zaun setzte und sich auf die Suche nach seinen Freunden machte.

Alduin strich sich über den geflochtenen Bart und sah dem Jungen hinterher. Er hatte im Schatten der Haustür gestanden und alles beobachtet, als er nun Erilea hinter sich bemerkte.

Sie ging einen Schritt auf ihn zu, umarmte ihn und lehnte ihren Kopf an seine Brust. »Was wirst du tun?«, fragte sie.

»Ich bin mir nicht sicher«, gab er zur Antwort. »Ich wollte es langsam angehen lassen, mich allmählich der Sache annähern . . . und auch das nur, wenn es notwendig sein sollte. Jetzt sieht es so aus, als hätte ich keine andere Wahl, als mit den Jungen offen darüber zu reden . . . ohne weitere Verzögerung.«

Erilea drückte ihn an sich. »Nun gut, es gibt keinen besseren Zeitpunkt als jetzt.«

Mit einem kleinen Schubs in Richtung der Treppe, die von der Veranda hinunterführte, ließ sie ihn gehen.

Alduin fand Bardelph und Rael auf einer kleinen Lichtung am Flussufer, ganz in der Nähe der Falkenkäfige, wo sie mit der Gruppe vier Unterstände bauten. Die Hütten wurden aus Schilf geflochten und mit Moos abgedeckt. Rael ging zu seinem Freund hinüber.

»Natürlich könnten sie auch unter den Sternen schlafen, mild genug ist es ja. Aber es ist eine gute Übung, um zu lernen, wie man einen Unterstand baut.«

»Mmmmh, ja«, erwiderte Alduin geistesabwesend.

Rael wusste sofort, was in seinem Kopf vorging. »Willst du mit ihnen sprechen?«

Er musste nicht extra erwähnen, was beredet werden sollte.

»Ja, und zwar je eher, desto besser«, entgegnete Alduin. »Je länger wir . . . ich es hinauszögere, desto wahrscheinlicher ist es, dass sie sich selbst etwas zurechtlegen. Einiges davon könnte höchst ungesund sein.«

»Du kannst auf mich zählen, mein Freund.«

Sobald das letzte Stück Moos herbeigeschafft worden war und die Jungen den Arbeitsplatz aufgeräumt hatten, kam Alduin auf Bardelph zu.

»Kann ich ein Wort mit den Falknern sprechen?«, fragte er.

Bardelph nickte und rief die Gruppe zusammen. »Sehr gut, Jungs. Ihr habt ausgezeichnet gearbeitet. Jetzt setzt euch hier in den Kreis und hört zu, was Falkner Alduin zu sagen hat.«

Die junge Schar ließ sich im Gras nieder und so mancher heimliche Blick streifte Alduin. Es gab keinen Zweifel daran, dass jeder von ihnen an das merkwürdige Ereignis des vergangenen Abends dachte, aber keiner eine Erklärung dafür hatte. Die drei älteren Falkner setzten sich dazu, und als es sich jeder bequem gemacht hatte, ergriff Alduin das Wort.

»Falkner, ich bin nicht sicher, wie ich es euch sagen soll«, begann er, schloss seine Augen und seufzte.

»Das Mysterium unseres Bundes mit den Falken ist einzigartig. Wir alle wissen das. Gilian hat uns mit diesem Geschenk gesegnet, das seit Generationen weitergegeben wurde – im Dienste Nymaths. Ein Falkner zu sein, ist eine hehre Berufung. Auch wenn der Bund mit den Falken zu bestimmten Zeiten missbraucht wurde, begegnet man Falknern nach wie vor stets mit Respekt.«

Hier unterbrach er sich und versuchte, seine Gedanken zu sammeln. Dabei überlegte er, wie er auf den eigentlichen Punkt kommen konnte.

»Doch die Zeiten ändern sich«, sprach er schließlich ruhig, aber bestimmt. »Ich weiß nicht, weshalb, und kann nicht erklären, was es bedeutet oder wohin es führt. Ich kann euch nur sagen, dass der Bund mit dem Falken sehr viel mehr sein kann als die Fähigkeit, durch seine Augen zu sehen.«

Sein Blick schweifte über die Runde, als wollte er sich der Aufmerksamkeit seiner Zuhörer versichern, doch alle hörten ihm gespannt zu.

»Ganz ohne mein Zutun gab mir Rihscha so viel mehr als nur seine Sicht. Durch die Gnade der Götter eröffnete er mir den Zugang zu anderen Zeiten und Welten. Ich habe Wunder gesehen und Wahrheiten erfahren, die so überwältigend sind, dass man sie kaum ertragen kann. Umso schwieriger ist es für mich, sie zu beschreiben.«

Noch einmal hielt er inne. Diesmal betrachtete er geistesabwesend seine Hände. »In den Tagen, die wir hier gemeinsam verbringen werden, möchte ich mit euch diese Erfahrung teilen«, fuhr er schließlich fort. »Ich kann euch dies nicht lehren. Ihr sollt nur wissen, dass hinter dem Geschenk weitaus mehr verborgen liegt, als man bisher erahnte. Wenn ihr euch diesen Gedanken öffnet, wird sich euch noch eine andere Welt ausbreiten.«

Die jungen Männer warfen sich gegenseitig Blicke zu, Überraschung und Neugierde spiegelte sich auf ihren Gesichtern. Sie spürten, dass ihre Situation einmalig war, irgendetwas gänzlich Neues schien ihnen bevorzustehen und mit der Unbeschwertheit ihres Alters waren sie bereit für neue Abenteuer. Broon ahnte jedoch, dass es da noch mehr gab. Versuchshalber hob er die Hand. Alduin nickte, sprach aber zunächst selbst weiter.

»Ich weiß, ich weiß. Da ist noch mehr . . . neue Entdeckungen . . . Ich weiß nicht, was ich dazu sagen oder wo ich beginnen soll.«

Er bemerkte, dass die jungen Falkner unruhig wurden und untereinander tuschelten, doch er suchte immer noch nach einfachen Worten.

»Falkner!«, rief Bardelph die Gruppe zur Ordnung. »Seid ruhig!«

Er gab Alduin ein Zeichen fortzufahren.

»Die neueste Entwicklung«, begann Alduin mit ruhiger Stimme, ruhiger, als er sich fühlte, »ist nur schwer zu beschreiben. Ich berichte euch deshalb, was ich beobachtet habe. Moreya ist ein eher ungewöhnliches kleines Mädchen, wie ihr sicherlich in der letzten Nacht schon gespürt habt. Wir haben es zum ersten Mal bemerkt, als wir das letzte Mal in Sanforan waren. Im gleichen Moment, als die Falken geschlüpft sind, hat sie . . . es scheint, als hätte Moreya sich auf unerklärliche Weise mit jedem einzelnen Falken verbunden.«

»Was hat sie?«, brach es aus Bryant heraus, bevor er sich zurückhalten konnte.

»Das ist unmöglich«, sagten Marshalt und Lambrith gleichzeitig.

»Sie ist ein Mädchen!«, schrie Sean, während Creis und Taro ungläubig den Kopf schüttelten.

Nur Triel, Broon und Galdan blieben ungerührt und schweigend sitzen.

Alduin hob beide Hände mit einer beruhigenden Geste.

»Bitte, bitte. Lasst mich zu Ende erzählen, dann könnt ihr eure Fragen stellen. Keiner außer den Göttern selbst könnte dergleichen geplant haben, glaubt ihr nicht auch? Moreya kann mit euren

Falken kommunizieren. Wir dachten, es sei ein einmaliges Ereignis während des Schlüpfens, das sich nicht wiederholen würde. Aber die letzte Nacht hat uns deutlich gezeigt, dass es mehr bedeutet. Moreya ist noch immer auf irgendeine Art mit den Falken verbunden. Es ist eine besondere Gabe, und soweit ich es sagen kann, akzeptieren die Falken sie. Als Falkner müssen wir uns daran erinnern, dass wir uns der Wahl der Falken unterzuordnen haben. Wir können ihre Wahl nicht infrage stellen.«

Broon hob noch einmal die Hand und diesmal ließ Alduin ihn zu Wort kommen.

»Es ist wahr«, sagte Broon und überraschte damit alle anderen. »Natürlich habe ich vergangene Nacht festgestellt, dass Moreya ... irgendwie ... also sie wusste ... sie konnte spüren, was mit Gistel war. Für einen Moment war ich mir sicher, dass ich ihre Stimme in meinem Kopf hörte, als sie Gistel sagte, sie liebt ...«, er zögerte, bevor er weitersprach.

»Heute früh, als ich aufwachte ... ich war so erleichtert, dass ich gar nicht mehr daran dachte. Bis ich sie wieder sah ... da ist mir alles wieder eingefallen ... ich war verwirrt ... sogar ärgerlich: Wie konnte sie sich nur in meinen Bund mit dem Falken einmischen? Dann ... dann sagte mir Gistel, dass alles in Ordnung sei. Gut, er hat nicht mit so vielen Worten gesprochen ... aber ich habe ihn verstanden. Er sagte mir, sie sei seine Freundin ...«

Völlig erschöpft von dieser gefühlsmäßigen Aufregung schwieg er und ließ den Kopf hängen.

Einige Momente herrschte tiefes Schweigen, bevor Alduin die Stille unterbrach.

»Danke dir, Broon. Ich weiß, deine Worte zu schätzen ... und deine Verwirrung kann ich verstehen. Ja, es *ist* verwirrend ... für alle von uns. Moreya ist noch so jung und sie will keinen von uns verärgern, auch nicht die Falken. Sie ist ein unschuldiges Kind. Weshalb die Götter sie auserwählt haben und was ihre Rolle sein soll, übersteigt im Moment meinen Verstand. Aber wenn ihr sie akzeptieren könntet – ich bin sicher, die Falken tun es bereits –, können wir ihr vielleicht helfen, was auch immer ihre Aufgabe ist.«

»Was soll das heißen, sie sind für einen Siebentag fort?«

Stantel zeigte Meister Calborth deutlich sein Misstrauen. »Weshalb sind sie so lange weg?«

»Sie sind mit Bardelph unterwegs, wie schon andere vor ihnen. Nur eben ein wenig länger«, antwortete der Meister ruhig und entschied, Stantels Ton zu ignorieren.

»Aber – Bardelph so lange alleine mit neun Jugendlichen«, redete Stantel weiter und versuchte, seiner Stimme einen amüsierten Klang zu geben. »Das könnte ihm leicht aus der Hand gleiten. Ungestüme Jugend und alles, was dazu gehört. Wo sind sie hin?«

Meister Calborth ließ sich nicht täuschen. »Die Jungs sind gut erzogen. Sie sind Falkner – ausgebildet in der Falkenhalle. Bardelph könnte mit zwanzig von ihnen unterwegs sein. Das würde keinen Unterschied machen.«

Stantel schwieg und starrte den Meister an. Der alte Mann saß auf seinem Stuhl und fettete einen Fausthandschuh ein. Seine ruhige Konzentration auf diese Arbeit ärgerte Stantel. Er war sich sicher, dass etwas Ungewöhnliches vorging, und dass er darüber nicht informiert war, machte ihn wütend. Seine Augen wanderten durch die Kammer und suchten in jeder dunklen Ecke, als ob die Antwort auf seine Fragen unter dem Steintisch, hinter dem Schrank oder in den Käfigen verborgen sein könnte. Irgendetwas ging hier nicht mit rechten Dingen zu. Er konnte es fühlen. Plötzlich fiel es ihm auf.

»Die Käfige. Sie sind leer. Wo sind die Falken!«, rief er entsetzt.

»Den Falken geht es gut, kein Grund, sich Sorgen zu machen«, erwiderte Calborth, hob den Handschuh gegen das Licht und schielte mit seinen schlechten Augen gelegentlich auf das Ergebnis seiner Arbeit.

Stantels Blut kochte.

»Du alter Narr! Was denkst du, wer du bist? Höre auf, so zu tun, als sei nichts passiert. Ich verlange zu wissen, wo die Falkner sind ... und, so ganz nebenbei, die Falken!«

Calborth legte den Handschuh auf den Tisch neben sich und blickte Stantel gerade in die Augen.

»Ich weiß, wer ich bin«, sagte er und die Sanftheit seiner Stimme täuschte über die Macht hinweg, die in ihm lag. »Ich bin ein Raide und Meister der Falkenhalle. Ich war dein Meister, als du noch ein rotznasiger Anfänger warst. Du schuldest mir immer noch Respekt. Die Falkenhalle ist meine Angelegenheit, nicht deine. Du vergisst deine Manieren. Falkner sollten sich würdig und respektvoll im Umgang mit anderen zeigen. Geh nach Hause und studiere den Kodex noch einmal!«

»Was erlaubst du dir, so mit mir zu reden?«, schrie Stantel. »Wie kommst du dazu, mir zu erzählen, was ich zu tun habe und was meine Angelegenheiten sind! Die Falkenhalle geht jeden Falkner etwas an und ich erwarte, dass ... ich ... ich ...«, er trat drohend einen Schritt auf den alten Mann zu und starrte ihm von oben herab ins Gesicht.

Die gelassenen blauen Augen des Meisters brachten Stantel vorübergehend zum Schweigen. Er war jetzt sehr darauf bedacht, seine Worte zu kontrollieren, um nicht noch etwas zu sagen, das er anschließend bereuen würde. Trotzdem war seine Stimme kalt und unfreundlich.

»Ich weiß, dass du etwas verbirgst, das spüre ich seit dem letzten Schlüpfen. Ich weiß auch, dass dieser Emporkömmling Alduin *und* sein Freund Rael während des Schlüpfens hier in der Kammer waren. Wer hat es ihnen überhaupt erlaubt, in solch einem heiligen Moment dabei zu sein? Wie passend aber auch, dass nun ausgerechnet Raels Sohn sich verbunden hat und meiner nicht! Wahrscheinlich steckt ihr alle drei unter einer Decke. Jeder weiß, dass Alduin merkwürdige Kräfte hat. Er ist eine Schande für die Falknerei ... ein Halbblut, Sohn einer Hexe!«

»Das reicht jetzt«, Calborth sprang von seinem Stuhl hoch und baute sich stolz vor Stantel auf. Obwohl er kleiner war, schien der

Meister zu wachsen, bis seine Präsenz den größeren Mann zu überwältigen schien.

»Ich weigere mich, dir weiter zuzuhören. Du bist eine Schande für die Falknerei. Du vergisst die absolute, die wichtigste Regel. Die Wahl der Falken ist unanfechtbar. Wir stellen diese Wahl niemals, *niemals* infrage. Wir dienen den Falken und sie geben uns ihr Geschenk!«

Die Luft zwischen den beiden war spannungsgeladen.

»Du bist ein blinder alter Mann«, flüsterte Stantel schließlich. »Blind. Du siehst nicht, was vorgeht. Dein schwindendes Sehvermögen nimmt dir den Blick für unsere Traditionen.«

Er trat einen Schritt zurück und lächelte Calborth dünn an. »Ja, du wirst alt. Deine Augen werden bald gar nichts mehr sehen. Vielleicht . . . vielleicht . . .«

Stantels Satz blieb unbeendet, hing jedoch bedeutungsschwer in der Luft. Er hob seine Faust zur Brust und verbeugte sich tief, aber mit einem verächtlichen Ausdruck vor Meister Calborth. Dann drehte er sich auf dem Absatz um und ging.

Calborth sackte in sich zusammen, als er ihm nachsah. Er rieb seine müden Augen mit dem Handballen und seufzte tief.

»Wie wird das nur alles enden?«, fragte er in die leere Kammer hinein.

5

Alduins Worte hatten einen tiefen Eindruck bei den jungen Falknern hinterlassen, zumal sie von Broon bestätigt wurden. So entschied Bardelph, sie auf andere Gedanken zu bringen.

Genau genommen hatte auch er seine Schwierigkeiten, all das zu verstehen, und suchte nach Ablenkung. Er hatte viele Jahre als ein zufriedener Einzelgänger gelebt, bis das Schicksal vor neun Jahren Aranthia und ihren jungen Sohn Alduin zu ihm führte. Als er von der Verbindung des Jungen mit einem wilden Marvenfalken erfuhr, hätte ihm das schon Warnung genug sein müssen. Doch seine Gefühle für die Mutter und ihren Sohn waren stärker und veränderten sein Leben. So fand er sich schon bald als Partner einer bekannten Heilerin wieder, als Stiefvater eines jungen Falkners mit Visionen und mystischen Erfahrungen und schließlich auch als Großvater eines hellfühligen Kindes, das sich mit nicht weniger als neun Falken verbunden hatte. Das alles verursachte Bardelph Kopfschmerzen. »Danke, Alduin«, sagte er, eine Spur zu laut. Immerhin lenkte es die Aufmerksamkeit der jungen Falkner auf ihn.

»Wir alle müssen das erst einmal verarbeiten«, fuhr er fort. »Denkt also nicht zu viel darüber nach oder malt euch verrückte Dinge aus. In einigen Tagen werden wir nach Sanforan zurückkehren und bis dahin gibt es noch eine Menge zu lernen. Geht jetzt, füttert eure Falken und dann euch selbst. Anschließend haben wir noch Aufgaben zu erledigen. Sean und Creis, ihr seid gute Jäger, nehmt Taro und Marshalt mit. Seht zu, ob ihr einen Burak oder wenigstens einige Waldtauben zum Abendessen jagen könnt. Der Rest der Gruppe wird ein Floß bauen!«

Erleichtert sprangen die jungen Falkner auf. Endlich konnten sie sich wieder praktischen Dingen zuwenden. Sie verbeugten sich respektvoll vor den drei Erwachsenen und liefen zu den Falken hinüber.

Alduin sah Rael und Bardelph mit einem fragenden Blick an.

»Hat es irgendeinen Sinn gehabt, mit ihnen darüber zu sprechen?«

Bardelph zuckte mit den Schultern, aber Rael legte eine Hand auf Alduins Arm.

»Mach dir keine Sorgen. Wenn wir uns zu sehr bemühen, alles zu verstehen, bringt uns das nur noch mehr durcheinander. Lass uns die Dinge nehmen, wie sie kommen. Die Jungs wissen im Moment so viel, wie sie wissen müssen.«

Er sah zu Bardelph hinüber. »Etwas Besseres, als sie erst einmal mit praktischen Dingen zu beschäftigen, hätte dir in diesem Moment nicht einfallen können. Außerdem möchte ich auch beim Floßbau mithelfen – ich habe es nie richtig gelernt.«

»Ich auch nicht«, fügte Alduin mit einem Grinsen hinzu.

Der Nachmittag verging mit fleißiger Arbeit. Während die vier Falkner jagten, suchten Bardelph und die Gruppe der Floßbauer nach stabilen jungen Bäumen, die sie fällen und in gleich lange Stämme unterteilen konnten. Sie fanden eine dicht bewachsene Stelle im Wald, der es guttun würde, wenn man sie etwas ausdünnte. Sorgfältig suchten sie die Bäume aus und setzten dann ihre Äxte an. Es war eine schweißtreibende Arbeit und das Harz, das aus den Bäumen triefte, setzte sich überall fest. Bald waren alle mit klebrigem Schmutz überzogen. Nachdem sie endlich ein Dutzend Stämme geschlagen hatten, rief Bardelph eine Pause aus. Er musste grinsen, als er die hoffnungslos verdreckten Jungen vor sich sah.

»Was für eine Schweinerei! Aber ich muss zugeben, wir haben die perfekte Tarnung, um uns im Wald zu verstecken«, meinte er. »Wie auch immer, das Licht verschwindet jetzt schnell und wir müssen noch vor dem Abendessen den Dreck abschrubben. Hoffen wir, dass die Jäger etwas Essbares erlegt haben!«

Broon ächzte und rieb sich seinen knurrenden Bauch. Gerade zur rechten Zeit und zu jedermanns Freude hörten sie die Jäger von Osten durch den dichten Wald am Fluss kommen. Sie riefen schon von Weitem.

»Hier sind wir! Essen ist unterwegs! Ein Dutzend Waldtauben!«

Als die vier – noch eine Spur schmutziger als die Floßbauer – endlich auftauchten, wurden sie mit wildem Applaus begrüßt.

»Meine Güte, habt ihr im Schlamm gebadet?«, fragte Lambrith, als sie ihre Beute vorzeigten.

Die Jäger verfielen in Schweigen und Verwirrung spiegelte sich in ihren Gesichtern, als wäre eine beunruhigende Erinnerung gerade wieder aufgetaucht.

»Ähem . . . das ist . . . also, das ist eine merkwürdige Geschichte . . . wir . . . ich . . . vielleicht sollten wir das auf später verschieben«, stotterte Sean schließlich.

Er warf einen Blick hinüber zu den anderen Jägern und suchte ihre Zustimmung.

»Ja«, bestätigte Creis schnell, »jetzt nicht. Später.«

»Klingt irgendwie mysteriös. Ich kann kaum abwarten, mehr davon zu hören«, kommentierte Broon.

»Also . . . ja . . . besser, wir verschieben es auf später«, wiederholte Creis.

Broon wurde von einem lauten Magenknurren abgelenkt. »Na gut. Erst das Essen, dann die Geschichte.«

»Bringt die Vögel zum Hackbrett«, meinte Alduin und schickte die Jäger los. »Die anderen gehen jetzt zur Anlegestelle und ich hole den Priselsaft.«

»Aber gut gesüßt«, bettelte Rael inständig. Alduin sah ihn an und grinste. »Er ist nicht zum Trinken, falls du das vielleicht glaubst. Du wirst schon sehen. Lass die Jungs noch nicht ins Wasser gehen. Wartet, bis ich komme.«

Rael und die anderen sahen ihm neugierig hinterher, als er ging.

Nur Bardelph nickte wissend. »Steht hier nicht so herum«, rügte der ältere Raide. »Sammelt die Äxte ein, die müssen auch noch gesäubert werden. Los geht's!«

Einige Augenblicke später erreichte die Gruppe den Anlegeplatz und wartete geduldig auf Alduin, der kurz darauf mit einem Tonkrug zurückkam und sich bis auf seinen Lendenschurz auszog. Dann goss er aus dem Gefäß großzügig reinen Priselsaft in die Hand und rieb damit seinen harzverklebten Körper ein.

»Harz wird im kalten Wasser hart und lässt sich dann nur mühsam lösen«, erklärte er, während er die Flüssigkeit einmassierte. »Mit dem Beerensaft geht es leichter. Reibt euch anschließend mit Sand ein, geht dann erst ins Wasser und spült alles ab.«

Einige Sonnenstrahlen fielen durch die Bäume direkt auf Alduin.

Die goldene Farbe des Saftes ließ seine dunkle Haut wie gebranntes Kupfer erscheinen. Plötzlich richtete er sich auf und streckte seine rechte Faust in die Höhe. Die Jungen beobachteten ihn fasziniert und ihre Blicke wurden unwillkürlich von den auffallenden Narben an seinem Handgelenk angezogen.

Kurz darauf landete Rihscha. Seine vorgestreckten Krallen umschlossen die Male, als seien sie eigens für ihn dort eingeprägt worden. Das Zusammenspiel von Falkner und Falken war so harmonisch aufeinander abgestimmt, dass die Zuschauer beim Anblick dieser intensiven Bindung den Atem anhielten.

Alduin stand regungslos mit geschlossenen Augen am Ufer und ein Ausdruck absoluter Gelassenheit legte sich auf sein Gesicht.

»Er sieht aus wie ein Gott«, flüsterte Triel Galdan ins Ohr.

»Ja, zumindest wie ein Botschafter der Götter«, gab dieser leise zurück.

Einen Herzschlag später war der magische Moment vorüber und die Sonne ging unter.

Alduin öffnete seine Augen und nahm sich Zeit, Rihscha zu streicheln und ihm einige Koseworte zuzuflüstern, bevor er ihn wegschickte. Ohne sich seiner Wirkung auf die anderen bewusst zu sein, fragte er: »Wer ist der Nächste?«

Die Verzauberung löste sich und es kam wieder Leben in die Gruppe. Einer nach dem anderen rieben sie sich mit dem Saft ein – bis auf Triel. Er verharrte still an seinem Platz und beobachtete Alduin noch immer sprachlos. Es dauerte eine ganze Weile, bis er aus diesem benommenen Zustand wieder auftauchte und sich zu den anderen gesellte.

Kurz darauf tobten alle im Wasser, spritzten sich nass oder bewarfen sich mit Schlamm und Schilf. Und irgendwie wurden sie alle dabei auch sauber.

»So, nun erzählt uns mal von euren Abenteuern«, ermutigte Bardelph Sean und seine Jagdkumpane.

Es war schon später am Abend. Die Männer und die jungen Falkner saßen satt und zufrieden um das Feuer. Sean, Creis, Marshalt und Taro jedoch tauschten verzweifelte Blicke aus, als sie nun unerwartet zum Mittelpunkt der Aufmerksamkeit wurden. Keiner von ihnen war bereit, die Geschichte zu erzählen, und ein jeder von ihnen hoffte, der andere würde beginnen.

»Lasst hören, was ist nun das große Geheimnis?«, rief Bryant aus. »Fangt einfach am Anfang an und erzählt, was passiert ist.«

Sean wurde klar, dass die anderen keine Ruhe geben würden, deshalb warf er alle Bedenken über Bord und begann.

»Also, zu Beginn passierte eigentlich nichts Ungewöhnliches. Wir liefen den Fluss entlang und suchten nach Lichtungen, wo vielleicht Buraks grasen könnten, fanden aber keine. Nach einiger Zeit gingen wir dann landeinwärts. Irgendwie schien der Tag nicht gut für Rehwild zu sein. Deshalb konzentrierten wir uns auf Waldtauben.«

»Das ist gut«, unterbrach Bardelph. »Achtet stets auf eure Instinkte, wenn ihr jagt. Entwickelt ein Gefühl dafür, was da draußen passiert.«

Er nickte Sean zu und ermutigte ihn weiterzuerzählen.

»Als wir dann genug erlegt hatten, wollten wir uns auf den Rückweg machen, als ... nun, als wir ... merkten, dass Taro verschwunden war.«

Alle Köpfe drehten sich zu dem jungen Falkner, der sich vor Verlegenheit wand.

»Vielleicht solltest du die Geschichte fortsetzen«, schlug Sean vor. Taro war offensichtlich nicht darauf erpicht, seufzte aber ergeben. »Sean lässt es so aussehen, als hätten wir alle erfolgreich gejagt. Die Wahrheit aber ist, dass ich kläglich versagt habe. All meine Pfeile verfehlten ihr Ziel«, gestand er. »Ich dachte, dass ich vielleicht mehr Glück hätte, wenn ich mich von den anderen entfernen würde. So weit weg war ich dann gar nicht, nur außer Sicht. Ich hörte sie nach mir rufen und wollte schon antworten, als ich sah, dass sich in meiner Nähe langsam etwas durch die Bäume bewegte. Vielleicht ein Burak, dachte ich, blieb ganz ruhig und begann, darauf zuzukriechen.«

Taro sah Sean fragend an. Der zuckte als Antwort nur mit den Achseln.

»Ich schlich mich ein bisschen dichter heran, konnte aber noch nicht erkennen, was es war. Also versteckte ich mich hinter einem Baum und hoffte, es würde näher an mich herankommen.«

Diesmal hob er den Kopf und sah Alduin direkt an.

»So war es auch«, erklärte er, ». . . aber es war kein Burak. Es war . . . ich denke, es war ein alter Mann . . . oder vielleicht eine alte Frau . . . mit wirrem Haar, in dem überall Zweige hingen . . .«

Alduin spürte, wie sich ihm die Nackenhaare sträubten. Für einen Augenblick fühlte er sich in ein fernes Dorf neben einem Vulkan zurückversetzt, ein Dorf, in dem er zum ersten Mal seine Begegnung . . .

»Die Gestalt war in einen schweren Umhang aus undefinierbarem Material gehüllt«, führte Taro weiter aus.

Damit zog er Alduin zurück in die Gegenwart und bestätigte gleichzeitig seinen Verdacht.

»In dem Moment schien sie mich zu bemerken. Ich weiß nicht, weshalb, aber es zog mich aus meinem Versteck. Also ging ich einen Schritt darauf zu, hielt aber immer noch Abstand. Irgendwie war klar, wo ich zu stehen hatte. Als ich hinsah, kam es mir vor, als wäre es doch ein alter Mann, jedoch mit einem Gesicht, dass irgendwie . . . irgendwie . . . falkenähnlich war.«

Jetzt war es an Rael, einen überraschten Blick mit Alduin auszutauschen, doch beide blieben still.

»Es stimmt, was er sagt«, Creis sprach zum ersten Mal. »Aus einem unerklärlichen Grund wurden wir alle in diese Richtung gezogen, obwohl Taro nicht gerufen hatte. Wir wussten einfach, wohin wir zu gehen hatten. Dann sahen wir ihn da stehen, eingefangen vom Blick dieser merkwürdigen Erscheinung . . .«

»Ja, auf eine Art waren wir alle gefangen von seinem Blick«, fügte Marshalt hinzu und allmählich erwärmte er sich dafür, Bericht zu erstatten.

»Das war das Merkwürdigste daran. Er konnte uns nicht alle

gleichzeitig angesehen haben, trotzdem hatten wir den Eindruck, dass er jedem von uns direkt in die Augen schaute.«

»Dann sprach er«, Taro fühlte sich durch die Unterstützung seiner Freunde etwas selbstsicherer und setzte die Geschichte fort. »Zugegeben, er sprach nicht wirklich. Es war mehr in meinem Kopf . . .«

»Und in meinem auch . . .«, stimmten die anderen drei zu.

»Was hat ER gesagt?«, platzte Triel heraus, unfähig, sich auch nur noch einen Moment zurückzuhalten. »Was hat Fürst Gilian gesagt?«

»Fürst . . .?«, fragte Taro überrascht und verfiel dann in Schweigen. Nach und nach überzog ein staunender Ausdruck sein Gesicht. »Fürst Gilian«, flüsterte er, »ja . . . ja . . .«

Eine ganze Zeit lang waren das Knistern und Knacken des Feuers das einzig vernehmbare Geräusch. Keiner wagte zu sprechen – es schien, als wäre dies ein heiliger Moment, den Worte nur zerstören würden. Die Blicke aller wurden von den glühenden Kohlen angezogen, so, als könnten ihnen die Flammen, die wie in einem leidenschaftlichen Tanz hochzüngelten, Antwort auf all die ungeklärten Fragen geben.

»Was hat Gilian gesagt?«, wiederholte Alduin schließlich Triels Frage. Die sanfte Autorität seiner Stimme ermunterte Taro weiterzusprechen.

»ER sagte . . .«, Taro schloss die Augen, um sich besser zu erinnern und die Worte genau wiedergeben zu können.

»›Habt keine Angst. Fürchtet euch nicht vor dem Kind. Das Kind kennt den Weg. Es ist das Kind von Gilian und Emo. Das Kind wird euch führen.‹«

Die anderen drei nickten zustimmend.

»Moreya«, Alduin flüsterte dies so leise, dass es für die anderen eher wie ein Seufzer klang.

Rael schüttelte ungläubig den Kopf. Aber er wusste, dass die Jungen niemals etwas erfinden würden, das an Blasphemie grenzte.

Bardelph senkte seinen Kopf und stützte ihn mit den Händen ab. Es kam ihm vor, als würde seine gut geplante Reise mit den jungen Falknern in kleine Teile zerbrechen und außer Kontrolle geraten.

»Was geht hier vor?«, fragte er kläglich. »Was geht hier nur vor?«

Alduin beugte sich hinüber und legte eine Hand auf seine Schulter.

»Nichts, womit wir nicht auch umgehen könnten«, beruhigte er Bardelph. »Das wenigstens kann ich dir versprechen. Die Götter fordern immer nur so viel von uns, wie wir geben können.«

»Was für ein Tag«, flüsterte Triel Taro zu, als sie in Wolldecken gehüllt unter dem Sternenhimmel saßen. Die beiden hatten sich bereit erklärt, die Falkenkäfige zu bewachen, während die anderen Falkner schliefen – auch wenn niemand ernsthaft glaubte, dass den Falken Gefahr drohte

Seit Taro am Abend von dem Erlebnis erzählt hatte, sprach er nur wenig. Zunächst respektierte Triel sein Bedürfnis nach Ruhe, doch jetzt trieb ihn die Neugierde.

»Ich meine, erst die Enthüllung heute Morgen«, überlegte er laut, »dann, als Ald. . . ich meine, wie Falkner Alduin ausgesehen hat, wie, wie . . . und dann eure Geschichte. Ich weiß nicht, es ist mehr, als ich im Moment verdauen kann . . .«

Taro antwortete nicht, deshalb versuchte Triel es mit einer anderen Taktik.

»Nun gut, lass uns einfach nur sagen: ›Es war ein merkwürdiger Tag‹«, fasste er zusammen und meinte dann mit einem leisem Kichern: »Aber weshalb wart ihr so verdreckt? Sah aus wie purer Schlamm. Da steckte aber nichts Geheimnisvolles dahinter. Oder doch?«

Jetzt entspannte sich Taro und grinste Triel an.

»Nein. Daran war überhaupt nichts geheimnisvoll«, begann er. »Plötzlich waren wir vier wieder alleine im Wald. Kam mir vor, als wären wir nach einem unglaublich erholsamen Schlaf aus einem Traum aufgewacht. Deshalb gingen wir gut gelaunt los. Aber wir haben nicht mehr auf den Weg vor uns geachtet.«

Er unterbrach sich für einen Moment und schmunzelte vor sich hin. »Ich vermute, da steckt eine Lektion dahinter.«

»Hör auf zu philosophieren. Was passierte dann?«, drängelte Triel. »Ich bin in den Sumpf gefallen, das ist passiert«, lachte Taro. »Und die anderen hinter mir gleich mit! Bevor wir uns versahen, strampelten wir im Morast und der wollte uns mit allen Kräften in die Tiefe ziehen.«

»Hattet ihr keine Angst? Ich habe von Leuten gehört, die von solch einem Sumpfloch völlig verschlungen wurden.«

»Es waren nicht wirklich ein Loch, nur eine Menge Schlamm«, erklärte Taro, »und noch genug trockene Stellen und Gras um uns herum. Deshalb konnten wir uns gut herausziehen. Die Kuhle war ja nicht tief. Es war eher lächerlich.«

»Das hätte jedem passieren können.« Triel versuchte, seinen Freund zu trösten, damit der sich nicht so dumm vorkam.

»Ich weiß. Aber erst waren wir . . . wir hatten dieses unglaubliche Erlebnis. Überirdisch muss man es wohl nennen. Und als Nächstes wälzten wir uns alle im Matsch. Geschieht uns recht!«

»Und das Kind?«, Triel stürzte sich endlich auf das Thema, das Taro so gerne vermeiden wollte. »Wen hat Fürst Gilian gemeint? Was glaubst du?«

»Fürst . . . Gilian . . .«, murmelte Taro. »Ich weiß, dass du glaubst, ER wäre es gewesen. Aber jetzt wundere ich mich. Warum sollte uns der Gott erscheinen? Und weshalb sah ER so . . . so ungöttlich aus?«

»Ich denke mal, ein Gott kann machen, was ER will. Vielleicht verändert ER ab und zu sein Aussehen? Ich meine, wenn man es kann . . . warum nicht? Wahrscheinlich kann ER sich in alles verwandeln, was ER sein will.«

»Du lässt es aussehen, als wäre der Gott eine Art exzentrischer Zauberer!«, entgegnete Taro beleidigt.

»Aber vielleicht sind Götter wie Zauberer«, antwortete Triel, »nur im größeren Maßstab. Also eher Zauberer des gesamten Universums statt der kleinen Welt!«

Taro schaute zweifelnd, war aber nicht bereit, noch irgendetwas dazu zu sagen. Möglicherweise könnte er Gilian damit verärgern! Triel hatte jedoch keine Bedenken.

»Vergiss mal, wie die Götter sind oder nicht sind. Lass uns auf den Punkt kommen: Von welchem Kind hat dieses *Wesen* gesprochen?«

»Ich weiß es nicht«, sagte Taro fest. »Ich werde auch nicht darüber spekulieren. Was auch immer heute Nachmittag geschehen ist, ich werde mich hüten, irgendwelche Schlüsse daraus zu ziehen.«

»Du selbst hast gesagt, es war eine . . . eine übersinnliche Erfahrung«, beharrte Triel. »Du kannst die Botschaft nicht einfach ignorieren.«

»Ja . . . wir waren davon so beeindruckt, dass wir geradewegs in den Matsch gelaufen sind. Das ist genau so ein Zeichen wie alles andere. Halt deine Füße auf dem Boden und schau, wohin du läufst. Wenn der Gott mir eine Nachricht geben will, sollte es klar und deutlich sein. Dieses ungenaue Zeugs macht mehr Ärger, als es wert ist. Ich renne jedenfalls nicht los und halte nach einem Kind Ausschau, um ihm – nur die Götter wissen, wohin – zu folgen.«

»Vielleicht müssen wir gar nicht lange suchen«, überlegte Triel, doch Taro wurde immer unsicherer. »Hör zu, ich habe gesagt, ich werde nicht spekulieren. Die Dinge müssen sich weiter klären, bevor ich irgendeine Art von Mission übernehme. Im Augenblick will ich den Bund mit Bratho stärken. Sobald es geht, will ich lernen, mit ihm zu fliegen. Ich will das ganze Thema vergessen. Stell dir vor, was mein Vater sagen würde, wenn ich ihm solch absurde Geschichten erzähle. Er ist nicht so schlimm wie Stantel, aber er ist immer noch ein Traditionalist.«

Die Erwähnung von Stantel lenkte Triel ab und wohlweislich beschloss er, die ganze Angelegenheit nun ruhen zu lassen.

»Ich frage mich, wo Cantel wohl ist«, sagte er. »Ich habe nichts mehr von ihm gehört. Du vielleicht?«

»Nur Gerüchte«, antwortete Taro. »Marshalt sagt, er hätte Stantel im Gespräch mit einem Fath belauscht. Es ging um ein Dorf an der

Spitze der östlichen Halbinsel. Könnte sein, dass Cantel dort gesehen wurde.«

»Vielleicht folgt er ja doch dem Ruf des Meeres. Hörte es sich an, als würde Stantel nach ihm suchen?«

Taro zögerte, bevor er weitersprach. »Wenn du so fragst: Marshalt meint: Nein. Er hatte den Eindruck, Stantel war erleichtert, dass sein Sohn weit weg ist. Aber er will den Anschein erwecken, dass er sich sogleich auf die Suche nach ihm machen würde, wären da nicht seine drückenden Verpflichtungen.«

Triel erinnerte sich an das letzte Mal, als er Cantel gesehen hatte und sie beide die merkwürdige Unterhaltung belauschten. Er entschied, sich Taro anzuvertrauen.

»Stantel träumt davon, eines Tages Falkenmeister zu werden«, sagte er.

Zu seiner Überraschung war Taro darüber weniger schockiert, als er erwartet hätte.

»Das weiß doch jeder. Einige halten das sogar für eine ausgezeichnete Idee. Sicher, die meisten lieben und respektieren Meister Calborth. Trotzdem glauben sie, dass er die Dinge ein bisschen schleifen lässt. Eine jüngere, strengere Hand an den Zügeln wäre sicher nicht so schlecht.«

»Das meinst du doch nicht im Ernst!«, rief Triel aus.

»Sagt mal, wollt ihr beiden die ganze Nacht lang reden?«, zischte da eine gedämpfte Stimme. »Manche von uns wollen schlafen!« Augenblicklich senkte Triel seine Stimme zu einem Flüstern herab. Trotzdem ließ er nicht locker. »Du glaubst doch nicht etwa, dass Stantel ein guter Falkenmeister sein würde, oder?«

»Nein. Das glaube ich nicht«, gab Taro zu. »Aber mein Vater sagt, dass alles ein bisschen strenger gehandhabt werden sollte. Vielleicht hat er recht ... und wenn die Zeit reif ist ... Ich will nicht sagen, Meister Calborth sollte zurücktreten, aber eines Tages ...«

»Und da glaubst du, Stantel könnte die geeignete Person sein«, zischte Triel angewidert.

»Sei nicht dumm. Das denke ich nicht. Natürlich nicht! Egal, bis es so weit ist, sind wir nicht mehr Schüler der Falkenhalle und die Ältesten werden entscheiden, was das Beste ist.«

Triel war sehr unzufrieden mit diesem Gespräch. Er konnte nicht verstehen, dass Taro Stantel als Falkenmeister nicht ebenso strikt ablehnte wie er selbst. Wie schade, dass Bardelph kein Falkner ist und Alduin oder Rael noch zu jung waren.

»Vielleicht sollten wir im Wechsel schlafen«, schlug er vor und erntete ein zustimmendes Grunzen von Taro.

»Du zuerst«, fügte er hinzu, weil er viel zu aufgewühlt war, um an Schlaf zu denken.

»Danke«, meinte Taro und zog die Decke enger um sich, bevor er sich in eine bequeme Schlafposition brachte. »Gute Nacht.« »Gute Nacht.«

Auch wenn er die Absicht gehabt hatte, wach zu bleiben, so döste Triel doch im Lauf der Nacht ein und verpasste dadurch, Taro zu wecken. Dank den Göttern verging die Nacht ohne besondere Ereignisse und die beiden Jungen wachten auf, als ihre Freunde aus ihren Nachtlagern krabbelten.

»Ihr habt heute Nacht wohl alle Probleme Nymaths gelöst«, bemerkte Lambrith. Er kam zu ihnen hinüber, als sie sich gerade streckten und ihre Decken zusammenrollten. »Ihr habt mich ganz schön lang wach gehalten!«

»Entschuldigung. Ich hatte nicht gemerkt, wie laut wir waren«, meinte Triel und versuchte herauszufinden, wie viel Lambrith von ihrem Gespräch mitbekommen hatte.

»Ich hoffe, es war wenigstens wichtig«, sagte der. »Ich mag die Vorstellung nicht, dass mir wegen sinnlosem Geschwätz mein Schlaf geraubt wird.«

»Sehr wichtig, natürlich«, antwortete Taro mit einem Lächeln.

Der herrliche Morgen hatte seine gute Laune wiederhergestellt. Die Erinnerung an die Unterhaltung der vergangenen Nacht verblasste so weit, dass er gar nicht mehr verstand, was ihn eigentlich so aufgeregt hatte.

»Bratho ist sehr hungrig, das kann ich fühlen«, meinte er, plötzlich abgelenkt durch das Bedürfnis seines Falken nach Futter.

»Sehr gut«, lobte Rael ihn, der sich den Jungen näherte und diese Bemerkung gehört hatte. »Jeder von euch sollte versuchen, die Bedürfnisse seines Falken zu erspüren, auch wenn sie nicht bei euch sind.«

Er sah Triel und Lambrith an. »Warum versucht ihr es nicht auch einmal? Findet heraus, wie sich Falstar und Magner in diesem Moment fühlen.«

Nach einem Augenblick des Zögerns schlossen die beiden ihre Augen.

»Ja!«, rief Triel. »Ja! Falstar ist kurz vorm Verhungern!«

»Also ich kann Magners Bedürfnisse überhaupt nicht wahrnehmen«, beschwerte sich Lambrith. »Wie machst du das?«

»Kein Grund zur Besorgnis«, tröstete Rael ihn. »Lass es geschehen. Stimme dich auf deinen Falken ein, ohne jedoch etwas zu erwarten. Wenn du dann ein besseres Gefühl für ihn gewonnen hast, wird es den ersten verbundenen Flug mit ihm sehr viel leichter machen.«

»Wie lange dauert es noch, bis die Falken das erste Mal fliegen?«, fragte Lambrith, obwohl er die Antwort eigentlich schon kannte.

»Nur, weil du es willst, wird es nicht schneller gehen«, antwortete ihm Rael. »Aber es sollte der Siebentag sein, an dem wir wieder in Sanforan sind.«

Mit dieser hoffnungsvollen Aussicht liefen die Jungen zu ihren Falken, um sie zu füttern.

Rael ging ins Haus, um sich mit Alduin zu unterhalten. Er fand ihn ins Gespräch mit Bardelph vertieft. Erilea und Moreya waren nirgends zu sehen.

»Vielleicht sollten wir den Aufenthalt hier abkürzen«, meinte Bardelph gerade. »Sonst gleiten uns die Dinge wirklich aus der Hand.«

»Warum, was ist passiert?«, erkundigte sich Rael. »Wie ich Bardelph gerade sagte, scheint sich Moreya gegen die Gefühle der Falken nicht abgrenzen zu können«, erklärte Alduin. »Diesen Morgen ist sie halb verhungert aufgewacht und war ganz aufgeregt. Es war der Hunger der Falken, den sie spürte. Nicht nur von einem Falken, nein, von allen neun. Erilea ist mit ihr spazieren gegangen, sie hofft, dass eine gewisse Distanz dieses Gefühl abmildert.«

»Taro und Triel haben den Hunger ihrer Falken vorhin ebenfalls gespürt«, kommentierte Rael. »Ich frage mich, ob das Mädchen auf irgendeine Weise die Beziehung der Falkner zu ihren Vögeln verstärkt.«

»Seht ihr, was ich meine? Wir haben bereits die Kontrolle verloren«, war Bardelphs Meinung dazu.

»Aber nein«, beruhigte ihn Alduin. »Stell dir vor, es wäre tatsächlich so. Das könnte bedeuten, dass sich die Erfahrungen der jungen Falkner ebenfalls noch ausweiten.«

»Denkst du, das wäre gut? Ich meine, für Moreya?«, fragte Bardelph. Alduin schwankte einen Augenblick und es wurde ihm klar, dass er in seiner Aufregung blind gewesen war, was Moreya anging. Trotzdem war nicht zu übersehen, was sich da entwickelte.

»Du hast natürlich recht, wir müssen auf Moreya Rücksicht nehmen. Erilea und ich werden sie ausbilden und ihr helfen, ihre Verbindung mit den Falken so gut wie möglich zu kontrollieren.«

Er warf Bardelph einen Blick zu, der nicht überzeugt wirkte, dann schaute er zu Rael, der betroffen schien.

»Seht, wir können nicht aufhalten, was vorgezeichnet ist«, meinte er. »Könnt ihr das nicht erkennen? Wenn wir Moreya nicht ausbilden, wird diese Fähigkeit unkontrollierbar für sie und dann wird sie ihr das Leben erschweren.«

»Sei aber vorsichtig, welche Absichten dich treiben«, warnte Rael. »Manchmal ist es schwierig, die eigenen Motive zu erkennen.«

»Was soll das heißen?«

»Ich schlage nur vor, dass du dich nicht mitreißen lässt, bevor du nicht deine eigenen Beweggründe genau erkennst.«

»Was ist mit Gilians Botschaft?«, beharrte Alduin und provozierte damit ein Aufstöhnen von Bardelphs Seite. »Wir können sie nicht ignorieren. Wir haben zu . . .«

»Einen Moment«, unterbrach ihn Rael, »ich sagte, lass dich nicht hinreißen. Wir vermuten nur, dass der Gott von Moreya gesprochen hat. Hundertprozentig sicher können wir da nicht sein. Und ebenso unklar ist, ob die Jungs uns nicht doch einen Streich gespielt haben.«

»Aber ihre Beschreibung von Gilian? Sie war sehr genau.«

»Ich habe IHN anders in Erinnerung«, antwortete Rael. »Ich sag es dir, sie beschrieben IHN genau so, wie ich IHN gesehen habe, als . . . als ich . . .«

»Als du damals im Fieber fantasiert hast«, beendete Rael den Satz für ihn.

»Also wirklich«, empörte sich Alduin. »Im Herzen weißt du, dass es Gilian war. So, wie ich in meinem Herzen weiß, dass die Botschaft Moreya betrifft.«

»Ich könnte dir zustimmen, dass ER es wahrscheinlich war«, gab Rael zu. »Dennoch bin ich nicht bereit, Moreya in eine Form von nebulöser . . . ich weiß nicht, was . . . hineinzudrängen.«

»Moreya ist meine Tochter«, Alduins Stimme wurde immer lauter, »und ich werde sie in gar nichts hineindrängen, ich . . .«

»Genug!«, fuhr Bardelph dazwischen und schlug mit der Faust auf den Tisch. Dabei funkelte er die beiden Falkner an. »Wenn ihr nicht sofort aufhört, euch zu streiten, muss ich annehmen, dass es doch keine sonderlich gute Idee war, die jungen Falkner hierher zu bringen.«

Ein betroffenes Schweigen war die Reaktion auf Bardelphs ärgerlichen Ausbruch. So kannten sie ihn gar nicht.

Alduin und Rael nickten reumütig. »Vergib uns«, sagten beide gleichzeitig, »wir werden uns benehmen.«

Bardelph atmete auf und erhob sich. »Lasst uns hinausgehen und das Floß fertig bauen.«

»Ja, lass uns das Floß bauen.«

Die beiden Streithähne fühlten sich auf einmal wieder wie kleine Jungen. Verlegen folgten sie dem älteren Mann hinaus ins helle Sonnenlicht.

6 Erilea und Moreya wanderten eine lange Strecke flussabwärts auf einem kaum sichtbaren Trampelpfad am Ufer des Mangipohr entlang. Wilde Blumen wucherten am Wegesrand und zogen mit ihrem süßen Nektar die Bienen an. Das Mädchen pflückte einen kleinen Strauß und lenkte sich so von ihrer Übelkeit ab. Langsam stieg die Sonne über die Baumwipfel und ihre Strahlen zauberten ein silbernes Glitzern auf den Fluss. An den kleinen Wellen in der Flussmitte konnte man die starken Strömungen erkennen. Moreya hatte schon zwei Scheiben Brot mit Käse und drei Äpfel gegessen, denn solange die Falken noch nicht gefüttert waren, fühlte sie deren nagenden Hunger. Doch jetzt, als alle Vögel satt waren, hatte sie Magenschmerzen.

»Das tut weh«, sagte sie, drückte ihrer Mutter die Blumen in die Hand und rieb sich den Bauch. Erilea warf einen mitfühlenden Blick auf ihre Tochter. »Ich hätte dir besser nicht so viel zu essen geben dürfen. Aber du hast immer noch ihren Hunger gespürt, stimmt's?«

Moreya nickte ernsthaft und versuchte, tapfer zu sein.

»Es geht mir schon etwas besser.«

Überwältigt von Liebe kniete sich Erilea neben ihre Tochter und schloss sie in die Arme. Sie wollte sie so gern beschützen, doch sie wusste nicht einmal, wovor.

»Meine arme Kleine. Wie kann ich dir nur helfen? Sag es mir einfach. Dein Vater und ich – wir werden alles tun, was wir können. Das weißt du.«

Das Mädchen kuschelte sich für einen Moment an ihre Mutter, befreite sich jedoch gleich wieder aus der Umarmung und lehnte sich zurück.

»Was können wir machen?«, fragte sie geradeheraus.

Erilea setzte sich an das Flussufer und klopfte auf das Gras neben sich. Moreya rutschte heran und beide planschten mit den Füßen im Wasser. Genüsslich ließen sie sich die frühe Morgensonne auf die Haut scheinen. Erst nach längerer Zeit sprach Erilea wieder.

»Ich habe dir doch erzählt, dass die Wunand die Göttin Emo verehren. Aber du darfst nicht denken, dass Emo nur ein Name ist, den man anbetet und dem man Opfer darbringt.«

Die Kleine hörte aufmerksam zu. Der Tonfall ihrer Mutter ließ erkennen, wie sehr ihr am Herzen lag, was sie Moreya klarzumachen versuchte.

»Die Götter wandern hier über die Erde, wenn SIE das so wollen. Es sind wirkliche Wesen, nicht nur Namen. Vielleicht kannst du SIE fühlen – so, wie du auch die Falken wahrnimmst. Wenn du willst, kannst du Emo bitten, dir zu helfen und dich zu beschützen.«

»Du meinst, ich soll einfach so ein Gebet aufsagen?«, fragte Moreya. »Wie in den Tempeln von Sanforan?«

»Nein«, erwiderte Erilea ernst. »Ich rede nicht davon, nur Worte herzusagen, sondern tief in deinem Herzen mit Emo zu sprechen. Erzähle IHR, wie du dich fühlst, und bitte SIE um Hilfe. Ich bin sicher, SIE wird dich hören und gewährt sie dir.«

»Gut«, antwortete Moreya mit dem tiefen Vertrauen, das ganz junge Menschen noch so leicht aufbringen. »Das werde ich machen.«

Erilea war stumm vor Staunen. Ihr selbst begegnete die Göttin bereits in unterschiedlichsten Gestalten, deshalb sprach sie aus eigener Erfahrung – auch wenn es Zeiten gab, in denen sie zweifelte. Könnte es so einfach sein? Moreya in ihrer Unschuld ließ es plötzlich so leicht aussehen. Sie lehnte sich zu ihrer Tochter hinüber und küsste ihre schwarze Lockenpracht.

»So ist es gut«, flüsterte sie.

Rihscha, finde Erilea und Moreya.

Alduin schwang seinen Falken in die Luft. Die Freude, mit anzusehen, wie er sich mit seinen starken Schwingen höher und höher in den Himmel schraubte, hielt den Falkner davon ab, sich im gleichen Moment mit ihm zu verbinden.

Viel zu selten nutzte er die Gelegenheit, Rihscha einfach nur zu beobachten, den aktiven Flug im Wechsel mit den Phasen des Gleitens – ein absoluter Ausdruck von Anmut und Stärke.

Rihscha fand einen Luftstrom, der ihn nach oben trug, und begann seine Suche mit einem weiten Bogen, der um das Haus herumführte. Sobald er außer Sicht war, verband sich Alduin mit ihm.

... Rauch und Flammen verschlingen alles bis zur Unkenntlichkeit ... Balken stürzen herab in Fontänen von Asche und Funken ... Kreischen in der Nacht ... Stimmen schreiend vor Angst ... Explosionen von splitterndem Glas ...

... Falken, Falken, die schnell im Verband fliegen ... führen eine kleine Flotte von Booten eine weite Strecke über den Ozean ... hin zu einer entfernten Küstenlinie mit lilagrauen Hügeln. Gefahr hinter ihnen ... fliehe, fliehe ...

... endlich in Sicherheit ... kreisend, fließend landen sie auf einer Stadt aus gesponnenem Kristall, verwoben mit smaragdfarbenen Weinstöcken und regenbogenfarbenen Blumen ... glitzernd wie silberne Tränen, die sanft aus durchscheinenden Wolken tropfen und den maßlosen Kummer und die Hoffnungslosigkeit heilen ...

Obwohl die Vision nur kurz währte, war Alduin von ihrer Heftigkeit überwältigt. Er taumelte zum Haus und ließ sich auf die Verandatreppe fallen.

»Bei allen Göttern, was hat das zu bedeuten?«, flüsterte er, nachdem er sein Gleichgewicht wiedergefunden hatte.

Sein Herz hämmerte noch immer hart in der Brust und trotz der letzten Bilder von unglaublicher Schönheit saß ihm der Schrecken des Feuerbildes noch in den Knochen. Ein Gefühl von Panik kam in ihm auf.

Wo waren Erilea und Moreya?

Trotz der Angst, dass sich die Vision wiederholen könnte, verband sich Alduin noch einmal mit Rihscha. Er gesellte sich zum Falken, als dieser den Fluss überflog und seine Liebsten anpeilte. Mutter und Tochter erkannten ihn und winkten fröhlich.

»Sie sind in Sicherheit. Natürlich, sie sind in Sicherheit«, seufzte

Alduin erleichtert und streichelte Rihschas Brust, als dieser wenig später wieder auf seiner Faust saß. Der Vogel reckte seinen Hals und Alduin musste grinsen, als der Falke mit dem Schnabel gegen seine Nase stupste.

»Ach, was würde ich ohne dich machen?«, sagte er. »Was soll aus mir werden, wenn dir etwas zustößt? Oder Erilea und Moreya? Was würde ich nur tun?«

Er schüttelte sprachlos den Kopf.

Es gab keine Antwort.

Alduin atmete tief durch und schlenderte zum Platz, auf dem Bardelph, Rael und die Jungen arbeiteten.

Triel hatte das Gefühl, dass er mit seinem Versuch, aus hartem Schilf ein Seil zu flechten, wenig erfolgreich war. Seine Finger waren wund und an manchen Stellen aufgerissen und blutig. Seine Nerven lagen blank, und nach dem Sonnenstand zu urteilen, war erst der halbe Morgen vergangen.

»Zeit, wieder die Falken zu füttern!«, rief Rael und gab damit das Signal für eine willkommene Pause. »Galdan, Bryant! Geht und holt die gekühlten Krüge mit dem Fleisch aus dem Fluss.«

Die beiden liefen los, und als sie einen Blick in die Tongefäße warfen, sahen sie, dass sich der Vorrat dem Ende zuneigte. Es war klar, dass schnell gejagt werden musste.

»Zugegeben, wenn ihr eines Tages ausgebildete Falkner seid, können sich eure Vögel selbst ernähren. Doch jetzt müsst ihr noch selbst darauf achten, dass immer genug Fleisch da ist«, mahnte Rael. »Nur dieses eine Mal noch sende ich Sivella für euch zur Jagd aus, aber lasst es nie wieder so weit kommen.«

Die jungen Falkner murmelten entschuldigende Worte und jeder fütterte seinen Falken mit schlechtem Gewissen. Als Alduin dazukam, sandte er Rihscha aus, um Sivella bei der Jagd zu helfen. Die beiden Falken kehrten mit ihrer Beute zurück, als die letzten Fleischstücke soeben verschlungen waren.

»Hierher, Triel«, rief Rael, »komm, zerkleinere das, schnell.«

Triel betrachtete seine geschundenen Hände und wollte sich eigentlich weigern, Raels Aufforderung nachzukommen. Doch dann entschied er sich – gefolgt von den anderen – die Tauben samt Federn und Knochen in lange Stücke zu schneiden und zu verteilen. Endlich waren die Jungvögel wieder satt und friedlich.

In der Zwischenzeit sah sich Bardelph die geflochtenen Seile an und zerrte kräftig an ihnen, um zu sehen, wie fest sie waren.

»Nicht schlecht«, lobte er die Jungen, als er zurückkam. »Nicht stark genug für das Floß, aber nicht schlecht.«

Ein lautes Stöhnen klang aus neun Kehlen.

»Nun denn«, neckte Bardelph sie weiter, »wer hat denn behauptet, die Seile seien für das Floß? Ich kann mich nicht erinnern, dass ich irgendetwas in dieser Art gesagt habe, oder?«

»Aber . . . aber warum haben wir dann den ganzen Morgen so hart geschuftet?«, fragte Triel und hielt seine wunden Hände Mitleid heischend in die Höhe. »Hieß es nicht, wir sollten ein Floß bauen?«

»Ist ja gut«, meinte Bardelph beschwichtigend. »Ich war vielleicht ein bisschen unfair. Wenn es absolut notwendig wäre, könnte jeder von euch sein eigenes Seil für ein Floß flechten. Doch es würde bestimmt nicht lange halten und sich auflösen, wenn es nass wird. Also! Lasst die Köpfe nicht hängen. Wir können die Seile für andere Gelegenheiten noch gut gebrauchen und im Schuppen sind noch genug starke Stricke.«

Lachend spazierte er davon, um zu holen, was gebraucht wurde. Die abgekämpften Arbeiter räumten die Schilfreste weg und rollten ihre Seile zu handlichen Bündeln auf.

»Es ist nicht schwer«, sagte Bardelph, als er wieder bei ihnen war. »Wir knüpfen die Stämme an drei unterschiedlichen Punkten zusammen und beginnen in der Mitte.«

Zunächst schien das ganz einfach zu sein. Die jungen Männer legten die Baumstämme nebeneinander und hoben jeden zweiten an, um das Seil im Wechsel darüber- und darunterzuschlingen. Mit jedem weiteren Holzstamm wurde es jedoch schwieriger. Nachdem sie dann endlich herausgefunden hatten, dass sie mit unterschiedlich langen Enden arbeiten mussten, fiel es ihnen leichter, das Seil zu weben und anschließend festzuziehen.

»Und jetzt kommen wir zu den Knoten«, ermunterte sie Bardelph und zeigte ihnen eine komplizierte Abfolge von Verschlingungen zur Sicherung der beiden Seilenden. »Das hier ist ein Seemannsknoten. Ich möchte, dass ihr ihn mit eurem selbst geflochtenen Seil übt. Na, habe ich euch nicht gesagt, dass es euch noch nutzen wird?«

Als das zukünftige Gefährt in der Mitte sicher vertäut war, ließen sich die Seile an beiden Enden leicht weiter verflechten. Schließlich war das Floß fertig und die Jungen bewunderten es mit aufgeregtem Gemurmel.

»Können wir es gleich ausprobieren?«, jauchzte Triel. »Können wir mal sehen, ob es schwimmt?«

»Natürlich könnt ihr das«, stimmte Bardelph zu. »Aber darauf fahren ... – nun, da müssen wir erst noch abwarten.«

Mit großartigem Gehabe und feierlichem Gebaren wurde das Floß zu Wasser gelassen und mit einem Tau am Steg festgebunden. Obwohl der Fluss hier flach war und die Strömung sanfter zu sein schien als weiter draußen, zerrte die kleine Plattform bald kräftig an ihrer Befestigung. Man hatte den Eindruck, dass sie kaum abwarten konnte, endlich flussabwärts in unbekannte Abenteuer zu gleiten.

»Können wir nicht doch schon eine Fahrt machen?«, fragte Broon. »Es ist doch sicher, oder?«

Bardelph betrachtete das Floß zweifelnd. »Eigentlich ist es nur für eine Person groß genug. So gesehen: Wer von euch ist ein guter Schwimmer?«

Nur Triel, der am Fluss aufgewachsen war, und Lambrith hoben sofort ihre Hände. Die anderen reagierten zögerlich auf die Frage. Wenn man in Sanforan lebte, gab es wenig Gründe, schwimmen zu müssen. Zwar hatte man genug Gelegenheit, in den Buchten unterhalb der Stadt zu baden, doch längere Strecken im Wasser zurückzulegen, war nicht üblich.

»Seht ihr«, sagte Bardelph, »ich möchte nicht dafür verantwortlich sein, wenn jemand von euch ertrinkt. Was sollte ich dann euren Eltern sagen?«

»Aber ich *kann* schwimmen!«, protestierte Triel. »Und Rael ist hier. Rael, lässt du es mich versuchen, bitte?«, drängte er seinen Stiefvater.

»Ich will nicht deiner Mutter über den Weg laufen, wenn dir etwas passieren sollte. Außerdem wäre es den anderen gegenüber ungerecht.«

»Warum, in Nymaths Namen, haben wir es dann überhaupt gebaut?«

»Na, um zu lernen, wie man so etwas macht«, erwiderte Bardelph. »Ich weiß, das ist jetzt enttäuschend. Aber nicht weit von hier wird der Fluss sehr tückisch. Wenn ihr in die Strömung kommt, verliert ihr die Kontrolle. Denkt auch an die Stromschnellen! Ich gebe zu, dass ich nicht darüber nachgedacht habe, als wir mit dem Bau angefangen haben. Doch jetzt – ich kann dieses Risiko nicht eingehen!«

Alduin mischte sich ein.

»Es stimmt, der Fluss ist trügerisch. In der Nähe des Ufers wirkt er ruhig, aber . . .«, er beendete den Satz nicht und verlor sich in den Erinnerungen an seine eigene lebensbedrohliche Erfahrung mit dem Mangipohr.

Triel und Lambrith waren jedoch unzufrieden, trotz aller Erklärungen, und auch die anderen zogen mürrische Gesichter.

»Hört her, ich habe eine Idee«, griff Rael in die Auseinandersetzung ein. »Hier in der Gegend müsste es einige kleine Seen geben. Ich schicke Sivella auf die Suche. Mal sehn, was sie ausfindig macht.«

»Wie spannend soll das wohl sein. Auf einem Weiher zu paddeln!«, tuschelte Triel Lambrith zu, der neben ihm stand.

»Du brauchst Sivella nicht loszuschicken, Rael«, sagte Alduin. »Ich weiß genau, wohin ihr gehen könnt. Es ist nicht weit von hier.«

»Na, wunderbar«, meinte Bardelph, »das ist doch ein guter Kompromiss. Es wird das Erste sein, was wir morgen früh unternehmen.«

»Und heute Nachmittag?«, fragte Creis. »Heute Nachmittag werden wir Ruderstangen schneiden und dann gehen wir mit euren Schnüren angeln«, gab er zur Antwort.

Triel und Lambrith schlichen verstohlen zum Ufer, direkt an die Stelle, an der das Floß über Nacht an Land gezogen worden war. Die beiden waren sich völlig einig, dass es auf dem Fluss unendlich viel mehr Spaß machen würde, das Floß auszuprobieren, als auf dem kleinen See.

»Komm, wir ziehen es ein Stück flussaufwärts. Und auf dem Rückweg wechseln wir uns ab: Wer nicht auf dem Floß ist, hält das Seil fest. Auf diese Weise gehen wir kein Risiko ein«, flüsterte Lambrith und Triel nickte zustimmend.

Nachdem sie sich über den Ablauf ihres kleinen Ausflugs geeinigt hatten, machten sie sich auf den Weg. Der erste Teil der Strecke war einfach zu laufen, weil das Ufer dort noch dicht mit Gras bewachsen war. Danach wurde es jedoch beschwerlich. Sie kletterten über Steinhaufen und Felsbrocken, schleppten abwechselnd das Floß und die Ruderstangen. Triel rutschte aus und fiel vornüber auf seine wunden Hände.

»Autsch!«, schrie er laut.

Mit lautem Gepolter landeten die Ruderstangen auf dem Boden.

»Schschsch«, wisperte Lambrith, »wir sind noch nicht weit genug weg.«

»Entschuldigung, meine Hände sind ganz aufgerissen und blasig.«

»Halte sie kurz in den Fluss, das hilft bestimmt«, meinte Lambrith und nutzte die Gelegenheit, sich hinzusetzen und einen Moment auszuruhen. Das Floß hatte er mit dem Strick an einem Felsen festgebunden. Eine Weile saßen beide still da und betrachteten friedlich die schwarzen Gewässer des Mangipohr. Es war beinahe Vollmond und Nymaths Monde standen hoch am Himmel. Sie spiegelten sich im Wasser wie silberne und kupferne Fische, die sich unter der Oberfläche vergebens bemühten, gegen den Strom anzuschwimmen. Der Anblick hatte eine beinahe hypnotische Wirkung und die Jungen spürten, wie ihre Augenlider immer schwerer wurden.

»Los, komm.«

Triel stand auf und schüttelte die Müdigkeit ab. »Ein bisschen weiter müssen wir noch, dann können wir das Floß endlich ausprobieren.«

Nicht lange danach erreichten sie eine kleine sandige Bucht.

»Hier. Das ist perfekt«, beschloss Triel. »Ich glaube, ich kann sogar noch weiter flussaufwärts staken, bevor wir uns auf den Rückweg machen.«

Vorsichtig betrat er das Floß und hielt die Luft an, bis er sein Gleichgewicht gefunden hatte, stach mit der Ruderstange in den Uferschlamm und schob das Gefährt mit aller Kraft in den Strom. Zu seiner Freude glitt es leicht dahin und Lambrith begleitete ihn am Flussrand.

»Es lässt sich ganz einfach bewegen«, rief Triel. »Ohne jede Anstrengung.«

Er stakte eine ganze Weile gegen die Strömung an, dann war es an Lambrith, auf das Floß zu klettern.

»Lass uns nun umkehren«, sagte Triel schließlich und fügte mit einem triumphierenden Grinsen hinzu: »Na, ist das nicht viel besser, als auf einem kleinen Teich zu schippern? Stell dir vor, wir würden damit bis zum Meer reisen, an meiner alten Heimat vorbei. Wäre das nicht ein Abenteuer? Ich frage mich oft, wie es heute dort wohl aussieht.«

»Klar, und morgen früh wären alle ganz entzückt: Das Floß wäre weg, du wärst weg . . .«, erwiderte Lambrith ironisch. »Vergiss es! Wir gehen nirgendwohin, außer zurück ins Lager . . . und die Götter mögen uns beschützen, wenn wir erwischt werden!«

Da sie nun mit der Strömung gingen, nahm das Gefährt an Geschwindigkeit zu. Der Rückweg begann vielversprechend, Triel war auf dem Floß und Lambrith am Ufer.

Als sie die steinige Stelle erreichten, wurde der Ausflug schnell zu einer ernsthaften Herausforderung. Jetzt war die Reihe an Lambrith, das Gefährt zu steuern, und Triel kletterte über die Felsen, das Seil in der Hand. Gespannt beobachtete er seinen Freund, ohne dabei auf den Boden unter sich zu achten. So sprang er mutig von Fels zu Fels und sandte jedes Mal ein Stoßgebet zu Gilian, auf dass ER seine Schritte sicher lenken möge. Obwohl seine Kraft nachließ, hatte es fast den Anschein, als würden sie diese Passage gut überwinden und sicher auf die grasbewachsene Seite gelangen. Das Unglück geschah, als Triel am wenigsten damit rechnete. Lambrith verlagerte sein Gewicht zu sehr auf eine Seite und das Floß driftete schwungvoll zur Flussmitte ab. Im gleichen Moment wurde es von einer stärkeren Strömung erfasst und Triel fühlte, wie das Seil an seinen schmerzhaft verkrampften Händen zerrte. Er versteifte sich, lehnte sich mit seinem Gewicht dagegen und biss die Zähne zusammen, bis der Schmerz wie ein Blitz durch seine Arme fuhr. Für einen Augenblick sah es so aus, als könne er das Floß gerade noch abbremsen, aber Lambriths hilflose Versuche, näher ans Ufer zu kommen, verschlimmerten die Situation nur. Triel sah ein, dass er das Floß nicht mehr halten konnte. Nun musste er sich entscheiden und entweder loslassen oder ins Wasser springen, um das Gefährt durch sein Gewicht zu bremsen.

Er zögerte keinen Augenblick und hechtete mit einem lauten Schrei und einem gigantischen Sprung in den Fluss.

»Da stimmt was nicht«, flüsterte Moreya verängstigt und rüttelte ihren Vater wach. Alduin setzte sich auf und sah das kleine Mädchen an. »Was ist denn, meine Kleine?«

»Falstar und Magner sind so unruhig.«

Auf der anderen Seite des Bettes rührte sich Erilea.

»Was ist los?«, fragte sie schläfrig und noch ganz benommen von einem schönen Traum.

»Keine Sorge«, beruhigte sie Alduin, »ich kümmere mich schon. Schlaf weiter.«

Erilea zögerte nicht lange, drehte sich mit einem Seufzer um und war schnell wieder tief eingeschlafen. Alduin stieg aus dem Bett und nahm seine Tochter auf den Arm. Er sprach erst wieder, nachdem er das Zimmer mit ihr verlassen hatte.

»Erzähle mir, Moreya, was genau fühlst du? Kannst du mir das sagen?«

Inzwischen war er draußen auf der Veranda und sah sich um, bevor er auf die Käfige zuging.

»Der Fluss . . .«, wisperte Moreya. »Die Falken haben Angst vor dem Fluss . . . er hat sie geschluckt . . . sie sind seine Gefangenen . . .«

Alduin blieb jäh stehen. Was war passiert? Mit Sicherheit waren die Falken wohlbehalten dort, wo sie hingehörten. Es mussten Triel und Lambrith gemeint sein. Irgendwie waren sie in den Fluss geraten! Erinnerungen an die Stromschnellen durchfluteten ihn.

Hin- und hergeschleudert wie ein Stück Holz . . . die schmerzhafte Verletzung . . . der Verlust seines Gedächtnisses.

Sein Instinkt sagte ihm, dass es nur einen Platz gab, an dem er suchen musste. Während er Moreya auf den Boden setzte, sagte er mit sanfter Stimme, in der Hoffnung, dass sie seine Angst nicht spüren würde:

»Ich glaube, ich weiß, was passiert ist. Geh leise zu den Käfigen und versuche, Falstar und Magner zu beruhigen. Es wäre nicht gut, wenn sie die anderen Falken aufregen würden. Alles wird gut. Ich gehe jetzt zum Steg.«

Moreya nickte ernsthaft und trottete davon. Im gleichen Moment drehte sich Alduin auf dem Absatz herum und rannte in Windeseile hinunter zur Anlegestelle. Vor Jahren, als seine Tochter zu krabbeln begann, hatte er für den Notfall am Ufer einen Sicherheitsbalken angebracht. Dieser war durch ein langes Seil mit dem hölzernen Pfahl des Stegs verbunden. Als er danach griff, dankte er den Göttern für seine Weitsicht. Die Wolken, die sich vor die Monde geschoben hatten, erschwerten die Sicht, doch alle Geräusche wurden klar und deutlich herangetragen.

Er erkannte Lambriths raue Stimme: »Triel, Triel! Bist du in Ordnung?«

Keine Antwort war zu hören. Es fiel ihm schwer herauszufinden, aus welcher Richtung und Entfernung Lambriths Ruf kam. Alduin betete darum, dass die Jungen noch stromaufwärts wären. Er spielte kurz mit dem Gedanken, in den Fluss zu springen und bis zur Mitte zu schwimmen. Aber im gleichen Moment wurde ihm bewusst, dass die Strömung ihn ebenso davontragen könnte.

»Lambrith!«, brüllte er und entschied, dass es jetzt wichtiger war, die beiden zu retten, als weiterhin Rücksicht auf Schlafende zu nehmen. »Wo bist du? Ich bin am Steg! Seid ihr schon vorbei?«

Eine Antwort war nicht mehr nötig, denn in diesem Moment gaben die Wolken die Monde frei. Alduin sah, wie das Floß schnell heranglitt. Bald würde es auf gleicher Höhe mit ihm sein. Lambrith hockte darauf und versuchte, das Seil einzuholen. Aber ein schweres Gewicht am anderen Ende schien großen Widerstand zu leisten.

Also hatte ich recht! Die Jungen mussten das Floß unbedingt im Fluss ausprobieren.

Er verdrängte seinen Ärger über die Tollkühnheit und den Ungehorsam der beiden und ging einige Schritte zurück. Nach einem kurzen Anlauf sprang er jetzt doch mit einem großen Satz kopfüber ins Wasser. Als er auftauchte, versuchte er sich zu orientieren. Da sah er das Floß, immer noch in einigem Abstand.

Na wartet, wenn ich euch erwische!

Obwohl er den Sicherheitsbalken mit der linken Hand halten musste, schwamm er mit kräftigen Zügen bis kurz unterhalb des Floßes stromabwärts. Doch es war ein verlorener Kampf, denn er musste bald erkennen, dass er das Floß knapp verfehlen würde. Lambrith hatte ihn gesehen, ließ das Seil los und versuchte, Alduins Hand zu fassen. Die beiden kamen sich verzweifelt nahe, so nah, dass die Entfernung kaum mehr als einem ausgebreiteten Falkenflügel entsprach.

Mit kräftigen Zügen schwamm Alduin hinter dem Floß her. Vergebens. Der Abstand wurde größer und größer. Entmutigt sah er dem kleinen Gefährt hinterher, das führungslos auf dem Wasser trieb. Lambriths verängstigtes Gesicht wirkte im Mondlicht bleich wie ein Leinentuch.

Zu seiner Überraschung hörte er plötzlich gurgelnde Geräusche. Alduin hielt einen Moment inne und lauschte, um herauszufinden, woher sie kamen. Da tauchte kurz hinter ihm ein Kopf auf, hustend und nach Luft schnappend, bevor er wieder unterging.

Triel!

Instinktiv tauchte Alduin nach unten, streckte seinen Arm aus, griff in eine dicke Masse Haare und zog sie nach oben. Gleichzeitig ging ein harter Ruck durch seinen Körper.

Das Seil, das den Sicherheitsbalken hielt, war zum Reißen gespannt und bremste das davonschwimmende Floß. Die plötzliche Bewegung schleuderte Lambrith ins Wasser. Zu seinem Glück wurde er durch das Floß selbst davon abgehalten, von der schnellen Strömung mitgerissen zu werden. Triel tauchte wieder auf, gerade lang genug, um ein lautes Jaulen von sich zu geben, bevor er erneut unterging. Alduin war abgekämpft und sein Ärger wurde durch die wachsende Angst verdrängt, nicht mehr lange genug durchhalten zu können. Er zwang sich zur Ruhe und zog Triels Kopf wieder hoch. Erst jetzt bemerkte er, dass sich Triel mit beiden Händen an das Seil klammerte, an dem Lambrith vorhin so verzweifelt gezogen hatte. Der Junge hielt das Floß!

»Triel«, japste er. »Lass das Seil mit einer Hand los und fass nach meinem Arm.«

Triel nickte zum Zeichen, dass er verstanden hatte. Aber er bezweifelte, dass seine Kraft ausreichen würde, das Floß mit nur einer Hand halten zu können.

»Wund . . . so wund«, spuckte er, »meine Hände!«

Alduin hatte Mitleid, aber seine Stimme blieb weiterhin streng. »Du schaffst es. Wir müssen das schaffen. Falstar braucht dich . . . so, wie Magner . . . Lambrith braucht. Wir müssen euch beide . . . in Sicherheit bringen«, keuchte er.

Falstars Namen zu hören, stärkte Triels Entschlossenheit. Vorsichtig löste er die linke Hand vom Seil und streckte sie nach Alduin aus. Sobald Alduin spürte, wie sich die Finger um seinen Arm schlossen, ließ er Triels Haare los. Stück für Stück arbeitete sich der Junge an Alduins Arm herunter, bis sie ihre Finger fest ineinander verschränken konnten. Triel zuckte zusammen.

»Den ganzen Tag Seile geflochten . . .«, stieß er mit einem verzerrten Lächeln durch die zusammengebissenen Zähne aus.

»Wenn das alles ist, worunter du heute leidest, so betrachte dich als von den Göttern gesegnet«, meinte Alduin mit leiser Ironie und bekämpfte den Drang zurückzulächeln.

Sein Ärger gewann wieder die Oberhand. Es war ihm klar, dass sie noch lange nicht in Sicherheit waren. Was, bei allen Göttern, sollte er tun, um sie alle zurück ans Ufer zu bringen? Er atmete tief durch und rief Lambrith zu:

»Lambrith, versuche zu schwimmen und schiebe das Floß an die Anlegestelle. Nichts wie raus aus der Strömung, Triel!«, ermutigte er dann den Jungen. »Du und ich – wir beide müssen jetzt all unsere Kräfte zusammennehmen. Strample einfach mit den Beinen, so fest du kannst.«

»Ich weiß nicht . . . ich bin so müde«, jammerte Triel kläglich.

»Du hast behauptet, du seist ein guter Schwimmer. Zeig es mir!«

Auf diese Herausforderung musste Triel einfach reagieren und er strampelte kräftig neben Alduin her. Allmählich hatten sie das Gefühl, dass es voranging und sie sich langsam dem Ufer näherten. Triel hatte das Gefühl, als würden ihm beide Arme aus den Gelenken gerissen, und das Seil scheuerte schmerzhaft in seiner verletzten Faust. Sterne tanzten vor seinen Augen und immer, wenn er nach Luft rang, drohte ihm Wasser in Mund und Nase einzudringen. Er war am Rande seiner Kräfte, seine Angst wuchs, aber er versuchte, alle Gefühle zurückzudrängen und nicht mehr an den Schmerz und seine Erschöpfung zu denken.

»Wir schaffen es«, hörte er Alduin sagen. Die Worte schienen aus weiter Entfernung zu kommen. »Weiter so.«

Die Anstrengung wurde inzwischen übermächtig. Kurz bevor Triel die Besinnung verlor, fühlte er ein starkes Ziehen an seiner linken Hand. Er wusste nicht, was es bedeutete, aber Erleichterung durchfloss ihn und er entspannte seine rechte Hand, sodass das Seil nur noch locker darin lag. Mit dem Abstand eines unbeteiligten Beobachters verweigerte sein Gehirn jegliche Reaktion, obwohl ein anderer Teil in ihm Alarm schlug. Wie in einem Traum, aus dem er nicht aufwachen konnte und über den er keine Kontrolle hatte, fühlte der Junge, dass das Seil, an dem das Floß hing, durch seine Finger glitt. Doch bevor er irgendetwas dagegen tun konnte, war es bereits außer Reichweite.

Moreya stand vor den Falkenkäfigen und flüsterte Falstar und Magner beruhigende Worte zu. Die beiden Tiere saßen eng nebeneinander und sträubten, offensichtlich vor lauter Verzweiflung, ihre Federn.

»Habt keine Angst. Mein Papa kümmert sich um alles.«

Sie vertraute ihrem Vater bedingungslos. Niemals würde sie ihn oder seine Fähigkeiten auch nur im Geringsten anzweifeln. Ihre Sicherheit übertrug sich auf die Falken und beruhigte diese. Und doch spürten sie, dass da noch jemand war, der ihre Aufmerksamkeit einforderte. Durch das Band mit den Falknern konnten sie fühlen, dass ihre Gefährten in Gefahr waren. Wieder wurden die beiden Vögel von Angst überfallen. Falstar begann wild hin- und herzuschaukeln, Magner krächzte.

»Bitte, glaubt mir«, flüsterte Moreya ihnen zu.

Nun erwachten auch Gistel und Peeka und reagierten auf die ungewohnte Aufregung. Eine in ihre Decke gehüllte Gestalt tauchte auf einer Seite der Käfige auf.

»Was ist hier los?«

»Nichts«, antwortete Moreya, »ganz ehrlich, nichts!«

»Und was machst du hier?«, fragte die Stimme nun alarmiert.

Bryant schälte sich aus der Decke und sah sie misstrauisch an. Auch sein Falke, Voron, war jetzt wach und piepste kläglich.

»Warum ärgerst du unsere Falken mitten in der Nacht?«, fragte er entrüstet.

»Habe ich nicht . . .«

»Lambrith!«

Alduins Schrei in der Ferne durchdrang die Nacht und Moreya sprach nicht weiter.

»Was um alles in Nymath . . .«, stotterte Bryant.

Das Mädchen brach in Tränen aus. Ihr ganzes Vertrauen löste sich in Nichts auf, als sie ihren Vater laut rufen hörte.

Wie auf Kommando erwachten jetzt auch die anderen Falken und in den Hütten wurde es unruhiger, je mehr Falkner aus ihrem Schlaf hochschreckten. Alle spürten, dass irgendetwas ganz und gar nicht stimmte. Auch Bardelph wachte von Alduins Schrei auf und stolperte aus seiner Unterkunft. Er drehte sich im Kreis, in der Hoffnung, dass ein weiterer Schrei ihm die Richtung weisen würde. Doch alles war wieder still. Schließlich sah er Moreya weinend bei den Käfigen stehen, einen ärgerlichen Bryant an ihrer Seite.

»Moreya«, rief er und lief zu dem Mädchen hinüber, um sie in die Arme zu schließen. »Moreya, nicht weinen. Bitte, Liebes, nicht weinen. Erzähl Bado, was ist passiert?«

»Papa . . . ich glaube . . . Papa ist zum . . . Steg gelaufen«, schluchzte sie. Verunsichert überlegte Bardelph, was er machen sollte. Er hasste es, Moreya wieder auf den Boden setzen zu müssen, solange sie so aufgeregt war.

»Rael . . .«, rief er und wandte sich an Bryant. »Hol ihn und lauft hinunter zur Anlegestelle. Sofort! Alduin braucht unsere Hilfe.«

Bardelphs Tonfall erlaubte keine Verzögerung. Bryant stürmte los und rannte Rael beinahe um, der schlaftrunken auftauchte:

»Was in ganz . . .?«, setzte er an, doch Bardelph unterbrach ihn. »Zur Anlegestelle!«, wiederholte er das Kommando.

Rael stand noch immer verwirrt vor Bardelph, bis er dessen Gesichtsausdruck sah. Eilends folgte er Bryant, der schon vorgelaufen war.

7

Die beiden Monde Nymaths waren längst untergegangen, doch die Sterne leuchteten immer noch hell genug: Deutlich konnten Rael und Bardelph die Szene am Fluss erkennen und sahen sofort, wo Not am Mann war. Mit vereinten Kräften zogen sie an der Sicherheitsleine, obwohl das Gewicht des Floßes und die starke Strömung an ihr zerrten. Schließlich gelang es ihnen, das Gefährt näher ans Ufer heranzuziehen. Der gewaltige Zug am Seil ließ nach. Nun mussten sie ihre Freunde so schnell wie möglich in Sicherheit bringen.

»Lambrith! Das Floß!«

Als sie Alduins verzweifelten Schrei hörten, wurde ihnen klar, dass die Rettungsaktion doch nicht so reibungslos ablief, wie sie gehofft hatten.

»Es hat sich losgerissen!«, keuchte Bryant unnötigerweise.

Er setzte immer noch all seine Kraft ein, um die Rettungsleine heranzuziehen.

»Wir kümmern uns darum, wenn Alduin und Triel erst mal in Sicherheit sind«, gab Rael zurück. Er war nicht bereit, sich von seiner eigentlichen Aufgabe ablenken zu lassen.

»Ich habe Grund unter den Füßen«, hörten sie nun jedoch Alduin zu ihrer Erleichterung rufen. »Jetzt schaffe ich es alleine.«

»Sieh mal nach, was mit Lambrith ist«, forderte Rael Bryant kurzatmig auf. »Ich bleibe hier, bis diese beiden endlich draußen sind.«

Bryant machte sich auf den Weg. Kurz darauf erschienen Creis und Marshalt am Steg.

»Bardelph hat uns geschickt, damit wir helfen«, sagten sie.

»Marshalt, du kannst hierbleiben, Creis, du folgst Bryant flussabwärts. Lambrith und das Floß müssen dort irgendwo sein.«

Augenblicklich verschwand Creis in der Dunkelheit. Die anderen beiden beobachteten, wie Alduin durch das brusthohe Wasser watete. Dabei schob er Triels bewegungslosen Körper vor sich her. Endlich war er dicht genug am Steg, sodass Rael und Marshalt sich hinunterbeugen und Triels schlaffen Körper auf den Anleger ziehen konnten. Dann reichte Rael Alduin die Hand und zog ihn aus dem Wasser.

»Er lebt doch, nicht wahr?«, flüsterte Marshalt und beugte sich über den jungen Falkner.

Bevor die Männer antworten konnten, begann Trie,l zu husten und zu stöhnen, während er versuchte, sich aufzusetzen.

»Oh, mein Kopf! ... Wie ein nasser Schwamm! ... Hab den halben Fluss geschluckt.«

Als wolle er damit seine Worte bestätigen, rülpste Triel laut. Einen Herzschlag später übergab er sich und ein Wasserschwall schoss heraus. Rael war hin- und hergerissen zwischen dem Bedürfnis, seinen Stiefsohn vor Erleichterung zu umarmen, und ihm eine deftige Ohrfeige zu verpassen. Er seufzte resigniert und entschied sich dafür, ihn liebevoll in den Arm zu nehmen, bis sich sein Magen wieder beruhigt hatte. Alduin schüttelte den Kopf. Auch er kämpfte dagegen an, ein paar zu scharfe Worte zu sagen.

»Marshalt, geh zurück ins Lager und erhitze etwas Wasser. Wir kommen gleich.«

Rael und Alduin setzten sich neben Triel und warteten auf ein Zeichen, dass es ihm besser ging. Schließlich atmete er tief durch und öffnete widerwillig die Augen.

»Ich ... wirklich ... Ich wollte nicht ... ich meine ...«, versuchte er, sich zu rechtfertigen.

»Spar dir deinen Atem«, erwiderte Alduin böse, da sich Rael zurückhielt. »Du hast es getan ... und du wolltest es. Und es ist noch nicht vorbei. Lambrith und das Floß sind noch immer draußen.«

Triel sah ihn schockiert an und erinnerte sich plötzlich wieder daran, wie das Seil aus seiner Hand geglitten war. Seine Schultern fielen hinunter und er ließ den Kopf hängen – seine Haltung sagte mehr als alle Worte.

An einer Lichtung, die den Blick auf den sternenbeleuchteten Fluss freigab, konnte Bryant das Floß mit Lambrith gerade noch hinter dem Wald verschwinden sehen. Er hatte es also geschafft, sich wieder auf die kleine Plattform zu ziehen, den Göttern sei Dank!

Bryant lief den Weg entlang, bis er im Nichts endete. Dichtes Unterholz und Bäume versperrten den Durchgang. Als er kehrtmachte, stieß er mit Creis zusammen.

»Bei allen Göttern, hast du mich erschreckt«, schrie er auf. »Was ist los? Weshalb gehst du zurück?«

»Hier ist das Ende der Welt. Da geht es nicht weiter, es sei denn, wir schlagen uns mit der Axt durch. Ich habe aber keine dabei. Jetzt will ich zum Südweg und von dort aus einen anderen Zugang zum Fluss suchen.«

»Hast du Lambrith sehen können?«, fragte Bryant besorgt.

»Ja, für einen kurzen Moment«, bestätigte Creis.

»Ist das Floß denn sehr schnell abgetrieben?«

»Schnell genug«, lautete die knappe Antwort.

Bryant war verzweifelt: »Wie können wir ihn dann jemals erreichen?«, rief er.

»Wir müssen bis zum Morgengrauen warten. Dann können die Falkner Rihscha und Sivella auf die Suche schicken. Aber bis dahin haben ihn ganz gewiss die Stromschnellen in den Abgrund gezogen!«

Bryant wusste, dass Creis recht hatte. Es war hoffnungslos weiterzusuchen. Nachdenklich setzte er sich im Schneidersitz auf den Boden und bald wurde aus seiner Niedergeschlagenheit Ärger.

»Warum, in Nymaths Namen, mussten diese Idioten das Floß auch ausprobieren. Damit haben sie nur Bardelphs Warnungen bestätigt. Diese Narren. Sie denken, sie sind was Besseres, nur weil sie schwimmen können. Jetzt siehst du, was sie sich damit eingehandelt haben!«

»Ach, hör schon auf«, Creis zeigte sich weitaus verständnisvoller als sein Freund. »Ich muss zugeben, dass ich es auch gerne versucht hätte . . . wer will schon mit einem Floß auf so einem langweiligen See rumpaddeln. Ich hatte nur zu viel Angst . . . aber wenn ich schwimmen könnte . . .«

Bryant lachte trocken. »Na, vielleicht hast du ja recht. Trotzdem, die haben schon Nerven, das Verbot so einfach zu ignorieren. Wer weiß, was Bardelph mit ihnen anstellen wird.«

»Ja, sie tun mir jetzt schon leid. Bardelph ist zwar ein gutmütiger Mann, aber so etwas kann er nicht ungestraft durchgehen lassen und . . .« Creis erstarrte plötzlich und rief dann erschrocken: »Wir sitzen hier und reden . . . dabei ist Lambrith noch . . . Wir müssen sofort weitersuch. . .«

»Ahoi da drüben! Eine hilfreiche Hand wäre ganz praktisch!«, klang eine Stimme aus der Dunkelheit und unterbrach Creis' aufgeregten Monolog.

»Lambrith!«, rief Bryant, sprang auf und spähte stromabwärts. Lambriths selbstzufriedenes Gesicht tauchte vor ihnen auf. Er hangelte sich von einem überhängenden Ast zum anderen, beide Füße fest auf dem Floß. Ein breites Grinsen zog sich von einem Ohr zum anderen.

»Du . . . du . . . du Blödmann!«, schimpfte Bryant und versuchte, seine Erleichterung zu verbergen.

»Bleib, wo du bist«, rief Creis, während er ins Wasser watete. »Kannst du mir das Seil rüberwerfen?«

»Klar kann ich das. Augenblick«, antwortete Lambrith und hielt sich vorsichtig mit einer Hand an einem Zweig fest. Er hob das Seil auf, rollte es zusammen und warf es ihm zu. Als wäre es Teil eines lange geübten Manövers, flog das Seil elegant durch die Luft, entrollte sich und landete flach auf dem Wasser vor Creis, der es nun gut erreichen konnte.

»Ich hab es! Bryant, komm, hilf mir.«

Bald hatten die beiden das störrische Floß ans Ufer gezogen und Lambrith sprang mit einer übermütigen Verbeugung an Land. Der Blick seiner Freunde holte ihn jedoch sehr schnell wieder auf den Boden der Tatsachen zurück und schlagartig erinnerte er sich wieder an seinen Mitverschwörer.

»Was habt ihr beide euch nur dabei gedacht?«, sagte Bryant vorwurfsvoll. »Das hätte in einer Katastrophe enden können!«

»Geht es Triel denn gut?«, fragte Lambrith kleinlaut.

»Das will ich hoffen. Ich bin nicht lang genug geblieben, um zu wissen, wie es ihm geht. Er war mit Falkner Alduin noch im Wasser, als ich losging.«

»Wir gehen besser zurück und sehen nach«, drängelte Bryant und lief los.

Lambrith folgte ihm und Creis schloss sich an, das Floß im Schlepptau.

»Ich weiß, ich weiß . . .«, sagte Erilea und schob mit Calba gefüllte Becher vor Bardelph und Rael. Alduin, Triel und Lambrith saßen dicht zusammengedrängt und eingehüllt in Decken vor dem Feuer. »Aber jetzt will ich, dass jeder erst einmal still ist und sich zunächst beruhigt. Und das meine ich ernst! – Keine Anschuldigungen, keine Entschuldigungen. Denkt nicht einmal daran! Sonst werden die Falken es fühlen und nervös werden. Also, reißt euch zusammen, den Falken zuliebe!«

Erilea war klein und zierlich, doch man durfte sie nicht unterschätzen: Als Wunand-Kriegerin war sie aus hartem Holz geschnitzt. Einen nach dem anderen funkelte sie herausfordernd an. Schließlich wurde ihr Blick weicher.

»Mein einziger Gedanke ist: Lob und Preis sei Gilian und Emo, dass nichts Schlimmeres passiert ist.«

»Aber . . .«, versuchte es Bardelph nun doch.

»Frieden, Bardelph. Ich sagte: Lass es . . . im Augenblick. Trink deinen Calba.«

Ärger, Angst und Schuldgefühle waren immer noch deutlich spürbar im Raum. Erileas Worte jedoch verfehlten ihre Wirkung nicht. Langsam, aber sicher ließ die Spannung nach.

Bevor Bardelph zur Anlegestelle gegangen war, hatte er Moreya noch ins Haus gebracht. Erilea hatte ihre Tochter getröstet und beruhigt, bis sie völlig erschöpft eingeschlafen war. Immerhin war bald darauf Marshalt erschienen, mit der Nachricht, dass alle den abenteuerlichen Ausflug überlebt hatten – wenn auch etwas mitgenommen. Die Falken beruhigten sich wieder und die jungen Falkner, die aus dem Schlaf gerissen worden waren, kehrten müde in ihre Hütten zurück.

Jetzt sah sich Erilea noch einmal im Raum um und stellte zufrieden fest, dass die Gesichter der Männer entspannter wirkten. Die Jungen waren inzwischen eingeschlafen. Am Himmel dämmerte es schon und der Hahn krähte. Schließlich stand Bardelph auf und streckte sich.

»Ich gehe und rauche meine Pfeife«, sagte er, »ich muss nachdenken.«

Schläfrig lächelte Alduin in sich hinein. Obwohl Bardelph immer Pfeife und Tabak bei sich hatte, rauchte er sehr selten. Falls er es aber doch einmal tat, war es ein Zeichen, dass er seine Gedanken ordnen wollte.

»Ich muss noch ein bisschen schlafen«, meinte Alduin und stand auf. »Ich auch«, sagte Rael und folgte ihm.

Es war schon später Vormittag, als Bardelph die neun jungen Falkner zusammenrief. Sie setzten sich im Kreis um das Lagerfeuer, von dem feine Rauchfäden in die Luft stiegen. Triel und Lambrith saßen ihm gegenüber, während Alduin und Rael neben den Käfigen standen. Alle fragten sich, was sich Bardelph wohl für die beiden Übeltäter ausgedacht hatte. Der ältere Mann kratzte sich am Bart, streckte seinen Rücken und ergriff das Wort.

»Was euch beide angeht: Die Ereignisse der vergangenen Nacht mögen auf den ersten Blick wie ein unbedachtes Abenteuer aus jugendlichem Übermut erscheinen . . . das schiefgelaufen ist, aber letztlich gut ausging. Um das man sich keine weiteren Sorgen mehr machen muss.«

Den beiden Jungen rutschte das Herz in die Hosen. Das war genau das, was sie dachten, doch Bardelphs Tonfall verhieß nichts Gutes. »So einfach ist es nicht«, fuhr er fort. »Ihr seid keine gewöhnlichen jungen Leute. Euer Leben ist mit dem der Falken verbunden – ein unglaubliches Geschenk und eine schwere Verantwortung zugleich. Wenn ein Falkner unbedacht sein Leben riskiert, dann stürzt er auch seinen Falken in Verzweiflung!«

Triel sah aus, als wolle er etwas sagen, aber Bardelph schüttelte verneinend den Kopf.

»Ich weiß, dass ihr beide die Gefahr nicht sehen wolltet. Nun habt ihr beide am eigenen Leib erfahren, dass wir euch zu Recht gewarnt hatten, und das bringt die Sprache auf das Thema Gehorsam.«

Triel spürte, dass ihm nichts anderes übrig blieb, als diese Strafpredigt über sich ergehen zu lassen. Unwillig gestand er sich ein, dass der Ältere nur so handelte, wie er handeln musste. Er tat nicht mehr, aber auch nicht weniger als das, was seine Pflicht war.

»Ihr seid Schüler der Falkenhalle. Eine Ehre, die nur wenigen zuteil wird, und Gehorsam und Respekt sind die grundlegenden Tugenden. Nichts, worum wir euch bitten, wäre zu viel verlangt und ihr seid gern eingeladen, alles zu hinterfragen, was euch missfällt. Doch wenn erst einmal eine Maßnahme beschlossen wurde, muss sie befolgt werden. Gestern wurde aus gutem Grund entschieden, das Floß auf dem See auszuprobieren. Ihr habt nicht gehorcht.«

Sowohl Triel als auch Lambrith stimmten zu, indem sie ernsthaft nickten.

»Die Falkenhalle hat mit der Tradition gebrochen, als sie erlaubt hat, dass ihr mit euren Falken hier seid. Ein Experiment, das bisher noch keinem auszubildenden Falkner ermöglicht wurde. Falls etwas wirklich Schwerwiegendes geschehen wäre, hätte die Reputation der Schule stark darunter gelitten und nur die Götter wissen, was der Ältestenrat der Raiden mit Meister Calborth gemacht hätte.«

Triel zog erschrocken die Luft ein. Er erinnerte sich an Stantels Gesicht und sein verbissenes Bestreben, Falkenmeister zu werden. Nun wurde Triel erst richtig bewusst, dass er dies beinahe noch gefördert hätte. Sein Magen zog sich zu einem Knoten zusammen und er wurde kreidebleich.

»Ja«, sagte Bardelph, als er Triel einen Blick zuwarf, obwohl er nicht wissen konnte, was gerade im Kopf des Jungen vorging,

»wenn euch etwas zustoßen würde – ich denke, Meister Calborth würde sich das nie verzeihen und wahrscheinlich von seinem Amt zurücktreten!«

»Aber . . .!«, Alduin trat vor.

»Nein, Alduin. Die letzte Verantwortung liegt bei Meister Calborth.«

Er wandte sich an die anderen in der Runde und setzte seine Vorhaltungen fort. Dabei wurde allen sehr schnell klar, wie schwer ihm die Worte fielen. Zum Schluss meinte er dann noch:

»Ich . . . ich habe viel darüber nachgedacht . . . Ich habe . . . es von allen Seiten betrachtet . . . und die Wahrheit ist, ich . . . ich weiß nicht, wie wir am besten mit euch verfahren sollen. Körperliche Züchtigungen lehne ich ab und ich kann euch kaum aus der Falkenhalle werfen . . . Ich meine, letztlich sind wir den Falken verpflichtet und wir haben euch so gut auszubilden, wie wir können. Das ist unsere Aufgabe.«

Triel fühlte sich ungeheuer schuldig. Er sah ein, dass er mit Lambrith gemeinsam seine Freunde und auch die Falken in Angst und Schrecken versetzt hatte. Er wünschte, er könnte die Zeit zurückdrehen, alles rückgängig machen und die Entscheidung Bardelphs vom Vortag als annehmbar hinnehmen. Doch dazu war es jetzt zu spät. Im Geist ging er noch einmal in der Zeit zurück zu dem Moment, als er und Lambrith sich zu dem nächtlichen Ausflug entschlossen hatten. Er erkannte, dass dieser Augenblick in gewisser Hinsicht einen Wendepunkt in ihrem Leben darstellte, denn er barg eine unglaubliche Fülle von möglichen, sehr unterschiedlichen Ergebnissen: Was, wenn Moreya nicht aufgewacht wäre? Was, wenn Alduin ihn in dem Fluss nicht hätte fassen können? Was, wenn er gerettet worden wäre, aber Lambrith in den Stromschnellen zu Tode gekommen wäre?

Es schüttelte ihn bei jedem dieser unangenehmen Bilder. Mit einem Schlag erkannte er, dass es unmöglich war, das tatsächliche Ergebnis einer jeden Handlung auch nur zu erahnen. Deshalb war es so wichtig, Entscheidungen vorher sorgfältig abzuwägen.

»Ich wünschte, wir hätten es nicht getan«, sprach Lambrith Triels Gedanken laut aus. »Es erscheint jetzt alles so kindisch . . . Unvorstellbar, wie sehr Magner leiden würde, wenn mir etwas zustößt. Ich weiß nicht, was ich sonst sagen soll, außer, dass es mir unendlich leidtut.«

Er schaute zu Triel, der heftig nickend zustimmte.

»Es tut uns leid«, erklang es nun zweistimmig.

Eine lange Stille trat ein und keiner wusste so recht, was er sagen oder machen sollte. Schließlich trat Alduin vor.

»Da gibt es noch etwas zu bedenken. Moreya. Unsere gemeinsam verbrachten Tage hier haben deutlich gezeigt, welch intensive Beziehung sie zu euren Falken hat und – so sieht es aus – auch zu euch. Möglicherweise wird das nicht anhalten. Kinder sind sehr offen, wenn sie so jung sind, doch später können sich die Dinge ändern. Ihr habt hier viel Praktisches gelernt. Aber mehr noch. Ich hoffe, euch ist klar geworden, dass der Bund mit unseren Falken in Bereiche führen kann, die wir erst noch verstehen lernen müssen. Und wenn ich ›wir‹ sage, meine ich uns alle: Rael, euch junge Falkner und mich selbst. Ich kenne bisher noch niemanden, der tiefere Erkenntnis darüber erlangen konnte.«

»Weißt du, weshalb das alles so ist?«, fragte Marshalt. »Mit Moreya, meine ich.«

»Nein, ich weiß es nicht. Ich bin mir nur sicher, dass es einen bestimmten Grund dafür geben muss. Das alles ist kein Zufall. Ich muss euch dabei um Vertrauen bitten. Selbst wenn die Angelegenheit noch verworrener wird . . . Weist Moreya nicht zurück! Wenn ihr es dennoch versucht, könnte es sein, dass ihr damit auch etwas im Wesen eurer Falken zurückweist.«

»Niemals!«, riefen viele Stimmen gleichzeitig.

»Ich bin dankbar für eure Zustimmung«, sagte Alduin. »Doch ich muss euch um noch etwas bitten . . . Bewahrt das Wissen um Moreyas Talent als ein Geheimnis. Viele werden diese Gabe nicht verstehen, geschweige denn akzeptieren. Es würde mir nicht gefallen, wenn Moreya grundlos angefeindet würde.«

Triel stand auf. Der ernste Ausdruck auf seinem Gesicht ließ ihn älter wirken als die fünfzehn Sommer, die er zählte.

»Ich weiß nicht, ob es die Aufregung aufwiegt, die ich letzte Nacht verursacht habe«, sagte er. »Aber was Moreya betrifft, so schwören Falstar und ich, dass wir sie so gut wie möglich beschützen werden, falls dies jemals notwendig sein sollte. Und wir werden ihr Geheimnis wahren, bis etwas anderes entschieden wird.«

Einer nach dem anderen standen die jüngsten Falkner von Nymath auf und legten den gleichen Eid ab. Nur Bryant zögerte noch einen Augenblick, bevor er sich seinen Kameraden anschloss. Er machte sich Gedanken darüber, welche Folgen dieses ungewöhnliche Versprechen wohl nach sich ziehen könnte.

Strahlendes Sonnenlicht spiegelte sich auf dem polierten Steinboden und den Bänken wider und verbreitete einen blendenden Glanz. Im Zentrum des Hofes lag der Springbrunnen: gut versteckt hinter einem farbenprächtigen Dschungel aus wild wachsenden Blumen, in dem Kolibris von einer Blüte zur anderen schwirrten. Nur das leise Plätschern verriet ihn. Im Schatten unter dem Dachvorsprung saß in einem meisterhaft gearbeiteten Käfig ein Falke, der mit starrem Blick rastlos den Kopf hin- und herdrehte. Den meisten Menschen wäre dieser geschützte Bereich wie eine friedliche Oase vorgekommen, doch der Mann, der vor seinem grauhaarigen Besucher nervös auf und ab ging, schien ungerührt von der Schönheit und Ruhe dieses Ortes.

»Setz dich, Stantel. Dein Gerenne macht mich ganz verrückt.«

»Ich sag es dir, irgendetwas geht hier vor, Felkar, und das gefällt mir nicht.«

»Calborth wird alt. Er will nicht zugeben, dass er die Übersicht verliert. Das ist alles.«

»Oh nein, lass dich nicht hinters Licht führen. Er ist so klar wie immer. Zugegeben, seine Augen werden schlechter, aber sein Geist ist hellwach.«

»Dann erzähle mir, was dein Problem ist.«

»Mein Problem? Reicht es nicht, dass Bardelph und alle neuen Falkner außerhalb der Stadt sind – jeder mit seinem Falken? Wo, bitte schön, sind sie hingegangen? Sie sind noch immer nicht zurück und morgen ist es bereits ein Siebentag. Die Vögel können noch nicht einmal fliegen, aber das kann sich jederzeit ändern. Und: Sie sind irgendwo in der Wildnis, könnten von einem Raubtier angefallen werden, jetzt, wo sie noch so verletzlich sind. Stell dir das einmal vor!«

Eine Möglichkeit dämmerte ihm und er pausierte einen Moment. »Vielleicht ist es genau das. Aus irgendeinem Grund wollen sie, dass die Falken fern von Sanforan fliegen lernen. Vielleicht planen sie umzuziehen . . .«

»Jetzt ist es aber gut. Das würde Calborth nicht riskieren. Wie du sagtest, er ist nicht dumm. Welchem Zweck sollte es auch dienen? Du wirst sehen, sie sind rechtzeitig zurück und haben noch viel Zeit.«

Wiederum begann Stantel, tief in Gedanken auf und ab zu wandern und vor sich hin zu murmeln: »Was auch immer da vor sich geht, es ist seltsam. Nicht normal.«

Er blieb endlich wieder stehen und sah Felkar durchdringend an.

»Ich kann es fühlen. Bast ist ohne offensichtlichen Grund nervös. Ich habe ihn vorher noch nie so erlebt.«

»Er wird auch älter. Achtzehn ist er jetzt, richtig?«

»Bast ist immer noch in Höchstform!«, kläffte Stantel. »Ich sage dir, es liegt nicht am Alter. Irgendetwas passiert hier und ich will wissen, was es ist!«

»Du meine Güte, Bast ist wahrscheinlich unruhig, weil du so nervös bist. Wäre das nicht die naheliegendste Erklärung?«

»Versuche nicht, mich zu beschwichtigen. Du bist genauso irritierend wie Calborth. Der Mann ist ein Narr!«

»Ich sagte dir, du sollst vorsichtig mit deinen Worten umgehen«, gab Felkar in der sanftesten Stimme zurück, die er aufbringen konnte. »Erinnere dich an dein Ziel. Wenn du dich in einen solchen Zustand bringst, wirst du deinen mangelnden Respekt für den Falkenmeister nur schwer verbergen können. Das würde deinen Zwecken kaum nutzen.«

»Ich weiß, ich weiß!«, mühevoll zügelte Stantel seine Ungeduld. »Aber wie finde ich es heraus? Ich will keine Heimlichkeiten hinter meinem Rücken. Sollte ich eines Tages Falkenmeister werden, muss ich alles wissen, was in der Falkenhalle vorgeht, doch Calborth wird mir nichts erzählen.«

Beide Männer schwiegen, wogen die Angelegenheit ab und suchten nach einer Lösung. Ein verschwörerisches Lächeln zog einen Mundwinkel Felkars hoch, als er vorschlug:

»Die jungen Falkner werden nicht für immer weg sein und du kennst viele ihrer Väter. Stell einfach ein paar vorsichtige Fragen, mache ein paar versteckte Andeutungen. Ich bin sicher, einer der Jungen wird etwas Brauchbares erzählen.«

Stantel erwiderte das Lächeln. »Natürlich. Welch ausgezeichnete Idee. List ist dem Wesen dieser Jungen noch fremd und der Zeitpunkt ist ideal. Ihre Gedanken werden sich auf den bevorstehenden ersten Flug richten. Da werden sie an beiläufigen Fragen keinen Anstoß nehmen und sicherlich mehr preisgeben, als sie beabsichtigen.«

»Ich schlage vor, dass du so bald wie möglich ihre Väter zusammenrufst, alle, die gerade in der Stadt sind«, führte Felkar seine Idee begeistert weiter aus. »Ich würde gerne dabei sein, wenn ich darf.«

»Gerne. Dein Mitwirken in der Rolle eines Ältesten unter denjenigen Raiden, die nicht Falkner sind, ist für meinen Plan unerlässlich. Ich werde also für morgen zum Sonnenuntergang eine Versammlung einberufen.«

Vor dem Haus stand Alduin. Moreya und Erilea schmiegten sich an ihn. Gemeinsam sahen sie den davonziehenden jungen Falknern nach. Bevor die Gruppe zusammen mit Bardelph und Rael hinter der Biegung verschwand, drehten sich die beiden älteren Männer ein letztes Mal um und winkten zum Abschied. Die kleine Familie grüßte zurück und eine wehmütige Traurigkeit überkam Alduin und Erilea, als sie ihre Freunde davonziehen sahen.

Moreya lief los, um mit dem hölzernen Falken zu spielen. Triel hatte ihn am Abend vorher für sie geschnitzt und sie hatte ihn auf einem Ast in einen der Falkenkäfige gesetzt.

»Liebste Emo, ist das ruhig hier!«, rief Erilea aus. »Sie waren nur drei Tage da, aber es kommt mir vor, als wäre es eine Ewigkeit gewesen.«

Alduin lächelte sie an. »Stimmt, es war ganz schön viel los. Und es wird sich noch zeigen, ob das alles so eine gute Idee war.«

Erilea neigte den Kopf zur Seite. »Es war von unschätzbarem Wert, denn sie haben Moreya kennengelernt. Nun wissen sie, dass das Kind keine Gefahr für sie darstellt – ganz gleich, was sonst noch geschieht. Stell dir vor, sie hätten auf andere Weise herausgefunden, über welche Fähigkeiten Moreya verfügt. Das hätte noch sehr heikel werden können.«

»Das ist wohl wahr. Jedenfalls sind sie nun vorbereitet. Wir werden sehen, was bei ihrem ersten Flug in Verbindung mit den Falken passiert.«

Er schob eine Pause ein, bevor er weitersprach.

»Was meinst du? Sollten wir dafür in die Stadt gehen? Ich habe Rael gebeten, mir Bescheid zu geben, wenn die Falken zu fliegen beginnen. Er wird Sivella schicken. Das sollte uns genügend Zeit geben, um rechtzeitig in Sanforan anzukommen, wenn sie die ersten gemeinsamen Flüge starten.«

Erilea überlegte kurz und schüttelte dann den Kopf.

»Ich denke, du solltest allein gehen. Ich bleibe mit Moreya besser hier. Auch wenn sie unser Mädchen akzeptiert haben, so könnte ihre Anwesenheit unnötige Verwirrung stiften. Das ist in einem solch bedeutsamen Moment wirklich nicht gut.«

»Mmmmh, ich verstehe. Aber mir gefällt die Idee nicht, euch beide hier alleine zu lassen.«

Erilea entzog sich der schützenden Umarmung, stemmte ihre Hände in die Hüften und sah ihn mit vernichtendem Blick an. »Was soll das heißen? Glaubst du, ich wäre nicht in der Lage, auf unsere Tochter aufzupassen? Ich möchte dich daran erinnern, dass . . .«

». . . du eine ausgebildete und gut trainierte Amazone bist, ich weiß, ich weiß!«, ergänzte Alduin lachend.

»Besser, du vergisst das nicht.«

Erilea sprach aufgebracht weiter. »Ich schlage dich in jedem Wettlauf, und selbst wenn ich es bisher nicht beweisen musste: Ich bin Meisterin im Umgang mit der Feuerpeitsche!«

Das Wort Feuerpeitsche erinnerte Alduin unvermittelt an die Vision, die er vor Tagen hatte, und die grauenvollen Bilder liefen noch einmal in seinem Geiste ab. Bisher hatte er Erilea nichts davon erzählt und er wollte ihr auch zukünftig nichts darüber sagen. Doch die Tatsache, dass er dabei sofort an Erilea und Moreya gedacht hatte, ängstigte ihn mehr, als er zugeben wollte. Aber hatte es wirklich etwas zu bedeuten? Es gab keine eindeutigen Hinweise und vielleicht würde die Vision nie wahr werden. Immerhin wusste er, dass es zu jedem Zeitpunkt unzählige Möglichkeiten gab: zahlreiche Variationen einer Zukunft, die stets von den jeweils gefällten Entscheidungen abhängig war. Sollte das etwas an seinem Entschluss ändern, in ein paar Tagen nach Sanforan zu reisen? Es wäre sicherlich besser, in der Nähe der Familie zu bleiben und sie zu schützen.

»Ich sollte auch nicht gehen. Du hast ganz recht: Ich würde sie vielleicht ebenso ablenken, weil ich die Jungs ja an Moreya erinnere.«

Erilea sah ihn wissend an.

»Alduin, Falkner von Nymath, das habe ich nicht behauptet und du täuschst mich auch nicht«, sagte sie dann. »Du kannst nicht jeden Moment deines Lebens damit verbringen, uns beschützen zu wollen. Schlimm genug, dass du so wenig Vertrauen in mich setzt, aber wie ist es mit Gilian? Du wirst nach Sanforan reisen, sobald du von Rael hörst. Somit wäre das also geklärt!«

Als die untergehende Sonne den Himmel über Sanforan in hauchzarte Rosatöne färbte, kamen vier Falkner zu Stantel und Felkar in den abgelegenen Innenhof. Es waren die Väter von Creis, Bryant, Marshalt und Sean. Die anderen waren derzeit außerhalb der Stadt oder lehnten die Einladung ab, da sie dem Gastgeber nicht besonders freundlich gesonnen waren. Stantels Interessen waren in den Augen vieler Falkner ganz offensichtlich – seinen Gästen aber waren sie nicht bekannt und so gab er vor, engagierter Beobachter von unglücklichen Zuständen zu sein.

»Mitfalkner«, begann er. »Ihr seht einen um die Zukunft unseres größten Schatzes tief besorgten Mann vor euch. Die Falkenhalle, das Zentrum, in dem unsere Söhne für ihre herausragende Karriere ausgesucht, trainiert und vorbereitet werden, ist nicht mehr der Ort, der er einst war.«

Er legte eine dramatische Pause ein und wählte mit Bedacht seine nächsten Worte. »Ich kann nachvollziehen, dass ihr euch möglicherweise über meine Betroffenheit wundert. Immerhin hat sich mein Sohn, im Gegensatz zu euren Söhnen, nicht mit einem Falken verbunden. Aber auch das ist etwas, das mir zu denken gibt. Es wurde mir berichtet, dass Meister Calborth nicht alleine mit den Jungen in der Schlupfkammer war, als die Küken die Eierschale durchbrachen.«

»Das ist kein Geheimnis«, warf Marshalts Vater ein. »Die Falkner Alduin und Rael waren dabei. Welchen Schaden sollte das anrichten?«

»Keinen, den ich mir vorzustellen wünschte«, erwiderte Stantel. »Und dennoch . . . nun, ich meine, es ist merkwürdig, dass sich mein Sohn – Abkömmling einer reinblütigen Linie von Falknern, ununterbrochen vom Vater zum Sohn – nicht verbinden konnte. Während ein Junge, dessen Falknerlinie über seine Mutter kommt – so gesehen, eine Unterbrechung –, einen Falken beansprucht!«

»Meinst du Triel? Raels Stiefsohn?«, fragte Marshalts Vater.

»Genau den . . .«

»Wartet mal einen Moment. Kein Junge kann einen Falken beanspruchen. Es ist der Falke, der Anspruch erhebt«, warf Seans Vater ein.

»Jaja, das wissen wir alle«, beeilte sich Stantel zu sagen. »Aber wir kennen auch Alduins eigenartige Talente. Man behauptet, er verbinde sich von Zeit zu Zeit sogar mit anderen Falken. Könnte er sich bei der Wahl des letzten Kükens nicht eingemischt haben? Möglicherweise hätte der Falke sonst Cantel ausgesucht.«

Stantel bemerkte, wie sich Zweifel in die Köpfe der Männer schlich. Doch alle waren stolze Väter von Jungen, die von Falken erwählt wurden. Deshalb konnte es ihnen eigentlich gleichgültig sein, ob sich Cantel verbunden hatte oder nicht. Vorsichtig verlieh Stantel dem Gespräch eine neue Wende.

»Nun, jetzt ist es zu spät und im Grunde genommen akzeptiere ich die Wahl des Falken, ob beeinflusst oder nicht. Wir werden die Wahrheit ohnehin niemals herausfinden. Aber«, sprach er weiter, »ich halte es für nachlässig, über einen anderen Bruch mit den Traditionen hinwegzusehen.«

Augenblicklich hatte Stantel die volle Aufmerksamkeit aller Anwesenden.

»Wisst ihr, dass eure Söhne seit einem vollen Siebentag von Sanforan fort sind? Ausgerechnet jetzt, in dieser kritischen Zeit vor dem ersten Flug?«

»Ist es tatsächlich ein Siebentag?«, fragte Marshalts Vater. »Ich war nicht in der Stadt. Ich wusste wohl, dass es länger als die gewohnten drei Tage sein würde, aber mir war nicht klar . . .«

»Wisst ihr weiterhin, dass alle ihre Falken mitgenommen haben?«, genüsslich erzählte Stantel ihnen nun auch diese Neuigkeit.

»Bist du da sicher?«, fragte einer der Falkner ungläubig.

Stantel nickte ernsthaft. »Ich bin mir sicher. Ich war in der Schlupfkammer. Die Käfige waren leer und Meister Calborth konnte mir keine befriedigende Erklärung zum Verbleib der Falken geben.«

Stantel trat einen Schritt zurück, damit sich die vier Väter untereinander austauschen konnten. Er bemerkte, dass im Gemurmel Betroffenheit und sogar ein Hauch von Empörung mitklang, und lächelte befriedigt.

»Das muss aber geklärt werden«, sagte Creis' Vater. »Wir werden morgen mit Meister Calborth sprechen.«

Zunächst nickte Stantel bedächtig, dann schien er seine Meinung zu ändern, als hätte er gerade einen neuen Gedanken entwickelt. »Ich spreche diesen Gedanken ungern aus ... aber was wäre, wenn eine größere Verschwörung dahintersteckt? Eine heimliche Strategie, von der nur die Götter wissen, wohin sie führen soll. Calborth ... Entschuldigung, ich meine Meister Calborth wird sicherlich eine gute Antwort darauf haben. Schließlich war er die ganze Zeit anwesend. Doch vielleicht weiß er auch gar nicht, was hinter seinem Rücken vorgeht.«

Bevor irgendjemand antworten konnte, sprach er weiter.

»Es geht natürlich in erster Linie um die jungen Falkner und ihr Wohlergehen. Ich schlage vor, dass jeder von euch mit seinem Sohn spricht ... ganz ohne Beschuldigungen oder Verdächtigungen, die darauf hinweisen könnten, dass irgendetwas nicht in Ordnung ist. Wenn ihr nachfragt, dann nur mit dem natürlichen Interesse des sich sorgenden Vaters. Ich bin mir sicher, ihr findet die Wahrheit heraus und ... wollen wir hoffen, dass alles völlig harmlos ist.«

»Gut gemacht«, sagte Felkar lobend, nachdem die vier Männer gegangen waren.

»Du glaubst also nicht, dass sie mich durchschaut haben?«, fragte Stantel.

»Nein, ich denke, du warst sogar bewundernswert in deiner Rolle. Am Ende hast du ihnen die Verantwortung überlassen, es selbst herauszufinden. Sie werden sich kaum daran erinnern, dass *du* sie auf die Idee gebracht hast. Außerdem kümmern sie sich lieber um ihre Söhne, als sich mit Meister Calborth anzulegen. Immerhin war er bereits Falkenmeister, als ihr alle noch blutige Anfänger ward. Je nachdem, was sie herausfinden, kannst du dann eingreifen und die Fäden zusammenführen. Sie werden deine Führungsqualitäten zu schätzen wissen und – wenn die Zeit gekommen ist – wirst du ihre erste Wahl als Falkenmeister sein.«

Stantel rieb sich die Hände und schenkte sich und Felkar ein kleines Glas des kostbaren Mastrillweins ein.

»Ich habe ein gutes Gefühl«, sagte er. »Ich glaube, wir können vorab schon einmal ein wenig feiern.«

8

Als Triel erwachte, wusste er es: Heute war der Tag. Nicht, dass Meister Calborth irgendwas gesagt hätte, nein, es war etwas anderes. Der Junge ließ sich in sein Kissen zurückfallen, schloss die Augen noch einmal und sandte seine Gedanken zu Falstar. Ja, sein schöner Falke war wach und ja ... er war bereit zu fliegen!

Während die anderen jungen Falkner erst langsam aufwachten, sprang er schon aus dem Bett, zog sich an und lief die Treppen hinunter, immer zwei Stufen auf einmal. In der Küche griff er sich ein Honigbrot und schon stand er draußen im Sonnenlicht.

Es war ein strahlend schöner Tag. Zur großen Sorge der Bauern hatte es im Frühling nur wenig geregnet, für Triel hingegen bedeutete dieses Wetter, dass er täglich lange Spaziergänge mit Falstar unternehmen konnte. Bei diesen Ausflügen konnte der Vogel seine Flügel trainieren und dafür war Triel unendlich dankbar.

Wie immer entfaltete die heilige Atmosphäre der Falkenhalle und Brutkammer auch heute ihren Zauber. Triel verlangsamte seinen Schritt, atmete tief und sog den Duft des süßen Falkennektars ein. Aus seinem tiefsten Inneren stieg Freude auf, denn – Ja! – heute war sein Tag, und er spürte, dass er er nun auch nicht mehr lange auf den ersten Flug im Bund mit seinem Falken warten musste. Meister Calborth war ebenfalls schon früh auf den Beinen und befestigte in der Kammer einen dünnen Lederriemen an einem langen hölzernen Stock.

»Guten Morgen, Meister«, rief Triel, legte zum Gruß seine Faust auf die Brust und verbeugte sich.

»Das wird es, Triel. Es wird ein guter Morgen sein zum . . .«

». . . zum Fliegen!«, platzte es aus Triel heraus.

Meister Calborth sah ihn mit strengem Blick an und der Junge senkte verlegen seine Augen.

»Du bist zu impulsiv, Triel«, ermahnte ihn der alte Mann. »Das bringt dich noch mal in große Schwierigkeiten! Nimm dir ein Beispiel an den Falken. Sie schweben geduldig am Himmel, beobachten und warten den richtigen Moment ab. Erst dann legen sie ihre Flügel an und stürzen nach unten, um zu töten.«

»Tut mir leid«, flüsterte Triel.

Calborth schüttelte den Kopf.

»Ich glaube nicht, dass es dir wirklich leidtut. Du bist ein Mensch, der erst handelt und dann nachdenkt.«

Triel seufzte und erinnerte sich an eine Reihe ähnlicher Vorfälle, bei denen er sich über die Folgen seines Handelns keine Gedanken gemacht hatte. Die Floß-Aktion war nur der letzte Vorfall dieser Art gewesen. Triel und Lambrith hatten eine strenge Verwarnung erhalten und beide mussten auf der Rückreise die härtesten Arbeiten auf sich nehmen. Doch damit waren sie noch glimpflich davongekommen und zu seiner großen Erleichterung schwiegen Bardelph und Rael darüber. Sicherlich hatten sie ihre Gründe, aber so erfuhr auch Meister Calborth nichts davon.

»Du hast recht, Meister«, sagte Triel, entschlossen, von nun an sein Bestes zu geben, um alles wieder gutzumachen. »Ich werde zukünftig vorsichtiger sein. Ich bin mir sicher, bei den Flügen mit meinem Falken werden die guten Eigenschaften Falstars auf mich abfärben.«

Meister Calborth lächelte, gleichzeitig warf er Triel jedoch einen besorgten Blick zu. »Vergiss nicht, du bist auch ein Raide. Es kann Zeiten geben, in denen Impulsivität gefragt ist.«

Triel nickte nachdenklich und holte schließlich seinen Gefährten aus dem Käfig. Mit dem Fleisch, das Jungfer Calborth jeden Morgen mit einem Tablett brachte und auf dem Steintisch bereitstellte, begann er, den Falken zu füttern. Gerade als Triel ihm das dritte Stück geben wollte, rief Meister Calborth laut:

»Halt!!«

Falstar kreischte vor Empörung, als Triels Hand in der Luft erstarrte.

»Ein satter Falstar wird nirgendwohin fliegen«, erklärte der Meister. »Er muss hungrig sein und wir locken ihn dann mit Fressen.«

Meister Calborth nahm ein Stück Fleisch und verknotete es mit dem Ende des Lederriemens. Dann ergriff er die Stange und hielt sie hoch, um Triel zu zeigen, wie er den Vogel draußen locken würde. Falstar kreischte wieder, schlug mit seinen Flügeln und bereitete sich darauf vor, nach dem Fleisch zu schnappen. Triel hielt ihn an den Krallen fest, gleichzeitig sprach er liebevoll mit ihm.

»Nicht hier, Falstar, nicht hier drinnen. Noch einen Moment. Draußen.«

Er schaute zum Falkenmeister hinüber, der zustimmend nickte. Inzwischen kamen auch die anderen jungen Falkner nach und nach in die Kammer. Freudig strahlend erfassten sie schnell die Szene, versäumten jedoch nicht, zunächst den Meister respektvoll zu grüßen.

»Ihr habt es richtig erkannt«, wandte sich Meister Calborth an die Gruppe. »Heute werden wir den Falken das Fliegen beibringen. Wir beginnen mit Falstar. Folgt uns.«

Nachdem jeder der Jungen seinen Falken begrüßt hatte, fütterten auch sie die Tiere mit nur zwei Häppchen. Schnell schlossen sie sich Triel und dem Meister an, die zum lang gestreckten Bogenhof gingen. Nachdem die Jungen rechts und links von Triel einen Halbkreis gebildet und in gebührendem Abstand zueinander Platz genommen hatten, schritt Meister Calborth feierlich vor sie hin.

Als wolle er eine Angel auswerfen, schwenkte er die Stange mit dem Lederriemen, an dem ein Leckerbissen festgeknotet war. Dann begann er mit seinen Erklärungen.

»Wir wollen, dass die Falken . . .«

Triel hörte so konzentriert zu, dass er den Griff um Falstar lockerte. Ehe er begriff, was geschah, drückte sich der Vogel von seiner

Faust ab und schwang sich so leicht durch die Luft, als könne er bereits sein ganzes Leben lang fliegen. Geschickt wollte er mit den Krallen das Fleisch ergattern, doch Meister Calborth war ein alter Hase. Er reagierte blitzschnell und zog den Happen zurück, einen Herzschlag, bevor der Falke ihn greifen konnte. Unerschrocken streifte Falstar kurz den Boden und stieß sich erneut in die Höhe, um die Beute zu verfolgen. Zweimal wandte Calborth den gleichen Trick an, erst dann gönnte er dem Vogel den Erfolg und ließ ihm die Beute.

Der alte Mann lächelte und Triel ging auf seinen gefiederten Freund zu. »Störe ihn nicht, wenn er frisst«, mahnte Calborth. »Hol noch ein paar Fleischbrocken.«

Hin- und hergerissen zwischen dem Bedürfnis, seinen Falken zu loben, und dem Auftrag, das Fleisch zu holen, entschied sich Triel, Meister Calborth Gehorsam zu leisten. Als er zurückkam, pickte Falstar gerade die letzten Reste aus seinen Klauen. Der Junge kniete sich neben ihn, wisperte seinem Vogel liebevolle Schmeicheleien zu, um ihn dann auf die Faust zurückklettern zu lassen. In diesem Moment kam Rael dazu und es war nicht zu übersehen, wie stolz er auf seinen Stiefsohn war.

Triel fühlte sich glücklich und ermutigt zugleich.

»Diesmal gehe ich einige Schritte weiter zurück«, kündigte Calborth an und präparierte den Riemen für den nächsten Versuch. Falstar flog noch zweimal hinter dem Köder her und vertraute zunehmend darauf, dass ihn seine Flügel stets sicher ans Ziel trugen. Die anderen jungen Falkner beobachteten ihn dabei und klatschten leise Beifall, wenn er wieder den verlockenden Happen erwischt hatte. Sie konnten es kaum erwarten, dass ihre Falken nun endlich an die Reihe kommen würden.

»Das reicht für den Anfang«, beschloss der Meister, als Triel Falstar wieder hochnahm. »Bring ihn in den Käfig zurück und füttere ihn, falls er noch hungrig sein sollte. Jetzt bist du dran, Taro. Hole deinen Bratho.«

So verging der Vormittag damit, dass ein Falke nach dem anderen das Fliegen erlernte, auch wenn die ersten Versuche manchmal noch ein wenig unbeholfen wirkten. Doch die besondere Verbundenheit dieser Gruppe schien dem Ereignis eine Tiefe zu verleihen, wie sie nie zuvor in der Falkenhalle gesehen worden war.

Auf dem Geländer am Steg hockte Alduin in der Nachmittagssonne und ließ seine Augen über den Fluss schweifen. Rihscha saß auf seinem Handschuh. Er spürte die nachdenkliche Stimmung seines Gefährten und stupste ihn mit seinem Schnabel am Kinn, bis Alduin aus seinen Gedanken gerissen wurde, den Kopf drehte und lächelte.

»Rihscha«, murmelte er. »Sivella hat die Nachricht überbracht, dass die jungen Falken das Fliegen gelernt haben.«

Er seufzte tief, schloss die Augen und führte das Gespräch in einem wortlosen Gedankenaustausch weiter.

Jetzt besteht Erilea darauf, dass ich nach Sanforan gehe. Aber ich möchte sie und Moreya nicht alleine lassen. Ich habe Angst. Was, wenn ihnen etwas geschieht?

Verheimlichen konnte er Raels Nachricht nicht, denn Erilea hatte sie als Erste gelesen. Jetzt drängte sie ihn, so schnell wie möglich nach Sanforan aufzubrechen und die Nacht im Haus des Katauren Grest zu verbringen: Dann hätte er bereits ein Drittel des Weges hinter sich – vielleicht könne er sich sogar ein Pferd ausleihen und wäre so noch schneller in Sanforan.

Sie bereitet mir gerade jetzt das Essen für die Reise vor. Sie ist unerbittlich. Sie will, dass ich reise!

Doch die Erinnerung an die Vision von Flammen und Zerstörung lastete auf ihm und drohte, ihn zu erdrücken.

Unvermittelt schwang sich Rihscha in die Luft und gleichzeitig hatte Alduin den merkwürdigen Eindruck, die Seele würde ihm aus dem Körper gerissen. Es erleichterte ihn, als er spürte, dass er mit seinem geliebten Falken verbunden war. Dennoch kam es ihm vor, als sei er von einer Kraft gerufen worden, die außerhalb seiner Kontrolle lag. Gemeinsam reisten sie an einen Ort, der ihm unbekannt war, flogen über Berge, die pulsierten und vor seinen Augen wuchsen. Es schien, als hauche die Welt Leben in immer neue Formen, wann immer sie ausatmete. Risse, die sich in den Bergen gebildet hatten, entließen aus unendlichen Höhen kristallklare Wasserfälle in tiefe Schluchten und Flüsse schlängelten sich wie ein silbernes Netzwerk durch das ganze Land. Soweit das Auge reichte, waren die Hügel mit Wäldern überzogen, majestätische Bäume wuchsen dort, wie Alduin sie nie zuvor gesehen hatte. Doch als er sie genauer betrachtete, wurden sie transparent, funkelnd und verwandelten sich vor seinen Augen in Wellen eines mächtigen Ozeans. Das Licht hatte etwas Geheimnisvolles an sich, es schien nicht von irgendeiner Sonne am Himmel zu kommen. Vielmehr leuchtete die Welt selbst, glühend in reiner Liebe.

Liebe

Das schien das einzig treffende Wort für das zu sein, was er gerade gesehen hatte: ein Teil der Schöpfung, überwältigend und berauschend zugleich.

Es war nicht das erste Mal, dass Alduin mit seinen Reisen in mysteriöse Welten gelangte, doch jedes Mal zeigten sie sich ihm anders. Begonnen hatte es vor beinahe sieben Jahren, als ihn sein Weg zur Insel der Götter führte. Seitdem hatte er vier Mal die Gelegenheit genutzt zurückzukehren. Wann zuletzt – kurz, bevor Moreya geboren wurde? War es tatsächlich schon so lange her … weshalb war er seitdem nicht mehr dort gewesen?

Er schob diese Fragen so schnell beiseite, wie sie in seinem Kopf aufgetaucht waren. Stattdessen ließ er sich in den berauschenden Rhythmus von Rihschas Flug ziehen.

Er wartete auf den Augenblick, von dem er wusste, dass er unweigerlich kommen würde. Die beiden schnellten empor, ließen sich fallen, drehten Spiralen und glitten dahin, während die Welt unter ihnen ihre Gestalt veränderte.

Jetzt schwebten sie in einer Kristallhöhle, die sich zu einem atemberaubenden Blick über die Landschaft hin öffnete. Fürst Gilian streckte eine Hand aus, damit Rihscha sicher darauf landen konnte.

IHR habt mich hierher gerufen?, fragte Alduin.

Ja, antwortete der Gott. *Die Zeit ist vergangen und du warst dabei, wieder zu vergessen ... hast dich von deinen Sorgen, Hoffnungen und Erwartungen übermannen lassen.*

Alduin wurde nachdenklich. Fürst Gilian hatte einen wunden Punkt getroffen. Seit Moreyas Geburt war es Alduin, als hätte er sein inneres Gleichgewicht verloren, so langsam, dass er es kaum bemerkte. Aber die heftige Liebe zu seiner Tochter konnte Fürst Gilian doch sicher verstehen. Sich um sie zu sorgen, war für ihn als Vater das Natürlichste der Welt.

Liebe, ja, beantwortete der Gott seine ungefragte Frage. *Aber Liebe klammert und erstickt nicht. Du jedoch verlierst dich allmählich in deiner Auffassung von Liebe.*

Meine Auffassung von Liebe? Was meinst du damit?

LIEBE IST. Der Gott öffnete seine freie Hand und beschrieb mit seinem Arm einen weiten Bogen. *Sie ist frei, bedingungslos und unerschöpflich. Lebe in Liebe und alles wird gut sein.*

Aber ich liebe Erilea und Moreya mehr als mein Leben!

LIEBE IST, wiederholte Fürst Gilian. *Im Kern ist sie unveränderlich. Sie ist dauerhaft, doch ihr Gesicht verändert sich ständig. Wenn du sagst, du liebst das eine mehr als das andere, so ist das nicht Liebe. Es ist etwas anderes, aber es ist nicht Liebe und diese anderen Gefühle schüren deine Ängste. Täusche nicht vor, es sei etwas anderes.*

Meine Hoffnungen für die Falkner, gehen sie zu weit? Meine Ahnungen, wenn es um Moreya und die Falkner geht, sind sie falsch? Hat sie etwa keine besondere Rolle zu übernehmen? IHR seid der Gott der Raiden-Falkner und könnt es mir gewiss sagen. Es war Moreya, sie habt IHR gemeint, als IHR mit den Jungen gesprochen habt, nicht wahr?

Wie ich schon sagte, deine Gefühle sind nicht falsch, aber du musst ihnen einen angemessenen Raum verleihen. Moreya hat einen Weg zu gehen, wie jeder von euch. Du, Erilea, Rael, die jungen Falkner . . . du kannst es nicht ändern, wie sie ihre Pfade gehen. Manchmal mag es so aussehen, als ob der eine oder andere sich abgewandt, sich verirrt hätte . . . aber da könntest du dich auch täuschen . . . Nicht alle Straßen sind gerade. Manchmal wirst du Seite an Seite mit anderen gehen, manchmal wirst du alleine wandern. Du kannst nicht alles nach deinem Willen formen, du solltest auch nicht versuchen, anderen die Entscheidung abzunehmen. Je eher du davon ablässt, desto besser.

Aber ich will nicht, dass Erilea oder Moreya etwas zustößt!

Alles wird sein, wie es zu sein hat. Wisse dies und finde Frieden.

Aber was, wenn . . .?

Alles wird sein, wie es zu sein hat. Wisse dies und finde Frieden.

Als Fürst Gilians Worte verklangen, begann sich die Welt um Alduin zu drehen und ein Strudel aus Farben schien in sein tiefstes Inneres zu dringen.

Dann explodierte alles in ein weißes Licht.

Alduin schnappte nach Luft und öffnete seine Augen.

Er saß immer noch auf dem Geländer und Rihscha hockte auf seiner Faust, als hätte sich keiner von ihnen bewegt. Dass Fürst Gilian ihn gerufen hatte, war von großer Bedeutung und Alduin wusste, dass er seine Botschaft nicht ignorieren durfte. Er musste seine Ängste ablegen und auf etwas vertrauen, das manchmal schmerzhaft außerhalb seiner Kontrolle lag – das Leben, *sein* Leben. Als ihm das bewusst wurde, lächelte er unwillkürlich.

Die Dinge waren nicht so unkontrollierbar, wie er angenommen hatte. Leben war eine Abfolge von Momenten, in denen alles passieren konnte. So weit war es richtig. Aber immerhin konnte er selbst entscheiden, wie er jeden Augenblick leben wollte.

Alduin fühlte sich sehr viel unbeschwerter und schickte Rihscha in die Luft. Langsam schlenderte er zurück zum Haus, um seinen Reisesack zu packen und seiner Familie Lebewohl zu sagen.

Ein anhaltendes Klopfen lenkte Stantel von der Arbeit an seinen Vermögensunterlagen ab. Angestrengt lauschte er auf die Schritte seines Dieners, der auf die Tür zuging, um sie zu öffnen.

»Ist dein Meister im Haus?«, fragte jemand mit verhaltener Stimme.

Stantel lächelte in sich hinein.

Gut. Creis' Vater! Er war sich sicher, dass der Mann etwas Interessantes herausgefunden hatte und nun kam, um es ihm mitzuteilen. Ohne darauf zu warten, dass ihm der Diener den Besucher ankündigte, stand Stantel auf und ging hinaus auf den Flur.

»Grathmen, gut, dich zu sehen«, er verbeugte sich leicht nach Raiden-Art. »Ich vermute, du bringst mir Neuigkeiten.«

Der andere erwiderte die Verbeugung.

»Komm hier entlang«, forderte Stantel seinen Gast auf, ihm zu folgen, und wandte sich dann dem Diener zu. »Bring Wein in die Bibliothek. Geschwind!«

Stantel bat Grathmen, in einem der Lehnstühle Platz zu nehmen, und wechselte ein paar Höflichkeiten mit ihm, bis der Wein serviert wurde. Es war offensichtlich, dass Creis' Vater sich unbehaglich fühlte.

»Stantel, ich bin schockiert«, ergriff er schließlich das Wort, sobald die beiden wieder allein waren. »Was ich herausgefunden habe, ist derartig beunruhigend, dass ich es gar nicht glauben kann.«

Er schwieg für einen Augenblick, nippte an seinem Wein und fuhr fort. »Creis würde eine solche Geschichte niemals erfinden.«

»Erzählte er dir, wo sie waren und was sie gemacht haben?«

Grathmen nickte, schüttelte den Kopf und nickte dann wieder.

»Bei Gilians heiliger Feder, Mann!«, drängte ihn Stantel. »Hat er dir etwas erzählt oder nicht?«

Dieses Mal gab es keinen Zweifel: Grathmen schüttelte seinen Kopf. »Er hat es *nicht mir* erzählt. Seit sie zurück sind, ist er sehr verschlossen. So, als wolle er etwas verheimlichen. Wann immer ich ihm jetzt eine Frage stelle, scheint er seine Antwort sorgfältig abzuwägen. Aber ich habe ihn bei einem Gespräch mit Taro belauscht.«

Er blickte kurz zu Stantel.

»Ich habe nicht etwa spioniert. Ich saß nur in der Brutkammer, um mit Meister Calborth zu sprechen. Die beiden standen draußen, dicht unter einem der geöffneten Fenster. Obwohl sie sehr leise sprachen, konnte ich sie gut verstehen.«

Stantels Ungeduld drohte, die Oberhand zu gewinnen, doch es gelang ihm, Grathmen entspannt anzulächeln. »Nimm dir Zeit. Überlege genau. Einfach geradeheraus.«

Er beugte sich vor und schenkte seinem Gast etwas Wein nach. Grathmen hob sein Glas, nahm einen weiteren Schluck und setzte seine Geschichte fort.

»Die Jungen waren ganz begeistert, weil ihre Falken gestern gerade fliegen gelernt haben. Offensichtlich lief alles außergewöhnlich gut. Keiner hatte Schwierigkeiten und morgen wollen sie sich zum ersten Mal im Flug miteinander verbinden. Es erscheint mir ein bisschen früh . . . ich meine, wir hätten damals drei oder vier Tage gewartet . . . aber vielleicht habe ich es auch vergessen . . .«, sagte er und ließ seinen Blick in die Ferne schweifen, als ginge er in der Zeit zurück. »Es macht keinen Unterschied, ob zwei oder drei Tage. Komm auf den Punkt, Mann!«

Stantel verlor seine mühsam gewahrte Beherrschung und weckte den anderen damit unsanft aus seiner Träumerei.

»Nun, es war der darauffolgende Teil der Unterhaltung, der mich vollständig aus der Ruhe brachte«, fuhr er fort.

»Creis sagte so etwas wie ›Meinst du, sie ist dabei, wenn wir im Bund mit den Falken fliegen?‹.

Woraufhin Taro antwortete:

›Das wissen nur die Götter. Sie ist sehr jung und du weißt, was Falkner Alduin gesagt hat. Nur weil sie unsere Falken wahrnimmt, wenn wir in der Nähe sind, muss ihr das längst noch nicht auch aus größerer Entfernung gelingen. Und sie ist weit weg. Außerdem ist es etwas ganz anderes, sich mit dem Falken im Flug zu verbinden und durch seine Augen zu sehen.«

Als Stantel das hörte, baute sich eine ungeheure Wut in ihm auf. Im Raum lag eine spannungsgeladene Stille und es schien, als würde sie sich jeden Moment in einem stürmischen Gewitter entladen.

»Glaubst du, sie meinten Alduins Tochter, Moreya?«, Grathmens Frage klang beinahe ängstlich.

»Natürlich! Wen sonst? Ihre Großmutter ist eine Hexe. Ihr Vater . . . nun, ihr Vater . . . wir wissen alle über ihn Bescheid.«

»Aber . . . ein Mädchen? Wie kann sie sich mit den Falken verbinden? Mädchen können das nicht . . .!«

»Selbstredend kann sie das nicht. Die ganze Idee ist absurd«, meinte Stantel. »Aber aus irgendeinem Grund möchte Alduin, dass die Jungen daran glauben. Nur die Götter wissen, welchen Plan er ausbrütet, aber er scheint das Kind zu benutzen, um diese leichtgläubigen jungen Männer hinters Licht zu führen.«

»Creis ist alles andere als leichtgläubig«, empörte sich Grathmen. »Mein Junge ist ein kluger Kopf, dem macht keiner so leicht etwas vor!«

Weil er den Mann nicht weiter aufregen wollte, korrigierte sich Stantel. »Leichtgläubig ist vielleicht nicht das passende Wort, da hast du recht. Scheinbar hat Alduin eine Art Trick angewendet, um sie zu beeinflussen. Und Bardelph hilft ihm dabei! Er muss die jungen Falkner zu Alduins Heimat am Mangipohr gebracht haben. Meister Calborth hat wahrscheinlich nicht den Schimmer einer Ahnung, was da geschieht.«

»Was genau, glaubst du, haben sie vor?«

Stantel wog seine Antwort vorsichtig ab: »Ich vermute, dass unser Halbblut Alduin die Position des Falkenmeisters anstrebt. Er weiß, dass er in Sanforan keine Chance hat – warum also nicht einfach an einem anderen Platz eine Ausbildungsstätte aufbauen? Er nutzt wahrscheinlich seine undurchsichtigen Talente, um auf diese Weise das Vertrauen der jüngeren Generation zu gewinnen.«

»Glaubst du das wirklich?«, fragte Grathmen schockiert. »Sicherlich weiß er, dass die Raiden-Familien dies niemals erlauben würden!«

»Jetzt noch nicht, das ist mir klar. Aber wer weiß, was Zeit und Beharrlichkeit letztlich bewirken können. Es gibt keinen Zweifel daran, dass Alduin über einige unheilige Kräfte verfügt, und ...«

»Aber was können wir nur tun?«, warf Grathmen ein.

»Wir müssen den Rat der Raiden-Falkner und der Ältesten einberufen. Wir müssen dem Ganzen ein Ende setzen!«

Stantel winkte ab, um den Mann zu beruhigen.

»Im Augenblick haben wir nichts in der Hand. Nur ein Gespräch, das du zufällig mitgehört hast«, gab er zu bedenken. »Wir sollten eine geschickte Strategie ausarbeiten. Zunächst müssen wir die Wahrheit herausfinden. Nur dann können wir planen, wie wir weiter vorgehen.«

»Du meinst, wir sollen versuchen, noch mehr von den Jungen zu erfahren?«

»Wenn unsere Vermutung stimmt, werden sie freiwillig nichts preisgeben. Halte die Ohren auf, wenn ihnen etwas herausrutscht. Sage den anderen noch nichts von dem, was du gehört hast ... es könnten noch mehr Früchte der gleichen Art von den Bäumen fallen.«

»Und du?«, fragte Grathmen. »Was hast du vor?«

»Ich?«, Stantel antwortete langsam, denn in seinem Kopf nahm langsam eine Idee Gestalt an. »Ich habe mich nur erinnert ... Bast und ich ...«, er schaute durch das Fenster zum Falkenkäfig und vollendete den Satz, »... haben ein wichtiges Geschäft im Norden zu erledigen.«

»Soll ich den anderen sagen, dass du für ein paar Tage weg bist?«

»Nein«, Stantel zögerte wieder, bevor er sich entschied. »Nein ... sage ihnen, dass ich krank bin und keinen Besuch empfangen kann. Ich übertrage dir die Verantwortung, dich um die Dinge zu kümmern, bis ich zurück bin. Bei meiner Rückkehr erhältst du von mir eine Nachricht. Bis dahin ist es besser, dass jeder glaubt, ich sei in der Stadt, aber unpässlich.«

Als Alduin im Hauptquartier der Katauren in Sanforan ankam, neigte sich die Sonne bereits weit im Westen dem Horizont zu. Das Quartier war nahe des Osttors und bot einer fest stationierten kleinen Legion von Katauren-Soldaten ein Zuhause. Dort erlernten die jungen Männer die Kunst der Kriegsführung und Verteidigung. An drei Seiten war der Innenhof mit Stallungen umgeben, von denen etliche leer standen. Es bot sich für Reisende an, ihre Pferde hier unterzustellen, während sie die Stadt besuchten. Jeder, der kam, wusste um die fachmännische Versorgung der Tiere, denn die Katauren liebten Pferde ebenso wie die Raiden ihre Falken. Alduin schwang sein rechtes Bein über die Kruppe des Hengstes und ließ sich aus dem Sattel auf den Kies gleiten. Kurz darauf landete Rihscha auf einer der Dachrinnen des groß angelegten Steingebäudes auf der anderen Seite des Innenhofes.

»Alduin!«, grölte ihm jemand aus einem der Ställe zu. »Wem hast du dieses edle Tier geraubt? Das kannst du dir bestimmt nicht aus eigner Tasche leisten! Bring es her und lass mich mal sehen.«

Als er die Stimme erkannte, grinste Alduin, nahm die Zügel und führte den Hengst in den Schatten, in die Nähe des duftenden Heus.

»Cardol!«

Er nahm die Hand seines alten Freundes. »Was für ein Zufall. Dich hatte ich hier zuallerletzt erwartet. Dein Vetter Grest dachte, du seist oben in Wilderwil. Er ist der Eigentümer dieses feinen Pferdes hier, wie du ja wahrscheinlich schon vermutet hast.«

»Ich war auf dem Weg dahin, als wir uns das letzte Mal gesehen haben«, bestätigte Cardol und gab Alduin einen kräftigen Schlag auf die Schulter. »Das war aber schon im vergangenen Herbst. Ich habe den Winter in den Bergen verbracht. Dann bin ich hierher zurückgekommen, um wieder aufzutauen. Dort oben war es noch mächtig kalt, obwohl es auf den Frühling zuging. Brrr . . .«

Während er sprach, ging er zu dem Hengst hinüber und sattelte ihn ab. Alduin kümmerte sich um das Zaumzeug, legte dem Tier ein einfaches Halfter um und band es vor dem Stall fest. Der Kataure warf ihm Striegel und Kardätsche zu und für eine Weile putzten die beiden freundschaftlich schweigend das Tier. Schließlich glänzte das Fell des Rappens wie polierte Kohle.

»Und wie heißt du?«, wisperte der Kataure dem Hengst ins Ohr.

»Schwarzkristall«, antwortete Alduin anstelle des Pferdes. »Grest erzählte mir, dass er ihn vor einigen Monden in Thel von einem Händler gekauft hatte, der in schlechte Zeiten geraten war.«

»Na dann. Er ist eine Schönheit, kein Zweifel. Beinahe ein gutes Gegenstück zu meiner Nachteule. Wir halten sie besser gut auseinander.«

»Wo ist Nachteule?«

»Auf der anderen Seite. Horch! Er hat gerade gewiehert. Geh und sage ihm Hallo.«

»Das mach ich doch gleich. Anschließend will ich aber zu Rael. Ist es dir recht, wenn Nachtkristall bleibt, solange ich in der Stadt bin? Es sollten nicht mehr als zwei oder drei Tage sein.«

»Habe nichts dagegen«, erwiderte Cardol. »Im Moment ist nichts los hier. Er hat viel Platz und es wird ihm gut gehen. Und weil es das Pferd meines Vetters ist, werde ich besonders gut darauf aufpassen. Halte dich aber bereit für einen Becher Met. Wir haben uns viel zu erzählen.«

»Das mache ich bestimmt«, meinte Alduin und schüttelte nochmals Cardols Hand, bevor er in der anbrechenden Nacht verschwand.

Rihscha flog ihm voraus, und während Alduin noch durch die Straßen der Stadt eilte, hockte der Falke bereits gemütlich neben Sivella auf einem Baum im Garten von Rael und Bretta. Als der Falkner sich dem Eingang der Festung näherte, zögerte er für einen kleinen Moment und entschied sich dann, nicht die Zitadelle zu durchqueren, sondern in eine Gasse einzubiegen, die außen an der Mauer entlangführte. Er war müde und wollte so schnell wie möglich ins Bett. Wenn er die Abkürzung nehmen würde, wäre es unvermeidbar, Leuten zu begegnen, die ihm unbedingt vom ersten Flug der Falken erzählen würden – voller Stolz, als wären sie selbst die Falkner. Nein, der Umweg war die bessere Lösung. Doch je länger Alduin den Weg entlangging, desto unwohler fühlte er sich. Er schob es auf die unschönen Erinnerungen seines allerersten Tages in Sanforan, insbesondere die zornige Auseinandersetzung, die er damals mit Lotan, dem ehemaligen Lehrer der Falkenhalle, hatte.

Das alles sollte mich nicht mehr berühren, dachte Alduin.

Er war selbst überrascht, mit welcher Heftigkeit diese Gefühle wieder in ihm aufstiegen, als er an dem verschlossenen Tor vorbeiging, das zum Bogenhof hinter der Mauer führte. Genau an dieser Stelle hatte Lotan ihn damals gepackt: Er hatte Alduin in Angst und Schrecken versetzt und ihn auch später noch sehr unfreundlich behandelt, weil er ein Halbblut war . . .

Tatsächlich – es war sogar beinahe die gleiche Tageszeit, mit dunklen Schatten in jeder Ecke, wie um seiner Fantasie dumme Streiche zu spielen.

Alduin rastete einen Augenblick, fest entschlossen, den Dämon seiner Kindheit zu vertreiben. Er schloss seine Augen und atmete langsam durch, auf der Suche nach dem inneren Raum, in dem er wieder zu sich kommen und seine Ruhe wiederfinden konnte. In diesem Moment riss ihn ein schwaches Geräusch aus seinen Gedanken. Es waren Pferdehufe und unwillkürlich verbarg er sich im Schatten des Tores.

Das Pferd näherte sich im ruhigen Schritttempo, fast so, als wollte der Reiter so wenig wie möglich auffallen. Alduin drückte sich tiefer in den Durchgang, hielt den Atem an und hoffte, nicht entdeckt zu werden. Der hochmütig aufgerichtete Mann sah ihn nicht, doch Alduin erkannte ihn an seinem Profil. Stantel! Ein paar Schritte weiter bog er in einen Seitenweg ein und verschwand in der Dunkelheit.

Auf sonderbare Weise fühlte er sich erleichtert, dass Stantel ihn nicht bemerkt hatte. Trotzdem wunderte sich Alduin, dass der Raide zu dieser Zeit so still und heimlich durch diese Gasse ritt.

Nachdenklich setzte er seinen Weg zum Hause seiner Freunde fort und starke Sehnsucht nach Erilea überfiel ihn. Sie wäre sicher ebenso überrascht über Stantels nächtlichen Ritt gewesen. Gemeinsam hätten sie immer fantastischere Erklärungen gefunden, um dann umso mehr darüber lachen zu können. Wieder hoffte er, dass sie und Moreya da draußen in den Wäldern sicher waren. Ihre Umarmung, als er ging, war besonders innig und es schien, als würde sie sich doch nicht so sicher fühlen, wie sie ihn glauben lassen wollte. Er seufzte, verbannte jedoch die dunklen Gedanken schnell wieder und stellte sich stattdessen vor, wie die beiden zusammengekuschelt im Schaukelstuhl neben dem Kamin saßen.

Meilenweit entfernt saß Erilea tatsächlich im Schaukelstuhl und Moreya lag zusammengerollt auf ihrem Schoß. Das kleine Mädchen schlief, doch ihre Mutter war in den Anblick der kleinen Flammen versunken, die aus den glühenden Scheiten auf dem Rost züngelten. Der Abschied war ihr doch schwergefallen, ganz besonders, als sie Alduins vertraute Gestalt nach und nach zwischen den Bäumen verschwinden sah.

Seit Moreyas Geburt waren sie nie getrennt gewesen. Wann immer Alduins traditionelle Arbeit ihn einmal weiter wegführte, hatten Erilea und Moreya ihn begleitet. In der letzten Zeit, als die Tochter älter wurde, zogen sie es vor, in der Nähe ihres Zuhauses zu bleiben.

Das war auch die Zeit, in der Alduin mehr und mehr von Falknern aufgesucht wurde, die aus seinem Erfahrungsschatz schöpfen und von ihm lernen wollten. Erilea servierte ihnen dann Essen und Trinken, hielt sich im Hintergrund und hörte den Gesprächen zu. Es war faszinierend, den unterschiedlichen Motiven der Besucher auf den Grund zu gehen: Waren es Neugierde, Sehnsucht, Zweifel oder der Wunsch nach Erkenntnis?

Wann immer einer der Männer weiterzog, hoffte Alduin, dass sich der Austausch für sie als fruchtbar erweisen würde. Doch als keiner von ihnen ein zweites Mal wiederkehrte, quälte er sich mit der Frage, ob seine Erfahrungen vielleicht doch nur für ihn und keinen sonst von Wert waren. Mit den neun jungen Falknern und Moreyas unerwartetem Bund mit den Falken schien sich all dies über Nacht geändert zu haben. Erilea erkannte Alduins große Hoffnung, dass diese Gruppe etwas Besonderes sein würde.

Sie tauchte aus ihren Gedanken auf, streichelte Moreyas Haare und wickelte eine Locke ihrer Tochter um den Finger. In diesen ruhigen Momenten spürte sie einen Funken Angst in ihrem Herzen: die Angst, dass Alduins Bemühungen, in allem einen tieferen Sinn zu sehen, sich in Besessenheit verwandeln könnte. Nach der Begegnung der Jungen mit Fürst Gilian war Alduin fest davon überzeugt, dass die Worte, die gesprochen worden waren, Moreya betrafen. Und diese Überzeugung wuchs mit jedem Anzeichen, das auf einen Bund des kleinen Mädchens mit den Falken schließen ließ.

Trotz des Kummers über seine Abwesenheit fühlte sie deshalb auch Erleichterung darüber, dass Alduin nicht in der Nähe seiner Tochter sein würde, wenn die jungen Falkner sich zum ersten Mal im Flug mit den Falken verbanden. Natürlich war die Entfernung groß und schon allein deshalb war es höchst unwahrscheinlich, dass Moreya irgendetwas spüren würde: Aber wer wusste das schon so genau?

9

Am nächsten Morgen wirbelte ein starker Wind Wolken aus Staub über die ebene Steppe zwischen Sanforan und den Emmerfeldern: dem Ort, an den Meister Calborth die jungen Falkner für ihren ersten verbundenen Flug mit den Falken führen wollte. Zur großen Enttäuschung der Jungen musste der bedeutsame Moment deshalb verschoben werden.

Für Alduin bedeutete das, noch länger von seiner Familie getrennt zu sein, und das stimmte ihn traurig. Doch bald war er von den vielfältigen Aktivitäten abgelenkt, die ihn jedes Mal in Beschlag nahmen, wenn er in Sanforan war.

Einen Tag später war der Wind abgeflaut. Nur eine leichte Brise wehte von Norden und versprach einen milden Tag, ideal für die großartigste Erfahrung im Leben eines Falkners.

In einiger Entfernung zum geschäftigen Kommen und Gehen

standen Meister Calborth und Bardelph zusammen mit Alduin und Rael vor dem Stadttor. Sie waren in ein Gespräch über den weiteren Ablauf des Unterrichts vertieft und übersahen daher die verhüllte Person: Lässig gegen die Mauer gelehnt, stand sie neben den ersten Markthändlern, die ihre Stände aufbauten, und beobachtete Bardelph und die Falkner genau.

»Taro und Bratho machen den Anfang«, entschied Meister Calborth gerade. »Wenn dann alle begriffen haben, wie wir vorgehen, teilen wir uns in zwei Gruppen. Eine davon wird mit Falkner Alduin und Bardelph arbeiten, die andere mit Falkner Rael und mir.«

Alle nickten zustimmend und folgten dem Meister, als er sich noch weiter von der Stadt entfernte.

»Das ist ein guter Platz«, sagte er, hielt an und wandte sich den anderen zu. »Taro, du stellst dich mit Bratho hierhin, Bardelph ist dort drüben«, fügte er hinzu und zeigte auf einen Punkt, der etwa fünfzig Schritte entfernt war.

Nachdem die beiden ihre Position bezogen hatten, sprach der alte Mann weiter und schnell hatte er die geballte Aufmerksamkeit der Jungen.

»Jetzt, Taro, entspanne dich und schließe deine Augen. Bardelph wird ein Stück Fleisch hochhalten, um Bratho zu locken. Sende Bratho zu ihm und lasse zu, dass dein Geist sich öffnet.«

Jeder der Anwesenden war für einen Moment angespannt, bis sie sich daran erinnerten, dass Verkrampfung den Vorgang nur behindern würde. Die Nähe, die sich in dem Siebentag ihres Aufenthalts in den Wäldern zwischen den Jungen entwickelt hatte, entfaltete nun unerwartet ihre geheimnisvolle Wirkung. Alle wurden ruhig. Es war, als könnten sie Taro im entscheidenden Augenblick inneren Halt geben – einem Augenblick, der für jeden von ihnen genauso bedeutsam war wie für Taro selbst.

»Los!«, wisperte Meister Calborth.

»Flieg!«, ermutigte Taro seinen Falken, schubste ihn mit seiner Faust nach vorne – und: Der Falke flog wirklich und wahrhaftig und der sanfte Ausdruck auf Taros Gesicht ließ alle Beobachter klar erkennen, dass er in diesem Moment durch die Augen seines Falken sah.

Als Bratho auf Bardelphs Faust landete und sich seine Belohnung abholte, stieß Taro einen Jubelschrei aus und brachte jeden zum Lächeln.

»Ich konnte sehen, ich konnte sehen!«, rief er. »Es war fantastisch. Ich habe durch Brathos Augen gesehen!«

Meister Calborth sah ihn stolz an. »Herzlich willkommen, Taro«, sagte er. »Nun bist du ein vollwertiger Falkner von Nymath!«

Jeder klatschte Beifall und Alduin wurde plötzlich bewusst, dass er in der Zeit zwischen Brathos Start und Landung kaum geatmet hatte. Er war hin- und hergerissen gewesen zwischen der Erwartung und gleichzeitig der Furcht, dass etwas Ungewöhnliches während dieses ersten verbundenen Fluges geschehen würde. Doch nichts passierte. Taro hatte eine wundervolle, unkomplizierte Erfahrung gemacht und nichts auf dem Gesicht des Jungen deutete auf Verwirrung hin. Alduin unterdrückte einen Funken Enttäuschung und wandte sich wieder den Ereignissen zu.

Meister Calborth erinnerte jeden noch einmal daran, dass es nicht gut sei, sich selbst durch die Augen des Falken zu sehen. Bratho flog deshalb auf normalem Wege zu seinem Gefährten zurück. Inzwischen hatte Bardelph den Abstand noch vergrößert und Taro wiederholte den verbundenen Flug. Es war ein herrliches Erlebnis, jedoch ohne unerwartete Zwischenfälle.

»Sehr gut«, Calborth unterbrach Alduins Erwägungen. »Jetzt bilden wir wie besprochen zwei Gruppen.«

Schnell verteilten sich die Jungen. Alduin und Bardelph arbeiteten mit Sean, Broon, Lambrith und Creis. Wie schon zuvor stand Alduin dicht neben den jungen Falknern, bereitete sie vor und ermutigte sie, während Bardelph mit dem Fleisch, das die Falken locken sollte, den Platz gegenüber einnahm.

Broon war so angespannt, dass er es drei Mal versuchen musste, bevor er durch Gistels Augen sehen konnte. Im ersten Moment dachte Alduin, er hätte dem Jungen etwas falsch erklärt. Doch

Sean, der es als Nächster versuchte, hatte auf Anhieb Erfolg. Als Lambrith mit Magner an der Reihe war, kam der Aufschrei, den Alduin ebenso erhofft wie befürchtet hatte.

»Moreya!«

Alduin erstarrte und sah zur anderen Gruppe hinüber. Es wunderte ihn nicht, dort Triel in Verbindung mit Falstar zu sehen. Raels Stiefsohn und Alduins Tochter standen sich durch die enge Familienfreundschaft sehr nahe. Unzweifelhaft sah sie in ihm den älteren Bruder, auch wenn sie sich selten trafen. Wenn nun trotz dieser Entfernung etwas geschah, war es nicht überraschend, dass Triel davon betroffen war.

»Moreya«, wiederholte Triel sanfter, als der Falke landete und sich den Fleischfetzen schnappte, den Rael ihm anbot.

Der Junge sah verwirrt zu Alduin, der ihm ein unauffälliges Handzeichen gab, in der Hoffnung, dass Triel ihn jetzt nicht darauf ansprechen würde.

»Was hast du gesagt?«, fragte Calborth. »Weshalb rufst du Moreyas Namen?«

»Ich . . . ich weiß nicht . . .«, erwiderte Triel und das war die Wahrheit.

»Wir versuchen, andere Gedanken auszuschließen«, mahnte der Meister. »Das ist *dein* Moment mit Falstar.«

Triel nickte verunsichert und rief seinen Falken zurück.

Alduin hätte Triel gerne weiterbeobachtet, doch er musste sich weiter seinen Aufgaben widmen. Mit einem Teil seiner Aufmerksamkeit blieb er dennoch bei Raels Stiefsohn.

Der Vorfall wiederholte sich jedoch nicht.

Die erste Nacht, nachdem er Sanforan verlassen hatte, verbrachte Stantel am Waldrand hinter den Emmerfeldern. Am nächsten Morgen schlug er den gleichen Pfad ein, den Bardelph mit seiner Falknergruppe vor nicht allzu langer Zeit genommen hatte. Mit seinem Pferd kam er im Wald nur langsam voran, seinen Falken Bast hatte er jedoch schon vorausgeschickt.

Der Vogel warnte ihn rechtzeitig, als er sich dem Hause näherte, doch Stantel konnte niemanden sehen. Trotzdem errichtete er sein kleines Lager in sicherem Abstand zu Alduins Haus, tief im Wald versteckt.

Er entschied, dass am kommenden Morgen noch Zeit genug sein würde, um über einen Plan nachzudenken, und machte es sich bequem.

Mit dem ersten Licht stand er auf und entwarf eine Strategie. Er begann damit, das Haus zunächst nur durch die Augen von Bast zu beobachten, während der Falke ruhige Kreise am wolkenlosen Himmel des beginnenden Tages zog.

Es wurde schnell offensichtlich, dass weder Alduin noch sein Falke in der Nähe waren. Stantel lächelte in sich hinein: Das erleichterte die Dinge unendlich. Er sah, wie eine zierliche Frau die Wäsche zum Trocknen aufhängte, während ein kleines Mädchen auf dem Platz vor dem Haus spielte. Das mussten Erilea und Moreya, die Mutter und die Tochter, sein. Der Falkner streckte sich gemütlich aus und ließ seinen Vogel weiterspionieren. Die Szene der häuslichen Einfachheit wirkte irgendwie beruhigend auf ihn und ließ auf keinerlei übertriebene Ansprüche schließen, wie er sie bei Alduin vermutet hätte. Genau genommen kam Stantel das Haus eher wie eine Baracke vor!

Gerade als er sich zu langweilen begann, änderte sich die Situation. Das kleine Mädchen unterbrach plötzlich ihr Spiel und zeigte zum Himmel. Ganz offensichtlich wollte sie ihre Mutter auf etwas aufmerksam machen. Erilea folgte der Geste des Kindes mit ihren Augen und beide starrten Bast an.

Komm zurück!, befahl Stantel seinem Falken.

Während er auf Basts Rückkehr wartete, überlegte er, warum ihn die Entdeckung seines Falken so erschreckt hatte.

Das ist doch nichts Ungewöhnliches, dass sie einen Falken beobachten, wenn sie einen sehen. Es ist völlig normal.

Doch obwohl Bast in großer Höhe gekreist war, hatte Stantel in den Augen des Kindes etwas wahrgenommen. Einen Blick, der ohne Umwege durch den Falken hindurch auf den Falkner fiel. Das Kind *wusste*. Es war ihm ein Rätsel, worin genau dieses Wissen bestand, aber: Das Kind wusste etwas.

Der Raide ließ das Feuer herunterbrennen und wartete auf Bast, der bald darauf zurückkam und auf seiner Faust landete.

»Wir werden jetzt anders vorgehen«, erklärte er seinem Falken. »Ich muss dichter heran. Warne mich, wenn sich jemand von irgendeiner Seite nähert.«

Bast stieß sich wieder ab und folgte den Anweisungen seines Gefährten. Stantel arbeitete sich währenddessen durch die Bäume und das dichte Unterholz, bis er einen Platz fand, der näher am Haus lag, bessere Sicht bot und ihn gleichzeitig verbarg.

Das kleine Mädchen war zu ihrem Spiel zurückgekehrt und die Mutter saß offensichtlich auf der Veranda. Er hörte das Kind zu ihr sprechen. Nichts von dem, was es sagte, bezog sich auf den Falken, den sie zuvor gesehen hatten. Das Bild zeigte normales häusliches Leben und Stantel war irritiert. Das war ihm alles zu ungenau. Hier konnte er nichts erfahren. Sicherlich musste da . . .

»Triel! Falstar!«

Stantels Herz begann zu rasen. Der verzückte Ruf des Mädchens überzeugte ihn auf der Stelle davon, dass die Geschichte, die Grathmen belauscht und ihm erzählt hatte, der Wahrheit entsprach. Und, so unglaublich es auch schien, Alduins Tochter teilte tatsächlich eine Art Bund mit den Falken. Die nächsten Worte des Kindes zerstreuten auch noch Stantels letzte Zweifel.

»Mama, Mama«, rief sie. »Triel und Falstar sind zusammen geflogen!«

»Was meinst du?«, fragte Erilea und er konnte sehen, wie sie schnell auf ihre Tochter zulief.

»Ich meine, Triel und Falstar sind verbunden. Jetzt gerade sind sie zusammen geflogen.«

»Aber . . . aber sie sind in Sanforan. Wie kannst du das wissen? Das ist sehr weit weg!«

Die Neugierde in Erileas Stimme vermittelte Stantel den Eindruck, dass sie ebenso auf die Antwort gespannt war wie er.

»Weil ich da war!«, sagte Moreya. »Ich war bei Triel und Falstar. Wie sie geflogen sind.«

»Oh mein Liebling«, rief Erilea aus und zog Moreya in ihre Arme. »Aber es war schön . . . so wunderschön.«

Der Schreck und die Abscheu, die in Stantel aufwallten, verleiteten ihn beinahe dazu, unüberlegt zu handeln. Er wollte hinüberstürzen und das Kind anschreien, sie hochheben und so lange schütteln, bis sie wieder zu Verstand käme.

Was erlaubst du dir eigentlich?! Du bist ein Mädchen! Falknerei ist Männersache, Raiden-Angelegenheit!

Gerade noch rechtzeitig gewann er die Kontrolle über sich zurück und an die Stelle der aufgewühlten Gefühle traten jetzt kalte, berechnende Gedanken.

Wir haben also eine Missgeburt unter uns. Ein Irrtum ist ausgeschlossen . . . eigentlich keine Überraschung, wenn man ihre Herkunft kennt.

Stantel verließ vorsichtig sein Versteck und kehrte zum Lager zurück. Es musste eindeutig etwas geschehen. Je eher, desto besser. Im Schneidersitz ließ er sich am Feuer nieder, stocherte in der Asche und legte ein paar Zweige nach, um die Flammen wieder aufleben zu lassen. Dann stellte er seinen Kessel darauf, um Wasser zu kochen. Während er wartete, ging er in Gedanken die einzelnen Punkte für sich durch.

Was war zu tun? Wie wäre vorzugehen? Eines schien sicher: Er sollte sinnvollerweise bis in die Nacht ausharren, wenn Mutter und Kind schliefen. Und im Schutz der Dunkelheit hätte er dann die Möglichkeit zu handeln.

Erst nach dem Essen bot sich Alduin die Gelegenheit, mit Triel zu sprechen. Der Junge lungerte vor dem Speisesaal herum und wartete auf ihn.

»Können wir jetzt reden?«, fragte Triel. »Ich habe gerade Falstar gefüttert und Meister Calborth hat uns bis zur sechsten Glocke freigegeben.«

»Gut, das gibt uns reichlich Zeit. Lass uns zum Aussichtspunkt gehen.«

Triel wusste genau, welchen Platz Alduin meinte – den mächtigen Felsen, der einen Blick auf den geschäftigen Hafen bot. Er marschierte mit schnellem Schritt voran, als hätte er Angst, Zeit zu verlieren, während Alduin mit seinen langen Beinen eher gemächlich folgte. Hinter dem Westeingang der Zitadelle bogen sie links ab zum Pfad, der den Felsen hinunterführte. Zum Meer hin war der Weg durch eine Steinmauer mit bogenförmigen Öffnungen geschützt. Dahinter gabelte sich der Weg. Man konnte entweder scharf abbiegen und zum Hafen hinuntergehen oder zum Aussichtspunkt hochklettern.

Die beiden nahmen schweigend die hohen Stufen, die in den Stein gehauen waren. Oben angekommen setzten sie sich Seite an Seite, die Gesichter zum Meer gewandt. Hier konnte ihr Blick ungehindert in alle Richtungen über den Ozean schweifen.

Ein Lächeln zog über Alduins Gesicht, als er an die vielen Male dachte, die er hier mit Erilea gesessen hatte, und er sich an die Abenteuer erinnerte, die eng mit diesem Ort verbunden waren.

»Ich weiß, dass etwas vorgefallen ist«, ermutigte er Triel zu sprechen und schon sprudelten die Worte wie ein Wasserfall aus dem Jungen heraus:

»Gleich als Falstar losgeflogen war, konnte ich durch seine Augen sehen. Es war so einfach und ich sah alles so deutlich – deutlicher sogar als durch meine eigenen Augen. Es war fantastisch. Alles war *so* scharf . . . und die Farben so intensiv, wie ich es noch nie gesehen habe. Und es war, als würde die Welt um mich herum summen.«

Er hielt für einen Moment inne und kam dann zu dem Punkt, auf den Alduin wartete.

»Und Moreya war einfach da! Was soll ich sagen? Ich *wusste*, dass sie da war. Ich konnte sie hören – aber irgendwie auch wieder nicht richtig hören. Es ist so schwer zu erklären: Ich konnte sie *fühlen.*«

»Bist du dir sicher?«, fragte Alduin. Er selber hegte keinen Zweifel an Triels Worten.

Triel nickte zustimmend mit dem Kopf. »Ich bin mir ganz sicher! Außerdem . . . da war ein kurzer Augenblick, in dem dein Haus vor meinen Augen auftauchte. Da war es, als würde ich . . . als würde ich . . . durch Moreyas Augen sehen!«

Triels letzte Worte verblüfften Alduin vollends. Dass der Junge Moreya wahrnahm, hatte er im Stillen erwartet. Dass diese Verbundenheit jedoch noch tiefer gehen würde, war mehr, als er sich vorstellen konnte. Bevor er eine Bemerkung darüber verlor, sprach Triel weiter und die Heftigkeit, mit der er sprach, erschreckte Alduin.

»Unfair ist das!«, Triel schrie jetzt beinahe und klang mit einem Mal wieder wie der kleine Junge, den Alduin vor vielen Jahren kennengelernt hatte. »Das war *mein* besonderer Moment mit Falstar. Nur ich und mein Falke – sonst sollte niemand dabei sein. Aber nein! Ich wusste ja ohnehin schon, dass so etwas passieren würde. Darf ich jetzt immer so eine nervige kleine Göre mitschleppen, wenn ich mit Falstar fliege, oder was? Das ist ungerecht! Wieso ist das denn nicht bei den anderen passiert?«

Alduin wartete das Ende des Ausbruchs verständnisvoll ab und wählte seine Worte vorsichtig, bevor er antwortete.

»Ich weiß, dass es schwer für dich zu verstehen ist und noch schwerer zu akzeptieren. Aber vielleicht fühlst du dich auch nur überrumpelt«, begann er. »Zunächst einmal: War Moreya auch beim zweiten und dritten Flug mit Falstar dabei?«

Triel entspannte sich sichtbar, als ihm klar wurde, dass sie nur beim ersten Mal anwesend war.

»Du hast recht«, er schlug die Augen verlegen nieder. »Nur beim ersten Flug war sie dabei, danach nicht mehr. Ich hätte nicht so reden sollen. Meister Calborth sagt immer, ich sei zu impulsiv und sollte erst zweimal denken, bevor ich einmal rede.«

Alduin strubbelte durch Triels Haare. »Sei nicht so hart mit dir selbst. Es ist nur zu verständlich. Das war ein Schock.«

»Also wird Moreya jetzt nicht jedes Mal mit uns fliegen. Oder?«

»Ich denke, nein. Zu ihrem eigenen Wohl, ebenso wie zu deinem hoffe ich, dass das nicht der Fall sein wird«, erwiderte Alduin. »Und es kann gut sein, dass dieses Band zwischen dir und Moreya nur in bestimmten Situationen so stark spürbar wird. Wie zum Beispiel in Zeiten von Gefahr. Aber wer weiß – vielleicht war es auch ein einmaliges Ereignis. Wir müssen abwarten und dann sehen wir weiter.«

»Und der Blick auf dein Haus? Meinst du, Falstar und ich haben es durch Moreyas Augen gesehen?«

»Das kann ich dir beim besten Willen nicht sagen. Vielleicht war es nur eine Erinnerung, weil ihr beide kürzlich dort wart. Aber dieser Gedanke ist faszinierend.«

Triel sah ihn fragend an, doch Alduin führte diesen Gedanken nicht weiter aus.

»Weißt du, wir spekulieren besser nicht so viel«, sagte er stattdessen. »Lass uns einfach abwarten, was passiert. Ich muss morgen früh wieder nach Hause, aber ich werde noch heute Abend mit Rael sprechen. Erzähle ihm auf jeden Fall, wenn noch einmal etwas Ähnliches vorkommt. Einverstanden?«

Er lächelte Triel freundlich an. »Erinnere dich, was du im Lager versprochen hast. Moreya zu beschützen, wenn es nötig sein sollte. Vielleicht hast du die Fähigkeit zu erkennen, wenn sie Hilfe braucht.«

»Glaubst du denn, dass sie in Gefahr ist?«, fragte Triel ernst.

»Nein, nein«, beschwichtigte Alduin ihn und versuchte, seine eigenen Vorahnungen zu zerstreuen. »Ich bin sicher, dass es ihr gut geht.«

Er zögerte eine Weile.

»Aber, wenn es jemals der Fall sein sollte, dass sie . . . in Gefahr ist, dann . . . wird es beruhigend sein zu wissen, dass du vielleicht einen Weg kennst, in ihrer Nähe zu sein.«

Das Feuer loderte um das kleine Haus, als wollte es gierig alles mit einem einzigen hungrigen Bissen verschlingen. Flammen leckten an den äußeren Wänden und kletterten an Tür und Fensterrahmen hoch, immer höher, bis sie das Dach erreichten und es ebenfalls in Brand setzten.

Alles geschah sehr schnell. Als Erilea aufwachte, konnte sie nur noch laut Moreyas Namen schreien und in ihr Zimmer stürmen, das nur durch einen Vorhang von ihrem Schlafraum getrennt war.

Sie riss das Kind in ihre Arme, zog die Decke vom Bett und wickelte Moreya darin ein. Verzweifelt suchte sie nach dem sichersten Weg hinaus ins Freie. Als der Rauch unter der Tür zwischen Schlafkammer und Wohnraum hereinquoll, begann Moreya, zu husten und zu weinen.

Erilea wusste, dass es zu gefährlich war, durch diese Tür zu gehen, also stürzte sie zum Fenster.

In diesem Augenblick brachte die Hitze die Scheiben zum Explodieren und überall flogen die Splitter umher. Einer streifte Erileas Finger, als sie instinktiv ihren freien Arm hob, um das Gesicht zu schützen. Wenigstens war Moreya unter der Decke gut verborgen. Doch im Rahmen steckten noch scharfkantige Glasreste und machten es unmöglich hindurchzuklettern.

Erilea griff nach einem von Moreyas Kitteln und wickelte ihn um die verletzte Hand. Dann stieß sie das restliche Glas aus dem Rahmen, bis alles herausgebrochen war. Am Fenster züngelten jedoch die Flammen empor. Erilea setzte Moreya zurück auf das Bett.

»Sitz still, ich komme gleich wieder«, sagte sie, eilte zurück in ihr Zimmer und holte den Wasserkrug, der neben dem Waschbecken auf einem Regal stand.

Gesegnet sei Emo, er war voll!

Mit weit aufgerissenen Augen beobachtete Moreya ihre Mutter, die den ganzen Inhalt des Kruges in die Flammen unter dem Fenster goss. Eine Dampfwolke stieg hoch und das Feuer beruhigte sich so weit, dass Erilea das in die Decke gepackte Kind nach draußen stoßen konnte.

»Lauf . . .«, schrie Erilea, »lauf weg vom Haus!«

»Mama . . . nicht . . .«, bevor Moreya den Satz beenden konnte, schlugen die Flammen mit neuer Kraft hoch und zwangen Erilea, vom Fenster zurückzuweichen.

»MAMA!!!!«

Obwohl es ihr beinahe das Herz brach, Moreya dort allein zu lassen, wusste sie, dass es für sie selbst zu spät war. Sie musste sich einen anderen Weg suchen . . .

Das Dach stand nun lichterloh in Flammen. Funken stoben durch die Luft, von denen sie einen, der sich in ihren Haaren verfing, im letzten Moment wegschütteln konnte. Nun blieb ihr nur noch die Möglichkeit, durch den Hauptteil des Hauses zu laufen, aber sie hatte Angst vor einstürzenden Balken und noch mehr splitterndem Glas. Ein Gedanke kam ihr: Auch wenn es sehr unwahrscheinlich schien, so bot ihr Moreyas Strohmatratze vielleicht lange genug Schutz, um aus dem Haus zu flüchten. Sie hielt sich die Matratze über Kopf und Rücken und drückte die Tür auf:

Auf der anderen Seite war die Hölle.

Wie gelähmt beobachtete Moreya ihre Mutter und für die Kleine sah es aus, als würde Erilea jeden Augenblick von den Flammen verschlungen werden.

»MAMA!!!!«

Ihr Schrei hatte eine völlig unerwartete Wirkung. Starke Arme umschlangen sie wie ein Schraubstock und eine tiefe Männerstimme flüsterte ihr triumphierend ins Ohr.

»Hab ich dich, du Missgeburt!«

Moreya wusste nicht, wie ihr geschah, aber dieser Mann war eindeutig nicht gekommen, um ihr zu helfen. Strampelnd und schreiend drehte und wendete sie sich, bis es ihr schließlich gelang, ihm kräftig ins Handgelenk zu beißen. Er ließ sie fallen.

»Du kleine Hexe!«, schrie er auf, versuchte, den Schmerz zu ignorieren, und griff wieder nach ihr.

Aber sie war zu schnell für ihn, schlüpfte durch seine Finger und rannte in Richtung Fluss davon. Er folgte ihr, wurde jedoch aufgehalten, als er sich mit einem Fuß in einer Baumwurzel verfing. Moreya verschwand im Schatten der Bäume, aber hämisch brüllte er hinter ihr her:

»Da wirst du nicht weit kommen!«

Wie ein Peeri floh Erilea hakenschlagend von einem sicheren Fleck zum anderen. Sie stürzte aus der Vordertür, gerade noch rechtzeitig, bevor die Matratze in Feuer aufging. Sie stieß sie zurück ins Haus und raste zu der Stelle, an der sie Moreya zuletzt gesehen hatte. Kein Kind weit und breit.

»Moreya!«

Zwischen den Bäumen bewegte sich etwas und zog Erileas suchende Augen auf sich. Ein Schatten lief in Richtung Fluss davon, aber er war viel zu groß. Trotz der Hitze um sie herum wurde ihr kalt vor Angst.

Schnell bewegte sie sich auf den Holzblock zu, auf dem das Fleisch zerkleinert wurde. Sie war erleichtert, dort ein Messer zu finden. Dass Alduin es dort liegen gelassen hatte, zeigte nur, wie unaufmerksam er in diesen letzten Tagen gewesen war. Nun sandte Erilea für seine Nachlässigkeit ein Dankgebet an Emo. Entschlossen griff sie danach und sprintete in tief geduckten Sprüngen auf die Bäume zu.

Kurz hinter dem Waldrand bot sich ihr eine Szene, die ihr Herz mit Stolz schwellen ließ. Trotz ihres knöchellangen Nachthemdes hatte es Moreya geschafft, bis auf die obersten dünnen Äste eines Baumes zu klettern. Der Mann stand unten und versuchte vergebens, nach ihr zu greifen. Erilea hob ihren Zeigefinger an die Lippen, in der Hoffnung, dass Moreya nicht nach ihr rufen würde, doch der Blick des Kindes verriet sie. Der Fremde schwang herum und nahm augenblicklich eine Kampfposition ein.

»Du bist ein Raide . . .! Ein Falkner!«, schrie Erilea, als sie das Gewand erkannte und sofort die Verbindung zu dem Falken zog, den Moreya und sie früher am Tag gesehen hatten. »Was, in Fürst Gilians Namen, machst du hier!?!«

»Nimm nicht den Namen des Gottes in deinen schmutzigen

Mund«, zischte er. »Du bist keinen Deut besser als dieses Monster, das du geboren hast!«

Erilea zweifelte keinen Moment daran, dass dieser Mann sie ausspioniert und etwas über Moreyas besondere Verbindung mit den Falken herausgefunden hatte. Solch ein unerhörtes Ereignis konnten die traditionsbewussten Raiden niemals akzeptieren. Sie verstand nicht, weshalb er ausgerechnet jetzt hier war, doch es war eindeutig, dass er das Feuer gelegt hatte. Er wollte ihnen nicht nur Angst machen.

Er wollte ihren Tod.

Erilea vertraute instinktiv auf ihre Ausbildung als Kriegerin. Durch ihre geringe Größe war sie ihrem Angreifer körperlich unterlegen, deshalb musste sie schnell handeln. In der Hoffnung, ihn damit zu überraschen, warf sie mit aller Kraft das Messer nach ihm. Gleichzeitig sprang sie behände weg, um ihn von ihrer Tochter abzulenken. Höchst erfreut hörte sie, wie er aufschrie.

»Du elendes Weib, du hast mich fast ins Auge getroffen. Dafür kriege ich dich!«

Erilea rannte, so schnell sie konnte, hinter das brennende Haus, das inzwischen fast bis auf die Grundmauern abgebrannt war. Es gab eine Explosion von Asche und Funken, bevor das Haus endgültig in sich zusammenfiel. Erileas Ziel war es, dieses Inferno zwischen sich und den Mann zu bringen und ihren Fluchtweg zu tarnen. Sie hatte inzwischen begriffen, dass der Raide sehr genau gewusst hatte, was er tat: Als er das Feuer legte, hatte er offenkundig darauf geachtet, das Risiko eines Waldbrandes so gering wie möglich zu halten, und das wirkte sich nun zu ihren Gunsten aus.

Blitzschnell bahnte sie sich ihren Weg durch die Bäume, hin zu einem Labyrinth aus Geröll am Fuße einer felsigen Klippe.

Dort fand sie Unterschlupf.

Weil sie so klein war, konnte sie sich in eine dunkle Felsspalte quetschen und hatte immer noch einen guten Blick auf den Wald, der nun zwischen ihr und dem Haus lag. Schon bald darauf hörte sie ihren Verfolger durch das Unterholz stolpern und fluchen, als er sie vergeblich suchte.

»Wo bist du, du kleines Biest. Das wirst du mir bezahlen!«

Der Raide war ihr inzwischen sehr nahe gekommen, aber Erilea hoffte, dass er sie nicht entdecken würde. Sie konnte ihn deutlich genug erkennen und lächelte zufrieden, als sie das Blut sah, das aus einer aufgerissenen Wunde unterhalb seines linken Auges triefte. Er blieb stehen, drehte den Kopf hin und her, unsicher, welchen Weg er einschlagen sollte.

Plötzlich schwankte und stolperte er. Durch den Blutverlust war ihm schwindelig, doch er fing sich wieder.

Sie beobachtete, wie er von seinem Ärmel ein Stück Stoff abriss, um es sich auf die Wunde zu pressen.

»Miststück«, murmelte er vor sich hin. »Sie sei verdammt.«

»Miststück!«, diesmal schrie er laut in den nächtlichen Wald hinein. »Ich komme wieder! Da kannst du sicher sein! Du und dein Welpe – ihr werdet niemals wieder ruhig schlafen!«

Mit verschwommenem Blick suchte er ein letztes Mal die Runde ab, dann stolperte er davon und verschwand im Dunkeln.

Erilea musste sich zurückhalten, um nicht gleich zu ihrer Tochter zu laufen. Immer noch bestand Gefahr für sie beide. Erst als sie den Angreifer nicht mehr hören konnte, zählte sie langsam bis zwanzig, bevor sie vorsichtig ihre Deckung verließ und zum Haus zurückkehrte.

Die geschwärzten Balken, die sich skelettartig gegen den Himmel abhoben und von glühender Asche umgeben waren, erinnerten kaum noch an das, was dort einmal gestanden hatte. Erilea warf einen kurzen wehmütigen Blick darauf.

Doch das Leben ihrer Tochter und ihr eigenes waren unendlich viel wertvoller, nichts sonst zählte jetzt. Die zierliche Wunand ging zurück zu dem Baum, an dem sie Moreya zurückgelassen hatte. Ihre Tochter war nicht mehr da.

»Moreya!«, rief sie, so laut sie sich traute. »Moreya, du bist jetzt sicher. Du kannst herauskommen. Er ist weg.«

Keine Antwort.

Eine kalte Hand schien sich um ihr Herz zu legen. Erilea überlegte, wohin Moreya wohl gegangen sein könnte. Ihre Augen versuchten, die Dunkelheit um sie herum zu durchdringen. Wo war der Schimmer eines hellen Nachthemdes, der ihr verraten würde, wo sich Moreya versteckt hatte? Aufmerksam lauschte Erilea auf die geheimnisvollen Geräusche der Nacht.

Nichts.

»Moreya, wo bist du?«, rief Erilea, dieses Mal lauter. Dabei fürchtete sie inzwischen weniger die Rückkehr des Brandstifters. Viel stärker quälte es sie, nicht zu wissen, was mit ihrer Tochter geschehen war.

»Emo, hilf mir«, wisperte sie ein kurzes Gebet.

Als antworteten sie auf ihr Flehen, gingen mit einem Mal Nymaths Vollmonde zwischen den Baumwipfeln auf und badeten die Erde um die Vogelkäfige herum in geisterhaftes Licht. Etwas auf dem Boden erregte Erileas Aufmerksamkeit.

Abdrücke von Pranken. Eine Arekkatze!

Das Herz der Amazone klopfte vor Aufregung. Elin. Es konnte nur Elin sein, die verwundete wilde Katze, die sie so liebevoll gesund gepflegt hatte – Jahre zuvor, als Teil ihres *Parna,* der Zeit der Selbstfindung nach der Ausbildung zur Amazone. Im Herzen spürte sie, dass sie mit ihrer Vermutung richtig lag . . . Elin . . . oder vielleicht sollte sie ihn Emo nennen: Denn in Wirklichkeit war es ihre geliebte Göttin – in Gestalt eines Tieres.

So schnell sie konnte, folgte sie der Spur und erreichte kurz darauf das Ufer des Mangipohr. Sie suchte den Strom mit den Augen ab und da sah sie es: Auf dem gekräuselten glitzernden Weg, den das Mondlicht auf das bewegte Wasser warf, schien eine große goldene Raubkatze zu gleiten. Sie war von einem sanftem Glühen umgeben und näherte sich dem Ufer auf der anderen Seite des Flusses. Ein kleines Wesen lag auf ihrem Rücken.

»Moreya!«, rief Erilea. »Elin!«

Das Kind auf dem Rücken der Katze schien tief zu schlafen. Es hatte den Kopf an den Nacken Elins gelehnt, die Arme hingen an beiden Seiten herunter. Auf Erileas Ruf hin verharrte die majestätische Katze für einen Augenblick, drehte sich dann zu ihr um und beugte bestätigend den Kopf, bevor sie ihren Weg fortsetzte und zwischen den Bäumen des Elbenwaldes verschwand.

10

Nach einer unruhigen Nacht, in der ihn Träume von Feuer und Zerstörung gequält hatten, erwachte Alduin in der frühen Morgendämmerung. Die Vorahnungen, die ihn am Abend vorher bedrängt hatten, trafen ihn unvermittelt wieder, aber diesmal mit voller Wucht.

Irgendetwas stimmte nicht. Etwas war falsch. Er wusste es.

Rihscha, rief er und begab sich in Gedanken auf die Suche nach dem Falken. Er fand ihn auf dem Dach von Raels und Brettas Zuhause, wo er sich die Federn putzte.

Wir müssen sofort los. Flieg zum Haus voraus, ich mache mich auch gleich auf den Weg.

Alduin wollte keine Zeit verlieren, deshalb verließ er leise das Haus, ohne die anderen zu wecken. Sicher waren sie enttäuscht, dass er nicht wenigstens bis zum Frühstück blieb, doch sie wussten ja, dass er ohnehin heute aufbrechen wollte.

Es war kaum jemand zu dieser frühen Stunde unterwegs: Ein, zwei Diener gingen zum Hafen hinunter, wo die Fischerboote den ersten Fang zum Verkauf anboten; ein Händler trat eine Reise an und am Eingang der Zitadelle standen die Wächter.

Doch die friedliche Ruhe, die noch über der Stadt lag, konnte Alduins Angst nicht besänftigen. Eingehüllt in seinen Umhang ging er geistesabwesend mit schnellen Schritten und gesenktem Kopf über das Straßenpflaster. Als er den Katauren-Stall erreichte, war da nur ein Junge, der den Boden wischte, zu sehen. Er unterbrach seine Arbeit, als er Alduin bemerkte, und verbeugte sich respektvoll.

»Mögen die Götter mit dir sein«, sagte Alduin lächelnd. »Ich bin gekommen, um mein Pferd abzuholen. Ist Cardol in der Nähe?«

»Dort entlang, Falkner«, antwortete der Junge und zeigte in die Richtung von Nachteules Box.

Zu seiner Überraschung entdeckte Alduin den Katauren schnarchend in einem Heuhaufen im Stall neben seinem Hengst. Er zögerte, weil er den Mann nicht wecken wollte, doch Cardol öffnete bereits die Augen.

»Eh?«, knurrte er, saß auf und schaute Alduin schläfrig an. »Oh, du bist es. Bist schon früh unterwegs, was?«

»Ich muss los, alter Freund«, antwortete Alduin. »Tut mir leid, dass wir keine Zeit hatten, Neuigkeiten auszutauschen, aber . . .«

Cardol bemerkte die Schatten unter Alduins Augen. »Stimmt was nicht?«

»Ich weiß es nicht genau. Nur so ein Gefühl. Ich habe Rihscha schon vorausgeschickt.«

Nachdenklich stand Cardol auf, kratzte sich am Bart und zog vereinzelte Strohhalme heraus, die sich darin verfangen hatten. »Begleitung gefällig?«, fragte er.

Alduin verneinte. Einerseits hätte er sich gefreut, wenn der Kataure mit ihm geritten wäre. Doch andererseits war er zu ungeduldig, um den Aufbruch weiter hinauszuschieben. Cardol war Berufssoldat und konnte nicht einfach so aufs Pferd springen, ohne vorher die Erlaubnis dafür einzuholen. Und das konnte dauern . . .

»Ich bin sicher, dass ich mir um nichts Sorgen machen muss«, erwiderte er, aber ihm war klar, wie zögerlich und wenig überzeugend sich das anhörte. »Bald werde ich mit Rihscha Verbindung aufnehmen und mich vergewissern können, dass alles in Ordnung ist.«

»Dann alles Gute für dich«, verabschiedete sich Cardol und griff nach Alduins Hand. »Möge Gilian immer mit dir fliegen.«

Alduin lächelte. »Und Asnar immer mit dir reiten!«

Alles in Alduin drängte zur Eile, trotzdem zäumte er Schwarzkristall gewissenhaft auf. Er wusste, dass ein schlecht sitzender Riemen für jedes Pferd zu einer schmerzhaften Belastung werden konnte.

Dann führte er ihn in den Hof, flüsterte ihm beruhigende Worte zu und saß auf. Als Cardol die Hufe auf dem Kies hörte, kam er aus dem Stall, in dem er die Nacht verbracht hatte, und hob die Hand zum Abschied.

»Lebe wohl«, rief Alduin ihm zu und lenkte Schwarzkristall auf die Straße.

Cardol sah ihm nach und kratzte noch immer nachdenklich seinen Bart.

Soeben war die Sonne über dem Horizont aufgegangen und Alduin legte eine kurze Rast ein, um sich mit Rihscha zu verbinden. Er betrachtete die Baumwipfel, in denen sich die ersten Sonnenstrahlen verfingen, und fühlte, dass sein Falke gejagt und gefressen hatte. Rihscha musste inzwischen etwa die halbe Strecke des Weges zum Haus zurückgelegt haben. Alduin unterdrückte seine Ungeduld und gab sich stattdessen für einige Momente dem Vergnügen des Fliegens hin. Je gelöster er wurde und einem Gefühl von absoluter Freiheit Raum gab, desto weiter rückten seine Sorgen in den Hintergrund. Doch vollständig verschwanden sie auch jetzt nicht.

Kurz darauf unterbrach er den Bund. Er trieb seinen Hengst zum Galopp an und verlor sich ganz im pulsierenden Rhythmus, den die Hufe auf die Straße trommelten. Er war tief in Gedanken versunken, als er plötzlich das Gefühl hatte, nicht mehr alleine zu sein. Wie ein Echo auf den Dreiertakt seines Pferdes hörte er aus einiger Entfernung Hufschläge. Bald wurden sie laut und unverkennbar und Alduin zügelte Schwarzkristall zum Stehen.

Er blickte sich um und sah einen Reiter in hoher Geschwindigkeit näher kommen. Cardol!

»Dachte, du könntest doch einen Begleiter gebrauchen«, der Kataure schloss zu ihm auf und grinste.

»So schnell hast du die Erlaubnis erhalten?«

Alduin staunte. »Ich dachte, es würde den halben Vormittag dauern, bis das arrangiert ist.«

»Nicht ganz so lang. Der Hauptmann steht früh auf und du kennst mich: Ich habe immer Urlaubstage gut . . . weil ich so selten einen Grund finde, sie zu nehmen.«

»Du brauchst eine Frau und Familie, dann hast du einen Grund«, schmunzelte Alduin.

»Tja. Ich würde nicht sagen, dass das nicht schön wäre, aber bis dahin . . .«, Cardol klopfte Nachteule auf den Hals. »So oder so – ich habe meine Familie.«

»Rihscha ist noch nicht zu Hause angekommen«, wechselte Alduin das Thema. »Ich sollte Schwarzkristall besser ruhig laufen lassen. Schließlich will ich deinem Vetter kein erschöpftes Pferd zurückbringen.«

»Du hast recht«, stimmte Cardol ihm zu und zügelte sein Pferd in einen leichten Trab.

Seite an Seite ritten sie weiter.

Die Sonne stand schon ein gutes Stück höher am Himmel, als Alduin mit einem Mal das dringende Bedürfnis hatte, sich mit Rihscha zu verbinden. Dieser Ruf aus seinem tiefsten Innern verhieß Schlimmes. Er spürte, wie ihm der Schweiß ausbrach und seine Hände so feucht wurden, dass ihm die Zügel beinahe aus den Händen glitten.

»Halt!«, rief er Cardol zu, der bereits ein Stück voraus war. »Ich muss zu Rihscha.«

Er zügelte den Hengst und schloss die Augen.

Rihscha schoss wie ein Pfeil auf die Schutthalde aus rauchenden Trümmern herab, die ehemals Alduins Zuhause gewesen war. Das Zuhause, in dem er mit Aranthia seine Kindheit verbracht und während der letzten Jahre ein neues Leben mit seiner jungen Familie aufgebaut hatte.

Alduins und Rihschas Herz schlugen im gleichen Takt. Das Entsetzen über das, was sie sahen, drohte, ihn schier wahnsinnig zu machen.

Wo sind sie, Rihscha? Wo ist Erilea? Wo ist Moreya?, schrie er angstvoll.

Such! Such überall!

Rihscha ließ sich hinunterstürzen und kreiste über den Ruinen. Es war unmöglich, in diesem Durcheinander von zusammengebrochenen Wänden und Dachträgern viel zu erkennen: Haushaltsgegenstände, zerbrochen, zersplittert oder verformt durch die Hitze. Ein wirres Durcheinander dort, wo einmal Erileas und sein Bett gestanden hatten. Kamin und Rauchfang ragten aus dem Zentrum der Verwüstung auf. Doch sosehr er auch suchte, Alduin fand kein Lebenszeichen seiner Lieben. Rihscha zog weitere Kreise durch die Luft und suchte die Umgebung nach einer Spur von Erilea und Moreya ab. Nichts. Keine Bewegung. Sogar die Blätter an den Bäumen schienen leblos herunterzuhängen, eingefroren in der Zeit. Es war, als wäre der Ort seit Langem verlassen. Was blieb, war nur die Erinnerung an ein früheres Sein – das nun entflohen war. Alduin schwankte im Sattel und die drohende Ohnmacht unterbrach abrupt den Bund.

»Was ist los, Kumpel?«, rief Cardol erschreckt, drängte sein Pferd näher heran und griff nach Alduin, um ihn zu stützen. »Was hast du gesehen?«

»Das Haus . . .«, flüsterte Alduin, »es ist zerstört. Nichts . . . nichts übrig außer einer verkohlten Ruine.«

Tränen schossen in Alduins Augen, ein erstickter Laut kam über seine Lippen. »Kein Zeichen von Erilea oder Moreya . . . nichts in der Umgebung des Hauses . . . und drinnen . . . drinnen . . . es ist unmöglich, etwas zu erkennen!«

Cardol wurde bleich, als er Alduins Worte hörte. »Vergiss meinen Vetter. Du kannst ihm diesen Hengst später zurückgeben!«, sagte er, »lass uns voranmachen.«

Er gab Nachteule die Sporen und galoppierte an. Schwarzkristall folgte und beide ritten nun in hohem Tempo nordwärts.

Geschickte Finger drückten die klaffende Wunde zusammen, um sie zu nähen.

»Vorsicht!«

Stantel schrie auf und schlug die Hand der Frau zur Seite. Sofort fing die Wunde wieder an, heftig zu bluten. Die Frau wich zurück und sah ihn vorwurfsvoll an.

»Hab wirklich Besseres zu tun, als deine Wunde zu flicken«, sagte sie und stemmte ihre Fäuste auf die Hüften.

»Wie dich zum Beispiel um deinen Palast zu kümmern«, erwiderte Stantel sarkastisch und sah sich mit verächtlicher Miene in der baufälligen Hütte um.

Durch Basts Augen hatte er eine kleine Rauchfahne über den Baumwipfeln entdeckt und sein Pferd vom Hauptweg hinuntergelenkt. Ein kaum sichtbarer Pfad hatte ihn dann zu dieser Hütte geführt. Die Frau schien aus dem Onur-Volk zu stammen, doch ihr breites Gesicht ließ eine Mischung mit Katauren-Blut vermuten. Das dicke rote Haar, das sie zum Knoten geschlungen im Nacken trug, irritierte ihn, es war eine Haarfarbe, wie man sie in Nymath selten sah. Auch ihre geflickte Kleidung gab keine besonderen Hinweise auf ihre Herkunft.

»Is nicht alles so, wie es aussieht«, sagte sie rätselhaft. »Deine Augen sehn nur, was du sehen willst. Kann sein, dass du viel siehst, wenn du mit deinem Falken fliegst . . . siehst nur in der restlichen Zeit nichts . . . vor lauter Ärger.«

Etwas in den Worten der Frau erweckte die Neugierde des Raiden. Er betrachtete sie genauer.

»Was bist du? Eine Art Hexe?«

»Du benutzt das Wort zu oft«, sagte sie und er fragte sich, was sie wohl über ihn wusste. Sie nickte und lächelte ihn wissend an. »Rieschtisch: Kann in dich lesen wie in eine Buch. Kann das Feuer in dir riechen . . . und an dir.«

Durch halb geschlossene Lider musterte sie ihn mit einem durchdringenden Blick, der ihn gefangen hielt und ihm das Sprechen unmöglich machte.

»Genug!«, unterbrach sie den Bann und wandte sich ab. ». . . deine Schwierischkeiten sind mich völlisch egal.«

Fasziniert fragte Stantel sich, wie er diese zufällige Begegnung für seine Zwecke nutzen könnte. Diese Frau verfügte über eine gewisse Macht und er wollte herausfinden, welcher Art diese war. Sein Plan, das Kind auszuschalten, war gescheitert. Doch nun steigerte die Verletzung, welche die Mutter des Kindes ihm zugefügt hatte, seinen Ärger zu einer übermächtigen, beinahe unkontrollierbaren Wut. Er hatte keinerlei Bedenken, *alles* zu nutzen, was ihn zum Ziel führen würde.

»Gute Frau, ich entschuldige mich«, begann er, »ich bin erschöpft und mir ist schwindelig vom Blutverlust. Meine Nerven liegen blank und ich habe überreagiert –«

»Bitte nähe dies zusammen«, endete er schließlich und deutete auf seine blutige Wange.

Die Frau drehte sich mit einem trockenen Lächeln zu ihm um, sie ließ sich nicht einen Moment von seinen beschwichtigenden Worten hinters Licht führen. Dennoch fädelte sie nun feinen Tierdarm in die Nadel und trat wieder zu ihm.

»Gib kein Laut von dich«, sie drückte die Hautfetzen zusammen. »Flieg mit deinem Falken, wenn du den Schmerz nicht verträgst.«

»Ich bleibe genau hier«, erwiderte Stantel stolz. »Ich kann damit umgehen.«

Zu seiner Überraschung schien es, als wäre die Berührung der Frau dieses Mal sanfter – er fühlte kaum ihre Finger. Als er ihr ins konzentrierte Gesicht starrte und hörte, wie sie vor sich hin murmelte, fiel ihm noch etwas anderes auf: Trotz ihres leicht heruntergekommenen Aussehens roch sie sauber. Genauer gesagt, sie roch nach gar nichts, außer vielleicht einem schwachen Duft von wilden Kräutern und . . . und irgendetwas anderem, das er nicht definieren konnte.

Stantel spürte einen unerwarteten Schub von Sehnsucht durch seinen Körper fließen, eine Mischung aus körperlicher Anziehung und Erinnerungen an sorgenfreie Kindertage . . . an eine Zeit, in der das Leben so viel einfacher und unbeschwerter war . . . Was war seitdem geschehen – wieso hatte er sich all diese Verantwortung auf seine Schultern gehäuft? Die Freude, als er sich das erste Mal mit Bast verbunden hatte, war seit Langem vergessen, doch gerade jetzt kam es ihm so vor, als wäre es erst gestern gewesen. Der erste verbundene Flug: welche Glückseligkeit, was für ein Gefühl von Freiheit! So viele Möglichkeiten . . . und doch . . . was war passiert? Wo war diese Unschuld geblieben? Einen Herzschlag lang konnte er den zauberhaften Augenblick wieder einfangen und Licht durchflutete seine Seele. Es erhellte die Dunkelheit, die sich über viele Jahre hinweg langsam in jede Nische seines Seins eingeschlichen hatte.

»So, fertig«, die Frau ging einen Schritt zurück und begutachtete ihr Werk. »Sieht scheen aus wie gezackt, aber heilen wird's fein sauber.«

Stantel wagte nicht zu sprechen, deshalb nickte er nur stumm. Sie lächelte ihn nochmals ironisch an, als wisse sie genau, was in ihm vorging. Schließlich griff sie nach einem Gefäß auf dem überfüllten Regal über dem groben Steinbecken.

»Wolfsfuß«, sagte sie und schmierte ihm eine gehörige Portion von der Salbe auf die Wunde. »Die Fäden fallen von alleine aus.«

So schnell der magische Moment entstanden war, so schnell verschwand er auch wieder. Zurück blieben tiefe Enttäuschung und unbefriedigte Sehnsüchte. Er ging einen Schritt auf die Frau zu, aber sie hob eine Hand.

»Nisch, bleeb weg!!«

Ohne ein weiteres Wort verließ sie schnell die Hütte.

Wie angewurzelt, unfähig sich zu bewegen, blieb Stantel auf der Stelle stehen. Allmählich war er davon überzeugt, dass die Frau tatsächlich eine Hexe war, die einen Unbeweglichkeitszauber über ihn verhängt hatte. Dieser Eindruck verging jedoch so schnell, dass er sich schon kurz darauf wunderte, wie er überhaupt auf einen solchen Gedanken hatte kommen können. Er verließ das Haus und trat vor die Tür.

Stantel hatte das Bedürfnis, mit ihr zu sprechen, sehnte sich nach einer Erklärung, einer Erleichterung in seinem unruhigen Leben. Aber die Frau war nirgendwo zu sehen.

»Wo bist du?«, rief er und seine Enttäuschung verwandelte sich in Bitterkeit und Ärger.

Er fürchtete, dass er nun – nachdem er für einen so kurzen Augenblick den süßen Saft geschmeckt hatte – für immer durstig bleiben müsse.

»Was hast du mit mir gemacht?«, schrie er.

Doch alles, was er vernahm, war das Rauschen der Blätter, als der Wind auf den Baumspitzen Walzer tanzte.

Im Zwielicht des späten Abends, nach einer Reise ohne Rast und Ruhe, erreichten Alduin und Cardol die Lichtung hinter den verkohlten Überresten des Hauses und stiegen ab.

Rihscha hockte auf dem Zaun, der den unversehrt gebliebenen Gemüsegarten umgab, und beobachtete ein paar Hühner, die im Schmutz nach Körnern pickten. Sie schienen sich weder für den Falken noch für die Trümmer zu interessieren und gaben dem Ganzen einen Hauch von Unwirklichkeit, malerisch und bizarr zugleich.

Obwohl Alduin die Unglücksstätte bereits durch Rihschas Augen gesehen hatte, war er von Neuem schockiert, als er den starken Geruch von verbranntem Holz so unmittelbar wahrnahm und den aufsteigenden, sich kräuselnden Rauch und den Trümmerhaufen erblickte. Einen nicht enden wollenden Moment lang war Alduin wie erstarrt und nicht in der Lage, sich zu bewegen.

»Na los, Junge«, meinte Cardol schließlich. »Lass uns die Pferde anbinden und nachsehen ... also, sehen ... was es da zu sehen gibt.«

Benommen folgte Alduin dem Katauren und sie banden Schwarzkristall und Nachteule in gebührendem Abstand zueinander an den gleichen Zaun, auf dem schon Rihscha saß. Als würden sie den Ernst der Situation erfassen, blieben die beiden Hengste friedlich und ließen einander in Ruhe.

»Ich werde diesen Schutthaufen hier durchsuchen«, entschied Cardol. »Gehe und warte am Steg.«

Alduin wusste, wonach Cardol suchen würde, und ihm drehte sich bei dieser Vorstellung der Magen um. Schweigend holte er Rihscha, ging zum Flussufer und setzte sich auf die Bank. Er fühlte sich völlig ausgehöhlt. Seine Ahnungen und Visionen hatten sich erfüllt, doch die bitteren Vorwürfe, die er sich nun machte, waren sinnlos.

Sie konnten nichts mehr daran ändern, dass er seine Familie schutzlos zurückgelassen und sie nun verloren hatte.

Du wagst es nicht einmal, die Worte auszusprechen, und doch ist es wahr: Du hast sie getötet!

Rihscha piepste traurig und wandte den Kopf hin und her, als wollte er Alduins Gedanken verneinen.

Doch, Rihscha. Ich wusste, dass Gefahr bestand. Ich habe es gespürt, aber ich wollte es nicht wahrhaben. Ich habe sie getötet.

Rihscha flog auf und strebte himmelwärts, als würde er Alduin einladen, zu ihm zu kommen, um in der Freiheit des Fluges Trost zu finden.

Zum allerersten Mal lehnte Alduin die Verbindung ab.

Nein, Rihscha. Ich kann davor nicht flüchten: vor diesem Gefühl . . . des Verlusts . . . der Leere . . . der Verletzung.

Der Falke nahm seine Entscheidung hin und landete wieder an seiner Seite. Blicklos starrte Alduin in den anbrechenden Abend, sein Kummer machte ihn taub und gefühllos.

Erst als Cardols schwere Stiefel auf den Holzplanken des Steges auftrafen, hörte er den Katauren kommen. Sein Freund legte ihm eine Hand auf die Schulter.

»Ich möchte nicht irgendwelche Hoffnungen schüren, Junge«, begann er. »Aber ich wette eine Runde Met, dass sie nicht mehr im Haus waren.«

Alduin schien Cardols Worte nicht gehört zu haben.

»Alduin«, drängte Cardol. »Ich sag's dir, sie sind rechtzeitig rausgekommen.«

Alduin sah ihn verständnislos an, bis die Worte in seinem Kopf langsam Gestalt annahmen.

»Nicht hier? Bist du sicher?«

»Da ist nicht viel, was heil geblieben ist. Andererseits sind die Dinge nicht so zerstört, dass man sie nicht erkennen könnte. Wenn . . . falls sie drinnen gewesen wären . . . ich hätte . . .«

Er beendete den Satz nicht und war erleichtert, als ein Hoffnungsschimmer in Alduins Augen aufleuchtete.

Der junge Falkner sprang auf.

»Erilea! Moreya!«, brüllte er mit solcher Kraft, dass Cardol einen Satz zurückmachte.

»Sie können nicht weit sein. Wir werden sie suchen. Wir werden sie finden!«, Alduin stürmte zurück zur Ruine.

»Das ist die richtige Einstellung. Ich glaube, dass sie irgendwo in Sicherheit sind«, stimmte ihm Cardol zu. »Aber warte jetzt erst einmal. Wir müssen nachdenken.«

»Was meinst du?«, Alduin sah den Katauren fragend an. »Lass uns versuchen nachzuvollziehen, *was* sich ereignet hat und *wie* es sich ereignet hat.«

»Macht das einen Unterschied?«

»Unbedingt«, erwiderte Cardol, »wir könnten Hinweise und eine Antwort darauf finden, weshalb sie nicht hiergeblieben sind und welche Richtung sie eingeschlagen haben.«

»Sie würden sicherlich nach Sanforan gehen, um mich dort zu suchen.«

Cardol dachte einen Augenblick nach und schüttelte dann den Kopf. »Das muss nicht so sein. Erilea würde es nicht riskieren, dich zu verpassen. Sie weiß, dass du vermutlich schon auf dem Weg hierher warst und ganz unterschiedliche Wege genommen haben könntest. Und auf der Straße, die wir genommen haben, sind wir ihr ja nicht begegnet.«

»Du hast recht . . . aber jetzt ist es zu dunkel. Rihscha kann sie nicht vor dem Morgen suchen und wir könnten etwas Wichtiges übersehen. Aber ich hasse es zu warten!«

Cardol konnte verstehen, dass sein junger Freund den verzweifelten Wunsch verspürte, etwas Sinnvolles zu unternehmen. Aber er wusste auch, dass ihnen im Augenblick die Hände gebunden waren. »Ich weiß, es bringt dich beinahe um, aber wir müssen bis zum Morgen warten«, sagte er. »Mit ein wenig Glück können wir trotz allem schlafen. Es war ein anstrengender Ritt.«

Der Kataure hatte einen Gedanken und zögerte einen Moment. »Weißt du, irgendjemand hat die Hühner aus dem Stall gelassen. Ich vermute mal, dass es Erilea war. Sie war geistesgegenwärtig genug, um daran zu denken. Ich bin sicher, die beiden Mädels sind in Sicherheit.«

»Ja, ich glaube, auch damit hast du recht«, meinte Alduin bestimmt – so, als wenn schon seine Zustimmung ausreichte, um es wahrscheinlicher zu machen. »Je eher ich schlafe, desto schneller kommt der Morgen und wir können herausfinden, was geschehen ist.«

Er wickelte sich in seinen Reiseumhang und ließ sich auf das Gras neben dem Steg fallen. Mit einem erschöpften »Gute Nacht!« fiel er entgegen aller Erwartung innerhalb weniger Momente in einen tiefen Schlaf, der ihn alles vergessen ließ.

Sobald der Morgen anbrach, waren er und Cardol wieder auf den Beinen. Alduin schickte Rihscha los, damit er auf den verschiedenen Wegen zwischen dem Haus und Sanforan Ausschau hielt. Währenddessen suchten die beiden Männer den Boden in jede Richtung ab und es dauerte nicht lange, bis sich die Geschehnisse vor ihren Augen ausbreiteten.

»Das Feuer wurde gelegt«, sagte Cardol beinahe sofort.

»Was sagst du da?«, schrie Alduin auf. »Wer sollte unser Haus anzünden und riskieren, unschuldige Menschen umzubringen?«

»Das weiß ich nicht, aber es war ein Experte. Das Feuer scheint fast gleichzeitig an allen Seiten des Hauses begonnen zu haben. Das ist nicht normal. Mit Sicherheit ist der Brand nicht im Inneren ausgebrochen. Sieh, die Töpfe neben dem Kamin sind kaum zerstört. Es hat sich von außen nach innen gefressen und zum Ende hin an Kraft verloren.«

»Dann war jemand anderes hier«, Angst breitete sich in Alduin aus: »Was, wenn sie entführt wurden?«

»Ich kann mir schlecht vorstellen, dass eine einzelne Person es mit Moreya und Erilea gleichzeitig aufnehmen könnte. Immerhin ist deine Frau eine ausgebildete Wunand-Kriegerin.«

Alduins Herz füllte sich mit Stolz, aber auch Traurigkeit, als er seine eigenen Worte aus Cardols Mund hörte. Trotzdem dauerte es nicht lange, bis er die nächste Befürchtung aussprach.

»Aber wenn es mehrere waren?«

»Wir suchen besser nach Spuren«, schlug Cardol vor und tatsächlich entdeckten sie schnell Abdrücke von einem Paar Stiefel an verschiedenen Plätzen. Am deutlichsten waren sie im feuchten Boden auf der einen Seite des Hauses.

»Teure Stiefel«, bemerkte Cardol, »in der Stadt gemacht, bei einem ausgezeichneten Schuster, soweit ich es beurteilen kann. Außerdem groß. Ein hochgewachsener Mann.«

»Komm mal herüber«, rief Alduin, der den Spuren folgte und die Stelle fand, an der sich die Stiefelabdrücke mit schwachen Abdrücken kleiner nackter Füße mischten.

»Moreya!«

»Ja, aber sie konnte davonlaufen«, fügte Cardol schnell hinzu. Er zeigte auf einen Flecken Erde, an dem sich der Ballen des kleinen Fußes deutlich tiefer abzeichnete. »Richtung Fluss.«

Langsam, aber sicher rekonstruierten sie den ganzen Ablauf.

Sie fanden das Messer, mit dem Erilea nach Stantel geworfen hatte, Zeichen von ihrer Flucht in die Deckung und die Blutspur, die er hinterlassen hatte, als er ihr zu folgen versuchte. Schließlich gelangten sie an das heruntergebrannte Lagerfeuer.

Cardol rührte mit einem Stock in der Asche und fand darin noch kleine glühende Holzreste.

»Der Mann hatte es eilig zu verschwinden und war achtlos«, sagte er. »Scheint darauf hinzuweisen, dass er schwer verwundet wurde.«

»Wir wissen noch immer nicht, was mit Erilea und Moreya passiert ist!«, brach es aus Alduin heraus. »Deshalb gehen wir jetzt zurück und überprüfen alles, was wir bisher noch nicht kontrolliert haben.«

Doch Cardol ließ keine Widerrede zu. »Finde zuerst heraus, ob Rihscha etwas ausmachen konnte.«

Alduin verband sich mit seinem Falken, auch wenn er sich nicht viel davon versprach. Seine Herzensverbindung mit Rihscha war so stark, dass er es bemerkt hätte, wenn der Vogel seine geliebten Menschen gefunden hätte.

»Er ist bei den Hainen der Emmerfelder. Moreya ist zu klein. Unwahrscheinlich, dass sie so weit gekommen sind. Rihscha wird aber noch die anderen Wege absuchen und bis dahin sollten wir uns hier noch etwas umsehen.«

Hinter den Käfigen, auf dem Weg zum Fluss, wurden sie wieder fündig. Diese Entdeckung gab ihnen jedoch ein Rätsel auf, das sie nicht lösen konnten.

»Das ist schwer zu glauben«, sagte Alduin verwirrt, »aber zweifellos ist Moreya bis zum Wasser gegangen. An der Seite einer großen Arekkatze.«

»Und Erilea ist ihnen kurz darauf gefolgt«, warf Cardol ein, während er auf Erileas Spuren wies, die hier und da die Abdrücke der Katze überdeckten.

»Aber eine zahme Katze? Und warum führen nur Erileas Spuren wieder vom Wasser weg?«

Alduin zeigte auf den Boden. »Wo sind die Katze und Moreya ...«

Schlagartig wurde er ruhig und ein Ausdruck ungläubigen Staunens breitete sich auf seinem Gesicht aus.

»Was ist los, Kumpel?«, fragte Cardol.

»Ich erinnere mich an etwas, wovon Erilea mir vor langer Zeit erzählt hat ... lange bevor Moreya geboren wurde ...«

Cardol wartete darauf, dass Alduin weitersprach, und vermutete bereits, dass die Worte des Falkners befremdlich sein würden. Was er dann zu hören bekam, war dann aber mehr als befremdlich.

»Als Erilea ihrem *Parna* folgte, hat sie eine verwundete Arekkatze gepflegt.«

Alduin schaute Cardol an, um seine Reaktion zu sehen, doch der nickte Alduin nur zu, damit er weitererzähle.

»Später … nun, es ist vielleicht schwer zu glauben … aber Erilea war sich sicher, dass die Katze eine Göttin, Emo, war … sie sagte … sie sagte, sie habe die Katze über das Wasser laufen sehen und das habe sie überzeugt.«

Cardol fiel der Unterkiefer herunter.

»Was hat sie gesehen?«

»Ich weiß, das ist schwer zu schlucken, aber … nun, wir hatten einige sehr merkwürdige Erfahrungen und Begegnungen, mit den Göttern, meine ich. Na gut, nur mit Gilian und Emo … aber …«

Cardol hob eine Hand, um Alduin zum Schweigen zu bringen.

»Also, Kumpel, ich hänge hier schon eine ganze Weile rum. Ich habe schon etliche merkwürdige Geschichten gehört … sogar seltsamere als die von einem jungen Mädchen, das eine Wildkatze pflegt … aber wenn es um die Götter geht … also, du musst mich entschuldigen, aber das ist ganz was anderes.«

Alduin zuckte mit den Schultern. »Ich weiß, ich weiß«, sagte er mit einem Seufzen. »Ich erwarte nicht wirklich, dass du mir glaubst. Es ist sicher zu viel verlangt. Trotzdem, irgendwie spüre ich, dass Emo ihr zu Hilfe gekommen ist. Moreya … bitte verstehe mich … sie ist ein besonderes kleines Mädchen … sie kann … sie kann die Falken fühlen. Nur die Götter wissen, weshalb sie diese Gabe hat, aber so ist es nun einmal.«

»Was meinst du damit, sie kann die Falken fühlen?«, fragte Cardol. »Das ist unmöglich. Nur Jungen können sich mit Falken verbinden.«

»Es ist die Wahrheit. Während des letzten Schlüpfens in Sanforan hat Moreya die Falken gespürt. Und gerade gestern … war es wirklich erst gestern? … Raels Stiefsohn Triel ist einer der neuen Falkner und gestern ist er zum ersten Mal im Bund mit dem Falken geflogen . . . und . . . und er hat mir erzählt, dass Moreya ebenfalls dabei war.«

Cardol schüttelte ungläubig den Kopf und starrte Alduin misstrauisch an, aber der Ausdruck des jungen Mannes zeigte keinerlei Arglist, vielmehr war er tief überzeugt von dem, was er sagte.

»Wenn das herauskommt, werden einige Raiden-Familien reichlich verärgert sein!«, meinte er schließlich.

»Stantel!« Alduin dämmerte plötzlich die offensichtliche Erklärung. »Es muss Stantel gewesen sein!«

»Wer?«

»Er ist Falkner – einer der überheblichsten Männer, denen ich jemals begegnet bin. Er kann mich nicht leiden, wie du dir sicher vorstellen kannst. Rael erzählte mir, dass er sich in der letzten Zeit ziemlich häufig in der Nähe der Falkenhalle herumtreibt. Ständig deutet er an, Meister Calborth sei zu alt und unfähig, die Schule ordentlich zu führen. Sieht aus, als würde er danach streben, der nächste Falkenmeister zu sein. Sein Sohn hat sich nicht verbündet und ich vermute, dass ihn das besonders verärgert hat. Ich habe ihn am Abend gesehen, bevor ich von Sanforan weg bin . . . er ritt durch die Nebengassen, wahrscheinlich wollte er nicht auffallen. Mich hat er aber nicht bemerkt. Bei den Göttern, ich hätte mir denken können, dass er nichts Gutes im Schilde führt!«

»Also, wenn er es wirklich war, dann wird ihn die Messerwunde verraten«, rief Cardol aus. »Bei der Menge Blut, die er verloren haben muss, kann es nicht nur ein kleiner Kratzer sein.«

»Warte nur, bis ich meine Hände auf . . .«, begann Alduin und er sah aus, als wolle er sich sofort auf den Weg nach Sanforan machen. Cardol legte ihm die Hand auf die Schulter, um ihn zu bremsen.

»Ich verstehe, wie du dich fühlen musst, aber wenn du jetzt überstürzt handelst, schadest du dir nur selbst. Im Moment ist es wichtiger, dass wir herausfinden, was mit Erilea und Moreya passiert ist.«

»Natürlich, natürlich«, stimmte Alduin zu, »Lass mich genau nachdenken . . . Jetzt nehmen wir mal an, dass Emo Moreya über den Fluss und in Sicherheit gebracht hat . . .«

Cardol schwieg, doch der skeptische Blick sprach Bände.

»Weiterhin angenommen, Erilea hat das begriffen. Wie würde sie weiter vorgehen?«

»Selber auch den Fluss überqueren?«, fragte Cardol.

»Ja, aber wie? Hoch nach Lemrik und dort über die Brücke? Runter, um bei Mastrill Hall überzusetzen? Nein, das ist zu weit . . .«

»Und ein Boot? Habt ihr nicht ein Boot?«

»Nein, wir . . .«, Alduin hielt inne, er erinnerte sich an das Floß. »So verrückt würde sie nicht sein, oder?«

Ohne weitere Erklärung lief Alduin den Fluss hoch, wo das Floß angebunden worden war. Er befürchtete schon das Schlimmste und war überrascht, dass er es genau dort vorfand, wo es verlassen wurde. »Es ist da«, bemerkte er, als Cardol zu ihm stieß. »Na, Asnar sei dafür gesegnet! Ich wage nicht, daran zu denken, was hätte geschehen können, wenn sie versucht hätte, damit über das Wasser zu gelangen.«

»Sie muss nach Lemrik gegangen sein. Es ist das Einzige, was Sinn macht«, überlegte Alduin laut. »Also, dann lass uns auch dorthin gehen. Irgendjemand wird sie bestimmt gesehen haben.«

»Aber wenn wir uns irren?«, zweifelte Alduin erneut. »Ich wünschte, sie hätte irgendein Zeichen hinterlassen.«

»Sieh mal, Kumpel, vielleicht hat sie das gemacht und wir müssen es nur noch finden. Wir können uns weiter umsehen, aber ehrlich gesagt scheint es mir sinnvoller, wenn wir uns allmählich auf den Weg machen würden.«

Für eine Weile suchten sie noch nach einem Hinweis, aber die verschiedenen Spuren waren inzwischen so verwischt, dass es schwierig war, noch etwas zu erkennen. Aber sie fanden heraus, dass die Tür zum Hühnerschlag sogar angebunden war, damit sie offen blieb.

»Wie ich schon sagte«, bestätigte Cardol, »die Hühner müssen bei dem Angriff in der Nacht in ihrem Verschlag gewesen sein. Dass sie freigelassen wurden, lässt vermuten, dass Erilea ruhig genug war, um ihren nächsten Schritt sorgfältig zu planen.«

»Sie wird nur dann ruhig gewesen sein, wenn sie davon überzeugt war, dass Moreya in Sicherheit ist«, kommentierte Alduin.

»Du meinst, dass sie doch zusammen waren?«, fragte Cardol.

»Nicht unbedingt«, entgegnete Alduin, »vielleicht wusste sie einfach, dass sie sich keine Sorgen machen muss.«

»Warum ist sie dann nicht hiergeblieben? Um zu versuchen, noch einige Dinge zu retten? Darauf zu warten, dass du zurückkommst?«

»Das weiß ich nicht«, Alduin klang, als hätte er einen Entschluss gefasst, »und hier gibt es offensichtlich nichts mehr zu sehen. Lass uns gehen.«

Er griff nach den Zügeln und schwang sich in Schwarzkristalls Sattel. Cardol ritt voran und kurz darauf erreichten sie den Waldrand, von dem aus ein Weg nach Lemrik führte.

Rihscha. Nach Lemrik, zur Taverne. Erilea ist . . .

»Was ist das?«, fragte Cardol und unterbrach Alduins Verbindung mit seinem Falken. Mit einem scharfen Ruck am Zügel brachte er Nachteule zum Stehen und betrachtete den Boden. Alduin schloss zu ihm auf und seine Augen folgten dem Blick des Älteren.

»Ein Zeichen!«, rief er. »Also hat Erilea doch eine Nachricht hinterlassen! Der flammende Dolch ist ihr Symbol und er deutet auf Lemrik!«

11

Sie flogen dicht an der felsigen Steilklippe entlang, die westlich von Sanforan wegführte: Falstar und Triel – Falke und Falkner, eine unzertrennliche Einheit. Es war erst drei Tage her, seit sich die beiden zum ersten Mal im Flug verbunden hatten, doch schon jetzt waren Angst und Unsicherheit dem Empfinden vollständiger Vertrautheit gewichen.

Der Flügelschlag des Falken wurde mit jeder Bewegung stärker. Triel fühlte die Kraft, die die Flügel durchströmte . . . fast schien es, als stimmten sie leise summend mit dem Wind eine Melodie an, die ihre wachsende Verbundenheit umhüllte.

Triel sehnte sich in seinem fordernden Wesen danach, den Flug länger auszudehnen, immer weiter zu fliegen: über Berge, Täler, vorbei an Wäldern und Seen, bis hin zum Mangipohr und seinem ehemaligen Zuhause. Doch eine warnende Stimme in ihm erinnerte daran, dass es dafür zu früh war.

Sie sollten es besser nicht übertreiben.

Die enge Verbindung zwischen den beiden machte Befehle unnötig. Sie legten sich in eine Rechtskurve, flogen eine weite Schleife, die sie nach und nach von Nordwesten her der Stadt wieder näher brachte. Die Schatten der Wolken, die hier und da aufbrachen und strahlendes Sonnenlicht hindurchließen, zeichneten fließende Muster, die über Sanforans äußere Mauer tanzten.

Erst als sie über die Brüstung der inneren Zitadelle auf den ruhigen Garten neben den Ratszimmern zuschwebten, unterbrach Triel den Bund.

Er hob seine Faust und wartete auf Falstars Landung.

»Was ist es für ein Gefühl?«, fragte ihn Meister Calborth, doch die Antwort erübrigte sich, als er Triels triumphierendes Grinsen sah. Der Meister nickte verständnisvoll.

»Die anderen sind alle schon zu Tisch«, fuhr der alte Mann fort und fügte hinzu: »Du bist weit geflogen. Sei vorsichtig!«

»Werden wir sein«, antwortete Triel. Falstar machte es sich gerade auf seiner Faust bequem und der Junge strahlte ein solches Selbstvertrauen aus, dass Meister Calborth nur den Kopf schütteln und seufzen konnte.

»Die Zeiten ändern sich«, murmelte er. »Dieser Haufen kennt keine Angst . . . Gilian weiß es längst, vermute ich einmal.«

»Geh jetzt«, sagte er etwas lauter. »Füttere Falstar und iss selbst etwas. Heute Nachmittag werdet ihr wieder unterwegs sein.«

Mit der Faust auf der Brust verbeugte sich Triel und lächelte dem Meister noch einmal zu, bevor er zur Falkenhalle eilte.

Nachdem Erilea beobachtet hatte, wie Elin Moreya über das Wasser in die Wälder gebracht hatte, umhüllte sie ein Gefühl des Friedens wie ein schützendes Tuch. Es bestand kein Zweifel daran: Ihre Tochter war in Sicherheit. Es gab jetzt auch keinen Grund, überstürzt aufzubrechen, und so entschied sie sich, den Rest der Nacht noch ein wenig zu schlafen.

Am nächsten Morgen war ihr dringendstes Anliegen, Alduin über ihr Vorhaben wissen zu lassen. So hinterließ sie die grobe Zeichnung eines flammenden Dolches am Beginn des Weges nach Lemrik. Die anderen Wege, die vom Grundstück wegführten, kennzeichnete sie mit großen Kreuzen, die sie in den Boden ritzte. Sie vertraute darauf, dass die Bedeutung ihrer Zeichen unmissverständlich war.

Dann suchte sie im schwelenden Schutt sorgfältig nach Dingen, die sie noch gebrauchen konnte. Als sie ihren Dolch, ein paar Münzen in den Überresten eines verkohlten Kruges und einen metallenen Trinkbecher fand, atmete Erilea erleichtert auf. Wenn sie zurückkommt, würden sich noch mehr Schätze bergen lassen. Und bevor sie sich auf den Weg machte, ließ sie noch die Hühner frei.

Knapp zwei Tage später erreichte Erilea den Rand des Elbenwaldes und spähte in das geheimnisvolle Grün. Niemals zuvor wagte sie, diese Grenze zu überschreiten, doch schon immer hatte sie die magische Atmosphäre gespürt und bewundert.

Die Stämme von Nymath hatten den Elben diesen Ort als Zufluchtsstätte angeboten, nachdem sie vor der Küste Schiffbruch erlitten hatten. Der Legende zufolge würden sie hierbleiben, bis ihr Leitstern zurückkehrte, um sie zu einem fernen Zuhause tief im Süden zu führen. Das Leben der Elben und das der Einwohner Nymaths war jedoch inzwischen eng miteinander verwoben. So war es nur schwer vorstellbar, dass diese nahezu unsterblichen Wesen Nymath jemals wieder verlassen würden.

Ihr Gebiet wurde respektiert, und den Wald ohne Einladung zu betreten, galt als ein Risiko, das nur wenige eingehen wollten. Erilea aber wusste, dass sie erwartet wurde.

Sie atmete tief durch und suchte sich ihren Weg durch die Bäume, folgte dabei eher ihrem Instinkt als irgendeinem Pfad. Von Zeit zu Zeit hielt sie unwillkürlich inne und lauschte, noch ohne zu wissen, worauf. Dann schien es ihr, als würde sie ein sanfter Vogelruf tiefer und tiefer ins Herz des Waldes locken. Kein Wind war zu spüren und dennoch war die Luft angefüllt mit der schimmernden Energie einer neugeborenen Welt: voller Versprechen und Licht. Erilea wanderte zügig und fühlte sich trotz ihres schnellen Schrittes erfrischt.

Der Boden unter ihren Füßen hob sich stetig an, bis sie eine Anhöhe erreichte. Dann senkte er sich wieder. Wie ein Ozean wogte er auf und ab und Erilea hatte das seltsame Gefühl, nicht sie, sondern die Erde unter ihr würde sich bewegen. Die junge Wunand hielt für einen Moment inne.

Sie hatte recht.

Riesige Wellen rollten langsam durch den Wald: gleichmäßig und ruhig wie der Atem eines schlummernden Wesens. Sie hoben Erilea wie ein kleines Schiff auf den Kamm der Dünung und ließen sie sanft wieder in ein sicheres Tal gleiten.

Heben und senken, einatmen und ausatmen . . . Obwohl Erilea sich nicht bewegte, hatte sie das eigenartige Empfinden, dass der Wald an ihr vorbeifloss. Nach und nach wurden die Wellen schwächer, bis sie völlig nachließen.

Erilea fand sich im bisher tiefsten Tal wieder. Ein deutlich erkennbarer Weg zog sich durch die Talsohle und führte zu einer sonnenüberfluteten, bunt schillernden Lichtung.

Sie erwartete, ein Haus oder eine Siedlung zu sehen, und war überrascht, dass die Lichtung frei vor ihr lag. Nur ein weiter Kreis von schützenden Bäumen umrandete sie. In der Mittagssonne verwandelte sich der Morgentau in einen leichten Dunst, der das berauschende Spiel der Farben bewirkte. Regenbogen funkelten auf und verschwanden wieder, als sich die Feuchtigkeit langsam in aufsteigenden, sich drehenden Nebelfäden auflöste. Es war ein magischer Ort und für einen Moment vergaß Erilea, weshalb sie hier war.

Da hörte sie ein Kind lachen, ihr Herz machte einen Sprung und schon kam Moreya zwischen zwei großen Bäumen hindurch auf sie zugelaufen. Sie trug eine eng anliegende Hose, darüber einen kurzen Kittel, der an die Tracht der Falkenschüler erinnerte. An ihrer Seite tänzelte spielerisch Elin, gefolgt von einem hochgewachsenen Elben in einem langen grünbraunen Gewand.

Erilea fing Moreya auf, die ihr entgegensprang, und drückte sie stolz.

»Liebes, geht es dir gut?«

»Elin hat auf mich aufgepasst«, antwortete Moreya und machte damit alle weiteren Fragen überflüssig.

Erilea drückte sie noch einmal, setzte sie dann auf ihre Hüfte und wandte sich Elin zu. Vor ihren Augen verschwamm die Arekkatze, löste sich auf und verwandelte sich allmählich in eine weibliche Form der Göttin Emo. Rotgoldene Locken umrahmten ihr katzenhaftes Gesicht und eine weiche Ledertunika umgab ihren Körper bis zu den Knien. Darunter zeigten sich starke, muskulöse Waden und nackte Füße.

Mit Moreya auf dem Arm kniete sich Erilea ungeschickt hin und verneigte sich.

»Steh auf, Kind«, sagte Emo kurz darauf. »Du zollst Respekt durch deine Handlungen. Und du hast es gut gemacht. Ich lasse euch nun in sicherer Obhut.«

Erilea blickte hoch, wagte jedoch nicht aufzustehen, bis sie den einladenden Blick der Göttin sah. Erst da legte die junge Wunand alle Scheu ab, erhob sich, stellte Moreya auf den Boden und nahm sie bei der Hand. Doch bevor Erilea die tausend Fragen stellen konnte, die ihr auf der Zunge lagen, lächelte Emo, nickte und verschwand.

Traurigkeit wollte in ihr aufsteigen, doch dieses Gefühl wurde schnell verdrängt, als Erilea endlich den Elb erkannte.

»Celeberin, bist du es wirklich?«

»So ist es, in der Tat«, sagte er, verbeugte sich kurz und schenkte Erilea ein warmes Lächeln.

Er war Schriftgelehrter seines Volkes und setzte dessen Legenden und Lehren in Reime und Gedichte um. Außerdem hatte er ein wunderbares Talent zum Malen. Erilea hatte ihn viele Sommer zuvor getroffen, als die Nebelsängerin Kirstie nach Nymath kam.

»Ich sehe, du hast einen weiten Weg zurückgelegt, seit wir uns das letzte Mal begegnet sind! Willkommen in *Aman Amar.*«

»Das gesegnete Zuhause der Elben.«

Erilea hatte die Bedeutung des Namens nicht vergessen.

»Und dies, sind das *Mallorn*-Bäume?«, fragte sie und deutete auf den Baumkreis, der sie umgab.

»Ja, das sind sie«, erwiderte Celeberin. »Du hast ein gutes Gedächtnis.«

»Die kurze Zeit, die wir mit dir und Melethiell verbracht haben, sind wie Schätze aus meiner Kindheit. Von Zeit zu Zeit hole ich sie aus ihrem Versteck hervor. Die Erinnerung an diese Begegnungen haben meine Seele stets aufs Neue mit Licht und Freude erfüllt – selbst dann, wenn sie tief im Dunkeln lag.«

Der Elb verneigte sich.

»Du sprichst mit wundervollen Worten! Kein Wunder, dass Emo dich so hoch schätzt«, sagte er und zwinkerte ihr zu.

Erilea errötete vor Verlegenheit und unterbrach ihn schnell mit einem eher stotternd hervorgebrachten Einwurf.

»Die . . . die Göttin ist zu freundlich . . . ich weiß nicht, womit ich das verdient habe . . .«

»Du hast ein besonderes Kind in die Welt gebracht«, erwiderte Celeberin ernst. »Die Elben wissen das und haben darüber gewacht. Jetzt können wir vielleicht zu Diensten sein.«

»Weißt *du,* wer uns angegriffen hat, wer unser Haus in Brand gesetzt hat?«, fragte Erilea, und bevor er sich dazu äußern konnte, fuhr sie aufgeregt fort: »Ich habe diesen Mann niemals zuvor gesehen, aber es war ein Raiden-Falkner. Wie kann jemand nur so bösartig sein?«

»Leider, leider kann ich deine Frage nicht beantworten«, sagte Celeberin. »Selbst wenn wir einen Verdacht haben – Elben sprechen niemals etwas aus, bevor sie nicht *wissen*. Melethiell jedoch sieht viel in den Herzen der Menschen . . .«

». . . aber derzeit ist sie nicht in Sanforan, sie erholt sich hier«, fügte er hinzu, mit einem Blick auf die Schönheit um sie herum, der seine Worte unterstreichen sollte.

»Melethiell ist hier?«, fragte Erilea eifrig.

»Sie ist hier«, der Elb breitete seine Arme weit aus, »aber sie ist nicht *hier*.«

»Du meinst, sie ist nicht in der Nähe.«

»So ist es. Sie hat wenig Zeit für einen bescheidenen *Talagand*«, meinte er mit einem Glitzern in den Augen, das Erilea an das Geplänkel erinnerte, das sie damals zwischen den beiden Elben beobachtet hatte. »Trotzdem glaube ich, dass ich helfen kann«, fuhr er fort.

»Wir nehmen dankbar eure Hilfe an«, sagte Erilea.

»Dann folge mir zu meinem Zuhause. Dort erkläre ich es dir genauer.«

Er hob Moreya auf seine Schultern und ging auf die Bäume zu, während die zierliche weitaus kleinere Erilea leicht mit ihm Schritt hielt.

Am frühen Nachmittag erreichten Alduin und Cardol Lemrik und kehrten in der Taverne ein, die von Brend und seiner Frau Jerrica betrieben wurde. Die beiden waren alte Freunde von Alduins Vater, Cal, und hatten auch seinen Sohn ins Herz geschlossen, als sie ihm und seiner jungen Familie vor drei Sommern das erste Mal begegnet waren.

Die beiden Reisenden betraten den kühlen Gastraum, und noch bevor sie die Wirtsleute begrüßen konnten, kam Brend mit überschwänglicher Gestik auf sie zu.

»Deine Frau ist nicht auf den Kopf gefallen, daran besteht kein Zweifel«, rief er aus und schlug in Alduins Hand ein. »Sie war sich sicher, dass du hier vorbeikommen würdest. Ich habe auch schon deinen Falken erkannt: draußen auf dem Hof.«

»Du hast Erilea gesehen?«, fragte Alduin.

»Sie hat gestern hier gerastet und etwas gegessen«, nickte Brend. »Ist dann am späten Nachmittag gegangen.«

»Siehst du, Cardol, ich hatte recht«, Alduin sah seinen Begleiter an. »Ich wusste, dass sie hierher kommen würde.«

»Hat sie gesagt, was sie vorhat?«

Er wandte seine Aufmerksamkeit wieder Brend zu. Das Gesicht des Mannes wurde ernst, als er sich an das erinnerte, was Erilea ihm geschildert hatte.

»Sie hat mir von dem Brand erzählt, mein Freund. Es tut mir sehr leid. Welch ein Glück, dass sie sich und eure Tochter in Sicherheit bringen konnte. Das hätte böse ausgehen können, wirklich böse.«

»Ich weiß. Ich war zu der Zeit in Sanforan. Wir haben es erst gestern mit eigenen Augen gesehen. Alles ist zerstört, und wie es aussieht, war das Feuer gelegt worden. Das ist das Schlimmste.«

»Du meinst, es war geplant? Das ist ja fürchterlich. Wer würde so etwas tun?«

»Wir sind uns nicht sicher«, sagte Alduin und warf Cardol einen Blick zu. »Aber wir vermuten, dass Erilea den Brandstifter mit dem Messer ernsthaft verletzt hat. Falls du also etwas hören solltest . . .«

»Hier ist auf jeden Fall der richtige Platz, um etwas zu erfahren«, unterbrach ihn der Wirt. »Aber bisher habe ich noch nichts von einem verletzten Fremden gehört. So etwas würde die Gerüchteküche bei einer Runde Met zum Kochen bringen. Nun ja, man weiß nie. Ich halte meine Augen und Ohren offen.«

»Und – was hat Erilea noch gesagt?«

»Lass mich nachdenken. Sie bat mich, ihr genau zuzuhören.«

Brend schloss seine Augen. Es schien, als müsse er sich die zahlreichen Gespräche der letzten Zeit ins Gedächtnis rufen und dabei die unwichtigen aussortieren. Dann endlich hatte er die passenden Worte zusammen und trug sie vor, als hätte er sie auswendig gelernt.

»Sie sagte: ›Moreya geht es gut, aber wir haben viele Dinge zu erledigen. Alduin braucht uns nicht zu suchen. Die Elben werden sich um uns kümmern. Er soll in Sanforan auf uns warten.‹«

Brend hielt inne und öffnete die Augen.

»Das war alles?«, fragte Alduin.

»Ja. Eher mysteriös, und wenn ich so darüber nachdenke . . . seltsam, dass sie von ›uns‹ sprach. Das kleine Mädchen war gar nicht bei ihr.«

»Mach dir darüber keine Sorgen«, sagte Alduin schnell. »Ich weiß, was sie meinte, und das alles sind gute Nachrichten.«

»Da bin ich aber sehr erleichtert«, sagte Brend und konzentrierte sich nun wieder auf das Nächstliegende. »Also, wie sieht es aus mit einem Becher Met und einem Mahl? Es ist noch früh und Jerrica hat bereits den Eintopf aufgesetzt. Er sollte gerade fertig sein.«

»Möge Asnar gepriesen sein!«, rief Cardol überschwänglich aus und streckte Brend seine Hand zur Begrüßung entgegen. »Ich bin Cardol, mächtig glücklich, endlich ein anständiges Essen in mich hineinzubekommen. In den letzten Tagen hat sich unsere Ernährung auf fades Brot, getrocknete Wurst und harten Käse beschränkt. Und was den Met betrifft: Nicht ein Tropfen floss seit drei Nächten durch meine Kehle!«

»Also dann, macht es euch bequem, ich bringe auf der Stelle einen guten Schluck.«

»Ich werde noch nach Rihscha sehen«, sagte Alduin dem Katauren. »Bin aber gleich zurück.«

Kurz darauf saßen sie gemütlich am Feuer, jeder mit einem Becher Met in der Hand, und überlegten, wie sie als Nächstes vorgehen sollten. So verführerisch die Vorstellung auch war, den Nachmittag hier entspannt zu verbringen, so durften sie nicht zu lange zögern. Ein Plan musste entworfen werden.

»Wenn Erilea sagt, dass alles in Ordnung ist und wir nicht nach ihr und der Kleinen suchen sollen, dann vertraue ich ihr«, meinte Alduin. »Sie sind offensichtlich im Elbenwald gut aufgehoben. Die Elben werden sie innerhalb der Grenzen ihres Gebietes beschützen.«

»Ich kann nicht behaupten, dass ich viel mit Elben zu tun hatte«, gab Cardol zu. »Aber sie sind ein magisches Volk. Es ist höchstwahrscheinlich der beste Platz für die beiden, um sich von den Strapazen zu erholen.«

»Ja«, pflichtete Alduin ihm bei. »Und wir haben freie Fahrt, uns Stantel vorzunehmen.«

»Nun, wir sind nicht sicher, ob tatsächlich Stantel hinter all dem steckt«, gab der Kataure zu bedenken. »Wir lassen besser Vorsicht walten und gehen langsam und Schritt für Schritt vor.«

»Ob Stantel oder ein anderer. Auf jeden Fall ist es jemand, dem Moreyas Fähigkeiten zu Ohren gekommen sind und der sie als Bedrohung sieht. In Sanforan werden wir die Antwort finden. Und da ich dort auf Erilea warten soll, passt das ausgezeichnet.«

»Du hast recht, Kumpel«, stimmte Cardol ihm zu. »Wir können zu Grest reiten und dort übernachten. So Asnar will, leiht er dir seinen Hengst noch länger aus.«

Nachdem die Entscheidung gefallen war, in die Stadt zurückzukehren, fielen die beiden über das schmackhafte Mahl her, das Brend ihnen serviert hatte. Alduin war nun sehr viel leichter ums Herz. Trotzdem stand sein Entschluss fest. Er musste den Angreifer finden, um ihn vor Gericht zu bringen. Selbst wenn Erilea und Moreya vorerst bei den Elben in Sicherheit waren, blieb doch ein Funken Unruhe zurück. Nur gut, dass er jetzt ein Ziel vor Augen hatte, das würde ihn etwas von seiner Sorge um sie ablenken.

Als sie zwischen zwei der majestätischen Mallornbäume am Rande der Waldwiese hindurchschritten, hatte Erilea den Eindruck, in eine andere Welt zu wechseln. Nun, nicht genau so. Es war eher ihre Wahrnehmung des Waldes, die sich leicht verschoben hatte. Ein neuer Weg des Sehens und Hörens bot sich ihr. Jede Farbe schien eine Spur des Regenbogens widerzuspiegeln, als wären alle nur denkbaren Nuancen möglich. Es war ihre Entscheidung, welcher sie den Vorzug gab. Der Chor der Waldgeräusche verbreitete mit seinen Echos Tausende Geschichten von sorgenfreier Fröhlichkeit.

»Was ist geschehen?«, fragte Erilea Celeberin. »Irgendetwas ist anders . . . der Wald hat sich verändert, seit wir die Lichtung verlassen haben.«

Der Elb lächelte sie an und nickte bestätigend. »Etwas: Ja. Aber es ist nicht der Wald. Du bist es.«

»Aber wie? Ich habe nichts getan.«

»Das war auch nicht nötig, weil dein Wesen bereits offen ist. ›Ändern‹ ist wohl auch nicht das richtige Wort. Es geht darum, Schleier für Schleier aufzuheben, damit sich die Fülle des Lebens immer mehr offenbaren kann. Einer dieser Schleier hat sich gehoben, als du zwischen den beiden Bäume hindurchgegangen bist.«

Erilea blieb stehen und sah sich staunend um. Durch diese neue Wahrnehmung erlebte sie die Welt auf eine ganz tiefgründige Weise und sie fühlte sich eingeladen, mit Aug und Ohr zu experimentieren. Zunächst zogen die Bäume ihre Aufmerksamkeit auf sich. Es schien, als hätten sie gut zu unterscheidende Körper: eine gertenschlanke Frau, ein robuster stämmiger Mann, ein drahtiger junger Kerl. Sie pulsierten im sanften Licht und wuchsen scheinbar vor ihren Augen. Dann die Vogelgeräusche! Es war nicht länger ein einfaches Pfeifen oder Zwitschern. Jetzt wurde jede einzelne Note von vielfältigen Harmonien begleitet. Sie überschwemmten Erileas Seele mit einem Lied, das an die Geräusche zahlloser sanft aneinanderreibender Kiesel im Ozean erinnerte.

»Sollen wir weitergehen?« Celeberin riss sie aus ihrer Versunkenheit. »Du wirst nicht verlieren, was du heute gewonnen hast. Bald wird es für dich so selbstverständlich sein, dass du bereit bist für den nächsten Schritt«

». . . den nächsten Schritt?«

». . . den nächsten Schleier aufzuheben.«

Erilea schenkte dem Elb ein breites Lächeln, weil sie plötzlich verstand, wovon er sprach.

»Geh vor!«, forderte sie ihn auf.

So spazierten sie auf dem Pfad, als gäbe es nichts Wichtigeres auf der Welt, und Celeberin erklärte ein bisschen mehr.

»Diese junge Dame . . .«, sagte er und klopfte dabei auf Moreyas Beine, die über seine Schultern hingen, ». . . ist bereits in der Lage, weit zu sehen. Sie gibt uns eine Vorstellung davon, was aus den Menschen der verschiedenen Stämme werden könnte. Durch die Verbindung mit den Falken weisen die Raiden den Weg. Doch in Wirklichkeit ist ein erweitertes Bewusstsein nicht ihr alleiniges Recht. Die Falken sind nur *ein* Mittel, andere Seins-Zustände und Welten zu erreichen – jedoch nicht das einzige.«

»Alduin hatte also recht mit seinem Empfinden, es stecke mehr hinter der Verbindung mit den Falken, als nur durch ihre Augen sehen zu können.«

»Das ist wahr. Alduin hat die Fähigkeit, sein Bewusstsein zu erweitern . . . aber auch du hast sie.«

»Ich?«, fragte Erilea überrascht.

»Ich bin keine Raidin. Ich kann mich nicht mit einem Falken verbinden.«

»Wie ich schon sagte. Es gibt andere Wege. Deine Aufrichtigkeit und dein Wunsch, Emo dein Herz zu öffnen, haben dich schon weit geführt. Du unterscheidest dich von Alduin, aber deine Fähigkeiten sind nicht geringer als die seinen.«

Erilea dachte über die Worte des Elben nach. Es fiel ihr schwer, diese Gedanken mit dem Verstand zu erfassen, doch sie spürte, dass Wahrheit darin verborgen lag.

»Und nun . . .«, fuhr Celeberin fort, »vereint ihr beide euch in eurer Tochter. Wie weit sie kommen wird, bleibt abzuwarten . . . sie könnte ein Leuchtfeuer für diejenigen unter den Menschen sein, die nicht einmal bemerken, dass sie im Dunkeln sind.«

»Aber . . . aber das ist fantastisch«, rief Erilea aus, als sie die ganze Tragweite dessen erkannte, was Celeberin vor ihr ausbreitete.

»Wenn andere Moreyas Gabe besser verstehen könnten, würde sich so vieles ändern . . . zum Guten . . .«

Die nächsten Worte des Elben holten sie jedoch schnell auf den Boden der Tatsachen zurück.

»Es wird schwierig für die Stämme sein, aus den Gefängnissen auszubrechen, die sie sich mit ihren Traditionen gebaut haben: Insbesondere die Raiden werden sich dagegen sperren. Leben ist ein immerwährender Prozess, der all seine Großartigkeit ständig entfaltet und erweitert. Doch viele würden es vorziehen, wenn alles beim Alten bliebe. So, glauben sie, behalten sie die Kontrolle. Doch in Wahrheit geschieht das Gegenteil: Sie werden von den Umständen, die sie um sich herum geschaffen haben, beherrscht.«

»Wenn Moreya . . .«, begann Erilea.

»Erwarte von Moreya nicht mehr, als zu sein, wer sie ist«, warnte Celeberin. »Zu verwirklichen, was das Leben für uns bestimmt hat, ist die größte Leistung, das wertvollste Geschenk, das man der Welt bringen kann. Doch Moreya allein wird die Menschen nicht ändern können, denn du kannst niemanden zwingen, in Moreya das zu erkennen oder zu akzeptieren, was sie in sich trägt. Die Saat ist gesät, doch nicht jeder Samen geht auf und noch viel weniger werden zu starken Bäumen. Aber jede Saat, die aufgeht, ist von unschätzbarem Wert.«

Für eine Weile gingen beide schweigsam weiter. Moreya hatte während der ganzen Zeit nicht ein einziges Wort gesprochen. Es war beinahe so, als wäre sie an einem anderen Ort, und Erilea ertappte sich bei der Frage, wie ihre Tochter wohl die Welt wahrnahm. Was konnte Moreya alles sehen, wofür sie selbst blind war?

»Wir sind da«, unterbrach Celeberin die Stille.

Erilea war so tief in ihren Gedanken versunken, dass sie nicht bemerkt hatte, wie der Weg um einen Hügel herum zu einem anmutigen Haus inmitten dicht stehender Bäume führte. Ein beeindruckender Blick eröffnete sich ihr, eine Aussicht, die fast grenzenlos über Wald, Hügel, Lichtungen und flaches Land reichte. Sie erkannte die Silhouette von Sanforan: wenngleich winzig, so doch deutlich am Horizont.

»Unglaublich«, flüsterte Erilea ehrfürchtig, »wie ist es möglich, dass ich so weit sehen kann?«

»Wie ich schon sagte . . .«, schmunzelte der Elb, ». . . ein weiterer Schleier . . .«

Nachdem er Moreya wieder auf dem Boden abgesetzt hatte, führte er Mutter und Tochter zum Haus.

»Guck mal, Mama . . .«, Moreya deutete mit ihrem Finger nach vorn, ». . . das Haus . . . die Bäume.«

Erilea war entzückt vom Anblick, der sich ihr bot. Schlanke, aber kräftige Bäume stützten das Haus an jeder Ecke. Ihre Äste wirkten wie dekorative Balken, die das Dach stützten. Sie formten unterschiedlich große Fenster und bedeckten die Wände mit ihrem Laub. Der Eingang wurde von zwei duftenden Rosenstämmen umrahmt, die sich oberhalb der Tür zu einem Abschlussbogen miteinander verschlangen. Sie waren natürlicher Schutz vor Sonne und Regen. Das Dach war mit dickem, moosigem Gras abgedeckt.

»Ruht euch hier aus«, sagte Celeberin und deutete auf eine Gruppe von kunstvoll geschnitzten Lehnstühlen, die vor dem Haus standen. »Ich werde euch eine Erfrischung bringen.«

Um den Ausblick besser genießen zu können, drehte Erilea einen der Sessel. Als sie sich setzte, empfand sie, dass der Sessel ein wenig zitterte und sich langsam in seiner Form ihrem Körper anpasste. Als Moreya auf ihren Schoß kletterte, veränderte er erneut seine Form, als wolle er ihr größtmögliche Bequemlichkeit bieten.

»Danke«, flüsterte Erilea leise und spürte, dass es angemessen war, dies auszusprechen.

»Und wie fühlst du dich?«, fragte sie Moreya einen Augenblick später. Als beruhigende Antwort schlang ihre Tochter die Arme um ihre Taille. Erilea saß schweigend da und streichelte sanft Moreyas Haare. Es musste bereits spät am Tag sein, trotzdem stand die Sonne noch hoch am Nachmittagshimmel. Vor ihren Augen bewegte sich das Blätterdach der Wälder wie leichte Wellen auf dem

Meer. Hier und da sah sie Wasser durch die Bäume aufblitzen. Erst zum Westen hin konnte sie den Mangipohr als Fluss erkennen, der ruhig durch die Ebene zum Delta zog, an dem der Stamm der Wunand lebte.

Sie fand bald heraus, dass sie noch weiter sehen konnte, je mehr sie sich entspannte, bis hin zum Schwarzen Ozean, der sich hinter Sanforan erstreckte. Die Inseln in der Bucht waren nur noch diffuse Flecke. Weit, weit im Süden schien ein schwaches Glimmen einen neuen Sonnenaufgang anzukündigen. Gespannt wartete Erilea darauf, was weiter geschehen würde.

»Was ist das, weit da draußen?«, fragte sie Celeberin, als er mit den Erfrischungen zurückkam.

»Es sieht beinahe so aus, als wäre dort eine andere Sonne.«

»Wir nennen es *Cen Amaurea* oder nur *Amaurea*. In eurer Sprache würdet ihr es wohl als *Land der Morgenröte* bezeichnen.«

»Warum habe ich niemals davon gehört?«, wunderte sich Erilea. »Und weshalb habe ich es vorher nie bemerkt?«

»Der Schleier, der Schleier«, antwortete der Elb gut gelaunt. »Du konntest es nicht sehen. Nun kannst du es . . . oder hast wenigstens einen Eindruck davon gewonnen. Es ist der Ort, von dem die Elben hoffen, dass sie eines Tages dorthin reisen werden.«

»Worauf wartet ihr dann? Warum segelt ihr nicht sofort dorthin?«

»Wir können diesen Ort noch nicht vollständig sehen. Wir müssen warten, bis der Leitstern zurückkommt. Dann werden wir auch dorthin reisen können.«

»Wie die Insel der Götter . . .«, murmelte Erilea und erinnerte sich, dass diese magische Insel nur dann erschien, wenn die Vollmonde Nymaths aufgingen.

»Ja«, stimmte Celeberin zu, als wüsste er genau, wovon sie sprach.

»Nun . . .«, er wechselte das Thema, »es ist nur Bactisaft. Aber ich bin sicher, dass er euch wieder auf die Beine hilft.«

Moreya setzte sich auf, als sie seine Worte hörte, und streckte ihren Arm nach einem Glas aus.

»Warum setzt du dich nicht dorthin?«, schlug der Elb ihr vor und deutete auf einen Stuhl zwischen ihm und Erilea.

»Dann können wir uns besser unterhalten.«

Moreya machte es sich bequem, nippte an ihrem Saft und sah Celeberin mit großen Augen an.

»Moreya«, begann der Elb das Gespräch. »Du kannst die Falken spüren, die in diesem Frühjahr in Sanforan geschlüpft sind. Nicht die ganze Zeit, aber besonders bei starker Aufregung.«

Das kleine Mädchen nickte zustimmend. »Ich möchte dir zeigen, wie *du* entscheiden kannst, wann du dich verbindest – und wann nicht.«

»Heißt das, ich kann immer mit Triel und Falstar fliegen, immer wenn ich will?«

Celeberin sah sie nachdenklich an.

»Könnte sein«, antwortete er. »Andererseits musst du das mit Triel besprechen. Vielleicht gefällt es ihm nicht, wenn du jedes Mal dabei bist. Ich weiß auch nicht, ob es überhaupt eine so gute Idee ist. Du musst die besondere Beziehung zwischen Falkner und Falken respektieren.«

»Ich verstehe«, sagte Moreya und hörte sich dabei sehr erwachsen an. »Ich sollte das, was ich da kann, für wichtige Zwecke nutzen.«

»Das ist richtig«, der Elb pflichtete ihr mit einem herzlichen Lächeln bei. »Ich hoffe auch, dass ich dir noch viel Nützliches beibringen kann. Da wäre noch, dass du intensive Gefühle der Falken nicht ebenso stark mitempfinden musst, sondern sie gewissermaßen unwichtiger machen kannst: ihren Hunger, zum Beispiel. Dann will ich dir beibringen, die Falken zu erreichen und dich durch sie mit ihren Falknern zu verständigen.«

Moreya stellte ihr Glas ab und streckte ihren kleinen Körper so, als sei sie auf der Stelle bereit, mit der ersten Lektion zu beginnen.

»Fertig«, sagte sie einfach. »Also los, jetzt ist der beste Zeitpunkt«, erwiderte Celeberin. »Wir beginnen mit dem zweiten Teil, weil du ja bereits eine enge Verbindung zu Triel hast. Sitzt du gut?«

Moreya nickte.

»Dann schließe deine Augen und *sei* einfach mit Falstar. Rufe sanft seinen Namen. Vertraue darauf, dass er dich fühlen kann.«

Moreya schloss die Augen und wurde sehr still. Erilea hielt den Atem an, als sie ihre Tochter beobachtete. Sie wunderte sich, welches Geheimnis ihr Kind jetzt lüften würde.

Langsam hob ein Lächeln die Mundwinkel des Mädchens und breitete sich aus, bis das ganze Gesicht vor Freude strahlte.

Es war später Nachmittag und Triel lief durch die Stadt. Falstar saß hoheitsvoll auf seiner Faust.

Sein Schritt war beschwingt und spiegelte die Freude wieder über den neu erworbenen Status als voll anerkannter Falkner, verbündet mit dem wunderbarsten Falken aller Zeiten, wider. Er *wusste*, in seinem Fall war es die Wahrheit und niemand, auch Moreya nicht, würde diese Freude trüben!

Noch ein letztes Mal wollte er sich heute mit seinem Falken verbinden und fliegen. Er plante, Falstar in einem großen Bogen den ganzen Weg um die Stadt fliegen zu lassen. Zunächst entlang der äußeren Mauer, die zu den Ebenen und den Bergen in der Ferne zeigte. Dann in Richtung Meer und zurück über die Hafenseite, an den bescheidenen Unterkünften vorbei, die wie ein Flickenteppich am Fels klebten. *»Flieg, Falstar«*, flüsterte er und schwang den Falken in die Luft. *»Flieg!«*

12

Das Wasser glitzerte in der späten Nachmittagssonne und kleine Wellen umspielten die Felsen, bevor sie sich am Fuß der Klippen brachen. Möwen kreisten über den Booten und versuchten, im Sturzflug die Brocken zu ergattern, die von den Fischern ins Meer zurückgeworfen wurden.

Mit hoher Geschwindigkeit flogen Triel und Falstar am Haupteingang des Stadttores von Sanforan vorbei. Sie folgten dem geschwungenen Verlauf der äußeren Stadtmauer, die südwärts zum Meer hin verlief, und schossen dann darüber hinweg zum Ozean. Triel genoss den Nervenkitzel, als sie sich im Sturzflug von den Klippen herabfallen ließen.

Moreyas plötzliche Anwesenheit überraschte ihn und doch schien sie schon beinahe selbstverständlich.

Moreya! Wo bist du? Kannst du sehen, was wir sehen?

Moreyas freudiges Gefühl, willkommen zu sein, durchströmte Triel.

Ich sehe nichts, aber ich spüre dich und Falstar. Ich spüre deine Freude und Verbundenheit, wenn ihr fliegt. Ich bin glücklich, sehr glücklich.

Wo bist du?

Bei Celeberin.

Wer? Wo?

Vielleicht kannst du uns sehen. Schau mal . . .

Der Anblick des Hafens unter ihm wich der Sicht auf ein ungewöhnliches Haus zwischen dicht beieinanderstehenden Bäumen. Moreyas Blick, den er nun einnahm, wendete sich langsam nach rechts und er sah für einen kurzen Moment in das fein geschnittene Gesicht eines Elben, das gleich wieder verblasste und ihm wieder den Blick freigab auf den Hafen und den Ozean unter ihm.

Das war Celeberin? Er ist ein Elb!

Ja. Erilea ist auch hier. Alles ist gut.

Aber du bist nicht zu Hause.

Zu Hause ist, wo immer wir sind. Gerade jetzt ist der Elbenwald mein Zuhause.

Die Elben . . . was, in Nymaths Namen, geht hier vor?

Mach dir keine Sorgen . . . alles ist gut . . . auf Wiedersehen für heute . . . Wiedersehen . . .

So unvorhergesehen, wie sie aufgetaucht war, verschwand Moreya wieder und ließ Triel verwirrt zurück.

Doch die Faszination, sich mit Falstar über die zerklüfteten Klippen hochzuschrauben und dann zum Westtor tragen zu lassen, verscheuchte schon bald seine Verwirrung.

Als der Falke dann auf ihn zuflog, unterbrach Triel die Verbindung.

Weit entfernt im Elbenwald beobachteten Erilea und Celeberin die Verbindung von Moreya mit Triel und Falstar. Obwohl sie nicht ein einziges Wort gesprochen hatte, fand offensichtlich eine Unterhaltung statt. Es gab sogar einen Moment, in dem sie kurz ihre Augen öffnete und den Kopf langsam zur Seite drehte. Doch ihre Seele war unverkennbar woanders.

Die Verbindung währte nur kurz und schon bald flüsterte das kleine Mädchen ein Abschiedswort.

Ein Lächeln erhellte ihr ganzes Gesicht.

»Ich war da. Mit Falstar und Triel. Ich habe mich nur ausgestreckt und war da. Ich hab nicht gesehen, wo sie geflogen sind, aber ich hab sie gefühlt und ich konnte ... ich konnte mit Triel reden ...«

Sie lächelte die Erwachsenen mit ihrer kindlichen Begeisterung an.

»Und ... ich hab meine Augen aufgemacht, sodass Triel gucken konnte«, sagte sie. »Ich wusste erst nicht, ob das geht ... ich habe nur gedacht, das wäre eine gute Idee, mal zu probieren. Und es hat geklappt! Er hat dich gesehen, Celeberin!«

Auf dem alterslosen Gesicht eines Elben ist der Ausdruck von Verwunderung eher selten. Der Schriftgelehrte blickte auf ein so langes Leben zurück, dass es kaum noch etwas Neues für ihn geben konnte. Und doch legte sich jetzt ein Ausdruck der Verwunderung über sein Gesicht

»Das ist wirklich erstaunlich. Ein unglaublicher Schritt. Ich dachte, das würde viel mühsamer sein: Ein Falke, der zwei Menschen über eine solche Distanz miteinander verbindet. Und ihr wart in der Lage, euch miteinander zu verständigen!«

»Glaubst du, dass Moreya mit den anderen Falken ebenso leicht Kontakt aufnehmen könnte?«, fragte Erilea, die sich plötzlich ungeahnte Möglichkeiten ausmalte.

»Sie wäre möglicherweise dazu in der Lage«, erwiderte Celeberin. »Aber sie sollte es nicht sofort ausprobieren«, setzte er hinzu und wandte sich an das kleine Mädchen.

»Vielleicht kannst du dich morgen noch einmal mit Triel und Falstar verbinden. Wie auch immer, du musst Triel beruhigen . . . musst ihm sagen, dass du ihre enge Verbindung nicht stören willst und du dich nicht von nun an nach Lust und Laune einmischst.«

Moreya nickte bestätigend und kletterte dann aus ihrem Stuhl.

»Ich geh jetzt spielen«, verkündete sie, wieder ganz das fünfjährige Mädchen. Sie rannte hinaus, um auf der Wiese vor dem Haus herumzuspringen.

»Sie ist ein allerliebstes Kind«, Celeberin sah ihr nach. »Du kannst stolz auf sie sein.«

»Ja, aber das . . . das ist wirklich . . . ich weiß nicht. Ich bin ratlos . . . ich wünschte, ich könnte mit Alduin sprechen«, stammelte Erilea verwirrt. »Wo ist er jetzt?«, fragte der Elb.

»Ich bin mir nicht sicher. Bleibt zu hoffen, dass er meine Zeichen erkannt hat. Aber bestimmt hat man ihm in Lemrik hinterlassen, dass er uns nicht hierher folgen soll.«

Erst als sie es ausgesprochen hatte, wurde ihr deutlich, dass sie Alduin etwas beweisen wollte. »Er sollte nicht kommen, um uns zu retten . . . ich wollte ihm einfach zeigen, dass ich mich durchaus um Moreya kümmern kann.«

»Das Feuer war nicht deine Schuld«, sagte Celeberin freundlich. »Du hättest es nicht verhindern können und du hast Moreya gerettet. Ihr seid nun beide in Sicherheit.«

Erilea schaute tief in die Augen des Elben. Sie spürte seine Kraft und ihre Verwirrung ließ nach.

Und dennoch – ein Rest Unsicherheit blieb:

»Aber . . . was, wenn der Raide mir nicht gefolgt wäre?«, sagte sie nachdenklich. »Es war ein großes Risiko. Ich hoffte, dass er versuchen würde, mich zu fassen, und sich von Moreya ablenken ließ . . . aber was . . . was, wenn . . .?«

»Was, wenn? Du weißt, dass niemand diese Frage beantworten

kann. Deshalb hat es wenig Sinn, sie zu stellen«, erwiderte Celeberin. »Das Wichtigste ist, dass du so gehandelt hast, wie du es für das Beste hieltest. Und: Es ist gut ausgegangen.«

»Aber es hätte auch schiefgehen können«, beharrte Erilea dickköpfig. Celeberin seufzte. »Deine Selbstquälerei ist unnötig, aber in dieser Hinsicht kann ich dir nicht helfen. Du hattest die Wahl, du hast gehandelt und jetzt ist es geschehen. Menschenkinder scheinen einen Hang dazu zu haben, sich über Dinge zu sorgen, die sie ohnehin nicht mehr ändern können, und wenig Aufmerksamkeit darauf zu richten, wo sie *doch* etwas ändern könnten.«

»Wo kann *ich* irgendetwas tun?«

»Du kennst die Antwort. Dazu brauchst du mich nicht zu fragen.«

So rätselhaft die Worte auch waren, Erilea war beruhigt. *Sie wusste die Antwort*. Sie konnte nur hoffen, dass sie im Laufe der Zeit lernen würde, auf dieses noch verborgene Wissen zu vertrauen.

»Wir sollten nach Sanforan zurückkehren«, wechselte sie das Thema. »Ich muss mich darauf verlassen, dass Alduin meine Botschaft erhalten hat.«

»Vielleicht kann Moreya über Triel eine Botschaft übermitteln«, überlegte Celeberin. »Alduin wird sich sicherlich mit den Falknern treffen, sobald er die Stadt erreicht hat.«

»Natürlich. Das ist eine wunderbare Idee.«

»Wenn du nichts dagegen hast, werde ich euch begleiten. In Sanforan will ich dann Melethiells Rückkehr erwarten.«

»Du bist höchst willkommen«, sagte Erilea erfreut.

»Dann brechen wir in zwei Tagen auf. Morgen werde ich Moreya weiter unterrichten.«

Als Erilea zum Himmel blickte, war sie überrascht, dass oben bereits Sterne auffunkelten. Wohin war der Tag, der Abend verschwunden? Erst vor einem Augenblick . . . Sie schüttelte den Kopf und lächelte. In diesem Wald hatte die Zeit eine andere Dimension.

»Moreya«, rief sie, »komm! Zeit, ins Bett zu gehen.«

Während Triel auf dem Heimweg über das Kopfsteinpflaster zur Zitadelle hochlief, versuchte er, seine Gedanken zu ordnen.

Wie konnte Moreya auf diese Weise mit ihm Kontakt aufnehmen und konnte er tatsächlich durch ihre Augen sehen? Was bedeutete das alles – war es das Ende seiner wunderbaren Momente allein mit Falstar? Es schien ganz so, als wäre er nun doch das Opfer der Launen eines kleinen Mädchens . . .

Je mehr er darüber nachdachte, desto stärker wurde seine anfängliche Begeisterung von Gereiztheit verdrängt. Er hätte dieses Gefühl gerne unterdrückt, doch er konnte nicht dagegen ankämpfen.

»Was glaubst du, was sie bei den Elben macht? Wie ist sie dahin gekommen?«, fragte er Falstar, der wieder einmal auf seiner Faust hockte.

Der Falke schüttelte sein Gefieder und legte seinen Kopf auf die Seite, während er tief in Triels Augen blickte. Ein Gefühl bedingungsloser Liebe überschwemmte den Jungen und Ruhe breitete sich in ihm aus.

Seine Laune hob sich wieder. Warum regte er sich so auf?

»Na gut«, sagte Triel mit einem Lächeln. »Ich werde nicht weiter herumstochern . . . und ich will auch kein Problem daraus machen, solange es keines ist!«

Das abendliche Mahl hatte schon begonnen, als Triel sich seinen Weg um die überfüllten Tische bahnte. Er stieß Lambrith leicht in die Rippen, damit er ihm ein bisschen Platz auf einer der Bänke machte. Seine acht Falknerfreunde saßen alle zusammen. Es wurde gekaut, geschmatzt und geschluckt und dazwischen tauschten sie die Erlebnisse ihrer Flüge aus.

»Gistel und Peeka haben sich ein Wettfliegen bis zum Waldrand geliefert«, erzählte Broon.

»Das stimmt«, bestätigte Marshalt. »Und Peeka kam als Erster dort an.«

»Gar nicht wahr!«, brauste Broon auf. »Wir waren direkt neben euch.«

»Also, wir hatten die Augen weit offen, aber da war weit und breit nichts von dir zu sehen«, beharrte Marshalt.

»Kann sein, dass eure Augen weit offen waren. Blind seid ihr trotzdem!«, gab Broon zurück. »Ich will . . .«

»Du behauptest, mein Falke sei blind?«, rief Marshalt ärgerlich aus. »Wie kannst du es wagen, das ist eine fürchterliche . . .«

»Ach, hört auf ihr beiden«, unterbrach Sean die Jungen. »Besinnt euch darauf, wer wir sind. Als Falkner von Nymath müssen wir nicht unter uns konkurrieren. Na los, wir sind ein Team. Wir sind *Moreyas Neune!*«

»Was soll das heißen?«, mischte sich nun Bryant ein. »Wer hat *den* Namen denn erfunden?«

Sean wurde vor Verlegenheit rot. »Ich . . . tut mir leid. Ich wollte nur . . . ich dachte, das wäre eine Möglichkeit, uns von anderen Falknern zu unterscheiden . . . Es war nur so ein Gedanke.«

»Gib uns keinen Namen, ohne uns vorher zu fragen«, Marshalt war wegen Broons Kommentaren noch immer verärgert.

»Nun ist es aber gut – beruhigt euch jetzt mal alle miteinander«, sagte Triel.

Die Intensität seiner Stimme lenkte die Aufmerksamkeit seiner Freunde auf ihn.

»Sean hat recht. Als Falkner von Nymath sind wir so gut wie erwachsen: Unsere Ausbildung ist bald beendet und wir werden in die Welt hinausziehen. Nur Gilian weiß, warum wir eine besondere Beziehung zu Moreya haben, aber vergesst nicht unseren Schwur.«

»Stimmt«, bestätigte Sean, »wir haben geschworen, sie zu beschützen.«

»Na, wir wollen mal nicht übertreiben«, warf Creis ein. »Die Wahrscheinlichkeit, dass das jemals nötig sein wird, ist sehr gering. Warum, um alles in der Welt, sollte sie unseren Schutz brauchen?«

»Genau«, meinte Bryant. »Immerhin ist Falkner Alduin ihr Vater. Er kann sehr gut selbst auf sie aufpassen. Ich sehe nicht ein, warum wir ihre Beschützer spielen sollten.«

»Also, ich stimme zu. Es ist ziemlich unwahrscheinlich . . .«, sagte Triel, »aber wir können doch nicht gleich unseren allerersten Schwur auf die leichte Schulter nehmen und so tun, als gäbe es ihn nicht. Schließlich erwarten wir auch von den anderen, dass sie unser Wort ernst nehmen.«

Die Leidenschaft in Triels Stimme berührte die anderen. Das Geplänkel ließ nach und alle dachten ernsthaft über das nach, was er gesagt hatte.

»Ich mag den Namen *Moreyas Neune«,* sagte Galdan sanft, aber bestimmt.

Da er der schüchternste der neuen Falkner war, überraschte er jeden damit, dass er überhaupt etwas sagte.

»Nun gut«, gab Creis nach. »Einigen wir uns darauf, es zu . . .«

»Natürlich nur unter uns«, unterbrach Bryant ihn.

»Einverstanden«, sagten die anderen.

»Einigen wir uns darauf, es zu nutzen, verbunden zu bleiben und als eine Erinnerung an das Gelöbnis, Moreya zu helfen – und nebenbei gesagt: natürlich auch jedem anderen, falls er Hilfe brauchen sollte.«

»Warte mal einen Moment«, Taro runzelte die Stirn. »Sind *wir* die *Neune* oder sind die Falken damit gemeint? Es sieht doch so aus, als hätten die Falken Moreya irgendwie ausgesucht.«

»Ääh, wahrscheinlich hast du recht«, meinte Sean. »Aber ist das wirklich so wichtig? Wir können es ja von zwei Seiten betrachten. Neun Falken und neun Falkner. Wenn wir uns verbinden, sind wir sowieso eins.«

»Wir sollten uns nicht in Kleinigkeiten verlieren«, sagte Lambrith. »Wenn wir uns einig sind, dass wir den Namen benutzen wollen . . . unter uns natürlich . . . dann müssen wir entscheiden, was genau das bedeutet . . . Was passiert denn, wenn wir gebraucht werden?«

»Ha! Wir sollten uns auf ein Symbol einigen, das für den Namen steht. Falls wir auf größere Entfernung miteinander in Verbindung treten müssen.«

Allmählich erwärmte sich Broon für die Idee. »Ich denke an die

Rune *Tiwaz*. Sie verspricht Erfolg bei edlen Anliegen und bezeichnet eine Menge guter Eigenschaften: Gerechtigkeit, Ehre ... Unser Anliegen ist edel.«

»Und sie sieht aus wie ein Pfeil ... Falken fliegen schnell wie Pfeile ...«, fügte Taro hinzu. »Ich bin sicher, die *Neun* sind die Falken!«

»Sieh mal«, Broon zeichnete Linien auf den Tisch. »Wenn wir sagen, die Rune symbolisiert einen Falken, und neun davon mit der Spitze nach innen zusammenfügen – dann sieht es aus wie ein Stern!«

»Genau!«, stimmte Triel enthusiastisch zu. »Und die Spitzen der Pfeile bilden ein zusätzliches Muster in der Mitte ... wie ein kleiner Stern im Herzen eines größeren.«

Obwohl sie nicht so recht wussten, warum, saßen sie alle gerade auf ihren Stühlen, überwältigt von einem Gefühl der Aufregung und Zufriedenheit.

»Es ist perfekt«, sagte Triel nach einer Weile. »Ein neunstrahliger Stern. Das ist ungewöhnlich, deshalb würde es mich wundern, wenn andere die gleiche Idee haben sollten.«

»Aber wenn wir alle das gleiche Zeichen benutzen, wie finden wir heraus, wer von uns die Nachricht geschickt hat?«, überlegte Sean.

Diese Frage warf sie für einen Moment zurück.

Schließlich hatte Galdan die zündende Idee. »Jeder von uns wird durch einen Strahl des Sterns dargestellt. Wir können uns aussuchen, wer welcher sein will. Nehmen wir einmal an, ich sende eine Nachricht, dann zeichne ich meinen Pfeil länger als die anderen.«

»Und nach welcher Reihenfolge sortieren wir die Pfeile?«, fragte Bryant, »Bratho war der erste Falke, der geschlüpft ist«, sagte Galdan. »So soll Taros Pfeil der obere sein. Dann gehen wir rechts herum: Sean, weil Calvar das zweite Küken war. Und so weiter.«

»Natürlich!«, rief Triel aus. »Auf diese Weise vergessen wir es niemals.«

Die jungen Falkner waren so darin vertieft, Nachrichten für die unterschiedlichsten Möglichkeiten auszuarbeiten. So fiel es ihnen gar nicht auf, dass es draußen bereits stockdunkel war.

Selbst noch auf dem Weg zur Falkenhalle, wo sie nach den Falken sahen, und auf den Stufen zu ihren Schlafräumen debattierten sie weiter.

Erst als Triel unter seinem Leintuch ausgestreckt lag, fiel ihm auf, dass er seinen Freunden gegenüber nichts von seinem Erlebnis mit Moreya erwähnt hatte. Vielleicht war es auch besser so. Trotzdem hätte er gern gewusst, ob die anderen ein ähnliches Erlebnis gehabt hatten.

Nachdem sie die Nacht bei Grest und Tirla verbracht hatten, erreichten sie am Nachmittag des nächsten Tages die Tiefebene vor Sanforan.

»Sieh mal, Cardol«, rief Alduin und deutete zum Himmel. »Junge Falken. Sie werden den verbundenen Flug üben.«

Sie zügelten ihre Pferde und betrachteten die eleganten Vögel, die über dem Emmerfeld schwebten. Alduin wurde niemals müde, Falken im Flug zu beobachten, gleichzeitig weckte es in ihm unvermittelt die Sehnsucht, sich mit Rihscha zu verbinden. Er schloss seine Augen.

Klauen schlagen in Federn und Fleisch . . . die wilde ungezähmte Kraft der Jagd und der Angriff . . . Schmerz und Unverständnis . . . Falken kämpfen gegen Falken! Die Qual des im Geist verbundenen Gefährten, als das Leben ausgelöscht wird . . . Brutalität, die jede Menschlichkeit vergessen lässt . . . der Schrei von Hoffnungslosigkeit – und Ärger . . .

»Was ist los, Kumpel? Stimmt was nicht?«, rief Cardol erschreckt.

Er lenkte sein Pferd zu Alduin hinüber, der im Sattel schwankte. »Du siehst aus, als hätte dich der Blitz getroffen!«

Alduin sank zitternd und keuchend auf Schwarzkristalls Nacken. Es fehlte nicht viel und er wäre vom Pferd gefallen. Im letzten Moment hielt er sich an der Mähne fest.

Der Hengst scheute und wieherte nervös. Cardol sprang ab und klopfte Nachteule auf die Kruppe als ein Zeichen zu warten. Dann lief er zu Schwarzkristall, griff in die Zügel und legte die andere Hand auf Alduins Rücken.

»Gut jetzt, ruhig, Junge«, beruhigte er das Pferd. Oder Alduin. Oder beide.

Der Kataure stimmte eine merkwürdige Melodie an: Sie war durchsetzt mit seltsamen Lauten, welche die tiefsten Instinkte weckten – sowohl die des Pferdes als auch die des Falkners.

Nach und nach beruhigte sich das Tier und Alduin kam wieder zu sich. Er richtete sich langsam auf und hatte nun beide Hände fest am Nacken des Hengstes.

»Willst du reden?«, fragte Cardol, während er weiterhin Schwarzkristalls Nüstern streichelte. Alduin schüttelte den Kopf. »Nicht jetzt. Gleich. Lass uns in die Stadt reiten.«

»Soll ich die Zügel nehmen?«

»Nein. Mir geht's schon besser. Das Schlimmste ist vorbei.«

Cardol gab Alduin die Zügel in die Hand und pfiff Nachteule herbei, der aufs Wort folgte und angaloppierte. Er stieg auf, schnalzte mit der Zunge und trieb beide Pferde zu einem scharfen Trab an. Ohne den jungen Falkner aus den Augen zu lassen, lenkte er Nachteule zum Osttor Sanforans und weiter bis ins Hauptquartier der Katauren.

Als die Pferde abgesattelt und versorgt waren, bestellten die beiden Männer in einer kleinen Taverne um die Ecke Essen und Trinken. Erst jetzt ermutigte Cardol seinen Freund zu sprechen.

»Na los, mein Junge. Es ist besser, du redest drüber. Was ist passiert?«

Alduin sah den Katauren lange an und wog ab, wie viel er preisgeben sollte.

»Ich habe dir erzählt, dass meine Tochter ein ungewöhnliches Talent hat«, begann er schließlich. »Nun, ich vermute, man könnte sagen, ich auch. Anders, aber genauso ungewöhnlich. Wenn ich mich mit Rihscha verbinde, finde ich mich nicht jederzeit im Hier und Jetzt wieder. Manchmal fliegen wir in völlig andere Zeiten und an fremde Orte. Ich meine damit: zurück in die Vergangenheit oder irgendwo in die Zukunft.«

Er schwieg, um abzuwarten, wie Cardol es aufnahm. Aber abgesehen von einer leicht angehobenen Augenbraue zeigte er keine Reaktion. Er war nur aufmerksam.

»Dann . . . also, in anderen Momenten verbinde ich mich mit Rihscha . . . und sehe dennoch durch die Augen eines anderen Falken«, fuhr Alduin fort. »Wie du siehst, ist es, als wäre Rihscha für mich wie ein Tor, durch das ich . . . ich weiß nicht, wie ich es ausdrücken soll . . . in andere Bewusstseinsebenen und Welten eintrete. Aber was alles noch komplizierter macht: Ich kann nicht herausfinden, ob das, was ich dann erlebe, wahr wird.«

»Soll heißen?«

»Ich sag es mal einfacher. Ich habe eine Vision von etwas, das sich in der Zukunft ereignet. Aber es kann durchaus sein, dass es niemals eintrifft. Es könnte nur eine von beliebig vielen zukünftigen Möglichkeiten sein.«

»In anderen Worten, du weißt nicht, wie du es herausfinden kannst.«

»Nein.«

»Und . . .«, Cardol begann allmählich zu verstehen, »das, was vorhin passiert ist, war so eine Art Vision? Eine unangenehme, nehme ich an?«

Alduin nickte.

»Ich hatte schon einige schlimme Visionen, aber diese hat mich in tiefster Seele erschüttert, weil . . . weil es aussah, als würde Falke gegen Falke kämpfen!«

Cardols Augenbrauen schossen in die Höhe, entsetzt über eine solch aberwitzige Vorstellung.

»Aber . . . aber das könnte niemals passieren! Die Falken von Nymath würden einander niemals angreifen. Ihre Falkner müssten sie dazu ermuntern und das . . . ich meine, das würde . . . ich meine, das kommt nicht infrage. Da ist doch der ganze Kram von Ehre, die Raiden-Falknertradition, der Kodex . . . sie würden ihr ganzes Ansehen verlieren . . . jeglichen Respekt. Niemand würde es wagen, so etwas zu riskieren.«

Alduin konnte zunächst nicht antworten. Die Vorstellung, dass eine solche Vision Wahrheit werden würde, war unerträglich. Falkner und Falken, die gegeneinander kämpfen! Er wurde blass, als ihm ein weiterer Gedanke kam.

»Die Götter mögen verhüten, dass es etwas mit Moreya zu tun hat.«

»Was meinst du damit?«

»Ich meine: Was, wenn Moreya der Grund ist, dass die Falkner sich gegenseitig bekämpfen?«

Im ersten Moment schien es, als hätte Cardol kein Wort von dem verstanden, was Alduin sagen wollte. Dann aber huschte ein Schatten über sein Gesicht und er meinte nachdenklich: »Das Feuer . . . wir wissen, dass es gelegt wurde . . . vielleicht war es doch dieser Falkner. Wie hieß er noch?«

»Stantel.«

»Richtig . . .«, der Kataure sprach langsam weiter. »Dann lass uns einfach mal sagen . . . dass er Moreya loswerden wollte.«

Doch gleich darauf schüttelte er den Kopf. »Ich sehe immer noch keinen Grund, weshalb Falken sich deshalb gegenseitig angreifen sollten.«

»Du hast recht«, meinte Alduin nachdenklich. »Eigentlich sehe ich da auch keine Verbindung.«

Cardol schien erleichtert, als hätte er nach einer langen Reise über einen aufgewühlten Ozean nun endlich wieder festen Boden unter den Füßen. Er nahm einen großen Schluck Ale und wischte sich mit dem Handrücken den Mund ab.

»Na siehst du, Kumpel. Keine Verbindung . . . und, wie du sagst, könnte sein, dass es nie passiert. Vielleicht waren es sogar wilde Falken. Ist das möglich?«

Alduin seufzte resigniert. »Nein. Ich konnte auch die Männer dahinter fühlen. Es war, als hätte ich das Leid aller Beteiligten gespürt . . . und das waren sowohl Menschen als auch Falken.«

»Also dann«, meinte Cardol, nahm einen weiteren Schluck und erhob seinen Becher, um anzustoßen.

»Dann lass uns zu jedem einzelnen Gott Nymaths beten, dass so etwas niemals wahr wird.«

Alduin lächelte gequält, hob ebenso seinen Becher und trank – aber dennoch blieb diese schreckliche Ahnung, die sich nicht beiseiteschieben ließ.

Bevor er sich später am Abend auf den Weg zu Rael und Bretta machte, musste er Cardol versprechen, ihn auf dem Laufenden zu halten.

Auch seine Freunde spürten schnell, dass es ihm nicht gut ging, und setzten sich mit ihm noch in die Stube. Dort erzählte er ihnen, was seit seinem überstürzten Aufbruch vor wenigen Tagen geschehen war. Er berichtete alles, bis auf die Vision, die er im Tal vor Sanforan hatte. Das sollte später folgen und auch nur, wenn es notwendig wäre. Rael und Bretta hörten der Geschichte von Anfang bis Ende schweigend zu und wagten kaum zu atmen.

»Jemand wollte dir und deiner Familie Schaden zufügen? Unglaublich!«, rief Bretta schließlich und griff schutzsuchend nach Raels Hand. »Warum nur? Das ist ja furchtbar! Und du vermutest, dass es sogar ein Raide war? Gilian schütze uns!«

»So unschön es auch klingt, eine Menge Hinweise sprechen dafür«, sagte Alduin. »Ich meine, der Umstand, dass ich Stantel gesehen habe, als er die Stadt klammheimlich verließ. Das muss nichts heißen. Trotzdem, ich kann mir nicht helfen: Ich habe das Gefühl, dass es kein Zufall war. Ich wünschte, ich hätte . . . oh, ich weiß nicht, was ich wünsche . . .«

»Es stimmt, Stantel hat seit mehr als einem Siebentag nicht mehr hier herumgeschnüffelt«, sagte Rael, »aber das kann verschiedene Gründe haben. Er macht überall im Land Geschäfte und geht möglicherweise einer Verpflichtung nach. Ich war ehrlich gesagt recht erleichtert, denn die Jungen können bei ihren Übungen mit den Falken keine unangenehmen Störungen gebrauchen.«

»Stantel ist verbittert, daran gibt es keine Zweifel. Er ist verbittert und eingebildet. Er könnte gut . . .«, gab Alduin seine Meinung kund.

»Sei vorsichtig«, warnte Rael. »Du darfst keine Schlüsse ziehen oder Anschuldigungen erheben, die sich später als nichtig herausstellen könnten. Erinnere dich an Lotan. Du dachtest damals, er hätte auf Rihscha geschossen . . . aber es war alles ganz anders. Als die Wahrheit an den Tag kam, hast du dich ziemlich mies gefühlt.«

»Du hast recht«, gab Alduin zu, rieb sich müde das Gesicht und sah seinen ersten, schicksalhaften Sommer in Sanforan noch einmal vor sich. »Ich suche nur verzweifelt nach einer Erklärung . . . ich will verstehen, was passiert ist, damit ich weiß, was ich unternehmen soll. Aber ich bin hundemüde. Die letzten Tage habe ich die meiste Zeit im Sattel verbracht.«

»Trink noch etwas Calba«, Bretta füllte seinen Becher nach. »Wenn du ausgetrunken hast, solltest du schlafen.«

»Bist du dir sicher, dass Erilea und Moreya in Sicherheit sind?«, fragte Rael.

»Ich kann nur meinem Herzen vertrauen . . . und Erilea. Ihre Nachricht war deutlich . . . ich muss an sie glauben.«

»Also. Dann nehmen wir Brettas Vorschlag an. Wir sollten alle ins Bett gehen.«

»Ja«, stimmte Alduin zu, »und morgen werde ich Stantel einen Besuch abstatten.«

13

Als Alduin einen Schritt vor die Tür machen wollte, verzog er das Gesicht. In der Nacht waren schwere Wolken von Westen her aufgezogen. Nun fielen Unmengen von Regen, ohne dass ein Ende abzusehen war. Die Bauern hatten schon lange auf Regen gehofft, doch für die kleinen Abwasserkanäle neben den Straßen der Stadt war es zu viel. Sie verwandelten sich bald in Sturzbäche und rissen die Abfälle von der Zitadelle bis zur Stadtmauer mit sich. Dort landeten sie in den Pfützen und Wasserlachen, die sich in jeder Vertiefung der Straße gebildet hatten.

Alduin hatte sich entschieden, erst einmal mit Meister Calborth zu sprechen, bevor er Stantel zur Rede stellen würde. Deshalb lief er schnell hoch zur Falkenhalle, eng in seinen Umhang gewickelt, um sich gegen das unfreundliche Wetter zu schützen. Im Gebäude suchte er den Meister vergebens, daher ging er direkt zu Jungfer Calborth in die Küche und fragte nach ihm.

»Er ist im Bogenhof«, sagte sie ihm und versenkte ihre Hände wieder tief im klebrigen Teig. »Die Falken müssen noch fliegen.«

Er war neugierig und wollte sehen, wie sie wohl bei solch schweren Niederschlägen fliegen würden. Daher huschte er zum Hof hinüber und rannte schnell unter die schützende Überdachung des Rundweges. Genau in diesem Moment sauste ein Falke vorbei, gefolgt von einem zweiten und einem dritten. Alduin duckte sich und drückte sich flach an die Wand, um dann in die Hocke zu rutschen. Aus dieser sicheren Position heraus beobachtete er die amüsante Szene, die sich vor ihm abspielte.

»So ist es gut«, sagte Meister Calborth, der gut geschützt im Trockenen saß. »Vielleicht ist es nicht so interessant, aber es ist eine gute Übung.«

Die jungen Falkner standen mit geschlossenen Augen im strömenden Regen mitten im Hof, während sie mit ihren gefiederten Gefährten verbunden waren. Obwohl sie in ihre Kapuzenmäntel gehüllt waren, schüttelte es sie vor Unbehagen. Die Falken selbst flogen in einer gleichmäßigen Prozession um den Hof herum, geschützt durch das Dach, das von starken Balken gestützt war. Es war ein ungewöhnlicher Anblick, der sich ihm da bot, aber – wie Jungfer Calborth schon sagte, die Falken brauchten die Übungsflüge.

Alduin sah noch eine Weile zu und verband sich dann kurz mit Rihscha. Es überraschte ihn nicht, den Falken gemütlich neben Sivella in Brettas Küche hocken zu sehen, während Raels Frau ihn mit kleinen rohen Fleischstückchen fütterte.

Er öffnete wieder die Augen und bemerkte, dass die jungen Falkner inzwischen den Bund mit ihren Falken unterbrochen hatten. Sie strebten einen weniger nassen Ort an, wo die Falken dann auf ihren Fäusten landen sollten. Alduin ging auf die Gruppe zu, die sich mit klappernden Zähnen eng um Meister Calborth scharte.

»Das war ausgezeichnet. Das Wetter wird uns auch in Zukunft nicht immer gewogen sein. Aber ihr habt es alle gut gemacht. Jetzt bringt eure Falken in die Käfige zurück und wir werden reparieren . . . was auch immer repariert werden muss.«

Ein Stöhnen entrang sich den Kehlen der jungen Falkner, aber der strenge Blick des Meisters ließ sie schnell verstummen.

»Wir verbringen hier nicht einfach vergnüglich die freie Zeit, wie manch einer von euch vielleicht denken mag. Mit den Falken zu fliegen, ist zwar die Hauptsache, aber Falkner zu sein, verlangt weit mehr von euch.«

Im Bewusstsein ihrer bevorzugten Position verbeugten sich die Jungen formell und gingen zurück zur Halle. In diesem Moment entdeckte Triel Alduin.

»Falkner Alduin«, flüsterte er, als er an ihm vorbeikam, »ich muss mit dir sprechen. Dringend.«

Alduin stimmte sofort zu. »Gleich. Ich will dem Falkenmeister nur schnell meinen Respekt bezeugen.«

Alduin schloss zu Meister Calborths Seite auf. Mit einem belustigtem Blick erhob sich der alte Mann von der Bank und beeilte sich, aus dem nassen Wetter in die gemütliche Wärme der Brutkammer zu kommen. Er erwiderte Alduins formelle Begrüßung mit einem Nicken. »Du bist schon wieder in Sanforan?«, stellte er neugierig fest. »Was bringt dich so schnell zurück?«

»Schlechte Neuigkeiten, fürchte ich. Unser Zuhause wurde zerstört. Durch Feuer.«

Meister Calborth hielt abrupt inne und wandte Alduin sein besorgtes Gesicht zu.

»Geht es euch gut? Ich hoffe, es wurde keiner verletzt!«

»Wir sind alle in Sicherheit. Erilea und Moreya sind . . . also, sie werden in ein oder zwei Tagen hierher kommen . . .«

Meister Calborth sah ihn fragend an und begriff auf Anhieb, dass mehr hinter der Geschichte steckte, als Alduin im Augenblick sagen wollte.

»Hmm. Vielleicht sollten wir zusammen essen. Deine Mutter besucht ihre Familie und Bardelph ist unterwegs hierher. Aber er wird sein Mahl ebenfalls im Speisesaal einnehmen.«

Meister Calborths einfühlsame und handfeste Worte taten Alduin gut und er atmete auf. Erst jetzt spürte er, wie angespannt er die ganze Zeit gewesen war.

»Danke, ich esse gerne mit euch. Kann ich zuvor einen Moment mit Triel sprechen? Es ist etwas Privates.«

Calborth stimmte zu.

»Warte im Speisesaal, ich schicke ihn zu dir.«

Alduin setzte sich an einen der langen Esstische, weit vom Eingang und der Küchentür entfernt. Einige Scheite loderten hell im Kamin und versuchten, die feuchte Kälte zu verscheuchen, die das stürmische Wetter mit sich gebracht hatte. Die zwei Becher Calba, die er Jungfer Calborth hatte abschwatzen können, stellte er auf den Tisch. Er schlürfte gerade an seinem Getränk, als Triel hereinkam.

»Hier«, Alduin zeigte auf den zweiten Becher, »ich glaube, du kannst etwas Warmes gebrauchen.«

»Die Umhänge sind gut gegen Regen, aber die Feuchtigkeit kriecht drunter und du fühlst dich total miserabel«, bestätigte Triel, setzte sich und hob den Becher mit einem dankbaren Aufatmen an seine Lippen.

»Ich weiß, was du meinst«, pflichtete Alduin bei. »Die Felder brauchen das Wasser, aber auch ich ziehe trockenes Wetter vor.«

Dann gab er Triel Zeit, seine Gedanken zu ordnen, während sie schweigend den Calba tranken.

»Es ist gestern und heute Morgen passiert«, begann Triel schließlich und ging davon aus, dass Alduin wusste, wovon er sprach. Alduin nickte bestätigend.

»Aber diesmal war es sehr viel intensiver . . . ich konnte ihre Anwesenheit ganz deutlich spüren. Wir haben sogar miteinander gesprochen . . . also, du weißt schon . . . Gedanken ausgetauscht . . . es war wie eine Unterhaltung.«

Plötzlich sprudelten die Worte nur so hervor. Triel erzählte von dem gemeinsamen Flug, von dem Elben und berichtete schließlich:

». . . und dann heute . . . heute hat sie mich gebeten, dir eine Nachricht zu bringen . . . ich soll dir einfach sagen, dass sie morgen nach Sanforan aufbrechen.«

Er machte eine Pause und wartete gespannt auf Alduins Reaktion. Erleichterung und Freude zeigten sich auf dem Gesicht seines Freundes.

»Du kannst dir nicht vorstellen, wie gut es ist, das zu hören. Ich meine, ich hatte eine Nachricht von Erilea, aber jetzt, jetzt weiß ich wirklich, dass sie gerettet sind . . . und dass ich sie bald wiedersehen werde.«

»Es war, als hätte Moreya beide Male absichtlich versucht, mich zu erreichen«, sagte Triel und rief sich die Ereignisse noch einmal ins Gedächtnis zurück. »Und später hat sie dann entschieden, die Verbindung zu beenden. Sie sagte Auf Wiedersehen . . . und hörte sich dabei so erwachsen an. Aber ich weiß, dass es ihre Stimme war. Daran besteht kein Zweifel.«

»Das macht durchaus Sinn. Die Elben haben ihr vermutlich beigebracht, wie sie mit ihrer Gabe umgehen kann.«

»Ist sie deshalb dort? Du könntest es ihr doch genauso gut beibringen.«

»Sie mussten dort Schutz suchen«, sagte Alduin ohne weitere Erklärung. Doch nach einem kurzen Zögern sagte er langsam: »Sieh mal, ich habe die Geschichte bis jetzt nur deinen Eltern erzählt. Aber ich sehe, dass ich den Kreis wohl erweitern muss, und wenn ich es mir recht überlege, solltest du sie auch kennen. Setz dich heute Mittag zu mir. Meister Calborth und Bardelph werden hier sein und Rael hole ich noch dazu.«

Die Andeutung eines Geheimnisses und die Aussicht, in solch erlesener Gesellschaft sein Mittagsmahl zu sich zu nehmen, versetzten Triel in beste Laune. Er grinste erfreut: »Sehr gerne«, sagte er, »die Vorfreude darauf macht meine Pflichten erheblich erträglicher!«

Der Zufall wollte es, dass die Wunand-Schüler an diesem Tag nicht im Speisesaal waren. So war es ruhiger als sonst und viele Bänke blieben leer. Alduin saß mit Meister Calborth, Rael und Bardelph in einer ruhigen Ecke. Kurz darauf stießen auch Triel und Cardol dazu.

»Hör zu«, sagte Alduin zu Triel und schaute hinüber zu den anderen Falknern. »Bitte entschuldige bei den anderen, dass ich dich von ihrem Tisch weghole. Sag ihnen auch, dass ich sie um ein Gespräch in ein oder zwei Tagen bitte.«

Triel nickte und ging, um Alduins Botschaft zu überbringen. Kurz darauf kehrte er zurück, gerade als das Essen aufgetragen wurde. Er setzte sich schweigend neben die anderen und bereitete sich darauf vor, eher zuzuhören, als zu sprechen. Deshalb traf Alduins Aufforderung den jungen Falkner völlig unvorbereitet.

»Triel, weshalb erzählst du nicht alles von dem Augenblick an, als Falstar geschlüpft ist. Und von der Zeit danach, als du . . . wann auch immer du Moreyas Gegenwart gespürt hast.«

Für einen Moment verschlug es Triel die Sprache, aber dann begann er, Schritt für Schritt alles zu erzählen, während sich der Ausdruck auf den Mienen seiner Zuhörer mehr und mehr in ungläubiges Staunen verwandelte.

»Also, das ist eine außerordentlich merkwürdige . . . und beunruhigende Geschichte«, unterbrach Calborth als Erster die Stille, die im Anschluss an Triels Erzählung für einen Moment über dem Raum lag.

Er zog sorgenvoll die Stirn kraus.

»Das gibt Ärger, merkt euch meine Worte!«

»Ärger gab es bereits, wenn meine Vermutung zutrifft«, kommentierte Alduin Unheil verkündend. Nun war es an ihm zu erklären, dass das Feuer in seinem Haus kein Unfall, sondern Brandstiftung gewesen war.

»Und du glaubst, dass jemand Moreya Schaden zufügen wollte ... wegen ihrer Gabe?«, grollte Bardelph ärgerlich. »Na warte, bis ...«

»Es gibt keine andere Erklärung dafür«, unterbrach Alduin.

»Oder sie wollten dich«, meinte Rael nachdenklich. »Auch wenn du selbst nicht dort warst. Sie wussten, dass du am Boden zerstört wärst, wenn Erilea und Moreya irgendetwas zustoßen würde. Und vergiss nicht: Da gibt es eine Menge Leute, die dir nur wenig Zuneigung entgegenbringen.«

»Ich vermute, du hast recht. Kann sein, dass ich das eigentliche Ziel bin, trotzdem kann ich nicht ausschließen, dass der Anschlag Moreya galt.«

»Wir müssen die Jungs fragen, ob einer von ihnen etwas verraten hat. Eine einzige beiläufige Bemerkung könnte schon Auslöser gewesen sein.«

»Du kannst dich heute Nachmittag mit ihnen in der Brutkammer treffen. Da ist es verschwiegen«, bot Calborth an.

»Danke. Ja, so machen wir das«, erwiderte Alduin.

»Triel, informiere sie bitte alle. Wir treffen uns zur fünften Glocke«, trug Calborth dem Jungen auf. »Jetzt kannst du erst einmal gehen.«

Der junge Falkner zögerte für einen Moment, dann nahm er seinen Teller.

»Triel«, sprach Alduin ihn noch einmal an, bevor er den Tisch verlassen konnte, »wenn du es noch nicht gemacht hast, solltest du den anderen vorher von deinen Erlebnissen mit Moreya erzählen. Aber sonst nichts weiter.«

»Verstanden!«, antwortete Triel und verbeugte sich respektvoll, bevor er sich an den Tisch seiner Kameraden setzte.

»Da ist doch noch etwas, das dich beunruhigt«, wandte sich Calborth an Alduin.

Alduin nickte und sah die anderen an.

»Zwei Dinge. Als Erstes: Ich habe einen Verdacht . . . ich weiß, er ist noch vage und wir müssen ihm noch genauer nachgehen. Aber ich glaube, es war Stantel, der das Feuer gelegt hat . . . oder er war irgendwie daran beteiligt.«

»Wie kommst du darauf?«, fragte Calborth und der Klang seiner Stimme verriet, dass er nicht ernsthaft überrascht war.

Alduin erzählte nun, wie er Stantel beobachtet hatte, als er so heimlich die Stadt verließ.

»Gut, ich pflichte dir bei, dass er ein eher unangenehmer Mensch ist«, sagte Bardelph. »Aber das, was du da erzählst, ist ein bisschen dünn. Außerdem habe ich immer geglaubt, dass er sich zu fein sei, um sich die Finger mit so etwas schmutzig zu machen.«

»Vielleicht hat er jemanden, der für ihn die Drecksarbeit erledigt«, warf Cardol ein. »Es gibt einen Weg, das herauszufinden«, sagte Alduin. »Wir sind ziemlich sicher, dass Erilea ihn mit dem Messer verletzt hat. Und zwar sehr schlimm. Wir fanden eine Menge Blut. Wir müssen also herausfinden, ob Stantel verletzt ist. Aus diesem Grund wollte ich ihm auch gerne einen Besuch abstatten.«

»Aber Stantel ist nicht in der Stadt«, sagte Calborth. »Er hat sie heute am späten Vormittag verlassen und Bast flog über ihm. Er hatte viel Gepäck am Sattel und war nicht alleine.«

»Bist du sicher?«, fragte Alduin.

»Absolut.«

»War er verletzt?«

»Kann ich dir nicht sagen. Er war ziemlich eng in seinen Umhang gewickelt. Ich konnte nicht mal sein Gesicht erkennen, so weit hatte er die Kapuze heruntergezogen. Ich habe ihn auch nur erkannt, weil einer seiner Gefährten seinen Namen sagte. Hörte sich wie ein Streit an.«

»Also wissen wir nicht sicher, ob er es war«, warf Cardol ein und schlug mit der Faust auf den Tisch. »Und es sieht nicht danach aus, als würden wir es so bald herausfinden.«

»Wir könnten Sivella und Rihscha hinterherschicken«, schlug Rael vor, »um herauszufinden, wohin sie gehen. Sie können noch nicht so weit sein.«

»Nein!«, brach es so scharf aus Alduin heraus, dass sich alle Augen auf sein angsterfülltes Gesicht richteten.

»Warum, in Nymaths Namen, nicht?«

Rael war erstaunt.

»Das betrifft das zweite Thema, von dem ich euch erzählen wollte . . .«, begann Alduin, ». . . obwohl mir schon schlecht wird, sobald ich nur darüber nachdenke.«

Er schilderte seine Vision, in der Falke gegen Falke kämpfte. »Das ist . . . das ist undenkbar«, stieß Calborth aus. »Welcher Falkner wird so etwas erlauben? Das ist nicht möglich!«

»Ich weiß«, stimmte Alduin zu, »ich selbst möchte diesen Gedanken nicht weiter spinnen. Aber ich hatte diese Vision und es waren eindeutig Falken, die mit Menschen verbunden sind.«

»Was hat das jetzt damit zu tun, ob wir Sivella und Rihscha hinter Stantel herschicken?«, wollte Rael wissen.

»Nur die Götter wissen, was Stantel tun wird, wenn er entdeckt, dass er ausspioniert wird«, erwiderte Alduin. »Stell dir vor, er befiehlt Bast, Rihscha oder Sivella anzugreifen.«

»Du ziehst schon wieder voreilige Schlüsse«, warnte Rael. »Ich stimme dir zu, dieser Mann ist gehässig, aber du unterstellst ihm, dass er . . . nun, dass er ein Verbrecher ist.«

»Ich weiß, ich sollte das nicht tun«, bekannte Alduin. »Andererseits will ich auch kein Risiko eingehen.«

Sie verfielen in nachdenkliches Schweigen und plötzlich schien drohend eine dunkle Wolke über ihren Köpfen zu hängen.

»Falken, die gegen Falken kämpfen . . . möge Gilian uns schützen«, murmelte Bardelph düster und sprach damit aus, was jedem der anwesenden Raiden auf der Zunge lag.

»Und Asnar«, fügte Cardol hinzu, »und Asnar!«

Im Moment sah es so aus, als gäbe es nichts weiter zu sagen. Es war ein furchtbares Bild, das sich vor ihren Augen auftat, und jeder von ihnen hatte das Gefühl, der Bissen würde ihm im Halse stecken bleiben: Von allen Gräueln, die Nymath bedrohen könnten, seit die Stämme hier Zuflucht gefunden hatten, war die Vorstellung von Kämpfen unter den Raiden eine der schlimmsten. Dies hätte Konsequenzen für jeden einzelnen Bewohner.

Den Männern hatte es den Appetit verschlagen. Keiner von ihnen konnte weiteressen.

Die mächtige Rathausglocke schlug fünf. Die jungen Falkner versammelten sich in der Brutkammer, tuschelten miteinander und versuchten, Triel auszufragen. Alle waren begierig zu erfahren, weshalb man sie wohl zusammengerufen hatte. Ein erwartungsvolles Raunen ging durch die Gruppe, als Meister Calborth und Alduin eintraten.

»Falkner von Nymath«, Alduin begann ohne Umschweife. »Ich glaube, ihr seid auf dem neuesten Stand der Dinge, was Moreya angeht.«

Die Jungen murmelten beipflichtend.

»Da gibt es aber noch eine Sache, von der ihr nichts wisst. Unser Zuhause ist abgebrannt und es war kein Unfall.«

»Das Haus . . .? Geht es Moreya gut?«, japste Lambrith.

»Moreya und Erilea konnten wohlbehalten entkommen. Aber vom Haus selbst ist kaum mehr übrig als ein verkohlter Haufen. Bis jetzt habe ich nur eine Menge Vermutungen, aber ich folge jeder Spur, die Klarheit verspricht.«

Alduin blickte langsam von einem Gesicht zum anderen. Jedes ließ Offenheit und Sorge erkennen, niemand schien irgendetwas verbergen zu wollen.

»Ich bin absolut davon überzeugt, dass keiner von euch irgendjemandem gegenüber absichtlich Moreyas Begabung erwähnt hat. Ihr habt euer Wort gegeben und ich bin mir sicher, dass ihr es gehalten habt. Aber sagt mir, ob es einem von euch aus Versehen herausgerutscht ist. Hat euch vielleicht jemand belauscht, als ihr euch darüber unterhalten habt?«

Fieberhaft überprüften die Jungen in Gedanken noch einmal die letzten Tage und versuchten, sich zu erinnern, ob sie vielleicht, ohne es zu merken, doch . . .?

»Also, mein Vater war sehr neugierig, was die Reise betrifft«, meinte Marshalt nach einem Moment. »Aber es war einfach, ihm alles zu erzählen, ohne zu sagen, wo wir waren oder dass Moreya dabei war.«

»Meiner auch . . .«, erinnerte sich nun Sean, ». . . aber ich habe ihm erzählt, dass wir am Fluss lagerten . . . das Floß gebaut haben . . . jagen waren . . . alles ganz unverfänglich.«

»Hat sonst noch jemand den Eindruck, dass eure Väter ungewöhnlich interessiert waren?«, fragte Alduin nachdrücklich.

»Meiner hat nicht viel gefragt«, meinte Creis, »aber er hat sich ein bisschen komisch benommen. Andauernd sprach er über Tradition, die Reinheit des Raiden-Bluts in der Falken. . .«, er verstummte, als ihm klar wurde, zu wem er redete. »Mach dir nichts daraus«, beruhigte ihn Alduin, »was das betrifft, habe ich in den letzten Jahren ein dickes Fell bekommen, das kann ich dir sagen. Ein Mischblut zu sein, ist nur einer der vielen Vorurteile.«

»Trotzdem«, mischte Bryant sich ein, »ich verstehe nicht, was das alles soll: Wo ist denn hier der Zusammenhang?«

Er sah Alduin vorsichtig an. »Du glaubst doch nicht, dass einer unserer Väter etwas mit dem Feuer zu tun hat, oder?«

Diese Frage ließ eine merkliche Unruhe entstehen. »Keiner klagt hier irgendjemanden an, Bryant«, stellte Meister Calborth fest. »Jetzt beruhigt euch und hört Falkner Alduin zu, bis er fertig ist.«

Alduin bemerkte die Blicke, die zwischen den Jungen hin und her wanderten und wusste, dass er behutsamer vorgehen musste. Er appellierte an ihre Ehre als Falkner.

»Ich weiß nicht genau, wer das Feuer gelegt hat«, sagte er, »aber ich muss euch mitteilen, dass es ein Raiden-Falkner war. Ich dachte, ihr solltet es wissen, weil euer Leben doch irgendwie mit Moreya verbunden ist. Gemeinsam habt ihr etwas Einzigartiges und Spezielles, etwas, das wir schätzen und pflegen sollten. Wenn ihr etwas zustößt, werden eure Falken darunter leiden und auch ihr selbst. Ich bitte euch nur, wachsam zu sein. Lasst mich wissen, wenn ihr etwas hört oder herausfindet, das Licht in diese Angelegenheit bringen kann.«

Alduins Worte hatten die beabsichtigte Wirkung. Erst seit sie ihren Platz unter der Elite, den Falknern, eingenommen hatten, waren die Jungen selbstsicherer geworden. Ihre Herzen waren noch voller Staunen und sie waren unschuldig genug, stolz auf die Einzigartigkeit ihrer Situation zu sein. Um Traditionen sorgten sie sich nicht. Trotzdem wuchs in jedem von ihnen der Schatten eines Zweifels. Könnte der eigene Vater tatsächlich darin verwickelt sein?

»Triel hat uns erzählt, dass Moreya während eines verbundenen Fluges Kontakt mit ihm aufgenommen hat«, sagte Lambrith ruhig und lenkte somit das Gespräch auf ein erfreulicheres Thema. »Glaubst du, sie kann das mit all unseren Falken machen?«

»Ich habe keine Ahnung. Sie kennt Triel ihr Leben lang. Die beiden stehen sich sehr nahe, das könnte eine Erklärung sein.«

»Ich frage mich, ob es auch andersherum funktioniert«, sagte Triel. »Wenn ich das nächste Mal mit Falstar fliege, werde ich versuchen, sie zu erreichen.«

»Das wäre außerordentlich nützlich«, bestärkte ihn Alduin. »Ein Versuch lohnt sich auf jeden Fall.«

»Und der Rest von uns?«, fragte Sean.

»Genau, was ist mit uns«, meinte auch Broon. Alduin betrachtete die wissbegierigen Gesichter.

»Warum nicht?«, antwortete er. »Wie ich euch gesagt habe, die Falken können uns in Bereiche bringen, die weiter führen, als wir bisher annahmen. Ich glaube, es wäre eine gute Übung . . .«, er blickte kurz zu Meister Calborth, der bestätigend nickte, ». . . wenn ihr es ausprobieren würdet.«

Die Jungen sprachen aufgeregt miteinander und wollten auf der Stelle hinausgehen, um zu sehen, ob sie Erfolg hätten.

»Geht in Ordnung«, sagte Meister Calborth. »Ihr könnt eure Falken ausfliegen lassen, aber hört erst, ob Alduin euch noch etwas anderes zu sagen hat.«

»Wie schon bei eurem ersten verbundenen Flug ermutige ich euch, entspannt zu bleiben. Vertraut euren Falken und bittet sie, nach Moreya Ausschau zu halten, doch es ist keine Prüfung oder ein Wettbewerb und wir wissen nicht, ob es gelingen wird.«

Als Alduin geendet hatte, sahen die Jungen Meister Calborth erwartungsvoll an.

»Geht jetzt«, erlaubte er ihnen. »Fliegt frei und sicher. Genießt die Zeit mit euren Falken . . . und stellt mit dem kleinen Mädchen eine Verbindung her, wenn Gilian es zulässt.«

Ohne weiter Zeit zu verschwenden, erhoben sich die jungen Männer, holten ihre Falken und verschwanden einer nach dem anderen aus der Kammer. Als Galdan mit Sirath auf der Faust an Alduin vorbeikam, blieb er stehen.

»Wir werden nach ihr suchen«, sagte er sanft. *»Moreyas Neune* wird sie schützen.«

Dann, mit einem kurzen Blick auf Alduins überraschtes Gesicht, huschte er aus dem Raum.

Der Sturm war weitergezogen, begleitet von Wolkenfetzen, die von einem beißenden Wind nach Osten getrieben wurden und einem strahlend blauen Himmel Platz machten. Aus einem ungemütlichen Morgen wurde ein Nachmittag mit perfekten Bedingungen zum Fliegen.

Triel, Lambrith und Taro eilten zum Aussichtspunkt auf den Klippen, Broon und Marshalt suchten den ruhigen Garten neben der Ratshalle auf. Sean, Creis und Galdan zogen in die Ebene vor der Stadt, während Bryant gedankenverloren auf einem Seitenweg marschierte. Voron saß nervös auf seiner Faust und schien die Unruhe des Jungen zu spüren. Ab und zu schlug er einladend mit den Flügeln, als könne er Bryant ablenken, indem er ihn zu einem gemeinsamen Flug ermunterte.

»Jaja«, sagte Bryant und streichelte die Brust des Falken, »wir fliegen gleich . . . ich muss nur noch einmal kurz nach Hause . . .«

Es war schon weit nach der siebten Glocke, als sich die neun Falkner vor den breiten Stufen der großen Ratshalle trafen. Sonne und frische Luft hatten Farbe auf ihre Gesichter gebracht, trotzdem schauten sie einander etwas nervös an: Wer von ihnen, falls überhaupt einer, hatte die Mission erfolgreich beendet? Wie sich herausstellte, war der Versuch gescheitert, doch jeder hatte Wichtiges zu berichten. Keiner von ihnen hatte den Eindruck, versagt zu haben.

»Gistel fand die Aufgabe interessant«, begann Broon, »für einen Augenblick fühlte es sich an, als würde die Welt unter uns verschwimmen . . . so als würden wir in eine andere Welt fliegen . . .«

»Genau«, beeilte sich Sean, dem zuzustimmen. »Mit Calvar war es genauso. Wir sind eine Weile über die Emmerfelder geflogen. Dann habe ich ihm gesagt, dass ich Moreya suche. Er antwortete mit einem Sturzflug und es war . . . als würden wir ins Licht tauchen. Aber dann: Nichts . . . wir waren wieder über den Feldern.«

»Also ich habe etwas Merkwürdiges erlebt«, steuerte Taro bei. »Die Welt schien irgendwie langsamer zu sein und blass zu werden. Es kam mir vor, als würde Bratho fliegen und fliegen, immer an derselben Stelle, ohne irgendwo anzukommen.«

Es wurde bald deutlich, dass es allen trotz der unterschiedlichen Erlebnisse möglich schien, Moreya zu erreichen. Doch es war, als wenn eine größere Kraft sie abschirmen würde.

»Ich hatte beinahe das Gefühl, gegen eine Mauer aus Licht zu geraten, die uns nicht durchlässt«, meinte Galdan nachdenklich. »Ich musste an die Nebelwand denken, die Nymath entlang des Arnandflusses schützt. Es ist wahrscheinlich . . .«

»Natürlich!«, unterbrach ihn Triel. »Sie ist im Elbenwald. Heute sagte sie, dass sie morgen weiterziehen wird. Die Elben haben wahrscheinlich einen Schutzzauber um ihr Gebiet gelegt. Das würde alles erklären. Jetzt überrascht es mich nicht mehr, dass wir sie nicht erreichen konnten.«

»Du behauptest also, wir alle hätten sie erreichen können – wenn sie woanders wäre?«, fragte Sean.

»Ja«, stimmte Triel zu, »ich denke, wir sollten es morgen noch einmal versuchen und so lange weitermachen, bis wir zu einem Ergebnis kommen. Vermutlich ist es ganz einfach, sobald sie den Wald verlassen haben.«

»Also dann, das wird morgen früh das Erste sein«, meinte Triel. »In der Zwischenzeit werde ich Falkner Alduin alles berichten. Er ist im Haus meiner Eltern.«

Zuversichtlich, dass der nächste Tag ihnen mehr Erfolg bringen würde, marschierten sie zur Falkenhalle hinüber. Sie brachten ihre Falken zur Nachtruhe in die Käfige zurück und berichteten dem Falkenmeister noch vor dem Abendessen.

Als der Himmel sich zu einem tiefblauen Samttuch verfärbte, beeilte sich Triel, zu seiner Familie zu kommen. Dort fand er Alduin am Stubentisch mit Rael. Triel hatte den Eindruck, als wäre er mitten in eine heftige Auseinandersetzung geraten. Aber die beiden Männer unterbrachen ihr Gespräch und wandten ihm die volle Aufmerksamkeit zu, ohne den geringsten Hinweis auf den Grund der Diskussion zu geben.

»Irgendein Resultat?«, fragte Alduin.

»Also . . . ja und nein«, meinte Triel. »Wir haben alle festgestellt, dass es möglich ist . . .«

». . . aber der Schutzwall um den Elbenwald hat euch davon abgehalten, sie zu erreichen«, beendete Alduin den Satz.

»Woher wusstest du das?«, fragte Triel und war ein wenig enttäuscht, dass seine Neuigkeit bereits keine mehr war.

Alduin lächelte entschuldigend. »Tut mir leid, ich hätte dich nicht unterbrechen sollen. Das war unfair von mir. Doch nachdem alle gegangen waren, habe ich mir gedacht, dass auch ich es versuchen sollte. Immerhin bin ich Moreyas Vater.«

Das konnte Triel verstehen, aber sein langes Gesicht zeigte eindeutig Enttäuschung.

»Sieh mal«, Alduin versuchte, ihn aufzuheitern, »eure Beziehung zu Moreya ist einzigartig, niemand wird etwas daran ändern.«

Rael stimmte dem zu. »Aber es sollte euch nicht dazu verführen, eingebildet oder abweisend zu werden. Ganz im Gegenteil: Wir sollten andere Falkner ermutigen.«

»Wen sollen wir ermutigen?«, Raels Worte verwirrten Triel.

»Die anderen Falkner sollten ermutigt werden, über das hinauszugehen, was sie bisher für möglich gehalten haben. Für die älteren wird es nicht so einfach sein. Aber ganz sicher sollten wir die neuen Falkner mit jedem Schlüpfen im Frühling damit vertraut machen, welche Fülle an Möglichkeiten der Bund mit dem Falken bieten kann.«

Alduin unterstützte Rael. »Ich weiß, es ist schwer, sich das vorzustellen. Aber wir stehen am Beginn eines höchst aufregenden neuen Zeitalters in Nymaths Geschichte. Über Generationen hinweg gibt es das Bündnis mit den Falken mit all den Traditionen. Und Falkner zu sein, gilt als edle Bestimmung. Doch diese Traditionen beschränken die Entwicklung: Sie sollten die Reinheit der Falknerei bewahren, machten sie aber zugleich unbeweglich. Wenn die althergebrachten Formen und Abläufe hinterfragt wurden, stellte man es stets als Verrat hin. Der Kodex wird zum Gesetzbuch gemacht, statt ihn als Quelle der Inspiration zu sehen.«

»Das ist alles richtig, trotzdem müssen wir vorsichtig sein«, meinte Rael.

»Aber wir können nicht verleugnen, was geschehen ist«, erwiderte Alduin. »Ich weiß, aber ich befürchte, dass du manchmal zu unbesonnen bist.«

»Also wirklich, du tust mir unrecht. Wann war ich das letzte Mal unbesonnen?«

»Ich habe aufgehört zu zählen . . .«

Triel empfand die Zänkerei eher als herzerfrischend und ließ den Vorwurf nicht an sich herankommen. Obwohl die beiden älteren Falkner im Charakter und Benehmen so unterschiedlich waren, ergänzten sie sich auf eine Weise, die dem Jungen Halt gab. Aber er spürte, dass sie ihren Dialog an der Stelle fortsetzen wollten, an der sie durch sein Kommen unterbrochen worden waren. Und so hob er nur seine Faust zur Brust, verneigte sich und verließ die Stube mit einem kleinen Lächeln auf den Lippen.

Alduin und Rael bemerkten kaum, dass er sich verabschiedet hatte.

14

Am nächsten Morgen versuchten die jungen Falkner vergeblich, Moreya zu erreichen. Aber sie blieben zuversichtlich. Sie waren mit ihren Falken immer wieder und zu unterschiedlichen Zeiten geflogen. Sogar als sie zum Mittagsmahl gingen, hielt der Optimismus vor.

»Vielleicht haben sie die Grenze zum Elbenwald noch nicht erreicht«, überlegte Sean, »weil es ein so weiter Weg für Moreya ist.«

»Sicher«, pflichtete Triel bei. Er lächelte liebevoll bei dem Gedanken an seine kleine Freundin. »Sie ist winzig. Auch wenn sie sich die Hälfte der Zeit benimmt, als wäre sie doppelt so alt.«

»Manchmal erweckt sie den Eindruck . . . nun ja, auf eine Art . . . weise zu sein . . .«, stotterte Galdan und schaffte es nicht, seine Ehrfurcht zu verbergen.

»Also ich bin mir nicht sicher, wie oft ich heute Nachmittag mit euch suchen kann«, sagte Bryant und ein Hauch von Stolz schlich sich in seine Stimme. »Ich wurde nämlich gefragt, ob ich eine *echte* Falkneraufgabe übernehmen könnte . . . und Meister Calborth hat zugestimmt.«

»Was meinst du mit *echt?«,* fragte Sean.

»Ich meine damit, dass Voron und ich gefragt wurden, ob wir eine Nachricht überbringen könnten. Eigentlich war es ein Auftrag für meinen Vater. Er hat ihn aber an mich weitergegeben. Es ist keine weite Strecke und er meint, je eher ich mit wirklichen Aufgaben beginne, desto besser.«

»Unglaublich!«, staunte Taro. »Das klingt großartig. So schnell schon . . . ein *echter* Auftrag.«

»Moment mal«, unterbrach Triel. »Es ist eine wunderbare Gelegenheit und ich freue mich für dich, Bryant. Aber lass uns nicht vergessen! Wir haben versprochen, Moreya zu schützen, und das ist genauso wichtig.«

»Wenn ... wenn nicht sogar wichtiger ... wir sind *Moreyas Neune* ... sie ist ...«, stammelte Galdan.

»Mann, hör auf damit, Galdan!«, unterbrach ihn Bryant. »Wenn deine Schwärmerei für die wunderbare Moreya alles ist, was dir einfällt, dann halte besser deinen Mund.«

Galdan sah ihn erschrocken an und zog sich merklich in sein unsichtbares Schneckenhaus zurück.

»Sprich nicht so mit ihm«, verteidigte Lambrith den verschüchterten Jungen. »Lass ihn in Ruhe!«

»Er war interessanter, als er gar nichts gesagt hat«, setzte Bryant ärgerlich nach. »Um genau zu sein, halte ich die ganze Angelegenheit allmählich für ziemlich kindisch. Ich will nicht, dass sich mein ganzes Leben um ein kleines Mädchen dreht. Das ist es nicht, was einen Falkner von Nymath ausmacht. Wir haben eine Tradition zu ...«

»Höre dir mal selber zu«, unterbrach Triel ihn. »Du hörst dich an wie ... wie dein Vater.«

»Was soll das heißen?«, fragte Bryant. »Was ist verkehrt mit meinem Vater? Du kennst ihn nicht einmal ... wieso kannst du dann sagen, ich hör mich an wie er?«

»Zumindest klingst du nicht wie du selber«, gab Triel zurück.

»Jetzt reicht's mir. Moreya kümmert mich nicht: Es ist mir gleichgültig, wo sie ist und wer sie ist. Und überhaupt ... sie ist sowieso nur ein kleines Kind«, brach es aus Bryant heraus und er stand abrupt auf. »Wie ich schon gesagt habe – ich habe echte Falknerarbeit, um die ich mich kümmern muss.«

»Bryant, hör zu. Beruhige dich«, bettelte Lambrith. »Wir sind alle etwas enttäuscht. Du meinst doch gar nicht, was du da sagst. Na los. Wir sind Freunde und unsere Falken sind am gleichen Tag geschlüpft. Wir müssen doch zusammenhalten.«

Lambriths Worte schienen etwas in Bryant anzurühren und sein Ärger legte sich. Trotzdem wollte er nicht klein beigeben. »Sieh mal ... ich ... ich brauche etwas Zeit, nur für mich, um nachzudenken ... ich habe Geschäfte ...«, ohne den Satz zu beenden, nickte er kurz und verschwand aus der Halle.

»*Moreyas Acht* klingt aber nicht gut«, flüsterte Galdan.

»Wirklich Galdan«, brüllte Creis irritiert. »Bryant hat recht. Mach mal 'ne Pause.«

»Würde sich jetzt bitte jeder abregen«, mischte sich nun auch Marshalt ein. »Hier stellt sich doch nicht die Frage ›Moreya *oder* Falknerei?‹. Wir können Moreya beschützen und trotzdem unseren Auftrag als Falkner erfüllen. Ich will auf jeden Fall durch Nymath reisen ... und zwar alleine ... also, mit Peeka meine ich.«

»Natürlich können wir beides«, sagte Triel. »Keiner von uns beabsichtigt, Moreya zu seinem Lebensinhalt zu machen. Bryant wird sich wieder beruhigen. Er hatte sicher nur schlechte Laune. Wahrscheinlich ist ihm irgendetwas über die Leber gelaufen, von dem wir nichts wissen.«

»Ja, er hat einen *echten* Auftrag erhalten«, sagte Creis verächtlich. »Das würde mich auch in schlechte Laune versetzen!«

»Bei Gilians heiliger Feder«, Lambrith schimpfte nun auch und stand auf. »Ich denke, wir sollten jetzt sofort mit den Sticheleien aufhören. So oder so, sie scheint uns alle zu ... ich weiß nicht ... zu verführen, uns wie Idioten zu benehmen.«

»Du hast recht«, stimmte Triel zu. »Lasst uns mit unseren Falken fliegen, es ist trocken und windig. Das wird eine gute Übung sein.«

»Und Moreya?«, fragte Galdan hartnäckig.

»Keiner ist dazu verpflichtet, jeder ist frei«, erwiderte Triel. »Wer will, kann versuchen, ob er sie erreichen kann. Es gibt keinen Grund zu glauben, dass sie in Gefahr ist. Solange wir die Barriere spüren, würde ich sagen, Moreya ist geschützt.«

Die acht Jungen waren beruhigt. Dass ihr Misserfolg auch ein gutes Zeichen sein konnte, entlastete selbst Triel. Vorher war ihm gar nicht aufgefallen, wie schwer ihn all das bedrückt hatte. Trotz des heftigen Wortwechsels fühlte er sich erleichtert, als er aufstand. »Seht mal«, sagte er, »ich denke, wir sollten untereinander offen sein, alles sagen, was wir denken. Wenn wir unseren Ärger zurückhalten, könnte das unsere Freundschaft zerstören: Es ist gut, dass wir Bryants Meinung kennen, und jetzt sollten wir ihn ein bisschen in Ruhe lassen. Wichtig ist, dass er sich deshalb nicht ausgeschlossen fühlt.«

»Ja, das stimmt«, meinte Lambrith und sah zu Galdan hinüber. »Wir sind immer noch neun . . . kein Grund, die Idee jetzt schon aufzugeben . . .«

Alduin war überrascht, dass auch Rihscha Moreya nicht ausfindig machen konnte. Doch je länger er darüber nachdachte, desto sicherer war er, dass es ihm gelingen würde – ihm noch viel eher als den neun Jungen. Immerhin hatte Rihscha ihn bereits zu wundervollen Orten gebracht, weit über jede Vorstellungskraft hinaus. Deshalb dürfte es für ihn ein Leichtes sein, sich mit seiner Tochter zu verbinden. Er wunderte sich, weshalb er vorher noch nie auf diese Idee gekommen war.

Wenn die Falkner eine solche Gabe entwickeln konnten, würde es einfach sein, Menschen aufzuspüren, wann immer es nötig wäre. Er fragte sich, welche Fähigkeit ein Falke dazu bräuchte. Müsste der Vogel schon einmal Kontakt zu diesem Menschen gehabt haben oder bräuchte es bloß eine Bekanntschaft des Falkners zu sein? Einmal mehr fühlte Alduin bei der Vorstellung all dieser Möglichkeiten freudige Erregung in sich aufsteigen. Er wusste auch, dass es gut war, Rael hinter sich zu wissen. Die Warnungen des Freundes halfen ihm, die Zügel fest in der Hand zu halten. Gleichzeitig konnte er nicht verleugnen, dass ihn manchmal das starke Verlangen überkam, sich Hals über Kopf in dieses neue Abenteuer zu stürzen.

Fürst Gilian, betete er, *zeige mir den Weg. Wie kommen wir aus diesem . . . diesem Gefängnis heraus, das wir um uns herum gebaut haben? Tradition ist schön und gut . . . sie hat auch echte Vorteile . . . aber sie sollte unsere Augen doch nicht vor all den Wundern verschließen. Du hast mir gezeigt, dass ... bitte, lass mich nicht allein, mach, dass wenigstens die Jungen es eines Tages ebenfalls erkennen ...*

Wie schon so oft wandelte sich Alduins Gebet in eine Art Gespräch mit dem Gott. Er hatte entdeckt, dass er dabei alles, was ihm im Kopf herumschwirrte, aussprechen durfte. Da er davon überzeugt war, dass Gilian ihm zuhörte, fühlte Alduin sich meist nach einer Weile ruhiger. Und wenn ihn seine Gefühle zu überwältigen drohten, gab es ihm neue Kraft, diese Empfindungen und Gedanken vor Gilian ausbreiten zu können.

Danke, Fürst Gilian, sagte er schließlich, *bitte beschütze auch Erilea und Moreya ...*

Am nächsten Morgen wurde Alduin langsam nervös. Er hatte nichts mehr von Triel und den anderen gehört. Auch sie hatten wohl Moreya nicht erreichen können. Was hatte das zu bedeuten? Wenn Triel Moreya richtig verstanden hatte, dann musste sie den Elbenwald bereits seit gestern verlassen haben. Selbst wenn sie nur langsam vorankämen. ... Hatten sie ihren Plan geändert? Wenn ja, warum dann das Schweigen? Mit jedem Pulsschlag wurde ihm enger ums Herz. Was war nun eigentlich mit Stantel – wo war er? Und mit wem hatte er die Stadt verlassen? Schlimme und immer schlimmere Szenen spielte er in seinen Gedanken durch: Erilea und Moreya, umgeben von böswilligen, in Umhänge gehüllten Gestalten, aufblitzende Dolche und Stricke in der Hand, eng und enger eine Schlinge um seine Liebsten ziehend ...

Alduin zwang sich, diesen düsteren Tagtraum abzubrechen, und hoffte inbrünstig, dass es wirklich nur ein Tagtraum war. Um Ablenkung zu finden, verband er sich mit Rihscha.

Der Falke saß am Waldrand auf einem Baum und wartete geduldig auf eine ahnungslose Taube oder einen anderen Vogel, der seine Deckung verlassen würde. Schon einen Augenblick später stieß er sich ab und schoss durch die Luft. Er griff seine Beute mit den Klauen und brach ihr mit einem Schnabelhieb das Genick. Schließlich landete er auf dem Feld und riss Stücke aus dem frisch erlegten Tier, wobei er es mit seinen Schwingen überdeckte.

Alduin erinnerte sich daran, wie übel es ihm als Junge immer geworden war, wenn er mit seinem Falken beim Jagen und Töten geistig verbunden blieb, und musste innerlich lächeln. Inzwischen wusste er, dass es Bestandteil des Lebensrades war, mit einem eigenen Stellenwert und sogar einer gewissen Schönheit. Der Perfektion und Genauigkeit, mit der Rihscha jagte, haftete fast eine Poesie an, die Alduin nicht verleugnen konnte.

Er unterbrach die Verbindung, als er spürte, dass jemand den Raum betrat.

Rael stand vor ihm.

»Erfolgreich gewesen?«, fragte er.

»Rihscha jagt gerade, deshalb konnte ich es nicht noch einmal versuchen. Vorher war jedoch nichts. Hast du mit Triel und den anderen gesprochen?«

»Ich komme gerade von der Falkenhalle«, erwiderte Rael, »sie sagen immer noch das Gleiche. Irgendeine Kraft scheint sie zu hemmen.«

»Ja. Ich frage mich, was das zu bedeuten hat«, überlegte Alduin laut. »Die Jungs werten es als ein Zeichen, dass Moreya in Sicherheit ist.«

»Ich hoffe, sie haben recht.«

»Du musst hier raus und dich mit etwas Praktischem beschäftigen«, meinte Rael energisch, als er Alduin so mutlos sah. »Wir haben ihnen den Auftrag gegeben, die Brutkammer von oben bis unten auf Vordermann zu bringen. Jeder weitere Flug der Falken wird erst einmal ohne ihre Falkner stattfinden, denn in der Kammer hat sich in jeder Ecke der Dreck von Generationen angehäuft. Wir könnten ihnen helfen.«

»Das hört sich nach einer guten Idee an.«

Alduin war froh über jede Ablenkung.

»Lass uns eine Kleinigkeit essen und dann hochgehen.«

Bryant stand auf der Dachterrasse seines Vaters. Er ließ seinen Blick zwischen den Gebäuden und roten Ziegeldächern der Stadt schweifen, bis hin zu den weit entfernten Wäldern, die wie eine dunkle Linie das Ende der Emmerfelder markierten. Voron saß auf seiner Faust, eine zusammengerollte Botschaft an seiner linken Kralle befestigt. Der Junge war begeistert, dass sein Vater ihm nun schon den nächsten Auftrag anvertraut hatte. Das ersparte ihm, in der Falkenhalle putzen zu müssen. Blieb nur zu hoffen, dass ein Großteil der Arbeit erledigt wäre, wenn er zurückkam. Immerhin: Der Weg heute würde sehr viel schwieriger werden. Gestern hatte der Falke eine Nachricht zur Sommerresidenz des Onur-Ratsmitglieds überbracht, eine Ankündigung, dass sein Auftraggeber am nächsten Tag eintreffen würde. Da das großflächige Anwesen nahe der Straße gelegen war, hatte Voron es unter der Führung von Bryant leicht finden können. Das heutige Ziel war wesentlich ungenauer. Eine echte Herausforderung, meinte sein Vater.

Er war auf seine Navigationsfähigkeit angewiesen, die er von Meister Torm gelernt hatte, aber auch auf den Instinkt seines Falken.

»So, mein schöner Falke«, sagte Bryant und streichelte Voron. »Wir bummeln besser nicht herum. Lass uns Vater mal beweisen, was wir können!«

Mit einem heftigen Ruck seiner Faust schickte der junge Mann den Falken in die Luft. Sein Herz füllte sich mit Freude, als der Vogel sich in die Luft schwang, nach Osten abdrehte und hinter einem Turm verschwand. Kurz darauf sah er ihn – kaum größer als ein Fleck am Himmel wieder auftauchen. Bryant schloss seine Augen und gesellte sich im Geist zu ihm. Sie flogen ostwärts und glitten weit hinter den Stadtwällen über die ersten Emmerfelder.

So ist es gut. Fliege geradeaus, bis ich dir etwas anderes sage.

Bryant unterbrach die Verbindung, um die ungenaue Karte zu studieren, dann schloss er wieder die Augen. Zwischen den Bäumen schimmerte ein See hindurch – das war der gesuchte Punkt. Ohne dass Bryant noch etwas sagen musste und ganz so, als teilten sie sich eine Seele, drehten sie scharf nach Norden ab und suchten nach einer versteckten Niederlassung. Sie sollte irgendwo zwischen dem See und der alten Straße liegen, die von Sanforan in den abgelegenen, nordöstlichen Teil von Nymath führte.

Schließlich erspähten sie durch eine Lücke im Blätterdach ihr Ziel. Voron zog engere Kreise, flog immer tiefer, bis er eine Ansammlung von heruntergewirtschafteten Gebäuden erreichte. Durch ein Loch im Dach flogen sie hindurch. Mit seinem Flügelschlag bei der Landung auf einem der Dachbalken zog er die Aufmerksamkeit einer dort versammelten Männergruppe auf sich.

»Was, um alles in Nymath!«, rief einer der Männer aus und sprang überrascht auf.

»Warte, alles in Ordnung«, sagte ein anderer.

Als Bryant die Stimme des zweiten Sprechers als die von Marshalts Vater, Braxt, erkannte, erwachte seine Neugierde.

»Es muss eine Nachricht von Gorston sein. Ich hatte ihn gebeten, uns auf dem Laufenden zu halten. Sonst weiß aber keiner davon, dass wir hier sind.«

»Ist das Gorstons Falke?«

Bryant erkannte Stantels Stimme und bemerkte die frische Narbe auf seiner Wange.

»Das kann ich nicht genau sagen. Ich habe ihn nur ein oder zweimal gesehen«, erwiderte Braxt, »aber er trägt eine Botschaft, dann muss er es wohl sein.«

Ohne zu wissen, weshalb, war Bryant erleichtert darüber, dass sie den Falken seines Vaters nicht gut kannten. Er zog es vor, anonym zu bleiben.

Doch Stantels nächste Worte zerstörten schnell seine Hoffnung.

»Sei kein Narr. Das ist ein sehr junger Falke. Muss aus der letzten Brut stammen«, sagte er.

»Dann gehört er wohl Gorstons Sohn Bryant«, kombinierte Braxt. »Alles in Ordnung. Gorston muss ihn ins Vertrauen gezogen haben.«

»Ich hoffe, du hast recht«, erwiderte Stantel. »Der Mann ist wirklich nicht der klügste. Dieser Einfall von ihm könnte uns ebenso nützen wie schaden. Benehmt euch also ganz natürlich – nur für den Fall, dass der Junge noch mit dem Vogel verbunden sein sollte. Was für ein Glück, dass er uns nicht hören kann. Nimm ihm die Botschaft von der Kralle, Braxt.«

Überrascht darüber, dass er als Falkner nicht nur durch die Augen seines Falken sehen, sondern plötzlich auch hören konnte, was um ihn herum gesagt wurde, riss Bryant die Augen weit auf. Verfügte er über eine einzigartige Fähigkeit? Konnte nur er auch hören, wenn er sich mit seinem Falken verbunden hatte? Wenn dem so war, wäre es höchst interessant, genauer zu erforschen, welche Konsequenzen dies möglicherweise nach sich zog und wie er diese Fähigkeit am besten zu seinem Vorteil nutzen könnte. Sollte er seinem Vater davon berichten? Oder seinen Freunden aus der Falkenhalle? Vielleicht sogar allen?

Eine innere Stimme riet ihm, genauer darüber nachzudenken. Er musste sorgsam überlegen. Möglicherweise war ihm eher damit gedient, wenn er diese Neuigkeit erst einmal für sich behielt.

Also, das könnte spannend werden! Niemand konnte vorhersehen, welche brauchbaren Informationen er auf diese Weise erfahren würde. Seine Dienste wären im Hohen Rat ausgesprochen begehrt!

Bevor Bryant sich versah, hatte er schon Träume von exklusiven Zusammenkünften, Seite an Seite mit hochgestellten Persönlichkeiten, sah sich sogar schon in einer eigenen Villa. Voller Vorfreude lächelte er in sich hinein und verband sich wieder.

Augenblicklich ärgerte er sich, dass er sich so leichtfertig von seinen Tagträumen hatte einlullen lassen. Voron war schon nicht mehr im Haus, Braxt hatte ihn vor die Tür gesetzt.

»Das hast du gut gemacht«, sagte Braxt, überzeugt davon, dass der Vogel seinen anerkennenden Ton verstehen würde. »Nun flieg zurück nach Sanforan.«

Voron erhob sich in die Luft, zog noch einmal einen Kreis über dem zerfallenen Haus und flog dann südwärts zurück. Bryant blieb eine Weile mit ihm verbunden und ließ ihn schließlich alleine weiterfliegen.

Während er auf dem Dach auf die Rückkehr des Falken wartete, verlor er sich einmal mehr in fantasievollen Gedanken und war doch einer Entscheidung keinen Schritt näher gekommen.

Gefolgt von drei Dienern brachte Jungfer Calborth Butterbrote und Krüge voll Calba in den Eingangsbereich der Falkenhalle. Sie stellte alles auf den einzig freien Platz, den sie entdecken konnte – einen hohen Stapel hölzerner Verschläge.

»In diesem Aufzug kommt ihr mir nicht in den Speisesaal«, sagte sie und betrachtete sie alle, wie sie da so vor ihr standen: die über und über mit Schmutz bedeckten Jungen, ihren Bruder Calborth, Alduin, Rael und Bardelph.

»Danke, lieber Zwilling«, sagte der Meister und gab ihr einen Kuss auf die Wange, ein seltener Ausdruck brüderlicher Zuneigung. »Du bist ein Juwel!«

»Und du redest Unsinn«, erwiderte sie. Aber es fiel ihr schwer, ihre Freude zu verbergen. »Schicke einen der Jungen in die Küche, falls ihr mehr braucht.«

Nachdem sie gegangen war, schrubbten die dankbaren Arbeiter ihre Hände im Becken und trockneten sie an allem ab, was sie finden konnten – hauptsächlich aber an ihren Hosen. Hungrig langten sie nach dem Essen und für eine geraume Zeit hörte man nur genüssliches Schmatzen.

»Ich weiß, dass die Kammer regelmäßig aufgeräumt und geputzt wird . . .«, unterbrach Bardelph nach einer Weile das Schweigen, »aber wann wurde sie eigentlich das letzte Mal *wirklich* gründlich sauber gemacht?«

»Mmmhh. Ich kann mich nicht erinnern«, gab Meister Calborth zu. »Müssen wir tatsächlich erst alles ausräumen?«, fragte Sean.

»Richtig: alles, was nicht am Boden befestigt ist.«

»Das heißt: alles, außer dem Steintisch und den Seitenschränken«, erklärte Bardelph.

»Auch die Käfige?«, wollte Triel wissen.

»Die vor allen Dingen«, bestätigte Calborth. »Bei der Gelegenheit können wir sie gleich reparieren. Das ist dringend nötig.«

»Vielleicht sollten wir uns aufteilen«, schlug Rael vor. »Es wird ein bisschen voll hier, so wie es aussieht.«

»Das ist eine gute Idee«, meinte der Meister. »Bardelph, sobald die Käfige draußen sind, nimmst du ein paar Jungs und besserst mit ihnen die Käfige aus.«

»In Ordnung«, erwiderte Bardelph. »Rael, eine Gruppe wird die Kammer schrubben – das kontrollierst du. Wir wollen hier gute Arbeit leisten.«

Auch Rael beeilte sich, die Anweisungen des Meisters auszuführen. Alduin fühlte sich in seine Zeit als Schüler zurückversetzt und wartete darauf, welchen Auftrag der Meister wohl für ihn bereithalten würde. Es würde ihm bestimmt etwas einfallen.

»Alduin, wir beide werden einige Vorratsräume durchforsten. Ich bin mir sicher, dass wir dort eine Menge ausräumen können.«

»Vielleicht kramen wir dort sogar lang verschollene Schätze aus«, erwiderte Alduin gut gelaunt. »Einiges davon ist sicher antik und . . .«

Er wurde durch die Ankunft Bryants unterbrochen, der triumphierend mit Voron auf der Faust hereinspazierte.

»Mission erfüllt . . . erfolgreich«, sagte er. »Gut, gut. Ihr beide macht der Falkenhalle alle Ehre«, lobte ihn Calborth und sah dann zu den anderen hinüber. »Macht ihr euch mal keine Sorgen. Bald habt ihr alle mehr zu tun, als euch lieb ist.«

Als er die ungläubigen Blicke sah, grinste er breit.

»Mir liegt eine Liste von Aufträgen für Falkner vor. Fünf oder sechs Botengänge, glaube ich. Einige so wichtig, dass wir zwei Falkner dafür brauchen.«

»So schnell . . .?«

Triel konnte seine Zunge wieder einmal nicht im Zaum halten.

»Sobald wir hier alles sauber haben«, erwiderte Calborth.

»Worauf warten wir dann noch?«, fragte Bardelph und sah sich im

Raum um, bevor er Bryant ansprach. »Schicke Voron ins Freie. Wir brauchen deine Hilfe, um die Käfige rauszubringen.«

Mit dem Versprechen eines ersten Auftrags in unmittelbarer Zukunft nahmen die jungen Falkner ihre Arbeit mit neuem Schwung auf. Die sperrigen Käfige wurden durch die Tür manövriert, die restlichen Kisten, Stühle, Regale, Bänke und kleinen Tische vor den Eingang gestellt. Alle Ablagebretter wurden, soweit es möglich war, aus den Regalen gezogen.

»Ein neuer Anstrich könnte auch nicht schaden«, bemerkte Calborth und betrachtete kritisch die dunklen Flecken an den Wänden.

Er griff sich Marshalt und Bryant, die neben ihm standen.

»Ihr beide kommt mal mit. Da sind noch Kalk und Salz in einem der Vorratshäuser.«

Während die beiden Jungen dem Meister über den Hof folgten, konnte Bryant nicht widerstehen, Marshalt einen zumindest ausschnitthaften Bericht von seinem Auftrag zu geben.

»Ich denke, es könnte dich interessieren, für wen die Nachricht war, die ich heute früh überbracht habe . . .«, begann er. »Sie war für deinen Vater.«

»Wirklich?«, wunderte sich Marshalt. »Wo ist er? Er hat vor einigen Tagen die Stadt verlassen. Hätte ich nicht zufällig meine Schwester getroffen, die es mir gesagt hat, wüsste ich nicht einmal das.«

»Es ist nicht in Ordnung, Einzelheiten über einen privaten Auftrag preiszugeben«, spielte Bryant sich auf.

»Wie albern, das hast du doch gerade gemacht!«

»Ähm, ja . . . hab ich wohl . . . obwohl ich es wahrscheinlich nicht hätte tun sollen . . .«

»Meine Güte, was soll diese Geheimniskrämerei? So etwas Großartiges kann es doch nicht gewesen sein«, drängte ihn Marshalt.

»Vermutlich nicht«, gab Bryant zu, »er war bei einer Versammlung mit anderen Falknern. Ich habe Stantel erkannt. Sie waren . . .«

»So, Stantel?«, unterbrach ihn Marshalt. »Ich mag diesen Mann wirklich nicht. Gilian möge mir vergeben, aber wenn es einen Falkner gibt, von dem ich glaube, dass wir ohne ihn besser dran wären, dann ist er das.«

»Äääh, tatsächlich?«, Bryant vergaß seine neu gewonnene Wichtigkeit. »Wieso das denn? Er ist ziemlich überheblich, das gebe ich zu, aber . . . egal. Er sah aus, als wäre er in einen Kampf verwickelt gewesen. Er hatte eine wirklich hässliche Narbe im Gesicht.«

»Also, wie auch immer er sie sich zugezogen hat, ich bin sicher, er hat es verdient«, bemerkte Marshalt.

»Übertreibst du nicht ein bisschen?«

»Nein, mach ich nicht.«

Marshalt bestand auf seiner Aussage. »Da gehen Gerüchte um, die sagen, er plant, Falkenmeister zu werden – je eher, desto besser.«

»Aber er ist wahrscheinlich nicht der Einzige, der davon träumt«, gab Bryant zu bedenken. »Immerhin kommt Meister Calborth in die Jahre. Es ist Pflicht der Falkner, sich um einen Nachfolger zu kümmern.«

»Natürlich«, stimmte Marshalt zu. »Aber Stantel geht so heimtückisch vor. Immer wenn er in der Nähe der Falkenhalle ist, kommentiert er alles und ständig unterstellt er irgendwie, dass die Arbeiten hier nicht gut erledigt werden. Selbst wenn, es ist noch nicht die Zeit für ihn gekommen. Wirf doch nur mal einen Blick rüber!«

Calborths geschmeidige Bewegungen ließen darauf schließen, dass er in ausgezeichneter körperlicher Verfassung war.

»Wenn er das mit den Augen nicht hätte . . .«, murmelte Bryant.

»Komm hier rüber und hör auf, vor dich hin zu murmeln, Bryant!«, rief Calborth und drängte die beiden, sich zu beeilen.

»Also, seine Ohren sind jedenfalls in Ordnung«, wisperte Marshalt und ging schneller, sehr erleichtert darüber, dass er nichts Schlechtes hinter dem Rücken des Meisters gesagt hatte.

Bryant folgte dicht hinter ihm, tief in Gedanken versunken.

Worum war es bloß bei diesem Treffen im Wald gegangen? Es war ja doch ein eher seltsamer Ort, um sich zu versammeln. Und auf welche Weise war sein Vater darin verwickelt? Hatte es etwas mit dem Brand von Alduins Haus zu tun? Nein, unmöglich. Sein Vater würde sich niemals zu so etwas hergeben. Es musste einen anderen Grund haben. Vielleicht diskutierten sie die Zukunft der Falkenhalle? Trotzdem – warum dann dieser merkwürdige Ort und weshalb haben sie so geheimnisvoll getan? Nun gut, er hatte nichts Wichtiges gehört, aber irgendetwas stimmte nicht. Dass er jedoch überhaupt etwas gehört hatte, war das Interessanteste dabei. Je mehr er darüber nachdachte, desto sicherer war er, dass er keinem davon erzählen wollte.

»Nimm den Kalk hier . . .«, Calborth unterbrach Bryants Überlegungen und drückte ihm einen schweren Eimer in die Hand. ». . . und du das Salz«, fügte er hinzu und reichte Marshalt einen weiteren.

Die Käfige wurden auf den Bogenhof geschleppt, wo Bardelph im Handumdrehen Taro, Galdan, Lambrith und Triel damit beauftragte, das Holz abzuschmirgeln und einzuölen, die Drahtgitter zu reparieren und den Käfigboden mit frischem Sand auszustreuen.

»Diese Wassernäpfe sind ganz rissig und angeschlagen«, bemerkte Galdan ruhig. »Das finde ich irgendwie nicht in Ordnung. Die Falken haben etwas Besseres verdient.«

Bardelph sah den schüchternen Jungen an, dessen Empfindsamkeit er schätzte.

»Du hast recht«, meinte er, »warum fragst du Meister Calborth nicht, ob wir vom Töpfer neue holen können. Ich bin mir sicher, dass er zustimmt, aber frag zuerst. Dann meldest du dich ab und besorgst sie.«

»Und wie wäre es mit einigen neuen Sitzstangen, wenn wir schon einmal dabei sind«, fuhr er fort und betrachtete argwöhnisch die alten, die er herausgenommen hatte.

»Ich hätte nichts dagegen, im Wald ein paar neue Äste zu holen«, bot Triel sich an, eifrig darauf bedacht, sich vor den weniger angenehmen Arbeiten zu drücken.

»So weit musst du nicht gehen«, erwiderte Bardelph lachend. »Du und Lambrith, ihr könnt zum Markt laufen und einen der

Holzhändler fragen. Um diese Tageszeit sollten sie noch Äste haben. Sag ihnen, dass es für die Falken ist, dann geben sie euch vielleicht einige umsonst. Wenn sie doch schon ausverkauft sind, werden wir ein paar Stöcke aus Jungfer Calborths Vorrat erbetteln.«

»Könnten wir sie nicht gleich fragen?«

Jetzt, da ein Ausflug außerhalb der Stadtmauern nicht mehr zur Debatte stand, war Triel weit weniger interessiert.

»Was?! Soll ich dich etwa um die Möglichkeit bringen, das Bündel den ganzen Hügel hinaufzuschleppen?«, gab Bardelph zur Antwort. »Ich möchte dich nicht davon abhalten, deine Manneskraft unter Beweis zu stellen!«

Triel verstand, dass Bardelph ihn zwar ein bisschen ärgern wollte, aber nicht die Absicht hatte, ihn von der Aufgabe zu erlösen. Deshalb verbeugte er sich übertrieben und mit einem schelmischen Lächeln, bevor er sich Lambrith zuwandte.

»Die Bürde wurde uns auferlegt«, teilte er ihm mit, »nun denn, lass uns gehen.«

»Was ist mit mir?«, fragte Taro, nachdem die anderen gegangen waren.

»Du?«, Bardelph dachte einen Moment nach. »Du kannst Jungfer Calborth fragen, ob sie einen Becher Calba für mich übrig hat. Ich werde hier Wache halten«, fügte er hinzu, setzte sich auf eine Bank, streckte seine langen Beine aus und schloss die Augen. Taro grinste belustigt bei dem Gedanken, die Falkenkäfige müssten bewacht werden. Doch er freute sich über den Botengang. Vielleicht würde die Jungfer ihn mit einem Honigbrot belohnen.

15

Triel und Lambrith schlenderten in aller Gemütsruhe die Marktstraße entlang und hielten bei allen möglichen Ständen an, um die verschiedenen Kuriositäten zu betrachten. Sie genossen es, dass es bereits spät am Tag und die Straße nicht so überfüllt war.

»Warum gehen wir hier entlang? Die Holzhändler sind doch näher am Westtor«, bemerkte Lambrith verwundert.

»Genau!«, erwiderte Triel, als ob dies alles erklären würde.

»Wie – genau!?«, Lambrith verstand ihn nicht.

Triel sah ihn geringschätzig an, konnte sich dann aber ein Lachen nicht verkneifen.

»So etwas nennt man Strategie«, begann er, ». . . und sie verfolgt drei Ziele. Zunächst einmal genießen wir den Markt. Zweitens dauert der Ausflug dadurch etwas länger – das bedeutet weniger Arbeit, wenn wir zurückkommen. Drittens, je später wir bei den Holzhändlern sind, desto wahrscheinlicher ist alles ausverkauft. Wir müssen nichts den Hügel hochschleppen – und dann holen wir es doch noch von Jungfer Calborth.«

»Lass uns mal nicht übertreiben«, antwortete Lambrith, obwohl ihm Triels Strategie durchaus gefiel. »Wir haben gerade erst wieder Gnade vor Bardelphs Augen gefunden. Ich für meinen Teil ziehe es vor, sie mir zu erhalten.«

»Vernünftig wäre es . . . aber sieh doch mal, diese Messer!«

Die untergehende Sonne tauchte den Abendhimmel bereits in glühendes Orange, als die beiden jungen Falkner endlich beim Holzhändler ankamen. Die meisten Verkäufer hatten schon für die Nacht zusammengepackt. Einige der bescheideneren Händler ohne festen Marktstand unterhielten sich freundschaftlich miteinander und hofften auf letzte Kundschaft, die ihnen das eine oder andere abkaufen würde. Bei einem von ihnen entdeckte Triel noch verwachsene Äste, die ihren Zweck gut erfüllen würden.

Er machte sich groß und ermutigte Lambrith, sich ebenfalls aufzurichten.

»Ich wünschte, ich hätte Falstar mitgenommen«, flüsterte er leise. Lambrith zuckte mit den Achseln. »Es ist dein *Partner*. Kein Zubehör. Lass sehen, was in dir steckt, zeig, aus welchem Holz du geschnitzt bist!«

Triel näherte sich dem Händler und versuchte, dabei möglichst selbstsicher und erwachsen zu wirken.

»Guten Abend«, begrüßte er ihn. »Möge Gilians Segen auf dir ruhen.«

Der Händler sah ihn amüsiert, aber höflich an. Raiden-Falkner konnten manchmal hochnäsig sein und manche Leute fragten sich, ob sie dem Land in Friedenszeiten überhaupt irgendeinen Nutzen brächten. Dennoch wäre es keine gute Idee, sie durch mangelnden Respekt herauszufordern.

»Ähem . . . danke, Falkner. Und, was braucht ihr?«

»Nur einige dieser krummen Äste für die Falkenkäfige, guter Mann«, antwortete Triel.

»Wie viele dürfen es sein?«

»Ein Dutzend sollte genügen. Wir haben neue Falken in der Falkenhalle«, erklärte Triel und erwärmte sich für das Thema. »Jeder Falke braucht seinen eigenen Ast, aber einige in Reserve zu haben, wäre nicht schlecht.«

»Bitte. Sucht euch die heraus, die am besten passen«, meinte der Händler und zeigte auf die Körbe.

»Und ich denke . . .« Triel zögerte kurz, ». . . ich gehe davon aus, dass die Falkenhalle nicht zu zahlen braucht«, schloss er so selbstsicher, wie er nur konnte.

»Fürst Gilians Segen sollte ausreichen«, antwortete der Verkäufer.

Kurze Zeit darauf erreichten Triel und Lambrith das Westtor und nahmen den Weg, der den Hügel hinauf und zurück zur Falkenhalle führte. Jeder von ihnen kämpfte mit einem halben Dutzend Ästen, und obwohl sie nicht sonderlich schwer waren, rutschten sie ständig aus den Armen.

Dennoch waren beide Jungen bester Laune.

»Ich glaube, das ging ziemlich gut«, meinte Triel. »Ich könnte mich an diese Art von Respekt gewöhnen.«

»Vielleicht«, bemerkte Lambrith. »Vielleicht lag es aber auch daran, dass Bryants Vater zehn Schritte neben uns stand und sich mit einem anderen Falkner unterhielt. Beide mit ihren Falken auf der Faust!«

»War das so?«, Triel war am Boden zerstört. »Das habe ich gar nicht gemerkt.«

»Weil du dich aufgeplustert hast und mit deiner eigenen Wichtigkeit beschäftigt warst!«

»He, ich habe versucht, höflich zu sein. Das war nicht . . .«

»Triel!«, rief mit einem Mal eine junge Stimme und unterbrach das Wortgeplänkel. Beide Falkner blieben auf der Stelle stehen und sahen sich suchend um.

»Moreya!«, jubelte Triel und legte seinen Stapel Äste auf den Boden. Er rannte auf das Mädchen zu, hob sie hoch und wirbelte sie durch die Luft. Ihr kleiner Umhang flatterte dabei wie ein Falkenflügel.

»Du bist gesund und munter«, stellte er fest, als sie lauthals lachte.

Die Marktbesucher und Händler um sie herum unterbrachen ihre Tätigkeiten und erfreuten sich an der fröhlichen Begegnung. Doch da bemerkte Triel den ärgerlichen Blick von Erilea, die auf ihn zueilte – dicht gefolgt von dem Elben, den er vor einigen Tagen bereits durch Moreyas Augen gesehen hatte.

»So viel zu einer unauffälligen Ankunft«, meinte Erilea, als sie Triel erreichte. »Moreya, warum bist du weggelaufen? Ich hatte dir gesagt, du sollst dicht bei mir bleiben und dein Gesicht verdecken!«

»Aber ich hab Triel und Lambrith gesehen«, widersprach sie.

»Es . . . es tut mir leid«, meinte Triel, »ich hätte nachdenken sollen . . . ich war nur so überrascht. Wir haben versucht, Moreya zu . . .«

»Vielleicht sollten wir über diese Dinge an einem ruhigeren Ort sprechen«, mischte sich der Elb sanft ein, trat vor und legte den Arm warnend um Triels Schultern.

Erst jetzt erinnerte sich Triel wieder, dass noch niemand Genaueres über den Brand wusste und Moreya möglicherweise nach wie vor in Gefahr war.

»Kommt mit zur Falkenhalle«, schlug er vor, »alle werden sich freuen, euch zu sehen, und sie werden zahllose Fragen haben.«

»Das ist genau das, was wir im Moment nicht gebrauchen können«, erwiderte Erilea. »Wir gehen zum Haus deiner Mutter. Ist Alduin dort?«

»Er hilft beim Renovieren der Falkenhalle«, entgegnete Triel. »Wir reparieren auch die Käfige und haben dafür neue Äste besorgt«, fügte er hinzu und wies auf Lambrith, der neben dem Holz Wache stand.

»Gut. Sag ihm, wo wir sind. Aber niemandem sonst! Warne auch Lambrith davor, etwas zu erzählen. Es sollen möglichst wenige wissen, dass wir in der Stadt sind.«

Unruhig schaute Erilea um sich, aber keiner schien sich weiter um sie zu kümmern.

»Darf ich wenigstens mitkommen?«, fragte Triel eingeschüchtert. »Ich meine ... ich denke, Moreya war ... ist aufgetaucht, als ich geflogen bin ...«

»Jaja«, Erilea unterbrach ihn. »Komm auch. Das ist nur gerecht.«

Sie zog ihre Kapuze tief ins Gesicht und achtete darauf, dass Moreya es ihr gleich tat. Dann bedeutete sie Celeberin, ihr zu folgen, und machte sich auf den Weg zu Rael und Bretta.

Triel sammelte sein Bündel Holz wieder auf und ging mit Lambrith weiter, um es abzuliefern.

»Sie hat uns gebeten, keinem zu erzählen, dass sie da sind«, erklärte Triel seinem Freund. »Außer dem Falkner Alduin, natürlich.«

»Aber ... aber das ist gemein. Wir wollen alle wissen, was los ist«, beklagte sich Lambrith.

»Ich werde mein Bestes geben und es herausfinden«, flüsterte Triel. »Nachher gehe ich zu meinen Eltern und sag dir dann, was ich dort erfahren habe.«

»Sie gehen zu deinen Eltern?«

»Ja«, fauchte Triel ihn an, »aber vergiss es gleich wieder. Ich sollte gar nichts gesagt haben. Je weniger Leute es wissen, desto sicherer sind sie dort.«

»Also, Diskretion gehört wirklich *nicht* zu deinen Talenten«, gab Lambrith zurück. »Von mir erfährt niemand etwas. Aber von dir ... wer weiß. Du kannst ein richtiges Plappermaul sein.«

Triel fühlte sich fürchterlich, denn Lambrith hatte absolut recht. Sein Temperament könnte ihm – und jetzt auch anderen – Schwierigkeiten machen. Wieder einmal ...

Welche unfreundlichen Augen und Ohren hatten ihre Begegnung wohl beobachtet? Er hätte kein größeres Aufsehen erregen können als mit dieser überschwänglichen Begrüßung.

»Was habe ich nur wieder angestellt, Lambrith!?«, sagte er zerknirscht. »Ich scheine dazu geboren sein, Schwierigkeiten zu machen. Obwohl ich es wirklich nicht will.«

Lambrith bereute seine harten Worte bereits und versuchte, seinen Freund zu trösten. »Sieh mal, es ist deine Absicht, die zählt, und die war gut. Du musst nur versuchen, ein bisschen besonnener zu sein. Erst denken, bevor du redest ... ich weiß nicht. Bevor du platzt, weil du etwas sagen willst, denk doch erst einmal an etwas anderes.«

»An was zum Beispiel?«

»Bei Gilians heiliger Feder, ich weiß es auch nicht. An was auch immer. Nur, um dich zu bremsen, bevor du irgendetwas hinausposaunst.«

»Fürst Gilians heilige Feder. Das könnte funktionieren.«

»Ich ... ich habe nicht gemeint ... oh Mann, egal!«

Alduin war vom Wiedersehen mit Erilea und Moreya so überwältigt, dass er nicht sprechen konnte. Er beugte sich hinunter und nahm beide in die Arme, er atmete ihren vertrauten Duft ein, drückte sie fest an sich und spürte Tränen in seinen Augen.

»Es geht euch also gut«, stellte er schließlich beruhigt fest. »Ich habe mir solche Sorgen gemacht.«

»Ich habe dir gesagt, dass ich mich um unsere Tochter kümmern kann«, flüsterte Erilea, diesmal ohne ihren üblichen Wunand-Stolz. »Aber . . . ich . . . ich habe dich vermisst.«

Die drei hielten sich in einem der vorderen Räume auf. Bretta hatte in weiser Voraussicht vorgeschlagen, dass sich alle für eine Weile in der Küche aufhalten und der jungen Familie etwas Zeit lassen sollten.

»Ich liebe dich so sehr«, sagte Alduin. »Euch beide. Manchmal ist es mehr . . . mehr, als ich aushalten kann. Wenn irgendetwas passiert . . .«

»Es wird nichts passieren«, sagte Erilea. »Emo beschützt uns und SIE wird es immer tun.«

»Ja, ich weiß. Aber wir können nicht alles überschauen. Die Pläne der Götter sind viel umfassender, als wir verstehen können. Wir sehen nur kleine Teile davon . . . und kennen das größere Bild nicht.«

»Aber unsere Augen öffnen sich. Schritt für Schritt erkennen wir mehr«, warf Erilea ein.

Sie erinnerte sich an ihre Erlebnisse im Wald.

»Die Falken weisen uns den Weg.«

Alduin richtete sich auf und sah erst Erilea, dann Moreya an. Trotz der erschreckenden Erlebnisse der vergangenen Tage sahen beide gelassen aus. Es war, als trügen sie, fest in ihrer Mitte verankert, ein Geheimnis in sich, das ihnen große innere Sicherheit gab.

»Wie geht es dir, Moreya? Du bist so ungewöhnlich still.«

»Freu mich, dass ich dich sehe, Papa«, war alles, was das Mädchen antwortete.

Lächelnd nahm Alduin diese beiden, die er so über alles liebte, an die Hand. »Lasst uns in die Küche gehen. Die anderen wollen die Neuigkeiten sicherlich auch hören.«

»Und du bist dir sicher, dass es ein Raide war?«, fragte Alduin, nachdem Erilea ihre Geschichte erzählt hatte.

Moreya lag schon im Bett und so konnten die Erwachsenen offen sprechen, ohne sie zu ängstigen.

»Daran gibt es keinen Zweifel.«

Alduin wagte kaum, die nächste Frage zu stellen.

»Kannst du ihn beschreiben?«

»Es ging alles so schnell und ich glaube, er hatte sich das Gesicht verschmiert, um unerkannt zu bleiben«, mutmaßte Erilea. »Aber er war Falkner, der Kleidung nach sogar wohlhabend. Er war groß. Doch ich erinnere mich hauptsächlich an seine Augen . . . so voller Zorn! Warum war er nur derart wütend?«

»Und du hast ihn verletzt?«, fragte Alduin und Erilea schenkte ihm ein schelmisches Lächeln.

»Ja. Knapp unter dem linken Auge. Ein tiefer Schnitt. Das kann er nicht so leicht verbergen. Und ganz sicher musste die Wunde behandelt werden.«

»Dazu müsste er in die Stadt«, meinte Rael. »Da fällt er weniger auf als in einem kleinen Dorf.«

»Das stimmt«, pflichtete Alduin ihm bei. »Brend sagte, dass er nichts von einem verwundeten Raiden in Lemrik gehört habe. Und Tavernen sind der Ort, in denen man am ehesten etwas erfährt. Weiterhin wissen wir von *einem* Raiden, dass er nach Sanforan zurückgekommen ist, nachdem er eine Weile fort war . . .«

»Hast du einen Verdacht . . .«, hakte Erilea nach, ». . . eine Idee, wer es gewesen sein könnte?«

»Völlig unwesentlich«, sagte Rael schnell, »nur eine Vermutung. Kein Beweis von gar nichts. Die fragliche Person ist wieder außerhalb der Stadt, sodass wir dem nicht weiter nachgehen können.«

»Lasst uns das alles für eine Weile beiseiteschieben. Triel muss zurück in die Falkenhalle. Vorher sollten wir jedoch noch darüber sprechen, was Moreya mit den Falken erlebt hat.«

Alduins Augen wanderten hinüber zu Celeberin, der zustimmend nickte.

»Als Erilea und Moreya in den Wald kamen, wurde ich beauftragt, mich um sie zu kümmern und mit . . . mit Moreyas Training zu beginnen«, erklärte der Elb.

»Training?«, wunderte sich Alduin. »Ich dachte, ich . . .«

»Friede, Alduin«, beruhigte Celeberin ihn. »Moreya ist deine Tochter, das ist richtig. Doch du musst ihr auch Raum lassen, ob es dir gefällt oder nicht.«

Alduin war bestürzt. »Ich . . . ich weiß, dass sie . . . aber . . . ich . . . ich meine, sicher . . .«, war alles, was er stottern konnte.

»Mir ist klar, dass es nicht einfach ist, die loszulassen, die man liebt«, sprach Celeberin weiter. »Aber wir müssen es lernen.«

»Nimmst du uns Moreya weg?«, flüsterte Alduin.

Der Elb lächelte mit solcher Wärme, dass Alduin sich sofort besser fühlte und sein Herz wieder leichter wurde.

»Nein. Niemand wird euch Moreya wegnehmen . . . schon gar nicht die Elben. Es liegt in deiner und Erileas Verantwortung, für sie zu sorgen, bis sie erwachsen ist. Dennoch, in euren Herzen müsst ihr sie jetzt schon gehen lassen.«

»Und was ist mit uns?«, Triel vergaß alle guten Vorsätze, seine Zunge im Zaum zu halten. *»Moreyas Neune?* Wir sind ebenfalls bereit, uns um sie zu kümmern.«

»Und somit wird sie immer gut beschützt sein«, antwortete Celeberin herzlich.

»Ja, aber du . . .«, jetzt erinnerte Triel sich wieder an das, was er sich vorgenommen hatte. »Fürst Gilians heilige Feder«, murmelte er vor sich hin.

»Erzähle mir, was du erlebt hast«, forderte der Elb ihn auf. »Nimm dir die Zeit, die du brauchst.«

»Fürst Gilians heilige Feder«, wiederholte Triel noch einmal leise und beschrieb dann von Anfang an sein Erlebnis, bis hin zu dem Moment, als er einen Blick auf den Elbenwald erhaschen konnte:

»Ich konnte sogar durch ihre Augen sehen!«, rief er und war von Neuem fasziniert von dieser Möglichkeit.

»Ja, das hat mich auch erstaunt«, sagte Celeberin.

»Kann sie jeden von uns neun erreichen?«

»Wir haben mit dir begonnen, weil ihr beide euch sehr nahe steht«, erklärte Celeberin. »Ich glaube, wir sollten es den anderen erst erklären, bevor wir es mit ihnen auch versuchen.«

»Das habe ich bereits gemacht. Wir haben sogar alle schon versucht, sie über unsere Falken zu erspüren. Zu fühlen, wo sie ist. Aber wir konnten sie nicht erreichen. Wir hatten den Eindruck, dass sie von etwas Magischem umgeben war – um sie zu schützen. Zuerst dachten wir, es sei der Wald . . . und dass die Elben eine Art Schild um sie herum aufgebaut hätten. Doch später, als wir wussten, dass sie den Wald verlassen haben musste, war das Hindernis immer noch da. Wir konnten einfach nicht an sie heran.«

»Ich freue mich, dass es mir gelungen ist«, lächelte Celeberin bescheiden.

»Was meinst du damit?«, wollte Alduin wissen.

»Ich wusste, dass Moreya in Gefahr sein würde, sobald wir den Wald verlassen. Deshalb wob ich eine Illusion um uns, damit Augen nicht das Bedürfnis hätten, uns zu sehen, und Ohren keine Aufmerksamkeit darauf verwendeten, unsere Worte zu belauschen. Ich sehe, es war wirkungsvoll.«

»Du meinst, unter normalen Umständen wären wir in der Lage, uns mit Moreya zu verbinden?«, fragte Triel. »Und nicht nur sie sich mit uns?«

Celeberin sah erst den Jungen, dann auch die anderen nachdenklich an.

»Ihr müsst beginnen, etwas zu verstehen: Die Einschränkungen, an die ihr glaubt, gibt es nur in eurem Kopf. Die Quelle des Lebens, die es zulässt, dass Moreya eins mit den Jungen und den Falken ist, fließt in alle Richtungen, sie durchtränkt alles. Es gibt keine wie auch immer geartete Einschränkung . . . es sei denn, ihr glaubt es selbst.«

»So . . . so meinst du, dass . . . solange wir daran glauben, dass es möglich ist . . .«, Alduin wählte seine Worte sorgfältig, »dann ist es auch so?«

»Es geht über den Glauben hinaus. Du musst dahin gelangen, es zu *wissen*«, bestätigte Celeberin.

»Natürlich«, Alduin nickte bedächtig. »Wenn wir *wissen*, bleibt kein Raum mehr für Zweifel. Zweifel behindern den Moment der Erkenntnis.«

»Und Zweifel beruhen auf Angst«, fügte Erilea hinzu.

Voron und Bryant folgten der gleichen Route wie am Tag zuvor. Als die ersten Sonnenstrahlen durch die umliegenden Baumkronen fielen, erreichten sie das Gehöft. Der Falke flog direkt durch das beschädigte Dach und landete auf der Rückenlehne eines freien Stuhls.

Diesmal sah Bryant nur vier Falkner, darunter Braxt und Stantel.

»Eine weitere Nachricht«, sagte Braxt erfreut. »Gorston erweist sich als ausgezeichneter Spion!«

Unwillkürlich spannte sich alles in Bryant an, als er hörte, wie sie über seinen Vater redeten. Er war entrüstet – für ihn war es undenkbar, dass sein Vater in üble Machenschaften verwickelt war. Doch er blieb ruhig und hörte sorgfältig zu.

»Lass mal sehen, was er schreibt, bevor wir uns zu früh freuen«, erwiderte Stantel herablassend. »Die meiste Zeit ist er ein stümperhafter Narr. Er versteht überhaupt nicht die Wichtigkeit dessen, was hier geschieht.«

Noch während er sprach, löste Braxt die dünne Pergamentrolle von Vorons Kralle und öffnete sie. Ein Lächeln breitete sich langsam über sein Gesicht aus, als er die Botschaft entzifferte.

»Das Kind ist in Sanforan«, sagte er.

»Ausgezeichnet«, erwiderte Stantel.

Er wandte sich an die beiden anderen Falkner und erteilte Befehle. »Informiere auch die anderen«, wies er sie an. »Außerdem reist ihr zurück nach Sanforan. Stellt sicher, dass Falkenaugen jederzeit alle Stadttore kontrollieren. Das Kind darf die Stadt nicht verlassen, ohne dass ich es weiß.«

»Was ist mit dem Hafen?«

»Die Docks müssen auch überwacht werden. Natürlich!«

»Kommst du mit uns?«

»Ich kann nicht. Diese verdammte Narbe . . .«, Stantel schwieg.

Er wollte vermeiden, dass die Wahrheit über die Narbe ans Tageslicht kam.

»Ich käme mir vor wie ein Idiot, wenn ich erklären müsste, durch welch dämlichen Unfall ich sie mir zugezogen habe. Besser ich bleibe in aller Ruhe hier, es ist ja auch nicht ungewöhnlich, dass ich außerhalb der Stadt bin. Nun müssen wir nur noch den rechten Zeitpunkt abwarten, sie aus der Stadt zu locken. Es ist wichtig, dass alles nach Plan verläuft . . .«

»Soll ich Gorston antworten?«, fragte Braxt.

»Nein«, antwortete Stantel. »Er hat ausgedient. Ich will nichts mehr mit ihm zu schaffen haben. Wie ich schon sagte, er ist ein Narr. Dass er den Falken seines Sohnes eingesetzt hat, zeigt nur, dass er nicht verstanden hat, was hier vorgeht.«

»Da hast du recht«, Braxt lockte Voron auf seine Faust und brachte ihn nach draußen.

»Und los geht's«, sagte er zum Falken. »Ab nach Sanforan.«

Einmal mehr hatte Bryant Zeit, darüber nachzudenken, was er gehört hatte.

Während er auf Vorons Rückkehr wartete, zählte er langsam eins und eins zusammen. Zweifellos bezog sich die Nachricht, die Voron überbracht hatte, auf Moreya. Weiterhin ließen Stantels unklare Worte darauf schließen, dass seine Verletzung nicht von einem Unfall stammte, wie er Braxt weismachen wollte. Er hielt etwas geheim.

Gab es einen Zusammenhang mit dem Feuer? Konnte Stantel der Raide sein, den Erilea gesehen hatte?

Je länger Bryant darüber nachdachte, desto wahrscheinlicher schien es ihm. Er konnte sich gut vorstellen, dass ein Mann wie Stantel außer sich vor Wut geriet, wenn er entdeckte, dass ein Mädchen den Bund mit Falken teilte. Und dass er weitere Kollegen aufhetzen würde.

Wenn er nur seinen Plan aufdecken könnte, das wäre doch mal was!

Er würde Falkner Alduin vor vollendete Tatsachen stellen. Und *das* würde ihn zum Helden des Tages erheben. Triel war sich so sicher, dass er der Anführer war, jedenfalls wenn es um Moreya ging – aber *das* würde ihn auf seinen Platz verweisen. Darüber hinaus würde er, Bryant, seinem eigenen Vater den Weg zum Amt des Falkenmeisters ebnen . . . falls er Stantels endgültigen Sturz herbeiführen konnte. Wobei natürlich niemand etwas von der Rolle seines Vaters in diesem Spiel wissen durfte.

Der Plan.

Wie könnte er mehr darüber herausfinden? Das Naheliegendste war, seinen Vater auszuhorchen, um herauszufinden, was er damit zu tun hatte. Blieb die Frage, wie er das anpacken sollte, ohne preiszugeben, wie viel er wirklich wusste.

Aber eines stand fest: Er würde nicht zu den anderen rennen und ihnen erzählen, was er herausgefunden hatte. Noch nicht. Er würde selbst den richtigen Zeitpunkt bestimmen.

Am nächsten Mittag war die Renovierung abgeschlossen. Die Brutkammer sah nach dem Anstrich aus wie neu, der Boden war poliert, der Steintisch blank, die Käfige repariert und gereinigt. Rundum herrschte eine Ordnung, die Klarheit ausstrahlte.

Unmittelbar nach der Tischzeit sorgte Meister Calborth dafür, dass der Saal geräumt wurde. Neben den neun Jungfalknern gesellten sich nur noch Alduin mit Erilea und Rael sowie Bardelph und Celeberin dazu. Aranthia war nicht dabei: Sie war vormittags von einem Besuch bei ihrem Clan zurückgekommen und Moreya verbrachte den Nachmittag bei ihr.

Für eine Weile wogen die Älteren alle Fakten, Verdächtigungen und Theorien gegeneinander ab, um das weitere Vorgehen zu planen. Die jungen Falkner hörten zu und versuchten zu verstehen, was eigentlich geschehen war. Inmitten der Verwirrung, der Angst und der Sorgen, die alle niederzudrücken schienen, war der Elb Celeberin der Einzige, der sichtlich ungerührt blieb.

Endlich ergriff er das Wort und überraschte die Gruppe mit einem Vorschlag.

»Vielleicht ist es an der Zeit, dass die jungen Falkner sprechen. Viele ihrer Väter leben hier in der Stadt und kennen die Ansichten der Mitglieder ihrer Gilde. Wir müssen herausfinden, wer einen Angriff auf Moreya unterstützen und wer ihn tolerieren würde.«

»Aber soweit wir wissen, war es nur *ein* fehlgeleiteter Falkner«, gab Erilea zu bedenken. »Er war ganz sicher alleine.«

»Mögen die Götter dich hören und mögen sie das die Wahrheit sein lassen«, sagte Rael.

»Stellt euch vor, es käme so weit, dass sich die Falkner gegeneinander stellen«. Alduin blickte fragend zu Meister Calborth hinüber, als würde er um Erlaubnis bitten, offener sprechen zu dürfen. Der Meister stimmte zu und Alduin wandte sich an *Moreyas Neune*.

»Es fällt mir schwer, darüber zu sprechen . . .«, begann er, »aber was ich zu erzählen habe, wird euch, so glaube ich, umso deutlicher den Ernst der Situation klarmachen – einer Situation, mit der wir möglicherweise schon bald konfrontiert sein könnten.«

Er schwieg für einen Moment und vergewisserte sich, dass er die volle Aufmerksamkeit der Runde hatte.

»Vor einigen Tagen, als ich in Sanforan ankam, hatte ich eine Vision. Eine Vision, in der Falke gegen Falke kämpfte – und alle waren mit Menschen verbunden! Ich fühlte ihre Angst und die Qual ihrer menschlichen Gefährten. – Wir dürfen nicht erlauben, dass es so weit kommt. Welche Unstimmigkeiten es auch immer zwischen den Traditionalisten und den anderen geben könnte, wir dürfen nicht gestatten, dass wir uns gegenseitig bekämpfen.«

Die Jungen erblassten, als sie sich die Folgen einer solchen Entwicklung vor Augen hielten. Galdan wurde kreidebleich und Sean sah aus, als wäre ihm übel.

»Seht ihr«, fuhr Alduin fort. »Wir müssen herausfinden, wer der Brandstifter war und ob er alleine handelte – oder im Auftrag von jemand anderem.«

»Aber was können wir tun?«, fragte Triel, »wir sind so . . . ich weiß nicht . . . wir haben so wenig Erfahrung.«

»Ihr seid eben erst Falkner geworden, ich weiß das«, beruhigte ihn Alduin. »Aber wenn man einmal Falkner ist, gibt es keine halben Sachen. Wir sind an die Regeln des ehrenhaften Verhaltens im Dienste von Nymath gebunden. Wir können nicht erlauben, dass diese Regeln gebrochen werden.«

»Doch von keinem wird mehr verlangt, als er geben kann«, griff nun Celeberin ein. »Jeder von euch muss sein Herz erforschen und sich fragen, wozu er in der Lage ist. Dann handelt danach.«

Nachdem er geendet hatte, schweiften seine Augen von einem Falkner zum anderen. Als sein Blick Bryant erfasste, berührte das den Jungen in seinem tiefsten Innern.

Für einen Moment kämpfte er noch mit sich. Doch er fühlte sich auch schuldig, weil er sein Wissen so lange verschwiegen hatte.

Endlich meldete er sich zu Wort: »Ich weiß, wer der Falkner ist, und ich befürchte, er ist nicht alleine.«

Eine Welle von leisem Gemurmel und vereinzelte Aufschreie gingen durch die Gruppe, bis Calborth ein Zeichen zur Ruhe gab.

Bryant lächelte mutlos und seufzte.

»Ja, ich hätte eher sprechen sollen. Das ist mir jetzt klar. Ich, nun, ich wollte einen wichtigen Moment abwarten, bevor ich damit herausrücke . . . ich wollte . . . nun, irgendwie den Tag retten.«

»Jetzt sprich, Junge«, forderte Calborth ihn sanft auf. »Wir müssen so viel wie möglich herausfinden.«

»Gestern und heute noch einmal überbrachte Voron eine Nachricht meines Vaters, er flog zu einer verlassenen Siedlung draußen in den Wäldern. Das erste Mal war ein halbes Dutzend Falkner dort versammelt, heute waren es weniger. Zwei von ihnen habe ich erkannt.«

»Stantel?«, flüsterte Alduin.

»Ja, Stantel. Und Braxt.«

Marshalt schnappte nach Luft und starrte Bryant anklagend an.

»Du hattest mir erzählt, dass du sie zusammen gesehen hast, aber ich weigere mich zu glauben, dass mein Vater sich . . .«

»Lass Bryant weitererzählen«, unterbrach ihn Meister Calborth. »Wir wollen uns nicht in irgendwelche voreiligen Schlussfolgerungen stürzen.«

»Die Narbe! Hatte einer von ihnen eine Narbe?«, fragte Erilea.

»Stantel. Eine hässliche Narbe auf der linken Wange, direkt unter seinem Auge.«

»Ich *wusste* es«, sagte Alduin atemlos und sah zu Rael hinüber.

»Vielleicht hören wir einmal damit auf, den Jungen ständig zu unterbrechen!«, zischte Calborth verärgert und gab Bryant ein Zeichen fortzufahren.

»Also, das Aufregendste bei all dem war, dass ich hören konnte, worüber sie sich unterhielten.«

Alduin nickte, unterbrach Bryant aber nicht mehr.

»Sie wussten, dass du mit Moreya in Sanforan angekommen bist«, erklärte Bryant nun und sah Erilea an. »Ich fürchte, das war die Nachricht, die ich heute früh überbracht habe. Stantel befahl, dass Falken die Stadttore bewachen sollten. Er möchte sicherstellen, dass ihr die Stadt nicht ohne sein Wissen verlasst. Dann wollen sie euch irgendwann herauslocken . . . so, wie es der Plan vorsieht, den sie anscheinend schon haben. Ich bin mir nicht sicher, wie viele Falkner daran beteiligt sind, und einige sind auch bereits zurück in der Stadt. Aber ich behaupte, dass Stantel das Sagen hat.«

»Und Gorston?«, fragte Calborth.

»Mit meinem Vater habe ich gesprochen, nachdem Voron zurück war. Ich habe ihm nichts von dem gesagt, was ich wusste . . . nur ein paar Fragen gestellt. Ich weiß, dass er sehr auf Traditionen achtet. Doch ich bin fest davon überzeugt, dass er nicht weiß, wie weit Stantels Absichten wirklich reichen. Stantel mag ihn ohnehin nicht – er sagte etwas in der Art. Ich glaube, wir können mit meinem Vater sprechen und ihn für uns gewinnen.«

»So, und was ist jetzt mit meinem Vater!?«, schrie Marshalt ihn an. »Ich will nicht gegen ihn kämpfen müssen!«

»Wir werden alles tun, um jeglichen Kampf zu unterbinden«, sagte der Meister streng. »Wir werden uns hüten, uns überhaupt so etwas wie ›unsere Seite‹ und ›ihre Seite‹ vorzustellen. Wir denken weiterhin an uns als eine Gemeinschaft der Falkner von Nymath. Aber wir müssen einen Weg finden, dies zu bewerkstelligen.«

»Wie können wir das schaffen?«, übernahm Alduin das Wort. »Wir wissen nicht einmal, wen Stantel bereits mit seinen Ideen vergiften konnte.«

»Wir können eine Versammlung aller Falkner einberufen, die sich derzeit in Sanforan aufhalten«, schlug Rael vor. »Das wäre ein Anfang.«

»Da stimme ich dir zu«, Bardelph sprach zum ersten Mal. »Wir sollten ebenfalls die Ältesten der Raiden einladen. Wir müssen nur erklären, was es mit Moreyas Gabe auf sich hat, und hoffen, dass sie es als Willen der Götter anerkennen.«

»Und was machen wir mit Moreya?«, fragte Erilea. »Sollen wir sie in der Stadt lassen? Oder bringen wir sie besser zu Aranthias Clan? Unten am Mangipohr wäre sie auch in Sicherheit.«

»Wir müssen noch herausfinden, ob wir mit Unterstützung gegen Stantel rechnen können«, Alduin hörte Erilea gar nicht zu. »Wir wissen einiges von dem, was er vorhat, doch nichts Genaueres. Bryant weiß, wo sie sich treffen. Daraus können wir sicherlich einen Vorteil ziehen.«

»Ich würde es vorziehen, die Neune da herauszuhalten. Ihre Falken sind noch sehr jung«, gab Meister Calborth zu bedenken. »Wenn ...«, er verfiel in Schweigen, unfähig, den Satz zu beenden.

»Aber wir wollen Moreya beschützen!«, rief Triel aus. »Wir haben es geschworen.«

»Es gibt viele Wege, das zu tun«, beruhigte ihn Rael.

»Richtig«, meldete sich nun Celeberin zu Wort. »Vielleicht können wir an dieser Stelle zusammenarbeiten. Wenn Meister Calborth einverstanden ist«, fügte er hinzu.

»Aber was geschieht mit Moreya?«, drängte Erilea. »Wo ist sie am sichersten?«

Aranthia und Moreya saßen beisammen und wollten aus Muscheln und Kieseln, die sie bei Ausflügen in den Buchten um Sanforan herum gesammelt hatten, eine Halskette machen. Dabei sortierten sie aus einer Schüssel solche heraus, die Löcher zum Auffädeln hatten. Das Band hing vom Tisch herunter und das goldfarbene Kätzchen schlug mit der Pfote danach. Elin, wie sie es nannten, zog die begonnene Arbeit mit Geschepper auf den Boden und Moreya kicherte.

Sie hob ihr Kätzchen auf, streichelte es und tanzte mit ihm im Zimmer herum. Schließlich setzte sie es wieder auf den Boden und rollte einen kleinen Ball durch die Stube, hinter dem Elin herjagte. Beide waren vertieft in ihre Tätigkeit und überhörten zunächst das Klopfen.

»Mimi, da ist jemand an der Tür«, murmelte Moreya, als sie das Geräusch bemerkte.

»Hhhmmm?«

»Schon gut«, sagte Moreya und ging, um zu öffnen.

»Wo gehst du hin?«, fragte Aranthia, immer noch konzentriert auf der Suche nach passenden Muscheln und Kieseln.

Doch Moreya war bereits im Flur und hörte sie schon nicht mehr.

16

Eine dunkle Vorahnung überfiel Erilea, als sie die Straße zum Westtor hinunterging. Es war ein dumpfes Gefühl, das erst dann von ihr abfallen würde, wenn sie ihre Tochter wieder in die Arme nehmen könnte. Sie zwängte sich durch die Menschenmenge auf dem Platz, ging einen kleinen Seitenweg hoch und stieß dort fast mit Aranthia zusammen.

Ein Blick auf Aranthias betroffenes Gesicht bestätigte ihre Befürchtungen.

»Moreya – wo ist sie?«

»Ich . . . ich weiß es nicht«, antwortete Aranthia und hielt sich an

Erileas Arm fest, um nicht den Halt zu verlieren. »Wir haben ein Halsband aufgefädelt. Im einen Augenblick war sie noch da, dann ging sie aus der Stube. Ich habe mir nichts dabei gedacht – . . . vielleicht wollte sie ja nur etwas aus der Küche holen. Aber als sie nicht mehr zurückkam . . .«

»Wie lange ist das her?«

»Gar nicht so lange. Ich habe sie im ganzen Haus gesucht. Aber sie war nirgends zu finden. Sie muss nach draußen gegangen sein.«

»Aber weshalb sollte sie so einfach weggehen?«

»Vielleicht hatte es etwas mit den Falken zu tun. Deshalb wollte ich sie jetzt in der Falkenhalle suchen«, sagte Aranthia. Der Hoffnungsschimmer schwand jedoch, als Erilea den Kopf schüttelte.

»Sie würde nicht gehen, ohne dir etwas zu sagen.«

»Manchmal ist sie aber so geistesabwesend.«

»Selbst dann nicht. Nicht nach dem Feuer und allem, was passiert ist. Außerdem wäre sie mir dann auf dem Weg zur Falkenhalle begegnet.«

Erileas Herz klopfte heftig vor Angst. Nach Bryants Bericht befürchtete sie nun, dass Stantel und seine Gruppe ihren Plan vielleicht sofort in die Tat umgesetzt haben könnten.

»Wir müssen Alduin finden«, schluchzte sie auf und lief mit Aranthia an ihrer Seite zurück zur Zitadelle.

»Wo ist er jetzt?«

»Irgendwo in der Stadt, um die Raiden-Falkner und die Ältesten zu einer Versammlung einzuladen. Wir haben gerade herausgefunden, dass es da eine Gruppe unter den Falknern gibt, die Moreya schaden will.«

Aranthia schnappte nach Luft. »Warum, in Nymaths Namen?«

Während sie schnell durch die Straßen liefen, teilte Erilea Aranthia die neuesten Einzelheiten mit.

»Alles weist auf eine Verschwörung hin. Alduin und Rael hoffen, dass sie noch rechtzeitig eingreifen können. Deshalb wollen sie eine Versammlung einberufen und sind jetzt unterwegs. Vielleicht gibt die Anzahl der Teilnehmer Aufschluss darüber, wer darin verwickelt ist.«

»Wie sollen wir Alduin dann finden? Er kann überall in der Stadt sein und wir verlieren wertvolle Zeit!«, gab Aranthia zu bedenken.

»Du hast recht«, stimmte Erilea zu. »Wir müssen mit den Jungen reden. Ihre Falken könnten helfen, Moreya aufzuspüren.«

Diese Idee gab den beiden Frauen neue Hoffnung und sie liefen zur Falkenhalle, so schnell sie konnten.

Erilea war bald ein gutes Stück voraus.

»Geh ruhig voraus, warte nicht auf mich«, rief Aranthia ihr nach, dann kam ihr ein Gedanke.

»Ich laufe zu Bretta. Sie weiß, wo die meisten Raiden-Familien leben, und vielleicht kann ich Alduin so finden.«

Als Erilea sich dem Hauptplatz näherte, sah sie den Meister, Bardelph und Triel an der Bronzestatue zusammenstehen. Triel nahm aufmerksam Anweisungen entgegen und Falstar saß flugbereit auf seiner Faust.

»Warte!«, rief Erilea und konnte Triels Aufmerksamkeit auf sich lenken, noch bevor Falstar sich abstieß.

»Moreya ist weg! Schicke ihn nicht los!«

Sie rannte das letzte Stück des Wegs zu ihnen hoch und schilderte rasch die Situation.

»Aranthia weiß nicht, was passiert ist, aber Moreya ist verschwunden. Jemand muss sie verschleppt haben.«

»Sie führen ihren Plan schneller durch, als ich dachte!«, stieß Calborth hervor. »Das ist fürchterlich . . . fürchterlich. Wo führt uns das alles nur hin?«

»Kann der Auftrag warten?«, fragte Triel. »Wenn ich mit Falstar fliege, finde ich vielleicht heraus, wo sie ist.«

»Bitte! Tu, was du kannst. Fürst Gilian möge dich führen!«, bettelte Erilea.

»Ja, das ist jetzt wichtiger«, stimmte Calborth zu. »Suche dir einen ruhigen Platz und halte nach der Kleinen Ausschau.«

Triel grüßte kurz, schickte Falstar in die Luft und beeilte sich, in die Stille des Bogenhofs zu gelangen.

»Ich lasse es euch wissen, sobald ich etwas erfahren habe«, rief er über seine Schultern zurück.

Meister Calborth winkte ihm kurz zu, als Zeichen dafür, dass er ihn verstanden hatte, und wandte sich dann den anderen zu.

»Ich gehe sofort los, spreche mit den Wächtern der Zitadelle und erkläre ihnen, was passiert ist. Vielleicht können sie uns bei der Suche helfen.«

Mit schnellen Schritten ging er auf das Quartier der Garde zu.

Bardelph legte den Arm beruhigend um Erilea und führte sie zu einer Bank.

»Wo ist Aranthia jetzt?«, fragte er.

»Sie sucht Alduin und Rael. Kann sein, dass Bretta weiß, wo sie sind, deshalb ist sie zu ihr gegangen.«

»Die beiden bemühen sich darum, für heute Abend mit der ersten Glocke ein Treffen zu veranstalten . . . direkt hier im Speisesaal«, erklärte ihr Bardelph. »Im Moment können wir nur abwarten. Ich bleibe hier bei dir.«

»Aber ich kann hier nicht einfach nur herumsitzen!«, rief Erilea und sprang auf.

»Was willst du sonst machen? Sie könnte überall sein. Vielleicht spaziert sie fröhlich herum und weiß gar nicht, welche Aufregung sie damit verursacht.«

»Du weißt, dass das nicht stimmt«, Erilea sah Bardelph ärgerlich an. »Nach dem Brand und . . . nun, allem anderen. Sie weiß sehr wohl, dass sie in Gefahr ist. Sie würde nicht einfach gehen, ohne irgendetwas zu sagen.«

»Also, was willst du unternehmen?«, Bardelph ignorierte ihren Ärger. »Ich helfe dir bei allem, so gut ich kann.«

»Ich suche einfach nach ihr. Schließlich habe ich damals auch die Nebelsängerin gefunden«, sagte sie, in Erinnerung an das längst vergangene Abenteuer.

»Genau. Was ist mit den Tunneln unterhalb Sanforans?«, rief sie aufgeregt. »Weißt du noch – die Tunnel, in denen wir Kirstie gefunden haben.«

Bardelph schüttelte den Kopf. »Der Zugang von der Höhle wurde verschlossen und alle Seitenwege blockiert. Es gibt nur noch drei Möglichkeiten, in die Tunnel zu kommen. Die Tür bei der kleinen Straße neben dem Marktplatz ist immer verschlossen, nur die Onur-Wachen haben den Schlüssel dafür. Bleibt nur der Zugang, der hier vom Bogenhof wegführt. Da kann keiner hineingekommen sein. Wir waren den ganzen Nachmittag da und haben keine Verdächtigen gesehen. Und der dritte Eingang, der im Ratsgarten, ist viel zu auffällig gelegen.«

»Vielleicht haben die Onur nicht alle Schlüssel«, überlegte Erilea. »Wir haben nie herausgefunden, was mit Lotan passiert ist, aber wir wissen, dass er einen hatte.«

»Ich glaube, du klammerst dich an Strohhalme«, mahnte Bardelph. »Aber wenn es dir dann besser geht, kann ich Fackeln holen und wir überprüfen es.«

»Ja, mach das bitte. Ich kann einfach nicht herumsitzen und nichts tun.«

Falstar kreiste über den Dächern von Sanforan. Er spürte Triels Anwesenheit und begrüßte seinen Partner mit Zuneigung und absoluter Hingabe. Triel tauchte in das Meer verbindender Gefühle ein und ließ sich von ihnen so sanft tragen, wie sich die Luft unter Falstars Flügeln bewegte. Die Eindrücke des Fliegens waren nicht nur körperlich: Es war auch ein Flug der Seele in endlose Möglichkeiten der Existenz, frei von allen Begrenzungen – mit Ausnahme derer, von denen Celeberin sagte, er würde sie selbst erschaffen.

Könnte er doch nur den Schlüssel finden, der ihm alle Türen öffnete. Wohin würden Falstar und er dann wohl reisen . . .

Falstar . . . bring mich zu Moreya . . . wo ist sie?

Sofort fühlte Triel, wie er schnell fiel. Einen Herzschlag lang durchflutete ihn eine Welle von Furcht, aber sie verschwand ebenso schnell, wie sie aufgetaucht war.

Zeit spielte mit einem Mal keine Rolle mehr. Allmählich ließ das Gefühl des Fallens nach und Triel fand sich frei schwebend in einer nebligen Welt von sich drehenden Träumen wieder. Eine langsame Welle bewegte diese Bilder rhythmisch vor und zurück, gleichmäßig wie der leichte Atem eines lebendigen Wesens – eines, das tief schlief.

Sie schläft. Moreya ist eingeschlafen! Ich danke dir. Du kannst jetzt zurückkehren.

Triel unterbrach den Bund und fühlte sich auf besondere Weise erleichtert.

Er bestand kein Zweifel daran, dass Moreya friedlich schlief . . . irgendwo. Könnte es sein, dass sie in Großmutters Bett gekrabbelt war und Aranthia nicht daran gedacht hatte, dort nachzusehen? Und wenn nicht . . . immerhin war schlafen besser, als . . . als . . . Triel wagte nicht, den Gedanken zu Ende zu führen.

Er sprang hoch und machte sich auf die Suche nach den anderen. Im Innenhof fand er Erilea und Bardelph, die mit Fackeln bepackt waren.

»Sie schläft«, sagte er, »ich kann nicht sagen, wo sie ist, aber sie schläft.«

»Sie müssen sie mit Jatamansi betäubt haben«, rief Erilea erschrocken. »Es gibt keine andere Erklärung.«

Als müssten Triel oder Erilea die Antwort wissen, fragte Bardelph: »Besteht nicht doch noch die Möglichkeit, dass sie irgendwo im Haus ist?«

Erilea verneinte entschieden. »Du kennst Aranthia. Sie hat ganz sorgfältig alles abgesucht.«

»Ich schätze, du hast recht«, Bardelph musste ihr zustimmen. »Dann lass uns jetzt die Tunnel kontrollieren. Mit unseren Fackeln hier wird es nicht so lange dauern und bis die Versammlung beginnt, sind wir auf jeden Fall zurück.«

»Ich werde sehn, wen ich von den Neunen finde«, bot Triel an. »Sie haben Aufträge auszuführen, aber vielleicht ist ihnen etwas Verdächtiges aufgefallen.«

Triel wartete auf Falstars Rückkehr und ging dann quer über den Platz in den kleinen Garten neben den Ratssälen. Bienen summten in der warmen Luft und sammelten den Nektar von den Blüten. Sauber geharkte Wege schlängelten sich zwischen den Kräuterbeeten und blühenden Büschen hindurch und alle schienen sie zu einem alten Purkabaum zu führen, der von Steinbänken umgeben war. Dort fand er Taro und Sean in eine Unterhaltung vertieft.

»Mission erfüllt«, Taro lächelte Triel an. »Bratho und Calvar sind auf dem Weg. Ich sehe, Falstar ist schon zurück?«

»Es war kein langer Weg. Der Plan wurde geändert«, sagte Triel düster.

»Geändert? Nicht zum Besseren, würde ich sagen, wenn ich dich so höre«, bemerkte Sean.

Triel seufzte.

»Wir haben versagt, noch bevor wir begonnen haben«, sagte er dramatisch.

»Moreya ist verschwunden.«

»Nein! Wie das?«, Taro und Sean sprangen ungläubig auf.

»Es sieht aus, als wäre sie aus dem Haus ihrer Großmutter entführt worden – einfach so«, erklärte Triel. »Falstar und ich haben sie gefunden . . . also, nicht wirklich gefunden. Wir haben sie gespürt und sie schläft tief. Aber ich hab keine Ahnung, wo.«

»Wir müssen die anderen holen«, entschied Sean. »Wir teilen uns auf und treffen uns nachher im Bogenhof.«

Stantel öffnete das Pergament und knurrte vor unterdrücktem Ärger und Verwirrung.

Der finstere Blick verzerrte seine Züge und er vermittelte den Eindruck, als würde er jeden Augenblick aus der Haut fahren.

Braxt trat einen Schritt zurück.

»Diese Idioten!«, zischte Stantel vor sich hin. »Sie haben das Mädchen aus den Augen verloren. Sie ist verschwunden!«

»Wie meinst du das?«

»Genau so, wie ich es gesagt habe. Sie ist weg. Alduin muss irgendwie Wind bekommen und sie in Sicherheit gebracht haben. Hatte wahrscheinlich wieder einmal eine seiner berühmten Visionen.«

»Was steht sonst noch in der Nachricht?« Braxt sah auf Stantels Faust.

». . . dass für heute Abend eine Raiden-Versammlung in der Falkenhalle einberufen wurde.«

»Steht drin, warum?«

»Was meinst du wohl?«, Stantel verlor die Beherrschung. Er öffnete seine Hand und betrachtete das Stück Pergament. »Ein Falke kann wohl kaum ein ganzes verdammtes Buch transportieren oder was ist damit gemeint, welches Buch soll er transportieren???? Wir müssen warten, bis Aural hier ist.«

»Sollte ich in die Stadt zurückkehren? Bei dem Treffen dabei sein?«, fragte Braxt.

Stantel dachte für einen Moment über den Vorschlag nach und wog das Für und Wider ab, bevor er antwortete.

»Das Treffen findet heute Abend zur ersten Glocke statt. Könntest du das schaffen?«

»Schon möglich. Direkt an der Straße, am Waldrand ist ein kleines Gehöft. Ich habe dort Pferde gesehen, vielleicht kann ich eines ausleihen.«

»Einen Versuch ist es wert. Je mehr von uns an der Versammlung teilnehmen . . .«

Stantel wurde vom donnernden Galopp eines herannahenden Pferdes unterbrochen. Gleichzeitig liefen beide nach draußen und erkannten Aural, der sein Pferd zum Stehen brachte und schwungvoll absprang. Die kastanienbraune Stute war schweißnass und erschöpft.

»Wie hast du es nur geschafft, so schnell hier zu sein? Dein Falke ist eben erst eingetroffen«, fauchte Stantel ihn an und ließ seine ganze Wut an dem Neuankömmling aus.

»Ich hab ihn eine Weile zurückgehalten, wusste ja, dass dich diese Nachricht ins Schwitzen bringen würde. Deshalb wollte ich nicht viel später da sein als er«, erklärte Aural und sah Stantel verächtlich an. »Ich wusste es. Du bist so berechenbar! Deine Wut wird noch einmal dein Untergang sein. Und wo wir schon dabei sind: In Sanforan habe ich einige interessante Neuigkeiten erfahren. Du hast versäumt, uns mitzuteilen, dass du Alduins Haus abgefackelt hast. Während seine Tochter noch drin war.«

Braxt sah Stantel scharf an.

»Wovon redet er?«

Stantel ignorierte ihn.

»Wer hat dir gesagt, ich hätte irgendetwas damit zu tun?«, fragte er Aural.

»Man munkelt . . .«, erwiderte der andere. »Flüstern. Gerüchte. Und wie man sagt, soll Alduins Frau einem Raiden eine hässliche Wunde zugefügt habe – nachdem er ihr Haus angezündet hatte –, da war es nicht mehr schwer, eins und eins zusammenzuzählen.«

Braxt war entsetzt. »Du hast behauptet, du seist vom Pferd gefallen!«

»Bei Gilians heiliger Feder, ihr vergesst, warum wir hier sind!«, brüllte Stantel. »Als würde es einen Unterschied machen, wie ich mich verletzt habe. Wir müssen Nymath von diesem Dreck befreien. *Das* ist jetzt wichtig!«

»Aber ich dachte, der Plan wäre, sie ins Exil zu zwingen. Das Kind zu entführen und erst dann wieder freizulassen, wenn sie versprechen, für immer zu gehen.« Braxt sah fassungslos zu Stantel hinüber. »Und nun hast du versucht, sie umzubringen?«

»Ich habe eine Gelegenheit gesehen und sie genutzt. So . . . es hat nicht funktioniert. Und hätte es funktioniert, wärt ihr jetzt wahrscheinlich alle zufrieden gewesen. Werdet mal vernünftig. Unser Plan hat viele Lücken. Nicht zuletzt die Tatsache, dass ein Exil nie für immer ist. Sie könnten jederzeit nach Nymath zurückkehren. Ich habe eine Gelegenheit gesehen, es endgültig zu machen.«

»Ich bin kein Mörder«, sagte Braxt ruhig. »Ich habe zugestimmt, sie so weit wie möglich zu vertreiben, aber nicht, irgendjemanden zu töten. Niemals! Der Kodex erlaubt den Raiden, nur zur Selbstverteidigung zu töten.«

»Glaubst du, das war kein Selbstschutz?«, fragte ihn Stantel. »Sie ist eine Bedrohung für uns alle. Sie ist eine Gefahr für unser Ansehen, für die Reinheit der Falknerei. Verbundene Falknerei ist allein ein Erbe der männlichen Raiden. Keinem anderen sonst steht sie zu!«

Braxt schüttelte langsam verneinend den Kopf. Seine Augen sprachen Bände und ließen Stantel wissen, dass er in keiner Weise mit seinem eigenmächtigen Handeln einverstanden war. Weder verstand er die Beweggründe, noch würde er diese Tat jemals akzeptieren.

»Passt auf, so kommen wir nicht weiter«, lenkte Aural die Männer von ihrem Streit ab. »Lasst uns mal vergessen, was passiert ist, und sehen, wo wir jetzt stehen. Das Kind ist verschwunden . . . und wir wissen nicht, wohin.«

»Wie konnte das überhaupt geschehen?«, fragte Stantel.

»Ich bin mir nicht sicher. Alduin kam auf mich zu, als ich am Nordtor war. Er informierte mich über die Versammlung heute Abend in der Falkenhalle und bat mich, die Nachricht unter den Falknern zu verbreiten. Er wollte gerade weiter, als . . . nun, ich glaube, es war seine Mutter . . . egal, diese Wunand-Frau kam und ihm etwas ins Ohr flüsterte. Er konnte sich natürlich nicht zurückhalten: ›Moreya ist verschwunden?‹, rief er und auch wenn die Frau nicht geantwortet hat – ihr Gesichtsausdruck sagte alles.«

»Also weiß er nichts von unserem Plan. Das ist wenigstens etwas«, meinte Stantel befriedigt. »Und offensichtlich ist es nicht Alduin, der sie versteckt hat.«

»Ich möchte schwören, dass er keine Ahnung hat, wo sie ist«, warf Aural ein. »Er wurde totenblass, als er davon erfuhr.«

»Also, wo ist sie dann?«, fragte Stantel und seine Wut kehrte zurück. »Wer auch immer das war, dafür wird er bezahlen. Wir hatten einen Plan . . . wer hat es gewagt, hier eigenmächtig vorzugehen?«

»Du meinst, so wie du es gemacht hast?«

Aural versuchte gar nicht erst, seine spöttische Zufriedenheit zu verbergen. »Seit wann ist es nur dir erlaubt, spontane Entscheidungen zu treffen? Vielleicht hat einer der anderen die Gelegenheit erkannt und zugegriffen!«

»Weißt du irgendetwas?« Stantel wurde misstrauisch. »Weißt du, wer sie hat?«

Aural verneinte. »Wie es manchmal so geht: Ich weiß es auch nicht. Aber das kann auch von Vorteil sein. Die meisten von uns können unbekümmert zu der Versammlung gehen. Sie müssen sich nicht darum sorgen, dass ihre Gesichter etwas verraten könnten. Wenn dann das Gespräch darauf kommt, dass Moreya verschwunden ist, können wir uns völlig überrascht geben.«

»Warum gibt es das Treffen?«, fragte Braxt.

»Auch das weiß ich nicht«, entgegnete Aural.

»Nun, ich kann dort nicht erscheinen«, bemerkte Stantel. »Aber ihr beiden geht besser, so schnell ihr könnt.«

In aller Eile fütterten die jungen Falkner ihre Vögel und brachten sie für die Nacht in die Käfige. Doch es war schon zu spät, um mehr als einige wenige Worte zu wechseln, bevor die Zusammenkunft stattfand.

»Ich habe es regelmäßig überprüft. Moreya schläft noch. Wer auch immer sie mitgenommen hat, muss sie mit Jatamansi betäubt haben«, erklärte er und vergewisserte sich, dass jeder seiner acht Freunde die Situation verstand.

»Das bedeutet vermutlich auch, dass keiner sie bisher gefunden hat«, meinte Broon. »Alduin und Erilea müssen verzweifelt sein.«

»Arme Moreya«, flüsterte Galdan.

»Wirklich jeder, der davon weiß, hilft bei der Suche und die Wächter an den Toren sind alarmiert«, erwähnte Triel noch.

»Wir wollen hoffen, dass wir nach der Versammlung mehr Unterstützung erhalten.«

»Wissen wir, ob unsere Väter da sein werden?«, fragte Sean und sein Blick wanderte kurz von einem zum anderen.

Alle bis auf Marshalt nickten.

Der schüttelte verdrießlich den Kopf.

»Marshalt, es tut mir leid«, sagte Bryant. »Ich wünsche, ich hätte ihn nicht mit Stantel gesehen, aber . . . so war es nun mal.«

Marshalt zuckte mit den Achseln. »Ich weiß. Ist nicht dein Fehler. Aber ich wünsche . . .«

»Seht mal, das Wichtigste ist, dass wir neun jetzt Einigkeit zeigen«, ermunterte Triel seine Freunde. »Nicht nur unsere Väter – auch die meisten der Falkner, die heute Abend kommen, werden schockiert sein, wenn sie von Moreyas Gabe erfahren. Wir müssen sie davon überzeugen, dass niemand von *uns* ein Problem damit hat.«

»Auch, wenn das bedeutet, dass wir gegen die Überzeugungen unser Väter verstoßen . . . sie einfach missachten?«, fragte Broon.

»Entweder unsere Väter – oder die Götter«, erwiderte Triel.

»Triel hat recht«, mischte sich nun Taro ein. »Erinnert euch an die Botschaft, die Gilian uns in den Wäldern gab. Nach allem, was inzwischen geschehen ist, habe ich keine Zweifel mehr daran, dass ER es war und dass ER Moreya gemeint hat.«

»Vielleicht sollten wir jemanden bestimmen, der für uns alle spricht«, schlug Galdan vor. »Auf diese Art werden wir vielleicht als diszipliniert und ernst zu nehmend eingeschätzt.«

»Gute Idee. – Wer?«, wollte Bryant wissen.

»Ich bin mir sicher, dir würde das liegen«, überlegte Taro, »aber nach allem, was du herausgefunden hast, ist es möglicherweise sicherer für dich, wenn du still bist. Es sollte nichts bekannt werden, was die Schuldigen vielleicht warnen könnte.«

»Triel ist wahrscheinlich die beste Wahl«, meinte Sean. »Er steht Moreya nahe und kann jeden von allem überzeugen.«

Triel sah Sean fragend an und fragte sich, wie das wohl gemeint war. Obwohl er gerne für alle gesprochen hätte, wusste er, dass er sich dafür nicht eignete, und lehnte den Vorschlag ab.

»Nein. Ich könnte mich von meinen Gefühlen überwältigen lassen. Und dann denke ich nicht mehr klar, spreche einfach drauflos und sage vielleicht etwas Unüberlegtes.«

»Wer denn dann?«, fragte Galdan und lenkte die Augen der anderen auf sich.

Alle grinsten.

»Du natürlich«, sagte Triel.

»Ich?«, fragte Galdan überrascht. »Nein . . . nein . . . ich kann das nicht.«

»Aber das ist perfekt«, stimmte Creis zu. »Du bist dafür bekannt, vorsichtig und ein kühler Kopf zu sein. Keine Höhenflüge. Darüber hinaus ist dein Vater einer der respektiertesten Falkner hier.«

Galdan sah von einem zum anderen. Ihm wurde klar, dass die Wahl endgültig auf ihn gefallen war und es für ihn kein Zurück gab.

»Also gut, ich mach's«, sagte er mit wachsender Überzeugung. »Ich mach das für Moreya.«

Trotz der kurzfristigen Ankündigung und der späten Stunde strömten viele der Falkner und Raiden-Ältesten in den Speisesaal, als es die erste Glocke schlug.

Jungfer Calborth hatte alles umgestellt, die Tische an die Wand gerückt und die Bänke zu einem Kreis in der Mitte des Raumes zusammengeschoben. Getränke und ein kleiner Imbiss waren neben der Küchentür aufgebaut. Wer eintraf, bediente sich und grüßte reihum. Die wenigsten ahnten den Anlass der Versammlung, deshalb war die Atmosphäre entspannt und kameradschaftlich. Es kam nicht häufig vor, dass so viele aktive Falkner gleichzeitig an einem Ort zusammentrafen. Das Treffen bot eine willkommene Gelegenheit, sich über die Ereignisse im Land auf den neuesten Stand zu bringen. Als Rael und die neun frischgebackenen Falkner im Saal eintrafen, war es bereits sehr voll und sie suchten sich umgehend einen Platz in der Mitte.

Schließlich erschienen auch Meister Calborth und Alduin. Ihre Anwesenheit wurde erst nach und nach zur Kenntnis genommen. Wer noch stand, suchte sich nun einen Sitzplatz und allmählich kehrte Ruhe ein.

Der größte Teil der Falkner brachte Meister Calborth große Wertschätzung entgegen. Viele von ihnen hatte er selbst als Nachwuchs ausgewählt und jahrelang trainiert. Als er die Hand hob und um Ruhe bat, zeigte es deshalb sofort Wirkung.

»Möge die Gnade Fürst Gilians mit uns sein. Es tut gut, so viele bekannte Gesichter zu sehen«, begann der Meister. Obwohl der Anlass ohne Zweifel ernst war, glänzten seine Augen vor Vergnügen und in seine Stimme schlich sich ein Hauch Wehmut, als er fortfuhr: ». . . obwohl es etliche unter euch gibt, die ich nur noch sehr selten sehe. Seid willkommen.«

Die Falkner im Raum hoben ihre Fäuste zur Brust und neigten ihren Kopf. Wie aus einem Mund schallte es durch den Raum: »Meister Calborth.«

Der alte Mann schenkte ihnen ein erfreutes Lächeln und setzte seine Rede fort, die er nun an alle richtete.

»Seid willkommen, Raiden-Älteste. Wir sind erfreut über eure Anwesenheit.«

»Wir schätzen uns glücklich, hier zu sein«, entgegnete Felkar, der die Rolle des Sprechers für die Ältesten übernahm. »Und sind natürlich neugierig. Eine Versammlung so spontan und kurzfristig einzuberufen, ist ein außerordentlicher Verstoß gegen die Regeln . . .«

»Damit habt Ihr recht«, warf Calborth ein. »Aber die Umstände verlangten es. Wir bitten um Euer Verständnis und ich gebe das Wort nun an Falkner Alduin weiter.«

Hier und da hörte man leises Murmeln, das auf Alduins umstrittene Position unter den Falknern Nymaths und den Ältesten zurückzuführen war. Von den meisten wurde ihm bestenfalls vorsichtige Toleranz entgegengebracht, während andere ihm unverhohlen feindlich gegenüberstanden. Nur drei begrüßten ihn mit offenem Lächeln: Brentin, Gandar und Twith, die sich im gleichen Frühling wie er mit ihren Falken verbunden hatten. Ermutigt durch ihre Unterstützung stand Alduin auf. Moreyas Verschwinden lastete schwer auf ihm, deshalb konnte er ihnen kaum mehr als ein flüchtiges Lächeln entgegenbringen.

»Falkner. Raiden-Älteste«, begann er. »Ich preise Fürst Gilian dafür, dass so viele in der Lage waren, heute zu erscheinen, und danke euch, dass ihr dem Ruf gefolgt seid. Ich wünschte, dass ein Treffen nicht unter solch schrecklichen Umständen stattgefunden hätte. Aber der Anlass ließ uns keine andere Wahl.«

Lieber hätte er jetzt nach Moreya gesucht und die ganze Idee mit der Versammlung fallen gelassen. Doch das war jetzt nicht mehr möglich. So blieb ihm nur darauf zu vertrauen, dass Erilea und die anderen alles Menschenmögliche unternehmen würden, um sie wiederzufinden. Jetzt musste er für Moreya sprechen. Deutlich und mit Entschiedenheit.

Das leiseste Anzeichen von Schwäche oder Zweifel würde seinem Anliegen und damit auch Moreya unausweichlich schaden.

»Ich weiß . . .«, seine Stimme drang klar in jede Ecke des Saals, »dass ich dem herkömmlichen Bild eines Falkners von Nymath nicht entspreche. Bis heute ist es für mich manchmal schwer zu verstehen, weshalb Rihscha ausgerechnet mich auswählte. Dennoch muss ich den Willen der Götter respektieren, wie er sich uns zeigt: durch die Wahl der Falken und die vielen Gaben, die wir dadurch erhalten. Trotz meiner Bedenken bin ich dahin gelangt zu akzeptieren, dass ich eine Bestimmung zu erfüllen habe, welche die Götter mir auferlegten . . . wie einem jeden unter uns.«

In diese Worte gekleidet, gab es nichts, was die Anwesenden dagegen hätten sagen können. Schließlich war die Wahl eines Falken heilig, mochte man es gutheißen oder nicht: Rihscha hatte Alduin erwählt.

Das Klappen der Saaltür unterbrach die kurze Atempause. Bardelph kam herein und ging sofort zu Alduin hinüber. Er flüsterte ihm etwas ins Ohr und auf Alduins Gesicht zeichnete sich so große Erleichterung ab, dass diejenigen, die ihn beobachteten, spürten, wie diese Freude auch ihre eigenen Herzen erfüllte.

Die Nachricht wanderte schnell zu Rael, Meister Calborth und den Jungen, dabei löste sie jedes Mal die gleiche Reaktion aus.

Alduin schüttelte überschwänglich Bardelphs Hand und wandte sich wieder an die Zuhörer.

»Wir leben in einer gesegneten Zeit und haben für vieles zu danken«, setzte der Falkner seine Ansprache fort.

Er wirkte wesentlich gelassener als zuvor.

»Nymath lebt nun seit vielen Generationen in Frieden und diejenigen unter uns, die mit ihren Falken verbunden sind, haben nur selten eine lebensbedrohliche Mission zu erfüllen. Somit können wir wählen, auf welche Art wir unsere Talente entwickeln und uns in den Dienst Nymaths stellen. Unsere Falken genießen ein ungewöhnlich langes und gesundes Leben. Möglicherweise ist dies ein Grund, weshalb uns die Götter nun mit einer neuen und völlig unerwarteten Herausforderung betrauen.«

Überraschtes Flüstern ging nach Alduins letztem Satz durch den Raum.

»Ich bin bereit, die Wahl der Falken zu akzeptieren«, sagte ein stämmiger Falkner, der Alduin direkt gegenübersaß, mit offensichtlichem Abscheu. »Aber zu behaupten, die Pläne der Götter zu kennen, ist etwas völlig anderes.«

»Ich behaupte ganz sicher nicht, die Pläne der Götter zu kennen«, versicherte Alduin allen Anwesenden. »Ich beobachte nur und erkenne die Tatsachen an, die vor mir liegen. Ich betrachte sie als eine Herausforderung, die uns alle betrifft.«

»Und was sind diese Fakten?«, fragte ein anderer.

Wieder schwieg Alduin kurz, dann drehte er sich zu Triel, nickte ihm zu und setzte sich hin.

»Wir, die Neuen unter den Falknern von Nymath, haben Galdan ausgewählt, unser Sprecher zu sein«, sagte Triel bedächtig.

Zustimmendes Gemurmel war die allgemeine Reaktion auf die ernsthafte Art, mit der die jungen Männer auftraten. Mehr als ein Vater strahlte stolz – nicht zuletzt auch Galdans Vater.

Der scheue Junge stand auf und schien durch die Unterstützung seiner Kameraden wie verwandelt. Er strahlte Selbstvertrauen und Klarheit aus.

»Ja, ich spreche mit einer Stimme für die Neun«, sagte er. »Seit unsere geliebten Falken im Frühjahr gesund geschlüpft sind – gedankt sei Gilian –, waren wir alle Zeugen einer Abfolge von Ereignissen. Und, wie schon Falkner Alduin sagte, auch wir können nur bestätigen, dass wir sie als Werke der Götter einschätzen.«

»Ja ... ja ... das haben wir verstanden. Komm auf den Punkt, Junge!«, unterbrach Felkar ungeduldig und sprang auf.

Galdan sah den Ältesten mit einem gelassenen und gleichzeitig solch durchdringenden Blick an, dass der Mann eine Entschuldigung murmelte und sich sofort wieder hinsetzte.

»Wir wissen nicht, wie oder warum ...«, sprach Galdan weiter, »aber wir alle haben verstanden und akzeptiert, dass eine weitere Person unseren Bund mit jedem einzelnen unserer neun Falken teilt. Und als Folge dessen mit jedem von uns.«

»Was redest du da?«

Einige Zuhörer riefen durcheinander und zwangen Meister Calborth, seine Hand zum Zeichen der Ruhe zu heben.

»Einer von uns bemerkte es bereits beim Schlüpfen«, Galdan nannte bewusst keine Namen. »Seither haben es verschiedene Vorkommnisse bestätigt, nicht zuletzt eine Erscheinung ...«, der Junge konnte ein kurzes Zögern nicht unterdrücken, »eine Erscheinung des Gottes Gilian in Person.«

In dem schockierten Schweigen, das diesen Worten folgte, hätte man eine Nadel zu Boden fallen hören können. Galdan nutzte diesen Moment, um fortzufahren.

»Ja. Ein Kind teilt den Bund mit unseren Falken und Fürst Gilian hat es vieren von uns bestätigt. Das Kind ist Moreya. Falkner Alduins Tochter.«

Die Halle explodierte regelrecht. Ein aufgeregtes Gebrabbel brach aus, das an das Gackern von Gänsen erinnerte. Einige Falkner und Älteste rutschten auf ihren Sitzen hin und her, während andere durch diese Worte verärgert oder gar abgestoßen waren und aufsprangen. Manche trugen einen Ausdruck völliger Ungläubigkeit zur Schau und nur wenige schienen grundsätzlich neugierig zu sein. Alduin sah Galdan dankbar an, stand auf und gab ihm ein Zeichen, sich wieder zu setzen.

»Danke, Falkner Galdan«, erhob er klar seine Stimme über den Lärm und bezeugte dem Jungen dadurch den verdienten Respekt. Unauffällig tadelte er damit einige der Älteren für ihr unziemliches Benehmen vor denjenigen, denen sie eigentlich Beispiel geben sollten. Die Gemüter beruhigten sich wieder.

»Wie ich schon andeutete, gibt es keine Erklärung dafür. Aber wir müssen es als ein Werk der Götter anerkennen.«

Erneut ließ sich ein Schwall von Protesten vernehmen.

»Außer, natürlich, einer von euch kann eine andere Begründung dafür geben.«

Einige Gesichter zeigten sehr deutlich das Bedürfnis, genau solch eine Begründung geben zu können, aber nur ein Mann sprach: Braxt, der gemeinsam mit Aural zu spät bei der Versammlung erschienen war und im Hintergrund des Raumes stand.

»Du kannst deine merkwürdigen geistigen Kräfte nicht verneinen, Alduin«, sagte er und seine Stimme verriet tiefe Sorge und eine gehörige Portion Misstrauen. »Wir haben gehört, dass du beim Schlüpfen dabei warst, und es erscheint mir als ein seltsames Zusammentreffen, dass etwas, das so . . . so sehr entgegen jeder Tradition ist . . . ausgerechnet dann geschieht, wenn du dabei bist.«

»Genau«, fügte Aural neben ihm hinzu, ». . . und deine Tochter mit einbeziehst.«

»Du warst beim Schlüpfen dabei?«, konnte man einige aufgebrachte Stimmen hören. »Meister Calborth, weshalb dieser Bruch mit der Tradition?«

»Es gibt keine Regel, die dagegen spricht!«, antwortete Meister Calborth fest. »Es ist normal, neue Wege bei der Arbeit einzuschlagen.«

»Neue Wege, bei denen wir in die Entscheidung mit einbezogen werden sollten«, kommentierte ein älterer ehemaliger Falkner.

»Dem möchte ich widersprechen: Die Falkenhalle hat den Kodex einzuhalten. Alles andere unterliegt dem Meister der Halle, wie es ihm beliebt!«

»Falkner, Älteste, dieser Streit führt zu nichts«, mischte Alduin sich ein und hob seine Stimme. »Abgesehen von Meister Calborths Recht zu tun, was er für richtig hält: Ich verfüge nicht über Kräfte, wie ihr sie euch vorstellt. Denkt ihr ernsthaft, ich könnte das Schlüpfen der Falkenküken oder das Geheimnis des Bundes beeinflussen? Eure Anschuldigungen entbehren jeder Grundlage!«

Galdan erhob sich noch einmal und bat mit einem Handzeichen um Aufmerksamkeit.

»Wir neun können bestätigen, dass sich Falkner Alduins Hilfe während des Schlüpfens ausschließlich auf praktische Unterstützung bezog. Er hat nichts Unangemessenes getan. Wir vertrauen ihm. Es waren andere Ereignisse, die uns glauben lassen, dass es sich um die Werke der Götter handelt. Und wir als Fürst Gilians Diener werden unser Bestes tun, um dem uns zugewiesenen Pfad zu folgen. Wir haben uns Moreya verpflichtet und versprochen, sie zu schützen und ihr zu dienen, wenn es nötig ist.«

»Seit wann dienen Falkner Nymaths einer einzelnen Person?«, fragte Aural barsch. »Wir dienen ausschließlich Nymath und verehren Gilian, keinen anderen sonst.«

»Nymath zu dienen und die Götter zu verehren, hindert uns nicht daran, Moreya zur Seite zu stehen«, erwiderte Galdan. »Wir werden unserer Pflicht als Falkner in *beiden Fällen* jederzeit nachkommen.«

»Aber ein Mädchen?!«, sagte der kräftige Falkner, der Alduin gegenübersaß, abfällig. »Ein Mädchen, verbündet mit Falken. Diese Idee ist einfach ... unerhört. Wie könnten die Götter nur den Gang der Dinge so vollständig verändern?«

»Darf ich sprechen?«, ließ sich eine sanfte, aber klare Stimme vernehmen. Sie gehörte dem Elben Celeberin, der mit Bardelph im Eingang stand.

Zunächst schienen alle unsicher, ob man ihm das Wort erteilen solle. Man hörte leise Worte und alle warteten darauf, dass irgendjemand eine Entscheidung darüber fallen würde. Einen Moment später ergriff Meister Calborth das Wort.

»Entschuldigt unsere schlechten Manieren, Gelehrter Celeberin«, sagte er. »Bitte sprecht. Wir sind sehr an jedem erhellenden Gedanken interessiert, den die Elben zu diesem Thema beitragen können.«

Der Elb ging graziös und Respekt einflößend in die Mitte des Kreises. Niemand in der Halle konnte ihm die Ehrerbietung versagen, denn was die Einwohner Nymaths den Elben verdankten, war von unschätzbarem Wert. Weiterhin wusste jeder nur zu gut, dass sie bei den Auseinandersetzungen zwischen den Stämmen immer die Neutralität wahrten. Ihr Wissen war überaus vielfältig, erstreckte sich bis in die Morgendämmerung der Zeit und Celeberin war nicht nur einer von ihnen, sondern auch ein anerkannter Weiser.

»Die Elben haben viele Generationen der Stämme Nymaths kommen und gehen sehen . . .«, begann er. »Das machte es uns leichter, die Entwicklung dieser Welt zu beobachten. Bitte versteht, das Universum ist in Bewegung – wie ein lebendiges Wesen, das ständig ein- und ausatmen muss. Traditionen mögen überliefert werden, aber die Essenz dessen, was ist, kann man nicht gefangen halten. Es entwickelt und verändert sich, eben weil es seinem Wesen entspricht. Wahrhaft edel sind solche Traditionen, die erhalten, was sinnvoll ist und dennoch fähig sind, sich dem, was sich verändert hat, anzupassen. Die Götter lächeln denen zu, die zu solch einem Umgang mit dem Althergebrachten in der Lage sind.«

»Aber dies ist keine unbedeutende Veränderung«, warf Aural ein. »Wir werden hier gebeten zu akzeptieren, dass ein Mädchen mit Falken verbunden ist.«

»Wenn das der Wunsch der Götter ist, bleibt euch nichts anderes übrig, als es wohl oder übel hinzunehmen. Versteht bitte. Wie unangenehm euch diese Vorstellung auch sein mag, ihr könnt es nicht ändern. Moreya wurde von den Falken erwählt, wie schon ihr Vater vor ihr. Dies können wir Elben bezeugen, auch wenn wir nicht alles sehen, was vor uns liegt. Die Zukunft hängt davon ab, wie ihr damit umgeht. Wir werden nicht versuchen, euch zu beeinflussen, aber wir werden Moreya schützen, wenn es nötig sein sollte.«

»Das hört sich nicht danach an, als hätten wir wirklich eine Wahl, richtig?«, fragte Aural.

»Das Universum entfaltet sich in all seiner Herrlichkeit, entwickelt einen meisterhaften Plan, der so überwältigend und großartig ist, dass niemand von uns ihn vollständig sehen oder erkennen kann«, erwiderte Celeberin. »Ein Versuch, diese Entfaltung zu verhindern, käme dem Bestreben gleich, die Jahreszeiten verändern zu wollen. Es ist eure Entscheidung, wie ihr mit den Situationen, die euch begegnen, und den Wegen, die sich vor euch ausbreiten, umgeht. Ich empfehle diesen jungen Falknern, den mutigen Schritt zu machen und dem eingeschlagenen Pfad zu folgen.«

Celeberin verbeugte sich leicht vor den Versammelten, bevor er endete.

»Ich möchte dem nichts hinzufügen. Euch überlasse ich euren Überlegungen und Zweifeln. Danke, dass ihr mir eure Aufmerksamkeit geschenkt habt.«

17

Celeberins Ansprache löste eine heftige Diskussion aus und im Saal vermischte sich leises Gemurmel mit Gesprächsfetzen. Calborth nutzte die Gelegenheit, eine Pause auszurufen.

»Ich glaube, eine Erfrischung würde uns allen guttun«, sagte er. »Vielleicht wollen einige sich auch die Beine vertreten oder etwas frische Luft schnappen.«

Alle hießen den Vorschlag willkommen, nur Galdans Vater, Farnel, bat darum, vorher noch etwas sagen zu dürfen. Er richtete sein Anliegen an Meister Calborth.

»Ich halte es für angebracht, wenn wir denjenigen Gelegenheit geben, sich erst einmal zu besprechen, die von diesen Neuigkeiten erstmals gehört haben. Wäre das zu viel verlangt?«, fragte er.

Der Meister lud Alduin mit einem Wink wortlos ein, die Frage zu beantworten.

»Ein guter Vorschlag, Falkner Farnel«, pflichtete Alduin ihm bei. »Wir alle würden es begrüßen, wenn ihr in Ruhe darüber nachdenkt, wie man weiter vorgehen kann. Doch da gibt es noch mehr, das ihr wissen solltet.«

Alduin freute sich, dass die Ernsthaftigkeit in seiner Stimme erneut die Aufmerksamkeit aller auf sich zog und wieder Ruhe im Saal einkehrte. Die, die bereits zu den Erfrischungen hinübergeschlendert waren, wandten sich ihm zu, andere, die sich gerade erhoben hatten, setzten sich wieder.

»Das alles hat ein Ausmaß erreicht, das weit über das bisher Geschilderte hinausgeht. Es widerstrebt mir, das zu sagen, aber ihr müsst wissen, dass Moreyas Leben in Gefahr ist. Sie wurde wiederholt bedroht und wäre sogar fast durch die Hände eines ... eines skrupellosen Raiden ums Leben gekommen.«

»Was meinst du damit? Was ist passiert?«, rief Farnel entsetzt aus. »Erilea und Moreya waren in unserem Haus in den Wäldern, als es vorsätzlich in Brand gesetzt wurde ... von einem Raiden. Erilea hat seine Stammeszugehörigkeit deutlich erkannt. Gesegnet sei Gilian, beide konnten unverletzt flüchten. Doch gerade heute wurde Moreya hier in Sanforan entführt ... obwohl ... ich bin glücklich, euch mitteilen zu können, dass man sie inzwischen gefunden hat.«

»Aber das ist empörend«, erwiderte Farnel entrüstet. »Weißt du, wer dahintersteckt?«

»Zu diesem Zeitpunkt haben wir nur einen noch unbestätigten Verdacht«, sagte Alduin vorsichtig. »Wir werden es die Gilde und die Ältesten wissen lassen, sobald wir Gewissheit haben.«

»Aber ... wir müssen das wissen ... so etwas kann nicht geduldet werden, es ist ein zu schweres Verbrechen«, drängte ihn Farnel.

»Genau deshalb bin ich vorsichtig und will keine voreiligen Anschuldigungen erheben. Verstehe das bitte. Doch sobald wir eindeutige Beweise haben, werdet ihr auf dem schnellsten Wege informiert.«

Alduin fühlte kein Verlangen danach, weitere Zeit auf dieses Thema zu verwenden. Er verneigte sich und lud seine Freunde ein, ihm nach draußen zu folgen.

Die sanfte Nachtluft war wie heilender Balsam für seine zum Zerreißen gespannten Nerven und milderte die Angst, die er immer noch wegen Moreyas Schicksal spürte.

Langsam ließ seine Anspannung nach. Der klare Himmel war mit Sternen übersät, die ihren Tanz unberührt von den Dramen der Welt fortsetzten. Alduin warf einen Blick zum Firmament und sog seine Schönheit ein.

Dicht gefolgt von seinen Freunden ging er zum Zentrum des Platzes hinüber. Er wollte sich gerade Bardelph zuwenden, um ihn über Moreyas Rettung zu befragen, als Erilea aus der Dunkelheit auftauchte. Sie warf sich in seine Arme und schluchzte.

»Es geht ihr gut. Sie schläft tief, aber es geht ihr gut.«

»Das hab ich schon gehört. Aber erzähl du mir die Einzelheiten. Was war passiert? Wo hast du sie gefunden?«, fragte Alduin und die anderen drängten sich dicht um ihn, gespannt darauf, was Erilea berichten würde.

»Also, du wirst es nicht glauben, aber wir haben sie in den Tunneln unterhalb der Stadt gefunden – weißt du, dort, wo Carto damals Kirstie versteckt hatte. Bardelph und ich hatten zunächst die nahe liegendsten Plätze abgesucht, aber wir konnten nichts finden und ich war schon völlig verzweifelt! Aber dann hatte ich dieses Gefühl . . . vielleicht nur, weil es so unlogisch scheint, einen Ort zweimal als Versteck zu benutzen«, erklärte Erilea und schüttelte den Kopf darüber, wie unwahrscheinlich sich all das anhörte. »Dann stolperten wir zufällig gegen eine kleine Tür, die durch das große Regal im Hauptraum verdeckt war. Wir fanden frische Spuren im Staub, die uns in einen winzigen Raum führten.

Dort lag sie . . . im Tiefschlaf ganz allein, auf einer Matte in der Ecke.«

»Bist du sicher, dass es ihr gut geht?«

»Ja. Deine Mutter hat sie gründlich untersucht und für einen Moment ist sie sogar aufgewacht. Aber sie war sehr erschöpft und blieb nicht lange wach. Wir hatten recht mit unserer Vermutung. Jemand hat ihr Jatamansi gegeben und jetzt muss sie erst mal richtig ausschlafen.«

»Gelobt sei Gilian«, sagte Rael.

»Wer außer Bretta ist noch bei ihr?«, wollte Alduin wissen. »Nur Aranthia. Sie haben alle Türen verriegelt und wir haben ein Klopfzeichen verabredet. So können wir sicher sein, dass außer uns niemand hineinkommt. Ich gehe gleich zurück«, versprach Erilea. »Wie läuft eigentlich die Versammlung?«

»Den Umständen entsprechend gut, denke ich. Galdan hat hervorragend für die jungen Falkner gesprochen und Celeberin steuerte einige sehr inspirierende Sätze bei. Wir müssen aber noch abwarten, woher der Wind weht, wenn sie ihre Besprech. . .«

Ein raues Husten unterbrach ihn.

Es war Braxt.

»Auf ein Wort, wenn ich darf, bevor die Debatte im Saal zu einem Ende kommt«, meinte er.

Alduin schaute ihn auffordernd an. Der Mann warf seinem Sohn Marshalt einen kurzen Blick zu und bat ihn schweigend um Verständnis, bevor er zu sprechen begann.

»Mir wurde erst heute bewusst, was Stantel getan hat«, sagte er. »Ich . . . ich fühle mich schlecht, bitte glaubt mir das. Es war nie die Rede davon, dem Kind auf irgendeine Weise körperlichen Schaden zuzufügen, und ich weigere mich, an solchen Aktionen teilzunehmen. Doch mit ihrem Verschwinden heute hatten wir nichts zu tun. Das brachte auch Stantel völlig aus der Fassung.«

Marshalt stieß einen tiefen Seufzer der Erleichterung aus, der seinen Vater zu einem traurigen, halbherzigen Lächeln bewegte.

»Es tut mir leid, mein Sohn«, sagte Braxt. »Es war falsch. Ich weiß jetzt, dass ich mich da niemals hätte hineinziehen lassen dürfen. Aber Stantel hat eine Art, die Dinge darzustellen . . . er hat uns glauben lassen, dass es eine wirkliche Bedrohung gäbe . . . dass Moreya eine echte Gefahr bedeutet.«

»Aber das glaubst du jetzt nicht mehr?«, fragte Alduin.

»Ich kann nicht sagen, dass ich von all den merkwürdigen Vorgängen begeistert bin, aber wenn es der Wille der Götter ist . . . wie dürfte ich mich dem dann entgegenstellen?«

»Und die anderen? Wie viele sind da noch, die Stantel im Griff hat?«, wollte nun Bardelph wissen.

»Ungefähr ein Dutzend. Einige wussten nur am Rande Bescheid, sozusagen. Acht von uns hatten geplant . . . nun, wie ich schon sagte, ich will nichts mehr damit zu tun haben . . . und einige andere, wie ich vermute, nun auch nicht mehr. Stantel wird mit den wenigen, die ihn noch unterstützen, bald alleine dastehen. Oh, und dann ist da noch dieser gruselige Lotan . . .«

»Lotan!«, riefen Alduin und Bardelph wie aus einem Munde. »Meinst du den ehemaligen Bogenschützenlehrer? Der von der Falkenhalle?«

»Also, das weiß ich nicht genau«, zögerte Braxt. »Ich erinnere mich, dass er zu der Zeit Schüler wurde, als ich mich mit meinem Falken verbunden habe. Er war damals schon unausstehlich. Den Göttern sei Dank, wurde er glücklicherweise nie Falkner, soviel ich weiß. Als ich dann einige Jahre in Sean Ferll lebte, hatte ich ihn aus den Augen verloren. Heute macht er keine gute Figur mehr, das kann ich euch sagen.«

»Lotan muss noch einen Schlüssel haben«, überlegte Bardelph. »Nun, das erklärt, wie er oder sonst jemand in die Tunnel kommen konnte. Wir müssen den Hohen Rat davon überzeugen, ein für alle Mal dieses Schloss auszutauschen.«

»Das wäre eine gute Gelegenheit, ihn zu schnappen«, meinte Alduin. »Es sind bereits Wachen in den Tunneln und warten auf die Rückkehr des Verbrechers«, warf Bardelph ein. »Lotan, oder wer auch immer es ist, wird gefasst werden.«

»Kannst du uns noch andere Namen nennen?«, fragte Alduin Braxt. Das Gesicht des Mannes erstarrte.

»Also, das einzige wirkliche Verbrechen wurde von Stantel begangen und diesen Namen habe ich euch bereits genannt. Ich werde dies gleich auch im Saal noch bekannt geben. Was die anderen Falkner betrifft – ich überlasse es ihnen, sich öffentlich zu bekennen. Sollte jedoch weiterhin etwas Unerwartetes geschehen, werde ich euch unterstützen, so gut ich es vermag.«

Braxt hob in einer abschließenden Geste seine Faust zum Gruß vor die Brust und neigte seinen Kopf. »Nun werde ich zu den Gesprächen zurückkehren. Es könnte eine lange Nacht bevorstehen . . .«

»Stimmt«, Alduin lächelte Braxt freundlich an. Dann wandte er sich Erilea zu. Sie war noch dageblieben, um das Geständnis mit anzuhören.

»Geh nun zu Bretta, Liebes. Je mehr Leute dort sind, desto ruhiger bin ich.«

»Ich glaube, wir sollten auch gehen«, Triel platzte vor Ungeduld, endlich reden zu können, nachdem er sich so lange zurückgehalten hatte. »Galdan hat für uns gesprochen und ich denke mal, dem gibt es nichts hinzuzufügen. Wir können unsere Reisedecken nehmen und im vorderen und hinteren Garten schlafen. So sollte Moreya gut beschützt sein.«

Rael lächelte über die Begeisterung seines Stiefsohnes und sah dann Calborth an.

»Was denkst du, Meister?«, fragte er ihn. »Können die neun stolzen Falkner diese Mission übernehmen?«

»Wenn sie es vorziehen, auf der Erde statt in ihren gemütlichen Betten zu schlafen, dann soll es so sein!«

Nachdem Erilea und die Jungen gegangen waren, blieben Alduin, Meister Calborth, Rael und Bardelph unschlüssig stehen. Keiner wusste so recht, wie es nun weitergehen sollte. Die Falkner und Raiden, die sich wieder zurückgezogen hatten, hielten die Tür fest verschlossen. Und auch wenn die Worte unverständlich blieben, so verriet doch der Klang die erhitzte Stimmung im Saal. Alduin fühlte sich plötzlich schwach und mutlos.

»Was sollen wir uns von all dem versprechen?«, fragte er die anderen. »Einige stimmen mit uns überein, da bin ich sicher, aber viele . . .«

»Glaubst du nicht, dass sie es als einen Plan der Götter anerkennen?«, fragte Rael. »Welche andere Erklärung könnten sie sonst dafür haben?«

»Ich bin mir nicht sicher. Wahrscheinlich glauben sie nach wie vor, ich hätte den Schlupfvorgang irgendwie manipuliert. Und bei den Jungen etwa durch Gehirnwäsche die Illusion erzeugt, Fürst Gilian sei ihnen erschienen.«

»Braxt wirkte überzeugt«, merkte Bardelph an.

»Braxt ist nur einer von ihnen. Aber da sitzen einige mehr im Saal. Die anderen Falkner erst gar nicht mitgerechnet, die über ganz Nymath verstreut sind und nicht zur Versammlung kommen konnten. Stantel kann sein Gift immer noch woanders versprühen.«

Alduin war nicht zu beruhigen.

»Aber die Jungs haben sehr schön gesprochen«, lobte Calborth.

»Ja«, stimmte Rael zu. »Ich glaube, ihre Anwesenheit und die Art, wie sie sich vorgestellt haben, wirkten mehr als alle Worte. Es wurde sehr deutlich, dass sie einer neuen Generation angehören, die offen ist für neue Wege.«

»Es gab Generation um Generation, in der sich nichts geändert hat.« Alduin beharrte auf seinen Befürchtungen. »Gilian wurde verehrt, aber wann hat ER das letzte Mal zu jemandem *gesprochen* oder auf irgendeine Weise eingegriffen? Nicht, seit die Stämme nach Nymath kamen, und ob jemals vor der Zeit – wer weiß das schon.«

»Nein, wir wissen es nicht genau«, meinte der Meister. »Vielleicht gibt es Aufzeichnungen, die davon erzählen, und wir erinnern uns nur nicht an sie.«

»Du meinst, es würde helfen, dass auch Moreya akzeptiert wird, wenn wir einen eindeutigen Hinweis auf andere ungewöhnliche Vorfälle in der Vergangenheit fänden?«

Der Meister zuckte mit den Achseln.

»Wer weiß das schon.«

»Es ist einen Versuch wert«, entschied Alduin. »Die Frage ist, wer könnte uns helfen?«

»Die Onur-Meister unterrichten die Geschichte aller Stämme. Bei ihnen können wir ansetzen. Sie verwahren die Archive und alle alten Aufzeichnungen.«

»Natürlich kommt es darauf an, wie genau sie sind.« Alduin wurde schon wieder misstrauisch. »Ich könnte mir vorstellen, dass die Traditionalisten längst alles Vergleichbare aus der Vergangenheit vernichtet haben.«

»Da könntest du durchaus recht haben«, pflichtete Bardelph bei, »es ist sehr schwer, neutral zu bleiben, wenn man persönlich betroffen ist.«

»Die Elben«, unterbrach Rael, »sie könnten eigene Aufzeichnungen seit ihrer Ankunft an Nymaths Küsten gemacht haben. Diese Schriften wären unbeeinflusst von den Stämmen. Die Elben haben einen so viel weiteren Blick auf die Entwicklung der Welt, das hat uns Celeberin doch heute Abend klargemacht.«

»Ja, Celeberin«, sagte Alduin langsam. »Er ist Gelehrter, er könnte es wissen. Ich werde gleich morgen früh mit ihm sprechen.«

Nachdem er diese Entscheidung getroffen hatte, gähnte er herzhaft und lockerte seine verkrampften Muskeln.

»Bei Gilians heiliger Feder, was bin ich erschöpft! Aber ich denke, ich sollte zur Stelle sein, falls noch jemand Fragen hat«, meinte er und nickte mit dem Kopf zur verschlossenen Hallentür.

»Dem Rest von euch würde es auch guttun, jetzt in den Betten zu verschwinden.«

»Ich werde bei dir bleiben«, versprach Calborth. »Wir können uns oben hinlegen und lassen die anderen wissen, wo sie uns finden.«

»Ich begleite euch«, meinte Rael, »wenn es nötig ist, kann ich ihnen auch meinen Standpunkt darlegen.«

»Also, ich kann euch nur moralische Unterstützung anbieten, aber . . .«, begann Bardelph.

Doch Alduin unterbrach ihn und legte ihm die Hand auf die Schulter. »Bitte, Bardelph, geh zu Bretta. Lass sie wissen, dass wir heute Nacht nicht kommen. Sag ihr, wir berichten von den Neuigkeiten, sobald wir können.«

»Dieser verdammte Braxt!«, fluchte Stantel und war irritiert von Aurals fast unmerklich befriedigtem Gesichtsausdruck. »Wie kann er es wagen, mich vor allen wie einen hergelaufenen Verbrecher anzuklagen? Dieser schwächliche Narr!«

Um seinem Ärger Luft zu machen, fegte er mit dem Arm das schmutzige Geschirr vom Tisch, dass es nur so klirrte. Dann trat er gegen einen Stuhl, riss die Tür auf und stürmte nach draußen in das graue Dämmerlicht des Abends.

»So war das *nicht* gedacht! Ich sollte der Held des Tages sein . . . der Raiden-Falkner, der für die Tradition steht und die Reinheit unseres Standes erhält . . . die eindeutig erste Wahl als nächster Meister . . .«

Er wirbelte so wild herum, dass eine Staubwolke hochstieg. Dabei starrte er Aural verächtlich an.

»Und was haben die anderen gesagt? Wie haben sie reagiert? Zu welchem Schluss sind sie gekommen?«

»Glaubst du ernsthaft, ich sei lang genug geblieben, um das herauszufinden? Im Moment, als Braxt deinen Namen erwähnte, wusste ich, dass ich verschwinden musste. Gepriesen sei Gilian für den Aufruhr, der dort herrschte. Keiner hat bemerkt, dass ich mich davongeschlichen habe.«

»Sie werden dein Verschwinden schnell genug bemerken, ganz besonders Braxt. Damit hast du dich verraten!«, meinte Stantel gehässig. »Du hast jetzt keine andere Wahl, als bei mir zu bleiben.«

»Glaub nur nicht, dass du Macht über mich hast, Stantel«, gab Aural zurück. »Ich komme und gehe, wie es mir gefällt. Die Wogen werden sich schnell genug glätten. Der Einzige, der Dreck am Stecken hat, bist du. Nur *dein* Name ist beschmutzt.«

»Also willst du mich auch im Stich lassen?«, fragte Stantel. »Lässt mich mit Lotan hier allein und das war's dann? Wobei . . . er scheint das sinkende Schiff ebenfalls verlassen zu haben. Ich habe ihn, seit ich weiß nicht, wann, nicht mehr gesehen . . . egal. Er ist sowieso eine Schande für die Falknerei. Mit solchen Leuten muss ich mich nicht verbünden und in Sanforan ist er gewiss auch nicht willkommen. Ein Glück, dass ich ihn los bin, wohin auch immer er verschwunden ist.«

»Ich habe noch nicht entschieden, was ich machen werde«, entgegnete Aural und wog die unterschiedlichen Möglichkeiten ab. »Mir gefällt dein Stil nicht, Stantel, daraus mache ich keinen Hehl, aber die Art von Alduin und seiner Gefolgschaft liegt mir noch viel weniger. Dieses ganze Gerede von Visionen und Erscheinungen . . . mit den Göttern zu sprechen, als wären es unsere Nachbarn. Das ist uneingeschränkte Gotteslästerung!«

Stantel sah ihn überrascht an. Hier zeigte sich eine Seite an seinem Kumpan, die er noch gar nicht kannte.

»Heißt das etwa, es sind nicht die Traditionen, um die du dich sorgst?«, fragte er langsam.

»Traditionen haben durchaus ihre Berechtigung. Aber es ist wichtig, sich daran zu erinnern, dass sie nur der äußere Rahmen sind. Verbundene Falknerei ist ein heiliges Geschenk, das wir von den Göttern erhalten haben, von Fürst Gilian. Das ist es, was wir in der unverfälschten, reinsten Form erhalten müssen. Ich habe überhaupt kein Problem damit, die Farbe unseres Gewandes zu wechseln, wenn uns danach ist. Aber ich weigere mich, auch nur die kleinste Veränderung am Wesentlichen unserer Berufung zu dulden.«

»Woher kommt diese Leidenschaft?«, fragte Stantel neugierig.

»Ich habe in Fürst Gilians Tempel gedient, bevor ich zur Falkenhalle kam. Und manchmal, wenn ich in Sanforan bin, übernehme ich immer noch Pflichten.«

»Faszinierend. Wie überraschend«, grübelte Stantel und durchdachte das Gehörte von allen Seiten.

Er war erstaunt, als unerwartet ein Bild vor ihm auftauchte: Die merkwürdige Frau im Wald, die seine Wunde im Gesicht genäht hatte. Das unbeschreiblich herrliche Gefühl, noch einmal in die Zeit der Unschuld und Wunder eintauchen zu dürfen.

Je länger er darüber nachdachte, desto verwirrter wurde er. War das eine zufällige Begegnung gewesen? Er glaubte nicht mehr daran.

Allmählich formte sich in seinem Kopf eine Idee und er sah mit einem Mal eine Gelegenheit, seinen Ruf unter den Raiden-Falknern wiederherzustellen und dennoch seine Träume zu verwirklichen. Vielleicht waren seine Ansprüche bisher zu gering gewesen und er sah die Vision seiner Zukunft zu eng.

So gesehen, was war das schon, Meister der Falkenhalle zu sein? Da gab es doch ganz anderes, viel Besseres. Er müsste noch einmal in sich gehen. Doch noch war er nicht bereit, Aural in seine Gedanken einzubeziehen. Stattdessen entschied er sich, nur gelindes Interesse vorzugeben.

»Ich muss gestehen, deine Argumente sind gewichtiger, als wenn man sich ausschließlich auf die Tradition berufen würde.«

»Ich bin glücklich, dass du mich verstehst«, sagte Aural und seine Augen funkelten fanatisch.

»Als Diener des Tempels hast du vermutlich die heiligen Schriften genau studiert.«

»Das habe ich und ich studiere sie noch immer. Bei jeder Gelegenheit.«

»Interessant . . . sehr interessant . . . erzähle mir mehr darüber.«

Ein kleiner zwitschernder Vogel, der er auf dem Fensterbrett nach Krumen suchte, weckte Alduin zur zweiten Glocke. Der Falkner war alleine in einem Raum über dem Speisesaal, der den Blick auf den Onur-Trainingshof freigab. Er hatte viel zu wenig geschlafen. Seine Augen brannten und er hatte einen schalen Geschmack im

Mund. Drei Mal hatte man ihn in der Nacht geweckt, um Fragen zu beantworten, und mit jedem Mal verstärkte sich sein Eindruck, dass es um Moreya und ihre Befürworter schlecht stand. Stantel wurde nicht erwähnt und Alduin fragte auch nicht nach. Sobald er dann wieder im Bett war, wälzte er sich hin und her, bis er in einen unruhigen Schlaf fiel und von schlechten Träumen geplagt wurde.

In diesen Träumen war er auf einer ausweglosen Flucht vor Verfolgern und strebte nach einem sicheren Ort, ohne jemals anzukommen.

Der Vogel flog davon und hinterließ eine seltsame Leere.

Alduin setzte sich mit einem Ruck auf. Die ganze Nacht hatten die heftigen Streitgespräche eine Geräuschkulisse gebildet, die ihn noch in den Schlaf verfolgte. Doch nun war nichts mehr zu hören und Furcht überfiel ihn.

Müde kletterte er aus dem Bett und holte sich aus der verlassenen Küche ein Stück Brot, auf dem er herumkaute. Dann lief er durch den Speisesaal. Auch hier war er allein und spürte noch die angespannte Atmosphäre der hitzigen Streitgespräche im Raum. Die Luft schien noch regelrecht zu zittern.

Die harten Diskussionen hatten lange gedauert.

Für Alduin verhieß dies auf eine merkwürdige Art etwas Gutes. Es könnte bedeuten, dass mehr Falkner und Raiden als vermutet bereit waren, Moreya und ihre einzigartigen Gaben anzuerkennen.

Er ließ sich auf eine der Bänke fallen und es widerstrebte ihm, hinauszugehen und dem Tag ins Gesicht zu sehen, was immer er auch bringen möge. Stattdessen sandte er seine Gedanken zu Rihscha.

Wind pfiff durch seine Federn, als der Falke an den Klippen hinunterflog, um sein Lieblingsspiel mit den Wellen zu beginnen, das ihn mit einem Gefühl ungetrübter und reiner Freude erfüllte. Seit Jahren genossen Falkner und Falke dieses Spiel, wann immer sie in die Stadt kamen und das Wetter es zuließ:

Rihscha ließ sich von der Luft tragen und beobachtete eine Welle, die sich näherte. Dann stieß er hinab, ganz dicht an sie heran. Kurz bevor sie sich brach, entkam er der Gischt mit einem scharfen Aufschwung, um mit den Meerwasser benetzten Flügeln zurück in die Weite des Himmels zu steigen.

Mein schöner Rihscha, du bist so klug. Ob es wohl jemals zuvor einen Falken in Nymath gab mit deiner Tapferkeit, deiner Geschwindigkeit, deiner Eleganz?

Rihscha schoss erneut hinab und drehte sich in engen Spiralen wie ein Korkenzieher.

Alduin lachte laut auf.

Der Falke drehte allmählich ab und glitt über die Oberfläche des Ozeans. Sein Schatten tanzte auf den Wellen. Trotz der Schönheit des Augenblicks spürte Alduin ein Ziehen im Herzen.

Rihscha, ich mache mir Sorgen. Was ist, wenn sie Moreya nicht akzeptieren? Was sollen wir dann machen? Wohin sollen wir gehen?

Rihscha antwortete nicht mit Worten, doch Alduin war mit einem Mal von tiefer Bewunderung erfüllt. Er erkannte das unbedingte Vertrauen seines Falken in alles, was war. Diese Empfindung hüllte ihn ein, zunächst als feiner Nebel und wie ein sanftes Flüstern, bis Alduin das Gefühl hatte, in einem Kokon aus Sicherheit zu sein.

Sie schwebten weiter, weit über den Schwarzen Ozean und wurden schneller. Entgegen aller Logik und physikalischer Gesetze erreichten sie einen Punkt, an dem Zeit und Raum an Bedeutung verloren.

Alduin hatte das Gefühl, sich in einen Lichtstrahl der Sonne zu verwandeln – einen Lichtstrahl, der über den Horizont lugte und dann zu einem entfernten Ufer drang ... zu einem Ort von einer so unglaublichen Schönheit, dass sie mit Worten und Verstand nicht erfasst werden konnte.

Was hatte das zu bedeuten? Alle Wunder, die Alduin auf den vielen Reisen mit Rihscha schon gesehen hatte, schienen verglichen mit diesem Anblick zu verblassen. Sein Herz war erfüllt von Liedern und einem unaussprechlichen Jubel.

Plötzlich stand die Welt still. Ohne Vorwarnung war jede Bewegung erstarrt. Rihscha hing einfach in der Luft und unter ihnen breitete sich eine Landschaft aus: Alduin erinnerte sich, sie schon einmal gesehen zu haben ... vor unendlich langer Zeit.

... eine Stadt aus gesponnenem Kristall, verwoben mit smaragdfarbenen Weinstöcken und regenbogenfarbenen Blumen ... glitzernd wie silberne Tränen, die sanft aus durchscheinenden Wolken tropfen ... den maßlosen Kummer und die Hoffnungslosigkeit heilend ...

Alduin sah durch Rihschas Augen und ein überwältigendes Gefühl von Hoffnung erfasste ihn. Die Schatten, die auf seinem Herzen gelastet hatten, verschwanden.

Es gab nichts zu fürchten.

Was auch immer auf dem Weg dahin geschehen könnte – es gab einen Ort, an dem sie in Sicherheit wären und wo er und diejenigen, die er liebte, sich in Freude und Freiheit entfalten könnten. Einen Ort, den sie rückhaltlos Zuhause nennen dürften.

Er wusste, was er zu tun hatte. Er traf seine Wahl aus freien Stücken. Niemand würde ihn zu irgendetwas zwingen oder in etwas hineintreiben, was er nicht wollte.

Er war frei.

Alduin schloss seine Augen und unterbrach seine Verbindung zu Rihscha.

»Liebling, ich bin hier«, flüsterte Erilea, als Moreya endlich aus ihrer Traumwelt auftauchte.

Die zierliche Wunand hatte die ganze Nacht neben ihrer Tochter gewacht und sich nach Alduins liebevoller Umarmung gesehnt. Doch sie wusste, dass er mit anderen Schwierigkeiten zu kämpfen hatte und sie wahrscheinlich ebenso gern an seiner Seite hätte. Doch immerhin war Moreya nun sicher und geborgen, das zählte mehr als alles andere.

Vielleicht würden sie zu dritt fortgehen und unten im Wunand-Territorium leben. Dort waren sie willkommen – konnten so sein, wie sie waren, anerkannt für die Talente, mit denen sie dem Stamm zu Diensten sein könnten. Sollen diese Raiden-Falkner doch entscheiden, was sie wollen. Sie waren ein Haufen aufgeblähter …

Also, nein, jetzt war sie ungerecht. Da gab es viele, die ihrer Berufung Ehre machten, nicht zuletzt die neun Jungen, die geschworen hatten, zu ihrer Tochter zu stehen. Erilea lächelte, als sie sich ihre Gesichter vorstellte.

Moreya krabbelte in ihre Arme und rollte sich auf ihrem Schoß zusammen.

»Wie fühlst du dich?«, fragte Erilea. »Du hast ziemlich lang geschlafen.«

Statt einer Antwort gähnte Moreya mit weit aufgerissenem Mund und kuschelte sich dann noch näher an ihre Mutter.

»Ich hab geträumt, dass Triel und Falstar mich besucht haben … wir waren woanders … vielleicht in einem Traumland … Ich wollte denen was sagen … ging aber nicht … die warn immer ein bisschen zu weit weg …«

Das kleine Mädchen sah die Mutter mit großen, immer noch verschlafenen Augen an.

»Das war gemein!«

Moreyas entrüsteter Ton brachte Erilea zum Kichern, aus dem Kichern wurde ein Glucksen, bis sie in ein unkontrollierbares Gelächter ausbrach. Sie schlang die Arme um Moreya und schaukelte mit ihr vor und zurück, immer weiter, immer ausgelassener, bis Tränen der Freude und Dankbarkeit über ihre Wangen rollten.

»Mama, du erdrückst mich«, beschwerte sich ihre Tochter und löste einen erneuten Lachanfall bei Erilea aus, bevor sie die Kleine losließ. »Ist das alles, woran du dich erinnerst?«, fragte sie.

»Da war auch ein Mann an der Tür und hat nach Mimi gefragt. Ich wollt sie holen und …«, das Mädchen schaute verwirrt, »… ich weiß sonst gar nichts mehr. Geht's Mimi denn gut?«

»Mimi geht es gut. Allen geht es gut. Triel und die anderen frühstücken im Garten. Willst du zu ihnen?«

»Mein Bauch ist so leer … ich glaub, da muss was rein«, antwortete Moreya tiefernst.

Wenig später gingen Moreya und Erilea hinaus in den großen, sonnendurchfluteten Garten hinter Rael und Brettas Haus. Die neun jungen Falkner, die an einem langen Holztisch saßen, sprangen freudig auf, als sie die beiden sahen. Ihre Falken, die sich an den unterschiedlichsten Plätzen niedergelassen hatten, brachen in ein lautes Pfeifkonzert aus.

Das Gesicht des kleinen Mädchens verzog sich zu einem breiten Lächeln, dann knickste sie, drehte sich um sich selbst, knickste noch einmal und erntete anerkennendes Händeklatschen und ein paar Krächzer.

»Setz dich neben mich«, sagte Triel und gab Galdan ein Zeichen zu rutschen, damit Moreya dazwischenpasste.

Galdan erstarrte, als wäre er verhext und könnte sich nicht mehr bewegen.

»Galdan!«, zischte Triel. »Sei kein Esel. Rutsch rüber.«

Der Bann war gebrochen, Galdan murmelte eine Entschuldigung und zog sich ans äußerste Ende der Bank zurück. Von dort aus beobachtete er Moreya schweigend, die sich vorsichtig zwischen die beiden Jungen setzte und gierig nach einem Stück Honigbrot griff.

»Bei Gilians heiligster aller heiligen Federn!«, Triel platzte der Kragen. »Das ist Moreya . . . unsere Freundin. Du benimmst dich, als wäre sie die Göttin Emo höchstpersönlich!«

»Triel!«, sagte Erilea scharf. »Das reicht. Die Götter verdienen Respekt, also bitte wirf nicht so mir nichts, dir nichts mit ihren Namen um dich.«

»Entschuldigung«, antwortete Triel beschämt. »Es ist . . . also . . . es ist einfach wunderbar, dass wir alle hier . . . wenn man bedenkt . . . Egal, was noch kommt, jetzt sind wir alle zusammen . . .«

». . . und das ist ein sehr schönes Gefühl«, erklang da eine Stimme von der Tür her.

»Alduin«, rief Erilea, lief zu ihm und fiel in seine Arme. »Wie hab ich dich vermisst.«

»Ich dich auch, mein Herz. Jetzt wird alles gut. Wir sind wieder zusammen und das ist, wie Triel schon sagte, ein guter Grund zum Feiern.«

Erilea sah Alduin fragend an.

Er antwortete ihr mit einem kurzen Kopfschütteln.

Sie war sich nicht sicher, ob er einfach noch nicht wusste, welche Entscheidung gefallen war, oder ob er es nur im Augenblick vorzog, noch nicht darüber zu sprechen. Daher entschied sie sich, ihn nicht zu drängen, und führte ihn zu einem zweiten Tisch.

»Setz dich hierher«, sagte sie. »Ich werde den anderen sagen, dass du zurück bist, und wir können gemeinsam frühstücken. Wir haben später noch Zeit zu reden.«

18

Kurz vor Mittag erhielt Alduin die Nachricht. Es überraschte ihn nicht, dass sich die Raiden-Falkner und Ältesten nicht darüber einigen konnten, wie sie mit Moreyas Gabe umgehen wollten. Die Angelegenheit wurde deshalb in die Hände eines Rates von zwölf Falknern gelegt. Diese sollten so lange darüber beraten, bis sie sich zu einer allgemein gültigen Stellungnahme durchringen konnten. Alduin wurde gebeten, in Sanforan zu bleiben und sich für weitere Fragen bereitzuhalten. Der Rat teilte mit, dass sie möglicherweise auch Moreya befragen würden. Erilea war verärgert und lehnte diesen Vorschlag vehement ab.

»Wie kann man ein fünfjähriges Kind ausfragen! Das erlaube ich auf keinen Fall. Moreya ist doch keine Verbrecherin – aber sie benehmen sich, als wären wir Schuldige vor Gericht. Eigentlich sollte doch Stantel angeklagt werden. Nein, nur die Götter wissen, wie Moreya von einigen dieser Wichtigtuer behandelt werden würde. Das lasse ich nicht zu!«

»Ich weiß, ich weiß«, versuchte Alduin, sie zu beruhigen. »Wir halten sie auf jeden Fall heraus. Auch wenn eine Weigerung Moreyas Position nicht eben verbessert, werde ich darauf bestehen. Was Stantel betrifft, so denke ich nicht, dass sie sanft mit ihm umgehen werden. Sie wissen aber nicht, wo er im Moment ist, und behandeln die beiden Angelegenheiten offensichtlich unabhängig voneinander.«

»Triel kann aussagen. Er ist Falkner und war bei den meisten Ereignissen direkt beteiligt«, schlug Erilea vor.

»Ich habe bereits darum gebeten, dass einzeln mit den neun gesprochen wird.«

»Genau. Das ist das Beste. Wenn diese pompösen Narren einmal herausfinden, dass es keine Widersprüche zwischen den Aussagen der Jungen gibt, müssen sie es glauben.«

Erilea geriet deutlich in Fahrt.

»Vorsicht, Erilea«, beschwichtigte sie Alduin, »nicht alle sind Narren. Von Braxt einmal abgesehen wissen wir nicht, wer mit Stantel unter einer Decke steckt. Einige sind außerordentlich hinterhältig und suchen nach einer Möglichkeit, uns in Verruf zu bringen. Sie könnten sehr gefährlich werden. Andererseits haben wir einige Verbündete, vielleicht mehr, als wir glauben. Dafür sollten wir dankbar sein.«

»Ich weiß ja, dass du recht hast«, gab Erilea zu. »Aber . . . es macht mich manchmal so wütend. Stantel ist der Übeltäter, nicht Moreya oder etwa der Rest von uns. Wir sollten sie in ihrem eigenen Saft schmoren lassen und ins Wunand-Land gehen. Dort wäre Moreya mit ihren Gaben herzlich willkommen. Außerdem hat sie sowieso mehr Wunand- als Raiden-Blut.«

»Was meinst du, was die Stämme von mir denken werden?«, fragte Alduin belustigt. »Ich habe nicht die Absicht, mich von einem Haufen Matriarchinnen herumschubsen zu lassen.«

»Würde dir sicher guttun, endlich herauszufinden, welcher Platz wirklich angemessen für dich ist«, scherzte Erilea. »Mir gefällt die Idee, dass du kochst und sauber machst!«

»Vergiss es!«, rief Alduin in gespielter Abscheu. »Was würde der arme Rihscha machen, wenn ich den ganzen Tag an Heim und Herd gebunden bin?«

»Nun, vielleicht würde er Moreya nehmen«, meinte Erilea unverschämt und sprang aus dem Weg, als Alduin versuchte, sie zu packen.

»Komm bloß her, du kleiner Drachen«, rief er. »Ich zeige dir, was ich von dieser Idee halte.«

Er beugte sich vor, um sie einzufangen, aber sie schlüpfte unter seinem Arm hindurch und hinaus in den Garten, drehte sich um und streckte ihm die Zunge raus. Alduin setzte ihr nach und eine Weile jagten sie zwischen Tischen und Stühlen hin und her und benahmen sich wie sorglose Kinder, fast so als würden sie sich nach einfacheren Zeiten zurücksehnen.

Endlich konnte Alduin ihre Hand ergreifen und zog sie zu sich.

»Es wäre gut, einen Ort zu finden«, sagte er sanft und sah ihr in die Augen. »Einen Ort, wo niemand nach unserer Herkunft, unserer Blutlinie oder unseren Gaben fragt. Einen Ort, an dem wir so angenommen werden, wie wir sind.«

»Das wird in Nymath schwer zu finden sein«, murmelte sie und legte ihren Kopf gegen seine Brust.

»Es tut mir leid«, sagte Alduin, »ich glaubte, wir hätten unseren eigenen sicheren Hafen draußen im Wald aufgebaut und nun hat er sich doch ziemlich schnell in Rauch aufgelöst!«

»Der Ort ist nicht wichtig«, tröstete ihn Erilea. »Zuhause ist dort, wo *wir* sind. *Uns* hat das Feuer nicht zerstört. Wenn überhaupt, sind wir gestärkt daraus hervorgegangen. Ich bin entschlossener als jemals zuvor, mich nicht länger zu verstecken. Ich bin stolz darauf, deine Frau zu sein, und ich bin stolz auf unsere Tochter. Sie hat eine große Bestimmung. So wie du ... und sogar ich. Ich spüre es!«

Als sie sprach, konnte Alduin spüren, wie der Stolz und das entschiedene Wesen zurückkehrten, die er so an ihr liebte. Er hob ihr Kinn an und küsste sie zärtlich.

»Du, Moreya und Rihscha – ihr füllt mein Herz aus«, sagte er. »Das ist das Einzige, was ich brauche. Anerkennung und Zustimmung von anderen kümmern mich nicht mehr. Und ob ich komme oder gehe, werde ich auch nicht von den Launen der anderen abhängig machen. Ich habe ein Recht, so zu sein, wie ich bin, und das muss ich nicht ständig beweisen. Mir ist ein Weg vorgezeichnet und ich werde meine eigenen Entscheidungen treffen. Angst macht mir das keine, denn ich weiß, dass du an meiner Seite bist.«

Etwas an Alduins Ton ließ Erilea aufhorchen.

»Planst du etwas?«

Er drückte sie an sich, legte sein Kinn auf ihren Kopf und schaute in die Ferne. Doch die Gedanken, die in seinem Kopf herumschwirrten, mussten erst noch Form annehmen.

»Vielleicht«, erwiderte er daher sanft. »Es ist noch sehr vage und ich weiß nicht, wie ich es jetzt schon erklären könnte. Aber ich werde sicher nicht darauf warten, dass andere über unsere Zukunft entscheiden.«

Erilea drückte ihn stolz.

Triel und die übrigen von *Moreyas Neune* saßen zusammen in einem der Schlafräume. Vor dem Essen wollten sie unbedingt ein paar Worte ungestört miteinander wechseln, auch wenn ihre Mägen laut knurrten.

Die langwierigen Verhandlungen waren in den Ratssaal verlegt worden und den ganzen Nachmittag über waren sie einzeln von den zwölf ausgewählten Falknern zu dem befragt worden, was man inzwischen *Den Moreya-Fall* nannte.

»Ist euch aufgefallen, dass keiner unserer Väter anwesend war?«, fragte Broon. »Das ist irgendwie unfair. Ich meine, wer weiß wohl besser, ob wir lügen oder nicht.«

»Also die Falkner sind sich kaum einig und die Ältesten noch viel weniger. Die eine Hälfte traut den Beweggründen der anderen nicht. Wahrscheinlich glauben sie, dass unsere Väter zu voreingenommen sein könnten«, erwiderte Sean.

»Was habt ihr für einen Eindruck, wie es ansonsten läuft?«, fragte Triel und sah sich in der Gruppe um. »Ich frage mich, ob sie uns glauben . . . mich haben sie regelrecht ausgequetscht. Versuchten, mir das Wort im Mund herumzudrehen. Wollten wissen, ob Alduin in der Nähe war, als ich diese Verbindungen mit Moreya hatte. Fragten nach dem Schlüpfen, immer und immer wieder.«

»Hast du deine Zunge im Zaum gehalten?«, fragte Lambrith.

»So gut ich konnte«, gab Triel zurück, »aber zwischendurch habe ich gekocht vor Wut!«

»Da war ein Falkner, der mir einreden wollte, dass ich mir alles nur eingebildet hätte. Besonders die Begegnung mit dem Wesen im Wald wollten sie mir nicht abnehmen«, erzählte Taro.

»Hast du darauf bestanden, dass es Gilian war?«, fragte Triel. »Das ist äußerst wichtig!«

»Also, das war . . . weil er bohrte und bohrte . . . ich habe versucht . . . ich bin nicht sicher . . . ich hoffe . . .«, stotterte Taro unsicher.

»Aber Taro, du hättest nicht nachgeben dürfen«, rief Triel aus. »Wenn sie denken, dass du irgendwelche Zweifel hast, fühlen sie sich darin bestätigt, dass es Einbildung war. Was ist mit euch?«

Er sah Sean, Creis und Marshalt an. Die Jungen zuckten mit den Achseln und handelten sich damit von Triel einen finsteren Blick ein.

»Sieh mal«, sagte Lambrith, der Triels wachsende Enttäuschung und Taros Verwirrung erkannte. »Das führt uns nirgendwohin und macht sowieso keinen Unterschied. Wir haben alle unser Bestes gegeben und, erinnere dich daran, in unseren Herzen wissen wir, dass wir die Wahrheit gesagt haben.«

»Ich denke, sie sind alle nur sehr durcheinander«, Galdan sprach mit bemerkenswerter Einsicht. »Für sie ist es, als würden die Mauern um Sanforan einstürzen. Im einen Moment sind sie solide und im nächsten Augenblick zerbrechen sie in alle Einzelteile. Sie haben Angst vor den Veränderungen.«

»Galdan hat recht und ich glaube, genau das ist es, was letztlich am stärksten gegen uns arbeitet«, meldete sich Lambrith zu Wort: »Ihre Angst.«

»Aber gleichgültig, wie die Beratungen ausgehen – letztlich

wird uns das doch ohnehin nicht betreffen«, überlegte Bryant. »Sie können ja kaum unseren Rang als Falkner von Nymath infrage stellen.«

»Wenn sie etwas gegen Moreya unternehmen, betrifft es uns sehr wohl . . .«, gab Galdan vorsichtig zu bedenken. »Es besteht nun einmal dieser gemeinsame Bund mit ihr. Nur – wie kann die Entscheidung irgendeines Rates das ändern? Wenn sie also gegen Moreya vorgehen, müssen wir für uns selbst entscheiden, wie wir damit umgehen. Ich weiß es bereits. Ich werde Moreya unterstützen, egal was passiert.«

»Aber was *könnten* sie unternehmen?«, fragte Sean. »Sie ist ein kleines Mädchen, um Himmels willen. Sie können sie wohl kaum ins Gefängnis stecken.«

»Sei nicht albern. Das steht nicht zur Debatte. Das würde sofort auch außerhalb der Raiden-Kreise bekannt werden. Stell dir den Aufruhr vor, den das verursachen würde.«

Triel war entsetzt.

»Ich kann mir das auch nicht vorstellen«, pflichtete Galdan bei. »Aber irgendeinen Beschluss werden sie am Ende fassen müssen. Dass die ganze Sache außer Kontrolle gerät, können sie nicht zulassen. Es würde als Schwäche ausgelegt werden, wenn sie zu keinem Ergebnis kommen.«

»Ich sag, wir gehen jetzt runter, essen etwas und versuchen, nicht weiter darüber nachzudenken«, schlug Lambrith vor. »Heute erfahren wir ohnehin nichts mehr. Frühestens morgen.«

»Wenn mich jemand sprechen will, soll er mich suchen«, erklärte Alduin am nächsten Morgen Erilea, Rael und Bretta. »Ich habe verschiedene Sachen zu erledigen und ich weiß nicht, wann ich wo sein werde. Aber ich bleibe in Sanforan.«

»Ich werde mit Moreya zu deiner Mutter gehen«, ließ ihn Erilea wissen. »Vielleicht können wir heute einen halbwegs normalen Tag verbringen.«

»Ich komme mit dir, wenn du willst«, sagte Bretta. »Wir können den langen Weg über die Klippen gehen und frische Luft schnappen. Es wird mir helfen, wieder einen klaren Kopf zu bekommen.«

»Aber nicht alleine«, unterbrach Rael, »wir wissen noch immer nicht, was Stantel vorhat, und bisher ist der Verbrecher – oder sein Komplize – auch noch nicht in die Tunnel unter der Stadt zurückgekehrt . . . und wird es vermutlich auch nicht mehr tun. Ich vermute, dass er bei der Versammlung war. Daher weiß er auch, dass Moreya gefunden wurde. Warum sollte er jetzt noch einmal hinuntergehen?«

»Zu dumm, dass ich es erwähnt habe«, sagte Alduin ärgerlich.

»Jetzt können wir es nicht mehr ändern«, meinte Rael und sah zu Bretta hinüber. »Und ich werde euch Damen nicht ohne eine Eskorte auf den Klippen lustwandeln lassen. Das Beste wird sein, wenn ich Meister Calborth bitte, dass einige der neun jungen Falkner euch begleiten dürfen. Ich selbst komme auch, mit Sivella.«

»Das hört sich gut an«, erwiderte Bretta. »Wir gehen hinunter zu Aranthia und warten dort auf euch.«

»Ich brauche Pergament, Stift und Tinte«, sagte Alduin. »Hast du das dabei? Ich muss eine Nachricht zu meinem Vater schicken.«

»Was willst du Cal schreiben?«, fragte Erilea verwundert.

»Ich möchte, dass er hierher kommt«, antwortete Alduin. »Mir ist in letzter Zeit bewusst geworden, wie wenig Zeit ich bis jetzt mit ihm verbracht habe. Und dass er immer noch nichts von Moreyas Fähigkeiten weiß, obwohl sie doch immerhin seine Enkelin ist. Vielleicht kann sie ihm auf eine Art helfen, wie ich es nicht kann.«

»Was soll das heißen?«, fragte Rael.

Alduin verlor sich vorübergehend in seinen eigenen Gedanken, bevor er antwortete.

»Ich hatte immer gehofft, ihn davon zu überzeugen, dass er sich auch dann noch mit Krath verbinden kann, wenn dieser schon tot ist . . . Ich meine, es ist nicht ausgeschlossen, eine Art weitergehende Verbindung mit dem inneren Wesen seines geliebten Falken einzugehen. Ich bin sicher, dass das möglich ist. Wenn ich irgendetwas gelernt habe, dann, dass die Grenzen zwischen Leben und Tod, Zeit und Raum im besten Fall verschwommen sind. Auf gewisse Weise sind sie wahrscheinlich nicht einmal wirklich da.«

Er schüttelte leicht den Kopf und fuhr dann fort.

»Doch ich konnte mich ihm nicht verständlich machen . . . und habe es dann aufgegeben. Er schien es für wichtiger zu halten, diesen Teil seines Lebens hinter sich zu lassen.«

»Vielleicht war es eine gute Entscheidung«, gab Rael zurück. »Vielleicht . . . trotzdem hat er das Recht, alles zu wissen, was seine Enkelin betrifft. Das scheint mir nur angemessen.«

Triel, Galdan und Lambrith gesellten sich zu Rael und gemeinsam machte sich die Gruppe auf den Weg zu einem Spaziergang am Rande der Klippen.

Während sie die Straße bis zum belebten Platz am Westtor hinuntergingen, formten die vier Falkner und ihre Falken einen Schutzwall um die Frauen: Triel vorne, Galdan und Lambrith an je einer Seite und Rael, der den Schluss bildete.

Es war ein ungewöhnlicher Anblick und veranlasste die Menge dazu, einen Schritt zur Seite zu gehen, um ihnen Raum zu geben. Mehr als eine Bemerkung fiel und der ernste, aber trotzdem zuversichtliche Ausdruck auf den Mienen der Jungen zauberte ein Lächeln auf viele Gesichter. Alle Stämme Nymaths waren stolz auf die Falkner mit ihren geheimnisvollen Vögeln und genossen jede Gelegenheit, ihnen bei der Arbeit oder dem Flug zuzusehen. Wer träumt nicht im Grunde seines Herzens davon, fliegen zu können?

Kleine flauschige Wolken zogen über den Himmel, wie eine Flotte Segelschiffe auf blassblauem Meer. Der Ozean selbst war dunkel und wogte unruhig. Es war, als brütete er über einer Entscheidung, die zu treffen wäre: sich entweder zu beruhigen oder ärgerlich aufzubrausen.

In der kleinen Gruppe herrschte gute Stimmung. Es waren nicht sehr viele Menschen um sie herum, sodass sie leicht erkennen konnten, wenn sich jemand näherte. Mit diesem sicheren Gefühl rannten die Jungen vor, während die Falken mit fröhlichen Sturzflügen in die Gruppe ihrer Gefährten hineinflogen.

Die anderen sahen ihnen nach.

»So ist es recht«, bemerkte Aranthia. »Das tut uns allen gut. Es ist schwierig, an solch einem schönen Tag all die finsteren Gedanken festzuhalten.«

»Ja«, meinte auch Bretta, »und einen Picknickkorb mitzubringen, war eine ausgezeichnete Idee. Lasst uns gleich hier die Decke ausbreiten.«

Als sie saßen, packten die Frauen Essen und Trinken aus, während Rael ein wachsames Auge auf Moreya und die Jungen hatte. Das Mädchen quietschte und kicherte, während sie mit den Jungen Fangen spielte. Diese beschränkten ihr zuliebe den Vorteil ihrer Größe und gingen schnell – statt zu laufen. Wenngleich es ziemlich albern aussah, tat es der Freude jedoch keinen Abbruch. Ab und zu fingen sie die Kleine ein und fielen lachend in einem einzigen Knäuel übereinander. Schließlich legten sie sich auf den Rücken und beobachteten Falstar, Sirath und Magner, die mit ihren Kunststücken ihre Gefährten erfreuen wollten.

Sivella hatte genug und kehrte auf Raels Faust zurück.

Frei von allen bedrückenden Gedanken schlossen die drei Jungen ihre Augen und schlüpften in den Bund mit ihren Falken.

Sie begleiteten sie, als diese in großer Geschwindigkeit dahinschossen: zunächst dicht über die verstreuten Grasbüschel – auf der freien Fläche zwischen der westlichen Straße und dem jäh abfallenden Abhang – und dann hinunter zum Meer. Es war ungewöhnlich für Falken, so zu fliegen: in einem Wettflug – so, als wollten sie herausfinden, wer von ihnen der schnellste war. Und doch kamen sie aus derselben Brut und teilten den gemeinsamen Bund mit Moreya.

Ein Gefühl von Vertrautheit erfüllte die Falkner, als sie die Gegenwart des kleinen Mädchens spürten und sich dadurch auch ihre Verbindung untereinander vertiefte. Wie Morgentau lösten sich alle

Grenzen auf, die es zwischen ihnen gegeben hatte. Es war, als wären die drei Falken, drei Jungen und Moreya ein einziges Wesen.

Sieben Augenpaare betrachteten *eine* Welt, die sich unter ihnen drehte. In diesem Augenblick der Einheit entstand ein Gefühl der Erweiterung, als sei jeder Teil von ihnen gleichzeitig nur eine Facette eines größeren Bewusstseins, das sich in jede Richtung ausdehnte, eifrig bestrebt, zu wachsen und sich zu wandeln, genährt durch erwachendes Verständnis.

In einem weiten Halbkreis flogen sie auf den Ozean zu, um ihren majestätischen Flug fortzusetzen.

Über ihnen eröffnete sich der Himmel und unter ihnen breitete sich das Meer wie ein Teppich aus, zwei Seiten der gleichen Münze: eine offen und nach außen strebend, die andere zutiefst geheimnisvoll und verschlossen. Und wie jedes Element mit zwei Gesichtern begannen sie, miteinander zu verschmelzen, bis es schwerfiel zu sagen, was oben oder unten war, wo der Horizont Himmel und Meer trennte. Sie flogen immer weiter und die Bilder um sie herum begannen, zu verschwimmen und sich aufzulösen. Es war, als würde eine Schicht feiner Seide nach der anderen beiseitegezogen werden, um den Blick für einen winzigen, durchscheinenden Moment auf ferne Galaxien, Sternennebel und Planeten freizugeben.

So schnell sie aufgetaucht war, so schnell verschwand die Vision auch wieder. Doch allein dieser flüchtige Anblick ließ die vier Beobachter eine solch unendliche und lebendige Weite erahnen, dass es ihnen fast den Atem raubte.

Die Falken spürten, dass der Zweck dieses Fluges erfüllt war. Sie drehten sich im engen Bogen wieder dem Land zu und flogen zurück zu den Gestalten, die weit entfernt auf dem Rücken im Gras lagen.

Widerstrebend unterbrachen Triel, Lambrith und Galdan die Verbindung, und als Moreya dies spürte, öffnete sie ebenfalls die Augen.

Worte waren unnötig. Die Magie dessen, was sie gerade erlebt hatten, klang in ihnen nach und zurück blieb die absolute Gewissheit einer tiefen Verbundenheit, nicht nur untereinander, sondern mit der gesamten Schöpfung.

»Unglaublich.«

Triel war natürlich der Erste, der endlich etwas sagte.

»Wartet mal, bis die anderen auch nur eine Ahnung von so etwas bekommen. Keiner von ihnen wird jemals wieder zweifeln.«

Galdan nickte zustimmend, wirkte dabei aber nachdenklich.

»Wir werden abwarten müssen . . . das war völlig . . . unerwartet . . . es . . .«

Abgelenkt durch den Anblick der drei auf ihn zukommenden Falken ließ Galdan den Satz unbeendet. Kurz bevor die Vögel über Land kamen, drehten sie plötzlich wieder ab, um dem durchdringenden Pfeifen Sivellas zu folgen.

Sie war von Raels Faust gesprungen und schwang sich nun in den Himmel. Schnell verbanden sich die drei Falkner wieder und sahen, was Sivellas Aufmerksamkeit erregt hatte.

Hoch in der Luft über der Gruppe kreiste ein einzelner Falke. Als er bemerkte, dass die drei Jungfalken und Sivella auf ihn zukamen, wechselte er die Richtung und flog zum Wald. Er hatte den Vorteil, älter, stärker und erfahrener zu sein, deshalb gewann er bald einen Vorsprung vor Falstar, Sirath und Magner. Aus purer Neugierde hätten die Jungen und ihre Gefährten gerne zu dem Vogel aufgeschlossen, mussten aber bald einsehen, dass sie mit seinem Tempo nicht mithalten konnten.

Enttäuscht fielen sie zurück, überzeugt davon, dass sie niemals herausfinden würden, wer der Falke war und welcher Aufgabe er nachkam. Als sie dann jedoch Sivella mit kraftvollen Flügelschlägen vorwärtsstreben sahen, schöpften sie fröhlich wieder frischen Mut.

Obwohl sie in Nymath selten für etwas anderes als das Brüten eingesetzt wurden, waren die weiblichen Ithilfalken für ihr größeres Durchhaltevermögen bekannt. Das konnte Sivella nun unter Beweis stellen und wirklich: Mit jedem Schlag ihrer Flügel kam sie dem flüchtenden Falken etwas näher.

Rael heftete seine Augen auf den Falken und suchte nach irgendeinem Merkmal, einem Hinweis auf seine Bestimmung oder nach etwas, woran er ihn in Zukunft wenigstens wiedererkennen könnte. Schließlich fiel ihm etwas auf, etwas, das vielleicht nützlich wäre: Es war eine deutlich sichtbare dunklere Zeichnung auf dem Rücken, die Rael an die Rune *Naudiz* erinnerte.

Er war zufrieden, dass die Verfolgung zumindest nicht ganz nutzlos war. Dennoch glaubte er, dass es für seine Gefährtin Sivella gefährlich werden könnte, wenn sie dem Falken in den dichten Wald folgen würde.

Doch noch bevor er dazu kam, Sivella zurückzurufen, spürte er, wie ihr Jagdinstinkt erwachte, zusammen mit einem ungeheuerlichen Ärger über die fast unmerkliche Bedrohung:

Dieser Falke hatte sie zweifellos ausgekundschaftet und nun versuchte er zu entkommen. Sivella jedoch wollte das nicht zulassen.

Rael kämpfte vergebens gegen den kraftvollen Instinkt seines Falken an.

Als sie sich der Beute näherte, konnte er ihre steigende Wut und Angriffslust fühlen. Trotz seiner Bemühungen und der Angst vor den Folgen, spürte er, wie Sivellas Entschlossenheit ihn überwältigte.

Nein, meine Schöne, wir müssen nicht diejenigen sein, die Alduins Vision wahr werden lassen. Wir brauchen keine Falken, die Falken angreifen!

Sie war jedoch längst über den Punkt hinaus, Raels Bitte zu verstehen. Tief in sich spürte sie, dass der Falke eine Bedrohung darstellte: eine Gefahr für ihre Brut und ihre Liebsten. Sie musste ihn töten!

Der fremde Falke glitt nun unter den Schutz der Bäume, scheinbar ohne etwas von der unmittelbaren Bedrohung zu ahnen. Auf keinen Fall durfte sie ihn entkommen lassen! Sie bündelte ihre ganze Kraft und Energie, legte die Flügel an und tauchte hinterher. Immer näher kam sie, bis der Abstand nur noch knapp eine Körperlänge betrug.

Siegesgewiss schwang sie mit einem triumphierenden Schrei ihre Krallen vor und zielte auf den Nacken. Durch das Kreischen gewarnt, bemerkte ihr Feind im letzten Moment seine missliche Lage. Er wich plötzlich nach rechts aus, um sich sofort nach links unten durch brechendes Geäst fallen zu lassen. Das üppige Blattwerk schloss sich schnell hinter ihm und ließ keine Spur seines Durchbruchs erkennen.

Dieses unerwartete Manöver zwang Sivella, scharf nach oben zu ziehen, in ihren Klauen nur ein paar Federn als einzige Beute. Sie schlug heftig mit den Flügeln und drehte sich verwirrt in verschiedene Richtungen, um den Falken wiederzuentdecken. Er war nirgends zu sehen.

Fassungslos landete sie auf dem Boden, zitternd vor Anstrengung und Enttäuschung, unsicher, wohin sie sich als Nächstes wenden sollte.

Rael nutzte die Gelegenheit, um sich mit ihr zu verständigen.

Sivella, meine Schöne. Das ist nicht der Weg. Komm zurück. Bitte komm zurück. Ich bitte dich.

Widerstrebend, aber nicht in der Lage, das verzweifelte Flehen ihres geliebten Gefährten zu überhören, stieß sich Sivella ab und erhob sich wieder in die Luft: hin zum Klippenvorsprung.

Rael wischte sich den Schweiß von der Stirn. Er war unendlich erleichtert und alle Angst fiel von ihm ab.

Er unterbrach die Verbindung, und als Sivella näher kam, sandte er ein inbrünstiges Dankgebet an Gilian, dass dieser Angriff fehlgeschlagen war.

19

»Sie wollen, dass wir morgen zur ersten Glocke im Rathaus erscheinen«, sagte Alduin beim Abendessen in Rael und Brettas Haus. »Sie haben eine Entscheidung getroffen.«

»Es macht dir offensichtlich nicht viel aus«, meinte Rael, überrascht über Alduins Gelassenheit.

»Stimmt. Wir haben schon unsere eigenen Pläne«, gab Alduin zurück und sah zu Erilea hinüber, die ihn anstrahlte. »Dieser Falknerrat, der aufs Geratewohl zusammengestellt wurde, hat keine wirkliche Macht. Was auch immer sie sagen werden – es wird für uns keine grundlegende Bedeutung haben.«

»Wie meinst du das? Was habt ihr vor?«, fragte Rael.

»Gedulde dich noch«, erwiderte sein Freund. »Heute Abend muss ich noch ein paar Dinge klären, aber morgen wirst du es erfahren – wie auch alle anderen.«

Rael war besorgt und verwirrt darüber, dass Alduin ihn nicht ins Vertrauen gezogen hatte, und er wusste nicht, wie er darauf reagieren sollte. Ohne ein weiteres Wort richtete er seinen Blick wieder auf das Essen.

Ein drückendes Schweigen lag im Raum.

»Es mag albern klingen, aber ich kann nicht vorsichtig genug sein«, versuchte Alduin, ihn zu besänftigen. »Je weniger Menschen davon wissen, bevor ich die Dinge zu einem Abschluss gebracht habe, desto besser.«

»Aber wie könnte es dir schaden, wenn du es uns erzählst?«

Raels Stimme klang betrübt und eine Ahnung stieg in ihm auf, die er am liebsten gleich wieder vergessen hätte.

»Nichts, außer dass du versuchen würdest, mich davon abzubringen«, war Alduins rätselhafte Antwort. »Nimm es im Moment so hin, morgen schon wirst du alles erfahren.«

»Also weißt du, manchmal irritierst du mich wirklich«, murmelte Rael. »Mach dir nichts daraus«, meinte Erilea. »Du bist nicht der Einzige, dem das so geht.«

Allen Einwänden des Falknerrates zum Trotz bestanden Meister Calborth und Rael darauf, Alduin und die neun jungen Männer am nächsten Morgen ins Rathaus zu begleiten. Sie traten als geschlossene Gruppe auf und setzten sich den zwölf Ratsmitgliedern gegenüber auf die Bänke.

Im Saal verteilt standen zudem viele andere Falkner und Älteste, die alle in ernstem Schweigen das Ergebnis der Beratung abwarteten. Unter ihnen waren Farnel, Braxt und die anderen Väter der jüngsten Falkner von Nymath. Die meisten nickten ihren Söhnen ermutigend zu. Der Redner der Sitzung war Sordan, ein älterer Falkner im Ruhestand.

Als jeder von ihnen einen Sitzplatz gefunden hatte, begann er zu sprechen.

»Falkner, Meister Calborth, Älteste«, mit einer leichten Verbeugung begrüßte er jeden der Anwesenden. »Was den Rat der Zwölf betrifft, so bitte ich um eure Vergebung für die Dauer der Beratungen. Zwei bedeutsame Themen erforderten unsere Beachtung. Wir waren uns einig, dass beiden umfassende Aufmerksamkeit gebührte. Nur so waren wir in der Lage, uns ein Urteil bilden und eine Entscheidung zu treffen, die allen gerecht wird.«

Sordans Tonfall wirkte beruhigend. Alduin und seine Freunde entspannten sich und wagten nun, das Beste zu erhoffen, wobei Sordans folgende Worte ihr Vertrauen noch verstärkten.

»Dass Falkner Stantel ein Verbrechen begangen hat, war eindeutig nachzuweisen. Nach Aussage des Zeugen Falkner Braxt hat er sich etwas zuschulden kommen lassen, das unter keinen Umständen gerechtfertigt oder tolerierbar ist. Unglücklicherweise war er an seinem letzten bekannten Aufenthaltsort nicht mehr zu finden. So haben wir die Falkner in ganz Nymath beauftragt, ihn zu suchen und für seine sofortige Rückkehr in die Stadt zu sorgen.«

Sordan hielt für einen Moment inne und blickte auf das Pergament in seiner Hand, bevor er weitersprach.

»Obwohl eine solche Bitte nicht an uns herangetragen wurde, hat der Rat beschlossen, dass Gelder aus der Gildenkasse dazu beitragen sollen, um Falkner Alduins Haus wieder aufzubauen. Weiterhin wird er eine Entschädigung für das seelische Leid erhalten, das dieses furchtbare Ereignis seiner Familie zugefügt haben muss.«

Ein zustimmendes Gemurmel breitete sich im Raum aus und verschiedene Leute amüsierten sich über Alduins überraschtes Gesicht. Unsicher, wie er sich verhalten sollte, stand er auf und verbeugte sich höflich.

»Danke«, sagte er und sah die Ratsmitglieder an, »das kommt unerwartet, aber es ist höchst willkommen. Danke.«

»Wir sind der Ansicht, dass es nur angemessen ist«, fuhr Sordan fort, als Alduin sich wieder setzte. »Falkner Stantels Verhalten ist ein Bruch mit allem, wofür die Falknerei steht, und bringt jeden von uns in Verruf. Wir können nicht rückgängig machen, was geschehen ist, aber wir wollen euch damit eine Art Wiedergutmachung anbieten.«

Er ging auf Alduin zu und überreichte ihm feierlich ein Dokument, das diese Zusagen schriftlich festgehalten hatte. Dann trat er einen Schritt zurück und stellte sich wieder an die Seite seiner Kollegen.

»Kommen wir zum Fall Moreya. Ihn zu beurteilen, hat sich als weitaus schwieriger erwiesen.«

Er streckte sich, verschränkte die Arme hinter seinem Rücken, hob den Kopf und fixierte einen unbestimmten Punkt an der hintersten Wand.

Er seufzte und richtete seinen Blick erst auf die Jungen, dann auf Alduin.

»Wir haben mit jedem Einzelnen von euch gesprochen – mit manchen sogar mehrfach. Wir sind von eurer Ehrlichkeit überzeugt, ebenso vermuten wir, dass ihr aufrichtig an das glaubt, was ihr uns vorgetragen habt. Wie auch immer – es gibt nun einmal keine Beweise und die Einbildungskraft eines fünfjährigen Mädchens kann nicht als ein solcher gewertet oder gar ernst genommen werden – jedenfalls jetzt noch nicht . . .«

»Aber das . . . das ist . . .«, rief Triel aus.

Ohne zu denken, sprang er auf. Doch er spürte schon gleich, wie sehr sein empörter Gefühlsausbruch der Sache schaden konnte. Daher biss er sich auf die Zunge und setzte sich reumütig wieder hin.

Sordan entschied, den Vorfall großzügig zu übersehen.

»Ebenso wenig, wie wir ein fünfjähriges Mädchen verurteilen können, ist es uns möglich, ihren Behauptungen Gewicht zu verleihen. Sie ist noch zu jung. Wir sind davon überzeugt, dass jene Entwicklungsphase, die Moreya durchläuft, schnell genug vorübergeht. Nur eine schwache Erinnerung daran wird bleiben.«

Alduin sah warnend zu Triel hinüber, der sichtbar mit sich kämpfte, um nicht aufs Neue herauszuplatzen. Galdan legte eine Hand auf die Schulter seines Freundes, um ihn zu beruhigen.

Sordan setzte seine Ansprache fort.

»Was nun die jungen Falkner betrifft . . .«, der ältere Mann sah zunächst Triel, dann die anderen Jungen scharf an, »so möchte ich wiederholen: Wir haben keinen Zweifel an eurer Aufrichtigkeit und Rechtschaffenheit. Dennoch halten wir es für sinnlos, Vorstellungen zu unterstützen, die nicht nachweisbar sind und die darüber hinaus – soweit wir das beurteilen können – keinem vernünftigen Zweck dienen. Wir möchten euch dringend an die Tragweite eurer Berufung als Falkner von Nymath erinnern. Über Generationen haben sich Traditionen entwickelt, die eine Basis für unseren Glauben sind und für all das, was wir verkörpern. Diese Gesetze wurden persönlich von Fürst Gilian zu Anbeginn der Zeit erlassen. Ihr mögt durchaus glauben, dass ER zu einigen von euch gesprochen hat. Aber ihr werdet sicherlich verstehen, dass es nur dann für uns Bedeutung hat, wenn ER verbindlich zu unseren Sehern in den Tempeln für die ganze Gilde spricht. Eure Worte gelten für die Falknerei – nichts.«

Bis zu diesem Moment klang Sordan versöhnlich, wie ein verständnisvoller Onkel, der den Familienfrieden nach einem Streit wiederherstellen möchte. Doch schon im nächsten Satz schlug er einen feierlichen, beinahe strengen Ton an.

»Ja, die Falkner von Nymath richten sich nach dem Kodex und den Traditionen. Wenn ihr euch auch in Zukunft dazu zählen wollt, habt ihr sie zu beachten. Eure Aufgabe besteht darin, alles zu tun, um das Feuer der Spekulationen und Diskussionen zu löschen, das angezündet wurde.

Wir glauben, dass ihr geprüft werdet.

Die *Falknerei* unterliegt einer Prüfung.

Neue Ideen mögen Neugierde erwecken und fantastische Träume sind verlockend. Doch wir raten euch, ihnen nicht zu folgen. Schiebt diesen Gedanken beiseite, wir bitten euch inständig.

Falls ihr euch jedoch anders entscheidet, werdet ihr . . .«, für einen Moment zögerte er, um seinen Worten Nachdruck zu verleihen, ». . . werdet ihr ganz alleine dastehen.«

Das Schweigen, das folgte, war erdrückend, es schien alles – jeden Gedanken, jeden möglichen Einwand – im Voraus zu ersticken und ein Vakuum zu hinterlassen.

Die jungen Falkner waren schockiert, als ihnen die Bedeutung dieser Worte klar wurde, und viele der übrigen Anwesenden schienen erst noch jedes einzelne Wort verdauen zu müssen. Auf den Gesichtern konnte man Sorge, Enttäuschung und auch Verwirrung ablesen.

Nur Alduin schien völlig unberührt. Er hatte einen inneren Frieden gefunden, der durch keinen Beschluss des Rates gestört werden konnte. Langsam erhob er sich und zog jedermanns Aufmerksamkeit auf sich.

»Darf ich sprechen?«, fragte er.

»Selbstverständlich, Falkner Alduin«, erwiderte Sordan.

»Ein jeder von uns trägt die Verantwortung für die Falknerei und unser geliebtes Land Nymath«, begann Alduin. »Doch bevor wir diese Verantwortung übernehmen, sind wir zunächst einmal uns und den Gaben verpflichtet, die uns von den Göttern verliehen wurden. Ich weiß, dass weder Rihscha noch ich jemals uneingeschränkt von Nymaths Falknern akzeptiert sein werden. Bis zum heutigen Tage wurden wir bestenfalls – nennen wir es einfach einmal – toleriert, weil wir dem Land einst Dienste leisteten. Doch diese hat man schnell vergessen.

Das alles nehme ich ebenso hin, wie ich einsehe, dass ich für meine Familie und mich nach neuen Horizonten Ausschau halten muss.

Das Haus am Fluss wird wieder aufgebaut werden – ich danke noch einmal für eure Großzügigkeit –, doch es wird für meine Mutter sein. Es war ohnehin immer das ihre. Ich werde neue Wege gehen.

In den vergangen drei Tagen eurer Beratung habe ich alte Landkarten studiert, die von den Elben bewahrt werden.

Nymath ist ein kleines Land. Drei Seiten sind von einem dunklen Ozean umgeben. Wir wissen, dass noch vieles hinter dem Pandarasgebirge liegt. Wir kennen die drei Inseln der Meeresbucht und Gerüchte erzählen von der fernen Insel Wyron im Süden. Doch niemals hörten wir von Ländern östlich von Nymath, die viele Tagesreisen über das Meer entfernt sind. Nun habe ich eine fast verblichene Karte darüber gefunden und ich habe vor, mich auf die Suche nach diesen Ländern zu begeben.«

»Ihr *wählt* das Exil?«, fragte Sordan verblüfft. Sein Erstaunen ließ darauf schließen, dass das Exil wahrscheinlich eine der Möglichkeiten war, auf die gewisse Falkner gedrängt hatten.

»Nein«, erwiderte Alduin. »Ich wähle nicht das *Exil*. Ich wähle das *Abenteuer*. Ich entscheide mich, einem Weg zu folgen, auf den ich gerufen wurde, und gehe auf die Suche nach meiner Zukunft und einem Hafen, den ich gesehen habe . . . nun, Letzteres wahrscheinlich nur in meiner Fantasie.«

Überraschte Ausrufe und Gemurmel konnte man im Raum vernehmen. Rael wurde weiß wie ein Laken, während Meister Calborth ungläubig die Luft einzog. Im Hintergrund wetteiferten Falkner und Älteste darum, ihren Schrecken oder ihre Empörung kundzutun.

»Die Sicherheit Nymaths verlassen?«, rief einer. »Du musst wirklich verrückt sein. Ich habe es ja schon sagen hören, aber jetzt glaube ich es wirklich!«

»Das wird dir noch leidtun«, brüllte ein anderer. »Merk dir meine Worte, das wird dir noch leidtun!«

»Ein Glück, dass wir den los sind«, tönte eine hämische Stimme.

»Das ist doch albern, wir haben gar nicht die Schiffe für eine solche Reise«, meinte ein weiterer.

»Vielleicht will er schwimmen!«

»Oder vielleicht fragt er den *Cirlim,* ob er auf ihm reiten kann!«

Es schien, als ob die höhnischen oder spöttischen Bemerkungen, die mal von der einen, dann von der anderen Seite kamen, nach den letzten emotionsgeladenen Tagen Erleichterung brachten. Doch plötzlich durchbrach die schneidende Stimme eines Falkners die allgemeine Aufregung.

»Und du hast vor, die jungen Falkner mit dir zu nehmen!?«

Es war keine Frage, sondern eine Feststellung, die augenblicklich für verblüfftes Schweigen sorgte.

Alduin antwortete sofort.

»Ich nehme niemanden mit«, erwiderte er fest, »außer meiner Familie. Jeder weitere müsste aus eigenem Antrieb folgen und ich verspreche hiermit feierlich, dass ich keinen dazu überreden werde.«

Er sah zu *Moreyas Neune* hinüber und lächelte traurig.

»Diesen jungen Menschen hier fühle ich mich sehr nahe, daran wird auch eine große Entfernung nichts ändern. Doch sie haben noch ihr ganzes Leben vor sich. Ich will nicht, dass irgendeiner von ihnen Nymath verlässt, bevor er die Chance hatte, die Schönheit seines Landes zu entdecken, es zu lieben und ihm zu dienen.«

Sordan verbeugte sich anerkennend vor Alduin und sah ihn respektvoll an. Seine nächste Bemerkung war aufrichtig und kam von Herzen.

»Was auch immer über euch erzählt wird, Falkner Alduin, so seid ihr offensichtlich mit beidem gesegnet: Weisheit und Mut. Es ist richtig, dass ihr Nymath in der Vergangenheit große Dienste geleistet habt, und . . . ich gebe zu, dass wir dies wahrscheinlich nicht so gewürdigt haben, wie es euch zugestanden hätte. Erinnerungen können schnell verblassen . . . Und möglicherweise ist es so, wie ihr sagt: Die Götter leiten euch auf einen neuen Pfad. Ich werde darum beten, dass Fürst Gilians Segen euch begleitet.«

Trotz des murmelnden Widerspruchs von einigen Anwesenden verbeugte sich Sordan erneut vor Alduin, hob die Faust und legte sie auf die Brust. Dann wandte er sich den Jungfalknern zu.

»Falkner, ihr habt unsere Forderung an euch vernommen, ebenso die Worte Alduins. Können wir euch weiterhin zu den Dienern Nymaths zählen?«

Galdan spürte, dass Triel kurz davor war, verärgert hochzuspringen und drückte den Arm seines Freundes. Dann stand er selbst auf und schlüpfte noch einmal in die Rolle des Sprechers.

»Wir haben eure Forderung gehört und verstanden. Obwohl ich gebeten wurde, für die Gruppe zu sprechen, kann ich es in dieser Frage nicht. Ich bitte darum, uns Zeit zu geben, über alles nachzudenken. Danach wird jeder Einzelne von uns die Gilde über seine Entscheidung informieren.«

Die Gesichter der Ratsmitglieder umwölkten sich besorgt. Es war sehr deutlich, dass dies nicht die Worte waren, auf die sie gehofft hatten. Dennoch stimmte Sordan zu.

»Selbstverständlich respektieren wir euren Wunsch, über alles nachzudenken«, erwiderte er, »und wir erwarten eure Antwort.«

An diesem Abend glich die Stimmung in Bretta und Raels Stube einem brodelnden Eintopf: Die Zutaten bestanden aus Verwirrung, Sorge, Unglaube, Traurigkeit und Erleichterung. Gleichzeitig herrschte aber auch eine unterschwellige Begeisterung.

Auf der Mitte des Tisches lag eine große Landkarte ausgebreitet. Während Alduin und Erilea die Ecken festhielten, damit sie sich nicht wieder zusammenrollte, beugten sich Freunde und Familie darüber. Auch Bardelph, Aranthia und Meister Calborth gesellten sich dazu.

»Es ist nur eine Karte von Nymath«, meinte Rael, »umgeben von unendlichen Mengen an Wasser.«

»Das dachte ich zunächst auch«, stimmte Alduin zu. »Ich hatte vermutet, dass all diese Markierungen am Rand Wellen darstellen. Aber sieh einmal«, er deutete auf schwache Schnörkel ganz rechts auf der Karte. »Diese feinen Linien weisen nicht wie die anderen in die gleiche Richtung und, was noch wichtiger ist, sie hängen zusammen.«

Meister Calborth kniff seine Augen zusammen, konnte aber immer noch nichts erkennen. Bretta rückte die Lampe näher heran und jeder senkte den Kopf etwas tiefer über die Zeichnung.

»Könnte sein«, Raels Stimme verriet seine Zweifel. »Aber du willst nicht behaupten, dass das alles ist, worauf du dich verlässt, oder? Aufgrund solch fragwürdiger Linien auf einer Karte in See zu stechen –?!«

»Celeberin stimmte mir sofort zu, als ich es ihm zeigte. Er meinte, es sei kein Geheimnis für die Elben, dass es dort Land gibt.«

»Das Wissen allein reicht nicht aus, um einfach loszusegeln«, meinte Bardelph. »Wo willst du ein Schiff herbekommen, das eine solche Strecke zurücklegen kann? Du brauchst außerdem eine vernünftige Summe Geld, um Pläne schmieden zu können.«

»Geld ist nicht die Frage«, Aranthia überraschte jeden in der Stube, als sie Alduin offenkundig unterstützte. »Das Geld für den Wiederaufbau des Hauses und die Entschädigung der Gilde sind mehr als genug.«

»Aber Ma«, unterbrach Alduin sie. »Das Geld ist für dich. Das Haus muss wieder aufgebaut werden. Es war dein Zuhause, lange bevor es meines wurde.«

»Ich habe es gebaut, das stimmt. Aber Cal hat dazu beigetragen, ebenso wie Bardelph und du. Ich brauche das Geld nicht und es war deine Familie, die dieses Leid ertragen musste. Das Geld gehört euch und ich werde nicht einmal darüber nachdenken, es anzunehmen.«

Ihr Ton machte deutlich, dass sie nicht umzustimmen war. Daher bestand Alduin auch nicht weiter darauf.

Stattdessen lächelte er sie dankbar an.

»Nun gut«, meinte Rael, »du hast also Geld. Aber wie willst du ein Schiff bauen? Wer wird dir helfen?«

»Die Fath«, erklärte Alduin. »Es ist zwar schon eine Weile her, seit Rihscha und ich unten auf der Osthalbinsel waren. Aber ich habe damals mehrere Siedlungen gesehen, wo Fath-Seeleute robuste und meisterhafte Fischerboote gebaut haben. Gut, sie waren nicht groß genug für eine solche Reise, aber es ist nur eine Frage des Maßstabs.«

Verschmitzt lächelte er reihum alle an und rollte ein anderes Pergament auf, das er bisher unter dem Tisch versteckt gehalten hatte. Es zeigte den Entwurf eines einmastigen Schiffes.

»Ich habe es von Celeberin bekommen. Es ist ein Elbenschiff.«

Alle Blicke richteten sich auf die Zeichnung und jeder Betrachter erfreute sich an der Eleganz der Linien, dem glatten Bug und dem großzügigen Segel, aber auch an der detaillierten Darstellung der Bauanleitung.

»Es ist wundervoll«, flüsterte Bretta. »Weshalb haben die Elben dieses Wissen vorher nie mit uns geteilt?«

»Celeberin erklärte mir, dass die Elben nicht weiter in unser Leben eingreifen wollten, nachdem sie zwischen den Uzoma und den Stämmen die Nebelwand geschaffen hatten. Sie ließen uns von da an unsere eigenen Entdeckungen machen, unsere eigenen Schwerpunkte wählen. Dieses Volk gab uns die Chance, in Frieden und Reichtum zu leben. Doch wie wir unser Schicksal gestalten, lag in unserer Verantwortung«, erzählte Alduin.

»Aber jetzt gibt er dir das?«, fragte Bardelph.

»Die Elben erkennen Moreya als ein Kind an, das eine besondere Aufgabe zu erfüllen hat. Wahrscheinlich beschränkt sich dies nicht nur auf Nymath. Sie sind davon überzeugt, dass wir diese Reise unternehmen sollten, und tatsächlich ist es so, dass Celeberin uns begleiten wird.«

»Welche Erleichterung!«, rief Calborth aus. »Dies ist die erste gute Nachricht, die ich heute höre!«

»So, dann sag, wie viele Leute auf diesem Schiff Platz haben?«, fragte Bardelph nachdenklich.

»Ungefähr zwanzig«, erwiderte Alduin.

»Zwanzig Seelen?«, rief Bardelph aus. »Wer kommt denn alles mit dir?«

»Also, wir brauchen einen Kapitän und eine Besatzung. Ich rechne da mit einigen Seeleuten, die nach einem Abenteuer suchen.«

Bardelph sah hinüber zu Aranthia, die fragend ihre Augenbrauen hob, aber kein Wort sagte.

Er schaute wieder auf die Pläne.

»Interessant.«

»Wo wirst du dieses Schiff bauen?«, fragte Calborth.

»Hier.«

Alduin zeigte auf die mittlere der drei Buchteninseln.

»Celeberin war da unbeugsam. Das Schiff muss außerhalb des Festlandes gebaut werden und diese Insel hat alle notwendigen Voraussetzungen. Kaum bevölkert, viel Nutzwald, frisches Wasser und Wild. Wir können dort jagen und uns um Proviant für die Reise kümmern.«

»Und du vertraust darauf, dass einige Bootsbauer mit dir dorthin gehen werden?«, wollte Rael noch wissen.

»Ja«, antwortete Alduin überzeugt. »Celeberin wird den Bau anleiten und die Pläne sicher verwahren, sodass keiner sie kopieren kann. Die Bootsbauer werden dennoch einige brauchbare Arbeitsweisen erlernen, die ihnen in der Zukunft helfen werden. Die Elben sind bereit, diesen Kompromiss einzugehen.«

»Hört sich an, als hättet ihr einen interessanten Sommer vor euch.«

Bardelph schmunzelte.

»Vielleicht könntet ihr während der Vorbereitungen einen Jäger und eine Heilerin gebrauchen?«

Alduin und Erilea sahen ihn überrascht an und warfen einen fragenden Blick zu Aranthia, die lächelte und nickte.

»Ein Ortswechsel wäre sehr schön«, meinte sie. »Ich bin sicher, dass es dort interessante Pflanzen gibt, deren Heilkräfte erst noch entdeckt werden müssen.«

»Ihr wollt wirklich mit uns kommen?«, fragte Erilea erfreut. »Das wäre wunderbar.«

»Über den Sommer. Warum nicht? Natürlich nur, wenn Meister Calborth auf mich verzichten kann«, setzte Bardelph schnell dazu.

»Die Schüler werden alle fort sein«, schnaubte Calborth. »Die paar

Aufgaben, die in den Sommerferien bleiben, schaffe ich auch alleine.«

»Ich helfe dir gerne, Meister«, bot sich Rael an. »Ich habe derzeit nicht die Absicht, die Stadt zu verlassen.«

Nur Erilea fiel es auf, dass Alduin bei der Endgültigkeit von Raels Worten kurz zusammenzuckte. Sie erkannte, dass er für einen Moment gehofft hatte, seine Freunde würden ihn wenigstens den Sommer über begleiten. Erilea lehnte sich hinüber und drückte seine Hand.

Er sah sie kurz dankbar an und ergriff wieder das Wort.

»Ich wollte meinen Vater ... Cal ... und Marla fragen, ob sie uns auf die Insel begleiten wollen. Sie sind ohnehin schon auf dem Weg in die Stadt und werden in einigen Tagen hier sein. Ich möchte, dass er die Gelegenheit hat, seine Enkelin näher kennenzulernen.«

»Das ist eine schöne Idee«, bemerkte Aranthia.

Auch Bardelph nickte zustimmend.

»Also, wann planst du, Sanforan zu verlas. . .«

Mitten im Satz wurde Rael von der Ankunft Triels, Lambriths und Galdans unterbrochen, die aufgeregt und vor Freude strahlend hereinkamen.

»Wir kommen mit dir«, platzte Triel heraus. »Wir haben es mit den anderen besprochen. Wir sind mit dabei!«

»Jetzt aber mal Halt für einen Moment«, bremste ihn Rael. »Du kannst nicht einfach ... einfach ... eine solche Entscheidung treffen, ohne sonst irgendjemanden zu fragen. Was ist mit deiner Mutter? Und, ganz nebenbei, mit mir? Oder mit *euren* Eltern?«, fügte er hinzu und schaute Triels Kameraden an.

»Bei allem schuldigen Respekt, Falkner Rael«, sagte Galdan ruhig. »Wir sind vollwertige Falkner. Wir gehen unseren eigenen Weg und wir treffen unsere eigenen Entscheidungen.«

Bretta schnappte nach Luft, denn in diesem Moment wurde ihr klar, dass er damit recht hatte. Durch den Bund mit ihren Falken nabelten sich die jungen Männer von der Familie ab, die nun auf den zweiten Platz rücken würde. Von nun an würden die jungen Falkner ihr eigenes Leben führen. So war es schon immer gewesen und auch, wenn es ihr das Herz brach. Sie wusste, dass sie es akzeptieren musste.

»Sie haben recht«, flüsterte sie und beugte sich zu Rael. »Du weißt es.«

Für einige bedrückende Momente sprach keiner. Die Wahrheit, die in Galdans Worten lag, musste schweren Herzens anerkannt werden.

Es war Meister Calborth, der endlich das Schweigen brach.

»Und was werdet ihr dem Gilden-Rat mitteilen?«

»Wir neun hatten eine lange Diskussion«, erklärte Lambrith. »Es wurde sehr schnell deutlich, dass keiner von uns sein Erbe verneint oder ablehnt. Wir wollen den Traditionen und dem Kodex folgen ... sofern uns unser Gewissen nicht zu einem anderen Verhalten zwingt. Keiner unter uns will *absichtlich* mit der Gilde in Konflikt kommen. Andererseits, wenn die Situation es erfordern sollte ... werden wir auch dies nicht ignorieren können. Deshalb ...«

»Zusammenfassend ...«, übernahm Triel das Wort, »... kann man also sagen: Wir sind Falkner von Nymath ... bis wir keine mehr sind ... sozusagen!«

Lambrith sah ihn zuerst verwirrt an, musste dann aber lächeln. »Genau. So ist es!«

Die jungen Männer zogen sich einen Stuhl heran und setzten sich zu den anderen an den Tisch. Alduin erklärte ihnen in groben Zügen den Plan, zeigte ihnen die Landkarte und die Zeichnung des Schiffes. Seine wachsende Begeisterung über das vor ihm liegende Abenteuer war ansteckend und hellte die Stimmung in der Stube nach und nach auf.

»Da sollte genug Raum für euch neun sein«, meinte Alduin. »Das Schiff ist für ungefähr zwanzig Leute gedacht.«

Triel sah ihn überrascht an.

»Wenn ich sagte, wir kommen mit, sprach ich von Galdan, Lambrith und mir. Die anderen werden irgendwo in Nymath herumreisen oder hier in Sanforan bleiben.«

Galdan nickte.

»Ja. Wir sind übereingekommen, dass es unklug wäre, wenn wir alle dich begleiten würden. Wir halten es für nützlich, Augen und Ohren überall in Nymath zu haben. Da wir uns sehr nahestehen, werden wir auf jeden Fall miteinander in Verbindung bleiben.«

»Das ist richtig«, antwortete Alduin. »Wir freuen uns auf jeden Fall darüber, einige von euch bei uns zu haben, und Moreya wird über allen Wolken schweben. Ich weiß, sie ist ein starkes kleines Mädchen. Aber wir haben uns Sorgen darüber gemacht, wie es für sie sein würde, alles hinter sich lassen zu müssen.«

»Nun, das wird ja jetzt nicht passieren, oder?«, stellte Bardelph fest. »Wenigstens wird sie viele Familienmitglieder und Freunde um sich haben.«

»Wann wirst du Sanforan verlassen?«, kehrte Rael zu seiner ursprünglichen Frage zurück.

»Wie ich schon sagte, in einigen Tagen wird Cal hier sein. Wenn er und Marla uns nicht begleiten wollen, werden wir ein paar Tage länger bleiben. Kommen sie aber mit, können wir jederzeit aufbrechen. Ich habe bereits einige Karren und etliches an Zubehör für uns gesichert.«

»Das hört sich an, als sei bereits alles entschieden«, sagte Rael mutlos. »Bleibt nichts anderes zu tun, als die restliche kurze Zeit mit euch zu genießen.«

Alduin sah ihn an und versuchte, tröstende Worte zu finden, aber es fiel ihm schwer.

»Du hast recht. Lasst uns die verbleibende Zeit genießen«, war das Einzige, was er noch sagen konnte.

Seine Kehle war wie zugeschnürt.

Große Zugpferde wurden an die beiden Karren angeschirrt, die vor dem Osttor der Stadt standen. Die Tiere warteten geduldig und schüttelten nur ab und zu mit dem Kopf, um lästige Fliegen zu verscheuchen. Sie hatten offensichtlich keine Eile, ihre schwere Last zu ziehen.

Cal stieg auf den Kutschbock des einen Karren und reichte Marla seine Hand. Mit einem Stöhnen ließ sich die plumpe Kataurin an seine Seite ziehen.

An der Rückseite der Karren war jeweils ein schöner schwarzer Hengst angebunden. An einem Wagen war es Nachteule, Cardols Pferd: Der Kataure hatte darauf bestanden, die Reisenden zumindest einen Teil des Weges zu begleiten. Hinter dem anderen Wagen stand Schwarzkristall. Cardols Vetter Grest hatte ihn Alduin als ein sehr großzügiges Geschenk überlassen.

Der Himmel begann, sich aufzuhellen. Alduin hatte die Einzelheiten seiner Abreise geheim gehalten und so waren es nur Rael, Bretta und Meister Calborth, die sich am Tor versammelt hatten. Auch Celeberin stand dabei und sah zu, wie man sich noch einmal in den Arm nahm, die Hände drückte, Fäuste zum Herz geführt wurden und ungehemmt Tränen über die Gesichter liefen.

Für einen Moment hielt Bretta Triel so fest umschlungen, als wolle sie ihn nie wieder loslassen. Doch Rael löste zärtlich ihre Arme. Stattdessen drückte er sie an sich und sie begann, an seiner Schulter zu schluchzen.

Lambrith und Galdan standen etwas abseits und erinnerten sich wehmütig an den Abschied von ihren Familien am Abend zuvor.

Der zweite Karren transportierte neben den unterschiedlichsten Gebrauchsgegenständen auch vier Käfige mit schläfrigen Falken. Bardelph kletterte hoch und nahm die Zügel in die Hand. Aranthia setzte sich neben ihn und Moreya kuschelte sich gemütlich zwischen die beiden, wobei sie mit ihren molligen kleinen Armen Elin, die Katze, an sich drückte. Die Augen des kleinen Mädchens leuchteten: Es war unverkennbar, dass sie eifriger darauf bedacht war, was die Zukunft für sie bereithalten würde, als besorgt darüber, was sie zurückgelassen hatte.

Nun waren es zuletzt nur noch Alduin und Erilea, die sich von ihren engsten Freunden und Alduins Mentor, dem Meister der Falkenhalle, verabschieden mussten. Brettas Kummer machte es schwierig für Alduin und Rael, mehr als einen langen, nachdenklichen Blick und ein letztes anerkennendes und verständnisvolles Nicken zu tauschen. Erilea schlang ihre Arme, soweit sie konnte, um Rael und Bretta und drückte sie leidenschaftlich. Dann gab sie Calborth zu seiner großen Freude einen festen Kuss auf die Wange, bevor sie ihrem Mann das Feld überließ.

»Meister«, begann Alduin und sah Calborth an. Nie zuvor war ihm aufgefallen, wie sehr er den Mann liebte. »Ich werde Rihscha mit Botschaften senden, solange es möglich ist. Und eines Tages werden wir zurückkehren, um dir all unsere Abenteuer zu erzählen und von unseren Entdeckungen zu berichten.«

»Mach das, Falkner Alduin«, erwiderte der alte Raide und streckte sich in die Höhe. Obwohl alle wussten, dass es höchst unwahrscheinlich war, schien es, als wolle er sich selbst und die anderen davon überzeugen, dass er so etwas durchaus noch erleben werde.

»Mach das.«

Alduin schaute in Calborths verdächtig glitzernde Augen, hob langsam seine fest geschlossene Faust zur Mitte seiner Brust und verbeugte sich.

»Möge Fürst Gilian dich ewig begleiten«, sagte er und unterdrückte das dringende Bedürfnis, verstohlen eine Träne wegzuwischen.

»Und dich auch«, erwiderte Calborth den Segen.

Nachdem die letzten traurigen Abschiedsgrüße und Lebewohls ausgetauscht waren, standen Rael, Bretta und Meister Calborth am Tor, bis die Karren und die Menschen, die nebenher liefen, langsam zu einem Punkt in der Ferne schrumpften. Die frühmorgendliche Dämmerung brachte Frieden in ihre aufgewühlten Gefühle. Sie mussten sich anstrengen, noch etwas zu erkennen, denn im Licht des neuen Tages zeigte sich die Welt in grellen Farben und scharfen Kontrasten. Blutrote und goldene Nebel stiegen über dem dunklen Land auf und verschluckten endgültig die Sicht auf die scheidenden Freunde.

Ein Lichtfunke blitzte am Horizont, schnell gefolgt von einem feuerroten Leuchten, als die Sonne allmählich aufging. Widerstrebend schützten sie ihre Augen vor der strahlenden Helligkeit, bis sie gezwungen waren, den Blick abzuwenden. Langsam drehten sie sich um und gingen zurück zur Zitadelle.

GLOSSAR

Alduin: Falkner von Nymath, Gefährte des Marvenfalken Rihscha; Aranthias Sohn: halb Raide, halb Wunand; Erileas Mann mit der gemeinsamen Tochter Moreya

Andaurien: Land nördlich der Wüste, in das die Stämme von Nymath vor Jahrhunderten fliehen mussten

Aranthia: Alduins Mutter; gehört zum Stamm der Wunand, zog es jedoch lange Zeit vor, allein als Heilerin im Wald zu leben; Gefährtin von Bardelph

Arek: Wildkatze, lebt in den westlich vom Fluss Mangipohr gelegenen Wäldern

Arnad: Fluss zwischen dem Nordrand des Pandarasgebirges und der Wüste

Asnar: Gott der ruhenden Macht, des Krieges und der Verteidigung; von den Katauren verehrt

Aural: Falkner von Nymath, einer von Stantels Komplizen

Bactistrauch: Strauch mit großen roten Blüten und süßen Früchten

Bado: Moreyas Kosename für Bardelph

Bardelph: Fallensteller vom Stamm der Raiden und Lehrer in der Falkenhalle; Aranthias Gefährte

Bast: Stantels Falke

Bratho: Taros Falke

Braxt: Falkner von Nymath, Marshalts Vater

Brend: kataurischer Schankwirt in Lemrik

Bretta: Triels Mutter und Raels Frau, Lotans Schwester

Broon: Jungfalkner; gehört zu *Moreyas Neune*

Bryant: Jungfalkner; gehört zu *Moreyas Neune*

Burak: in Nymath vorkommende Rehart

Cal (Calborth): Alduins Vater vom Stamm der Raiden, nicht zu verwechseln mit Calborth, dem Falkenmeister

Calba: warmes Getränk, das aus gerösteten und gemahlenen Körnern verschiedener Pflanzen hergestellt wird

Calborth: Falkenmeister von Nymath

Calvar: Seans Falke

Cantel: Sohn des Falkners Stantel

Cardol: ein kataurischer Soldat, Freund von Alduin

Celeberin: Gelehrter der Elben

Cen Amaurea: Land der Morgenröte: mystisches Land der Elben südlich des Horizonts

Cirlim: Elbenname für den Schiffsfisch, auch Delfin genannt

Cita: kleinste Münze von Nymath, aus Bronze

Creis: Jungfalkner; gehört zu *Moreyas Neune*

Dök: Pflanze mit großen Blättern; wird gern als Küchengewürz verwendet

Duram: zweitkleinste Münze Nymaths, aus Kupfer

Elben: siehe Abschnitt »Völker und Stämme Nymaths«

Elin: bedeutet Stern; die Göttin Emo in Gestalt einer Arekkatze

Emmer: Urform des Weizens

Emo: von den Wunand verehrte Göttin, die »Wilde Jägerin«; ihr Name wird zugleich als Redensart im Sinne von »So sei es« benutzt

Erilea: Wunand-Amazone; Alduins Partnerin und Moreyas Mutter

Felkar: ein Ältester der Raiden, Komplize von Stantel

Falkenhalle: Hauptgebäude im Falkenhaus mit Brutstätte, Ausrüstungs- und Futterkammern

Falstar: Triels Falke

Farnel: Falkner von Nymath; Galdans Vater

Fath: siehe Abschnitt »Völker und Stämme Nymaths«

Galdan: Jungfalkner; gehört zu *Moreyas Neune*

Gaelithil: Elbensprache für »Schimmernder Mond«; Elbenpriesterin, die den Magischen Nebel entlang des Arnad wob

Gilian: von den Raiden verehrter Gott der Lüfte und der Winde

Gistel: Broons Falke

Gorston: Falkner von Nymath; Bryants Vater

Grathmen: Falkner von Nymath; Creis' Vater

Grest: ein Kataure; Cardols Cousin

Insel der Götter: eine magische Insel auf einem See im Nordosten von Nymath; hier trafen Alduin, Erilea und Rael den Gott Gilian und die Göttin Emo

Ithilfalke: Falkenart, die in der Falkenhalle gezüchtet wird

Jatamansi: Pflanzenextrakt; dient als Betäubungsmittel

Jerrica: Brends Frau

Jungfer Calborth: Zwillingsschwester des Falkenmeisters Calborth und Hausmutter der Falkenhalle

Katauren: siehe Abschnitt »Völker und Stämme Nymaths«

Kodex: Buch mit Richtlinien für die Falkner von Nymath

Krath: Falke von Alduins Vater Cal

Lambrith: Jungfalkner; gehört zu *Moreyas Neune*

Lemrik: Dorf am Fluss Mangipohr

Lotan: Alduins ehemaliger Lehrer im Bogenschießen; Bruder von Bretta und Onkel von Triel

Magner: Lambriths Falke

Mallorn: eine im Elbenwald vorkommende majestätische Baumart

Mangipohr: größter Fluss von Nymath

Marla: die kataurische Partnerin von Cal

Marshalt: Jungfalkner; gehört zu *Moreyas Neune*

Marvenfalke: seltene Falkenart, die normalerweise nur im Pandarasgebirge vorkommt

Melethiell: Elbenname für »Tochter der Liebe«; Abgeordnete der Elben im Hohen Rat von Nymath

Mimi: Moreyas Kosename für ihre Großmutter Aranthia

Moreya: Alduins und Erileas Tochter

Nachteule: Cardols schwarzer Hengst

Nymath: Land zwischen dem Pandarasgebirge und dem Schwarzen Ozean

Onur: siehe Abschnitt »Völker und Stämme Nymaths«

Pandarasgebirge: die sich von Ost nach West erstreckende Gebirgskette in Nymath, die das Land vom übrigen Kontinent abgrenzt

Parna: eine Zeit des Rückzugs und der Selbstfindung, die bei einigen Wunand-Amazonen direkt an ihre Ausbildung anschließt

Peeka: Marshalts Falke

Pent: größte Münze Nymaths im Wert von zwei Duram; aus Silber

Peeri: kleine Rehart

Preshar: Creis' Falke

Priselsaft: aus den kleinen sauren Beeren des Priselbuschs gepresst; der Saft wird gern mit Wasser verdünnt, gut gezuckert getrunken; unverdünnt eignet er sich als Lösungsmittel oder zur Körperreinigung

Purkabaum: Baumart von Nymath mit dreispitzigen dreigeteilten Blättern

Rael: Falkner von Nymath; Alduins engster Freund

Raiden: siehe Abschnitt »Völker und Stämme Nymaths«

Rihscha: Alduins Marvenfalke

Sanforan: Hauptstadt Nymaths, an der südlichen Felsküste Nymaths gelegen

Schwarzkristall: Hengst, den sich Alduin von dem Katauren Grest ausgeliehen hat

Sean: Jungfalkner; gehört zu *Moreyas Neune*

Siebentag: in Nymath gebräuchliches Zeitmaß, entspricht einer Woche

Sirath: Galdans Falke

Sivella: Raels weiblicher Falke

Sordan: ehemaliger Falkner; Sprecher für den kurzfristig einberufenen Falknerrat

Stantel: ein Falkner, der eine Verschwörung gegen Moreya anführt

Taro: Jungfalkner; gehört zu *Moreyas Neune*

Talagand: Elbenwort für Gelehrte

Tirla: Grests Ehefrau

Triel: Brettas Sohn und Raels Stiefsohn; Jungfalkner; gehört zu *Moreyas Neune*

Uzoma: siehe Abschnitt »Völker und Stämme Nymaths«

Voron: Bryants Falke

Wolfsfuß: grasähnliche Pflanze mit unglaublicher Heilwirkung

Wunand: siehe Abschnitt »Völker und Stämme Nymaths«

Wyron: Insel weit im Südwesten

Die Völker und Stämme Nymaths

Die Fath

Die Fath waren einst ein Wüstenvolk. Das Leben spendende Element Wasser gilt ihnen als heilig. Als die Fath nach der Flucht aus Andaurien zum ersten Mal das Meer erblickten, verharrten sie voller Ehrfurcht. Schließlich wurde aus dem Wüstenvolk der Stamm der Fischer.

Die Katauren

Der Stamm der Reiter. Um die Nähe zu den Pferden und das freie Leben mit ihnen zu wahren, besiedelten die stolzen Katauren als Bauern oder Handwerker die fruchtbaren Ebenen Nymaths. Dort leben sie oft auf abgeschiedenen Höfen in kleinen Familiengruppen zusammen. Lanze und Speer sind ihre Hauptwaffen.

Die Onur

Der Stamm der Könige und Schwerter. Über viele Generationen hinweg wurden die Könige Andauriens von diesem Stamm gestellt. Zu seinem Wort zu stehen, ist einem Onur wichtiger, als sein eigenes Leben zu schützen. Das Wichtigste für einen Onur sind seine Ehre, seine Familie – und sein Schwert.

Die Raiden

Der ehrgeizige Stamm der Falkner: Einige der Raiden verfügen über die Gabe, eine geistige Verbindung mit einem Falken einzugehen. Die seltene Begabung der Falkner wird vom Vater auf den Sohn vererbt. Sie sind hoch geachtet und Vorbild für alle Raiden. Die bevorzugte Waffe der Raiden ist der Bogen.

Die Wunand

Der Stamm der Jägerinnen. In den Sümpfen von Nymath leben die Wunand in Clans zusammen, wobei die Clan-Älteste das Sagen hat. Den wenigen Männern sind Kampf und Waffengang untersagt. Ihnen obliegt die Hausarbeit. In der verbleibenden Zeit widmen sie sich den schönen Künsten. Die Waffen der Wunand-Kriegerinnen sind Bogen, Speer und Feuerpeitsche sowie ein ritueller Dolch in Form einer Flamme.

Die Elben

Ein anmutiges, langlebiges und hellhäutiges Volk mit spitzen Ohren und silberblonden Haaren. Ein Teil der Elben strandete bei einem Unwetter vor der Küste Nymaths. Getrennt von der restlichen Flotte, wartet das magiebegabte Volk auf die Rückkehr eines wandernden Sterns, der ihm den Weg in eine ferne Heimat weisen soll.

Die Uzoma

Die dunkelhäutigen Ureinwohner Nymaths. Die Uzoma sind ein menschenähnliches Volk, das die Menschen vom Wuchs her jedoch überragt. Einst gewährten sie den Menschen in Nymath Zuflucht und wurden später von ihnen bekämpft. Nachdem die Elben die Uzoma hinter den Nebel verbannten, fielen sie dem Glauben an den Dunklen Gott anheim.

Osanna Vaughn

Der Schrei des Falken

Das Erbe der Runen

Alduins so weltabgewandtes, behütetes Leben ändert sich von einem Tag auf den anderen, als er ein verlassenes Falkenküken findet und bei sich aufnimmt. Alduin spürt es tief in seinem Herzen: Dieser Falke ist für ihn bestimmt. Und nun erklärt Aranthia ihm auch, wer er wirklich ist: Alduins Vater, der vor langer Zeit verschollen ist, war ein Falkner. Dem Falkner ist es gegeben, sich mit der Seele seines Vogels zu verbinden und mit seinen Augen zu sehen, mit ihm zu fliegen. Auch Alduin ist ein solcher Falkner. Was er noch nicht ahnt: seine Mutter hat ihm die Fähigkeit vererbt, in die Zukunft zu sehen. Und mit diesen beiden Gaben ist es Alduin bestimmt, seine Heimat, das Reich Nymath, vor dem drohenden Untergang zu retten.

Arena

360 Seiten. Gebunden. Mit CD.
ISBN 978-3-401-05613-5
www.arena-verlag.de

Pandarasgebirg
N
W
O
S
Gwire
Elben
Mastrillgut
Alduins
Hütte
Vulkan
Buchtdorf
Mangipohr
Raide
Onu
Fähre